KB238019

친애하는 데비에게

친애하는 데비에게

프리다 맥파든 지음 ― 최주원 옮김

DEAR
DEBBIE

BOOK PLAZA

1
〈디어 데비〉
임시 보관함

데비에게

데비도 칼럼에서 항상 하는 말이지만 아침 식사가 하루 중 가장 중요한 끼니라고 하잖아요. 나도 전적으로 동의해요! 그렇지만 우리 집 식구들은 아침에 식탁에 제대로 앉아서 밥을 먹는 법이 없어요.

매일 아침이 난리법석이에요. 애들은 신발이 안 보인다, 과제물이 밤새 사라졌다고 난리고, 남편은 열쇠나 돋보기안경을 못 찾아서 난리예요. 내가 자그마치 십오 분 동안 요리해서 차려놓은 밥을 오 분이라도 식탁에 앉아 먹을 생각을 아무도 하지 않아요.

나도 이것저것 다 해봤죠! 간단한 메뉴도 해 보고, 들고 가면서 먹을 수 있는 것도 해 보고, 자세히 적기는 어렵지만 뇌물 작전도 써 봤어요. 하지만 내가 뭘 하든 우리 식구들은 항상 뱃속이 텅 빈 채로 집을 나선답니다!

인사 한마디 없이 현관문으로 휭 나가기 전에 몇 분만이라도 앉아서 필요한 영양소를 먹고 가게 할 방법이 없을까요? 도와주세요, 데비!

힝엄시에 사는 속 터지는 독자

아무렴요, 아침 식사가 하루 중 가장 중요한 끼니인 건 두말할 필요도 없죠. 에너지를 공급하고 뇌와 몸을 깨워주거든요. 그래서 건강한 아침을 먹지 않으면 온종일 기운이 처질 수도 있어요. 어린이와 청소년에게는 영양가 있는 아침밥이 기억력과 집중력 향상에도 도움을 주기도 하고요.

가족들이 아침 먹는 데에 관심이 없다고 하셨는데, 아침에 더도 말고 덜도 말고 딱 십오 분만 시간을 내도록 그들의 마음을 어떤 메뉴로 잡아끌 수 있을지 한번 살펴보세요. 시리얼 하나면 될 수도 있고, 팬케이크를 원할 수도 있고, 아니면 달걀과 베이컨과 통곡물 식빵이 있는 푸짐한 식사를 원할 수도 있어요. 가족들이 무엇을 제일 좋아하는지 알아낸 다음 식성에 맞춰 주는 거죠!

그래도 아무 소용이 없다면, 제가 제안하는 방법으로는 현관문과 뒷문에 튼튼한 자물쇠를 다는 겁니다. 아침에 일어나자마자 양문을 안쪽에서 잠그고 열쇠는 주머니에 잘 넣어 두세요. 가족들에게 건강한 아침 식사를 다 먹기 전까지는 집을 나갈 수 없다고 말하세요. 가족들이 주저하는 모습을 보이는 경우, 식탁에 앉아 밥을 먹지 않으면 열쇠를 삼켜버리겠다고 간단히 겁을 주면 말을 아주 잘 들을 거예요.

조만간 매일 아침 가족들과 함께 멋진 식사를 하게 되리라 확신합니다!

데비로부터

6

2
데비

'아침에 엄마는 말 걸기 금지.'

우리가 '렉시'라고 부르는 내 큰딸 알렉사가 고등학교에 들어갈 즈음 만든 규칙이다. 졸업반이 된 지금까지도 엄격히 지켜지고 있다. 내가 자기한테 아침에 첫 마디로 "잘 잤어?" 하고 묻는 게 마음에 안 든다는 것이 이유였다. "지금은 말할 기분이 아니야, 진짜 좀, 엄마."라나 뭐라나.

그래서 1학년이 절반쯤 지나갔을 때 공식적으로 이른 아침에 엄마는 자기에게 말을 걸 수 없다고 발표했다. 그 이후로 내가 언어적으로든 비언어적으로든 조금이라도 말을 걸라치면, 렉시는 "내가 뭐라고 했어?"라며 쏘아붙인다. 더 나쁘게는 '그 표정'을 지으며 나를 노려본다.

무슨 표정인지 내가 보여줄 수도 없고. 10대 자녀를 둔 분이라면 잘 알 것이다.

오늘, 수요일 아침에 렉시가 부엌으로 걸어 들어왔을 때 나는 한마디도 하지 않았다. 그저 콘플레이크를 먹는 데에 집중했다. 참고로 식이섬유가 더 들어간 제품이다. 40대가 되니, 섬유질이 많이 들어 있으면 자동반사적으로 사게 된다. 딸에게 말을 걸면 안 된다는 사실을 기억하기는 쉽다. 렉시는 커다란 헤드폰으로 귀를 항상 덮고 있다. 정말 늘 헤드폰을 쓰고 있다. 헤드폰이 머리뼈 양 옆에 딱 붙어버린 게 아닐까 싶을 정도다.

렉시가 포니테일로 묶은 머리는 어젯밤이나 어쩌면 그보다 더 전에 묶은 이후 다시 매만지지 않은 것처럼 보였다. 지금 입고 있는 오버사이즈 후드티는 잘 때 입으면 될 것 같은 것이 체크무늬 잠옷 바지를 같이 입고 있어서 더 그렇게 보였다. 학교에 잠옷을 입고 가는 날인가 싶겠지만, 아니다. 요즘 애들은 다 저렇게 입고 다닌다. 정말 별로라는 생각이 들면서도 한편으로는 부럽기도 하다. 나도 매일 잠옷 차림으로 다닐 수 있다면 얼마나 좋을까.

내 두 아이 중 렉시는 나를 많이 닮았다. 걔한테는 몸서리를 칠 만큼 창피한 일일 테지만 나처럼 부드러운 이목구비에 살짝 웨이브진 짙은 색 머리도 비슷하다. 그리고 나처럼 공부도 곧잘 하는 편이라, 올해는 대학 수준의 심화 과목을 네 개나 듣고 있고, 작년에 이미 고급 미적분 과정을 마쳤기 때문에 지금은 정수론 수업까지 듣고 있다.

너무 똑똑해서 탈인지도 모르겠다. 역시나 나처럼.

렉시는 냉장고로 직행하면서 내 쪽으로는 눈조차 돌리지 않았다. 내가 자선 행사에 가져다주려고 조리대 위에 쌓아둔 통조림들을 쓱 쳐다보는 눈길에는 조소가 담겨 있다. 그래, 걔한테는 내가 하는 일이 다 민망하거나 짜증 나겠지. 내가 렉시에게 지금까지 용서받지 못할 정도로 아주 크게 노여움을 산 일이 있는데, 그건 이름을 '알렉사'라고 지은 것이다. 나도 거기에 대해서 할 말이 있다. 아니, 알렉사라는 이름이 그렇게 유명해질 줄(알렉사는 세계 최대 규모의 온라인 쇼핑몰인 아마존에서 만든 인공지능 서비스의 이름이다 - 옮긴이) 내가 어떻게 알았겠냐고요?

렉시가 어깨 너머로 나를 힐끗 보더니, 두 번이나 다시 쳐다봤다. 분명 한마디 하고 싶어 안달이 난 표정이었지만, 그러려면 자기가 원대하고 엄중하게 정해 놓은 침묵의 규칙을 깨야 한다. 렉시안에서 두 마음이 충돌하는 소리가 나한테까지 들리는 것 같다.

하, 나의 승리다. 평소에 잘 바르지 않는 립스틱 때문이리라.

"어쩐 일로 옷을 차려입었어요, 엄마?" 렉시가 궁금해하고 있다.

나는 식이섬유 가득한 시리얼을 한 숟갈 떠먹은 다음 냅킨으로 입술을 톡톡 닦았다. 평소 티셔츠와 요가 팬츠 차림인 내가 원피스를 입고 화장을 하고 있으니 당연히 놀랐을 것이다. 게다가 축축한 머리를 하나로 질끈 묶는 대신 드라이까지 했다.

"《홈 가드닝》에서 사진 기자들이 오기로 한 날이 오늘이거든." 내가 기억을 되살려 주듯이 대답했다. "우리 집 정원을 찍을 거야."

잡지에 실리게 되었다는 말을 들었을 때 영광스러웠다. 두 딸을 둔 전업주부로 살아오면서 가끔 내 인생이 조금… 뭐랄까, 좀 공허했다. 자랑스러운 두 딸의 엄마이지만, 온전히 나의 능력으로 인정받고 싶다는 마음이 올라오곤 했다. 오늘 있을 사진 촬영은 내 자부심을 한껏 밀어 올렸다. 나는 정원 가꾸기에 진심인 여자니까.

꽃들이 없었다면, 아침에 일어나 침대에서 나가려고도 하지 않았을 거라고 느낀 적도 있었다.

"몰랐어요." 렉시가 말했다. 내가 그렇게 수십 번이나 말했건만. 반대로 렉시가 어제 했던 말을 내가 깜박하기라도 했으면 나에게 온갖 비난을 퍼부었을 게 분명하지만, 굳이 그 얘기를 꺼내지는 않았다. "사진 잘 찍으세요."

웬일로 기분 좋은 말을 다 해 주네. 그러고 보니 지금 기적이 한 가지 더 일어나고 있었다. 17살 난 딸이 '아침에 내게 말을 걸고' 있다. 기묘하면서도 아주 멋진 꿈속에 들어와 있는 기분이다. 혹시 힘겨웠던 사춘기가 끝을 보이는 걸까?

"고맙구나." 나는 이 평화를 깨뜨리지 않으려고 조심스럽게 입을 열었다.

그런데 다음 순간 렉시가 코를 찡그렸다. "그나저나 이 통조림들 다 들고 오늘 학교에 오려는 건 아니죠? 엄마, 완전 쓰레기 수거하는 사람처럼 보여요."

그럼 그렇지, 사춘기의 끝은 무슨.

어려운 이들을 위해 음식을 모으는 나를 비난하는 딸아이에게 해 줄 적절한 대답을 생각하고 있는데, 우리가 '이지'라고 부르는 둘째 이저벨이 부엌에 모습을 드러냈다. 차라리 잘 된 걸지도 모르겠다. 내가 무슨 말을 했든 렉시는 마음에 들어 하지 않았을 것이다.

이지는 힝엄 사립 고등학교 1학년으로, 렉시보다 두 살 아래다. 렉시가 괴로우리만치 나를 닮았다면, 이지는 남편을 많이 닮았다. 자기 아빠의 밝은 갈색 머리와 따뜻한 미소와 탄탄한 체격을 물려받았다. 성격도 낙천적이다.

이지에게는 나나 렉시와 다른 점이 또 있는데, 바로 뛰어난 운동 신경이다. 그래서 내 나름대로 엔도르핀이 이지를 언니보다 더 상냥한 아이로 만들었을 거라고 가설을 세웠었다. 지금은 꽤 설득력 있는 이론이 되어 있다. 내가 일주일에 몇 번씩 억지로라도 헬스장에 가지 않았다면, 이웃들이 지금까지 살아있지 못했을 거다.

"엄마!" 이지가 부엌 조리대 위 그릇에 담긴 사과 하나를 집어 들었다. "나, 가요. 버스 올 시간이 다 되어서요."

"아침으로 그것만 먹는다고?" 내가 못마땅하다는 듯이 말했다.

"엄마, 나 가야 돼."

인생을 살다 보면, 특히나 10대 아이들을 키우는 엄마로 살려면 싸움도 가려가며 해야 하는 법이다. "알았어. 딸, 사랑한다." 내가 큰 소리로 말했다. "축구 끝날 때 데리러 갈게."

이지가 멈칫했다. 높이 묶은 포니테일이 살짝 흔들릴 뿐 무슨 말을 할지 망설이는지 가만히 서 있다. 그러더니 사과를 후드 주머니에 푹 쑤셔 넣으며 말을 내뱉었다. "안 와도 돼요. 스쿨버스 타고 집에 올게요."

"아니, 잠깐만." 내가 급히 일어나다가 시리얼 그릇을 툭 건드리는 바람에 우유가 식탁에 살짝 튀었다. 원피스에 튀지 않았으면 됐다. "축구 연습 끝나고는 스쿨버스가 운행을 안 하잖아. 내가 데리러 갈게."

이지에게서 아무 말이 없다.

"하나도 안 번거로워!" 내가 안심시키듯 말했다. 어린이집에 이지를 데리러 갔을 때 나를 보고 빠르고 힘차게 달려와 내가 거의 넘어질 뻔했던 시절을 떠올리지 않으려 애썼다.

이지가 두 손을 주머니에 찔러 넣은 채 나를 보며 언제까지 서 있었을지는 모르겠지만, 원하는 대로 할 수 없었던 건 렉시가 폭발했기 때문이었다. "뭘 그러고 서 있어, 이지. 그냥 엄마한테 말해!"

나는 두 딸아이를 번갈아 바라봤다. 아이들끼리만 비밀을 공유하는 건 싫다. 물론 서로 싸우는 것보다는 낫지만. "나한테 할 말 있어?"

이지는 여전히 아무 말이 없다.

렉시가 과장되게 한숨을 쉬며 말했다. "쟤 축구팀에서 잘렸대요."

"언니!" 이지가 얼굴을 붉히며 빽 소리를 질렀다.

"뭐?"

이게 무슨 자다가 봉창 두드리는 소리인지. 이지는 유치원 때부터 축구를 해왔다. 자면서도 공을 드리블할 수 있을 정도다. 그런데 팀에서 쫓겨났다고? 이지는 1학년에서 가장 뛰어난 선수 중 하나다. 아니지, 팀 전체를 통틀어 최고 선수 중 하나란 말이다.

"이해가 안 되네. 네가 축구팀에서 왜 쫓겨나?" 내가 말했다.

이지가 내 눈을 피했다. "그게…."

착오가 있었던 게 틀림없다. 그렇지 않고서야 달리 설명할 길이 없다. "내가 파이크 코치한테 전화해 볼게."

"엄마, 안 해도 돼요." 당황한 이지의 눈이 커졌다. "나 이제 진짜 가봐야 해. 코치한테 전화하지 마요."

"이지…."

"제발 전화하지 마요." 이지의 눈에서 간절함이 뚝뚝 떨어졌다. "코치한테 전화 안 할 거라고 약속해요, 엄마."

이지가 버스를 놓치게 하고 싶지 않았다. 사진 촬영 때문에 내가 집에 있어야 해서 이지를 차로 학교에 데려다 줄 여유가 없었다. 그런데 이지가 내 대답을 듣기 전까지는 물러설 생각이 없어

보였다. 나는 마지못해 동의했다. "알았어. 약속할게."

약속대로 코치에게 전화는 하지 않을 생각이다. 대신 사무실로 직접 찾아가 도대체 무슨 생각으로 내 딸을 팀에서 방출했는지 따질 작정이다.

이지가 나를 한 번 쳐다보고는 문밖으로 달려 나갔다. 언제나 저렇게 뛰어다니는 아이인데. 이지는 감탄을 자아내는 축구 선수다. 그런 애가 어쩌다가 팀에서 쫓겨나게 되었는지 내 머리로는 도무지 모르겠다. 그냥 그러려니 하고 넘길 수 없는 문제다.

나는 눈을 돌려 큰아이를 봤다. 손에 크림 옥수수 통조림을 들고 얼굴을 찌푸린 채 라벨을 읽고 있다. 통조림 내용물에 짜증이 났나 보다.

"무슨 일이 있었는지, 너는 아니?" 내가 렉시한테 물었다.

"나도 몰라요." 렉시가 퉁명스럽게 말했다. "아, 그리고 진짜, 질문 좀 그만하면 안 돼요? 백만 번은 물은 것 같아요."

나 처음 질문한 건데, 오버하기는. "정말 뭐라도 들은 거 없어?"

"없어요." 렉시가 레이저 광선 같은 눈빛으로 나를 쏘아보더니, 이렇게 덧붙였다. "그 팀에서 나오는 게 나아요. 파이크 코치가 변태래요."

"변태?"

렉시가 눈을 굴려 나한테 일일이 설명하는 게 귀찮다는 티를 팍팍 냈다. "내 친구 미라가 축구팀에 있었잖아요. 여자애들이 옷 갈아입을 때 코치가 '실수로' 탈의실에 들어오곤 했대요. 미안하다고 하면서 곧바로 나갔다고는 하지만… 내가 보기엔 실수가 아닌 것 같아요."

코치가 어쨌다고?

나는 시리얼을 삼키는 것도 잊은 채 갑작스럽게 알게 된 사실을 곱씹었다. 이지는 그런 얘기를 한 적이 한 번도 없었다. 하지만 내가 아는 미라라면, 말을 지어내거나 할 아이가 아니다. 사실일까? 만약 그렇다면, 이지가 축구팀에 계속 있어야 할까?

"으, 엄마, 좀 그만할래요?" 렉시가 짜증 섞인 목소리로 말했다.

나는 입에 있던 시리얼을 목구멍으로 밀어 넣었다. "뭘 그만해?"

"씹는 거요." 렉시가 말했다.

"씹는 거?" 내가 어이없다는 듯 되물었다.

"엄마가 씹는 소리… 진짜 커요. 엄마 말고 그렇게 크게 씹는 사람은 아무도 없을 거야. 아, 진짜, 너무 이상해. 옆집에서도 다 들릴 거예요."

저작 운동의 음량에 대해 지적을 받기는 난생처음이었다. 순간 당혹감이 올라왔다. "그랬구나. 앞으로는 조용히 씹도록 노력할게."

"진, 짜, 커요." 렉시가 강조하듯 한 번 더 말했다. "엄마는 뭘 항상 씹고 있어. 그게 너무 짜증 나요."

나는 파이크 코치 생각은 잠시 접어두고 눈앞에 당면한 문제, 즉 내 첫째와의 관계가 어쩌다 이렇게 되었는지를 생각하기로 했다. 렉시를 위해 아침에 팬케이크를 만들던 때가 떠올랐다. 정말 정성을 다해 만들었다. 팬케이크마다 블루베리로 웃는 얼굴을 만들어 넣었고, 특별한 날에는 초콜릿 칩으로 만들었다. 웃는 얼굴을 한 팬케이크, 특히 초콜릿 칩이 들어간 것을 보면 렉시는 눈을 반짝였다. 먼저 블루베리나 초콜릿 칩부터 다 먹은 다음, 여러 겹으로 쌓아 놓은 팬케이크 위에 메이플 시럽을 잔뜩 붓고 몇 입 먹은 뒤, 끈적거리는 입으로 행복한 미소를 지으며 나를 올려다보며 이렇게 말했었다. '엄마 팬케이크가 세상에서 제일 맛있어요!'

시리얼을 한 입 떠먹으며 생각에 잠겼다. 렉시와 함께할 수 있는 일이 뭐가 있을까. 쇼핑이 괜찮을 것 같다. 렉시는 어릴 때부터 쇼핑 가자고 하면 좋아했고, 지금도 옷에 관심이 많으니까. 쟤 마음에 드는 옷을 찾는 게 좀 힘들 것 같긴 하지만 말이다.

음, 잠옷 가게 가자고 하면 될 것 같다. 그런 가게가 있겠지? 없으면, 누가 좀 만드세요. 이거 완전 대박 날 아이디어인데.

그때 집 밖에서 요란하게 울려 퍼지는 자동차 경적 소리에 나도, 렉시도 깜짝 놀랐다. 나는 이제 내 딸을 웃게 만들 수 없는데, 저 경적은 그 일을 해냈다. 렉시의 남자 친구, 제인이다. 얼마 전에 열여덟 살이 되어 정식 면허를 따더니 렉시를 매일 학교까지 데려다준다.

저 녀석은 집 안으로 들어오지 않고, 대신 자기가 도착했음을 동네방네 다 알 수 있을 만큼 몹쓸 경적을 크게 울릴 뿐이다. 내 씹는 소리도 저것보단 작겠다.

"나 갈게요." 렉시가 경쾌하게 말했다.

딸아이가 책가방을 집어 들었다. 가방이 꽤 무거운지 등에 메니 몸이 살짝 뒤로 젖혀진다. 렉시가 입을 여는 모양이 나에게 인사를 하려는 것 같았는데, 아침엔 엄마와 말하지 않는다는 규칙이 떠올랐는지 아무 말 없이 몸을 돌려 후다닥 나갔다.

시리얼이 아직 반이나 남았지만 식욕이 싹 가셨다. 나는 렉시 뒤를 따라 거실을 가로질러 현관으로 갔다. 렉시가 문을 잠그지 않고 나갔을 거다. 그럴 필요성을 못 느끼는 아이다. 왜냐하면 항상 자기 뒤에는 문을 잠그는 내가 있기 때문이다.

나는 언제나 가족 곁에 있을 거다. 언제나.

창밖으로 우리 집 진입로를 빠져나가는 낡아빠진 빨간색 기아 차가 눈에 들어왔다. 저 차를 볼 때마다 쓰레기 매립장으로 곧장 몰고 가서 버리고 왔으면 좋겠다는 생각이 든다. 내 큰아이가 저런 고물차를 타고 고등학교에 간다는 게 영 마음에 들지 않는다. 그렇지만 내가 무슨 말을 할 수 있으랴.

저 고물차를 운전하는 녀석을 생각하면 내가 속이 터진다.

제인이 집 앞 도로로 차를 몰고 나오는 모습이 얼핏 보였다. 길고 덥수룩한 머리에 몸은 빼빼 말랐다. 우리 집에 올 때마다 작은 트럭에 실을 만큼의 음식을 어떻게 먹어 치우는지 모르겠다. 냉장고에서 음식의 반이 사라졌다면, 제인이 다녀갔다는 뜻이다. 거기에 냉장고 문이 제대로 안 닫혀 있고 변기 시트가 올려져 있으면, 의심의 여지가 없다. 그리고 내가 거의 확신하건대 저 녀석은 전자담배를 피운다. 나는 전자담배가 정확히 뭔지도 모르지만, 내 딸이 사귀는 남자가 그런 걸 하는 건 원치 않는다. 그렇다고 내가 남자를 골라줄 수도 없어서 안타까울 따름이다.

저 녀석에게 무엇보다 제일 마음에 안 드는 것은 저놈이 렉시를 바라보는 눈빛이다. 그 시선에는 나를 불안하게 만드는 무언가가 있다. 내가 전에 본 적 있는, 결코 지울 수 없는 기억을 떠올리게 하는 무언가가.

렉시와 제인은 넉 달째 사귀는 중이다. 하지만 나는 석 달 반 전에 이미 끝났어야 한다고 생각한다.

마음 같아서는 저 녀석을 못 만나게 하고 싶다. 그렇지만 렉시는 17살이고, 억지스러운 방법이 통하지 않을 것이다. 렉시더러 저 녀석을 만나지 말라고 하면, 오히려 더 필사적으로 만나려 할 게 뻔했다. 지금은 그냥 두고 보는 게 현명하다. 렉시는 똑똑한 아이니까 언젠가는 정신을 차리리라 믿는다. 그렇게 되면 제인하고는 영원히 볼 일 없을 것이다.

만약 상황이 그렇게 흘러가지 않는다면, 내가 개입해서 딸을 보호할 것이다. 두 딸 모두를 지킬 것이다. 걔네가 어떻게 생각하는지는 상관없다.

몸을 돌려 부엌으로 다시 가려는데 시야에 휙 들어온, 창밖에서 움직이는 또 다른 무언가 때문에 발을 멈췄다. 옆집에 사는 브렛 칼슨이었다. 그의 집과 우리 집을 가르는 진입로를 따라 걸어오고 있었다. 아니, 걸어온다기보다 저 몸짓은 발을 쿵쿵 구른다고 해야 할 것 같다. 그가 우리 집 현관문을 향해 다가오고 있었다. 잠시 후면 문을 두드릴 것이다.

오늘 하루가 흥미진진해질 모양이다.

3

나는 문에서 불과 몇 발짝 떨어져 서 있었지만, 바로 문을 열지 않았다. 브렛에게 초인종 누를 기회를 주고 싶었다. 이왕에 여러 번 누르게 놔뒀다. 잠시 후, 예상한 대로 문 두드리는 소리가 나기 시작했다.

"문 열어요!" 브렛이 소리치며, 자기 손만 아플 것 같은데도 주먹으로 문을 계속 내리쳤다. "당장 열어요!"

거참, 아침부터 유난이다.

브렛 칼슨은 1년쯤 전에 우리 동네로 이사 왔다. 내가 이웃들 대부분은 꽤 잘 아는데, 브렛에 대해서는 아는 게 별로 없다. 금융쪽에서 일한다는 것과 스포츠카를 지나치게 빠르게 몬다는 것, 그리고 집에서 일할 때 음악을 아주 크게 튼다는 것 정도다. 이웃한 사람들의 귀가 괴로울 정도로 크게 틀어 두다가 소음 신고로 경찰이 오기 직전에는 소리를 줄이는 요령을 부렸다.

나는 천천히 문을 열었다. 문을 열기에 앞서, 현관 수납장에 넣어 두는 커터칼을 재빨리 집어 원피스에 달린 작은 주머니에 넣었다. 만일의 사태를 대비할 필요는 있으니까.

브렛이 벌겋게 달아오른 얼굴로 양쪽 주먹을 꽉 쥔 채 현관문 앞에 서 있었다. 나를 노려보는 눈빛에서는 험악한 기운이 넘쳐흘렸다. 나는 오른손 손가락으로 주머니 속 커터칼을 꼭 쥐었다.

"안녕하세요, 브렛!" 내가 밝게 인사했다. "어쩐 일이에요?"

"당신 짓인 거 다 알아요." 브렛이 씩씩거렸다. "당신 짓인 거 다 안다고요, 데비! 내가 절대로 그냥 넘어가지 않을 거예요!"

나는 브렛을 보며 눈을 깜빡였다. "무슨 말을 하는 건지 모르겠네요. 대체 내가 뭘 했다는 거예요?"

"당신이잖아요! 그동안 그렇게 소음 신고를 해놓고 내가 눈치 못 챌 줄 알았어요?" 브렛이 목에 핏대를 세웠다.

"무슨 말을 하는 건지 정말 모르겠어요, 브렛." 내가 말했다.

"두꺼비집 말이에요." 브렛이 설명했다. "당신이 내 지하실에 들어와서 사무실 방 스위치를 내렸잖아요. 지금 그 방에 전기가 하나도 안 들어와요. 이거 고치는 데 수천 달러가 들게 생겼어요!"

나는 가슴에 손을 얹었다. "오 저런!"

"'오 저런'이요?" 브렛이 비아냥거리며 내 말을 반복했다. "연극은 집어치워요. 내가 음악을 크게 트는 게 마음에 안 들어서 당신이 전기를 차단한 거잖아요." 브렛이 나를 보며 눈을 가늘게 떴다. "당신이 그랬다는 거 알아요. 대가를 치르게 될 겁니다. 꼭이요."

브렛이 대화를 이어가려고 집 안으로 밀고 들어올지도 모른다는 생각이 들었다. 나는 그의 앞을 막아서며, 필요하다면 커터칼을 꺼내 들 태세를 취했다. 하지만 그렇게까지 할 일은 없을 것이다. 브렛은 말뿐이다.

"두꺼비집에 그런 일이 생겨서 정말 안타깝게 생각해요, 브렛." 나는 미간에 힘을 줬다. "하지만 맹세코 내가 한 게 아니에요. 나는 우리 집 것도 어떻게 하는지 잘 모르는걸요! 전선이니 뭐니…

나한테는 그저 불가사의일 뿐이에요. 쿠퍼한테 물어보세요. 매번 차단기를 재설정하는 사람이 쿠퍼예요."

브렛이 믿을 수 없다는 눈으로 나를 노려봤다. "당신이에요."

"증거 있어요?"

"증거요?"

나는 공손하게 미소를 지어 보였다. "이해하기 어려운 질문은 아닌 것 같은데."

"증거는 무슨. 당신인 걸 다 아는데." 브렛이 쏘아붙였다.

나는 웃음을 터뜨렸다. 그 바람에 브렛의 화를 더 돋우고 말았다. "정말 터무니없네요. 내가 어떻게 그쪽 지하실에 들어갈 수 있겠어요?"

브렛이 아주 잠깐 생각하더니 이렇게 대답했다. "내가 뒷마당 랜턴 밑에 열쇠를 숨겨뒀는데, 그걸 당신이 찾아낸 게 틀림없어요."

이 세상에는 현관문 열쇠를 쉽게 찾을 수 있는 곳에 숨겨두는 순진한 사람들이 꼭 있다. 돌 밑, 또는 화분 속, 심지어 현관 매트 아래 같은 곳 말이다. 그건 마치 도둑들에게 친절한 초대장을 보내는 거나 다름없다. 쿠퍼와 내가 친구 집에 방문할 때면 하는 소소한 게임이 있는데, 현관문까지 걸어가는 동안 내가 여분의 열쇠가 어디에 숨겨져 있을지 맞히는 거다. 쿠퍼는 매번 재밌어한다. 최근에 그의 동료 집에 저녁 식사 초대를 받아 갔을 때, 내가 이 집 예비 열쇠는 현관 옆 정원 난쟁이 조각상 아래에 있을 거라고 말했다. 우리가 조각상을 들어 올리고 보니, 정말 거기에 열쇠가 있었다. 내가 촉이 좀 좋다.

"그러니까," 내가 입을 열었다. "내가 그쪽 뒷마당에 숨겨둔 열쇠를 찾아내서 한밤중에 문을 열고 집 안으로 들어간 다음 어떻게든 두꺼비집 스위치를 억지로 내렸다는 거예요? 브렛, 난 그냥 평범한 주부예요. 정말 내가 그런 일을 했다고 생각하는 거예요?"

브렛이 우리 집 현관에 들이닥친 이후 처음으로 그의 얼굴에 주저하는 기색이 스쳤다.

"어쩌면 10대 애들이 그랬을 수도 있어요. 엊저녁에 동네에서 불량해 보이는 남자애들이 어슬렁거리는 걸 봤거든요. 누가 봐도 딱 말썽을 일으키게 생긴 애들 있잖아요." 내가 말했다.

완전히 거짓말은 아니었다. 제인은 이 동네에 늘 드나들고, 그 녀석만큼 불량해 보이는 녀석도 드물다.

"당신이 범인이라는 생각엔 변함이 없어요." 브렛이 나를 매섭게 바라봤다. 하지만 말투에서 느껴지던 확신은 약해졌다. "당장은 증거가 없지만, 이걸 고치는 즉시 보안 카메라를 설치할 겁니다."

"아아, 아주 좋은 생각이에요!" 나는 목소리를 한껏 올렸다. "집을 안전하게 지키는 데에는 보안 카메라가 최고죠."

브렛이 당장이라도 나를 목 졸라 죽이고 싶다는 표정을 지었다. 나는 커터칼에 다시 손을 뻗으려다 마음을 바꿨다. 대신 이웃을 향해 미소 짓는 편을 택했다.

"말썽을 일으킨 불량배가 꼭 잡히면 좋겠네요." 내가 말했다.

"암요, 픽이나 그러시겠죠." 브렛이 낮게 툴툴거렸다.

그 말을 끝으로 그는 몸을 휙 돌리더니, 어깨 너머로 이글거리는 눈빛을 내게서 거두지 않은 채 현관 계단을 쿵쿵 내려갔다.

4

부엌에서 내 휴대폰이 울리고 있었다.

아이들에게 식탁에서 휴대폰을 꺼내지 말라고 자주 꾸짖지만, 솔직히 말하자면 내 휴대폰도 나에게서 떨어지는 일은 절대 없다. 지금도 식탁 위 시리얼 그릇 바로 옆에 떡하니 놓여 있었다. 사진 촬영을 위한 막바지 지시 사항 때문에 잡지사에서 걸려 온 전화일 거라 생각했다. 하지만 부엌으로 돌아가 핸드폰을 보니, 화면에는 개럿 미어스라는 이름이 떠 있었다.

내 직장 상사다.

나는 스스로를 전업주부라고 소개하는 편이지만, 사실 온 가족이 함께 읽는 신문을 표방하는 지역 신문인 《힝엄 하우스홀드》에서 〈디어 데비〉라는 상담 칼럼을 연재하고 있다. 일종의 〈디어 애비〉(1950년대부터 지금까지 이어져 온 미국의 유명한 신문 연재 상담 칼럼으로 독자는 1억 명이 넘는 걸로 알려져 있다 - 옮긴이〉 같은 것인데, 내 이름이 데비라서 〈디어 데비〉가 되었다. 힝엄시 전역에서 내 조언을 구하는 사연들이 날아오고, 나는 나름대로 최선을 다해 답해 주고 있다.

돈은 얼마 안 되는 일이지만, 사람들이 내 칼럼을 좋아해 주니 나도 즐겁다. 하지만 지금으로부터 대략 30년 전, 컴퓨터 공학을 전공하는 대학생으로 MIT에 첫발을 내디뎠을 때는 내 주된 직업이 상담 칼럼니스트가 되리라고는 상상도 못 했다. 고등학교 때 컴퓨터 선생님에게서 차세대 빌 게이츠가 될 거라는 말을 들었던 나였는데 말이다.

결론만 말하자면 나는 빌 게이츠의 뒤를 잇지 못했다. 차세대는 무슨. 2학년 2학기 때 MIT를 중퇴했다.

그래도 여전히 프로그래밍은 조금씩 한다. 실제로 스마트폰용 앱을 몇 개나 만들기도 했다. 우리 가족 외에 사용하는 사람은 없지만 말이다. 내가 가장 자랑스러워하는 앱이 있는데, '파인들리'라고 친구와 가족의 위치를 아주 정확하게 추적한다. 이지와 렉시 모두 휴대폰에 파인들리를 깔도록 했다. 덕분에 나는 아이들의 현재 위치뿐 아니라 과거 위치 기록까지 확인할 수 있다. 아이들이 어디 있는지 내가 알아야 안심된다.

남편 휴대폰에도 설치해 두었다. 당연히 허락받고 깔았으니 놀라지 마시라.

벨소리가 끊어질 생각이 없어 보였다. 나는 할 수 없이 식탁에서 폰을 집어 들고 화면을 밀어 전화를 받았다. 촬영팀이 오려면 아직 한 시간이나 남았고, 개릿은 통화를 길게 하는 법이 없다. 그는 '바쁜 사람'이라는 말을 늘 입에 달고 다니는 사람이었다.

"여보세요. 통화가 되어서 다행이에요, 데비." 개릿이 말했다.

"네, 그렇네요." 나는 식탁에 다시 앉았다. 개릿은 2년 전에 신문사를 인수했는데, 나하고는 결이 안 맞는 사람이다. 그래서 나는 그를 가능한 한 피해 다녔다. "무슨 일이에요?"

"오늘 사무실에 잠깐 들를 수 있을까요?"

그의 이례적인 요청에 눈살이 찌푸려졌다. 평소 나는 이메일로 원고를 보내고, 원고료도 내 계좌로 바로 입금된다. "오늘요? 몇 시쯤에요?"

"가능한 한 빨리요."

마음속에서 불안한 느낌이 올라왔다. 안 그래도 사진 촬영 때문에 신경이 곤두서 있는데, 상사와의 의문스러운 미팅까지 걱정하게 생겼다. "그러죠. 오후에 갈 수 있을 것 같아요. 두 시쯤이면 될 것 같은데."

"좋아요, 데비. 그때 봅시다."

개릿은 내가 무슨 말을 할 시간도 주지 않고 전화를 끊었다. 도 대체 무슨 일이람.

불안한 기분이 가시지 않았다. 마음 같아서는 지금 당장 사무실로 가서 무슨 일인지 알아내고 싶었지만, 그럴 수가 없었다. 얼마 후면 촬영팀이 도착할 테고, 사진 촬영 직후에는 점심시간에 동네 여성들과 독서 모임이 있다. 모임을 빼먹으려면, 평생토록 구박받을 것을 각오해야 한다.

휴대폰을 내려다봤다. 개릿에게 다시 전화해서 자세한 내용을 물어볼까? 마음이 막 기울어지려는 순간, 남편 쿠퍼가 부엌으로 들어왔다. 남편은 아침에 가족 중 맨 마지막으로 아래층에 내려오는 사람이다. 회계 법인 출근 시간이 여유로운 9시이기 때문이다. 그는 늦게까지 자는 걸 좋아하고, 나는 잠깐이지만 남편과 조용히 보내는 이 시간을 좋아한다.

쿠퍼는 연한 파란 줄무늬가 있는 흰색 와이셔츠를 입고, 회색 넥타이를 느슨하게 매었다. 갓 면도한 얼굴에는 작은 휴지 조각 하나가 매끈한 아래턱에 난 상처를 덮고 있었다. 그는 애프터셰이

브의 민트 향을 풍기며, 나를 향해 가지런하고 반듯하면서도 지나치게 희지 않은 치아를 드러내며 미소를 지었다.

나는 자리에서 일어나며 눅눅해진 시리얼 그릇을 집어 들었다. 시리얼은 처음에는 아주 맛있지만, 시간이 지나면 맛이 떨어진다. 이제는 그냥 버리는 게 낫다.

"시리얼 만들어 줄까?" 내가 물었다.

"내가 할게."

"힘든 일도 아닌데, 뭘. 내가 챙겨줘야지." 내가 윙크를 날렸다.

쿠퍼가 살짝 멋쩍게 웃었다. 가정교육을 잘 받으며 자란 남편은 집안일하는 것을 당연하게 여긴다. 우리가 막 결혼했을 때 내가 앞으로 그의 빨래를 해 주겠다는 말에 충격을 먹었던 그였다. 남편은 일을 하고 나는 아니었으니까, 내 생각엔 그렇게 하는 게 당연했다. 내가 그의 삶을 조금이라도 편하게 해 줄 수 있다면, 안 할 이유가 없지 않은가? 딱히 더 나은 일이 있었던 것도 아니었고 말이다.

쿠퍼는 식탁 의자 하나를 차지한 다음 내가 아침을 차리는 모습을 지켜봤다. 내가 그릇에 우유를 붓는데, 벨소리가 울렸다. 쿠퍼가 주머니에서 휴대폰을 꺼냈다. 남편 휴대폰은 최신형도 아니고, 바로 직전 모델도 아니다. 쿠퍼는 기기가 너무 오래되어서 소프트웨어 업데이트가 되지 않을 때가 되어야 새 휴대폰을 사는 사람이다. 그는 우리가 아는 사람들이 모두 스마트폰을 들고 다닐 때까지 구식 폴더폰을 사용했고, 내가 폴더폰을 압수하겠다고 하자 비로소 스마트폰을 샀다. 나와 달리 남편은 기술에 거부감이 있다. SNS도 하지 않고, 어쩔 수 없는 경우가 아니면 문자를 보내려고도 하지 않는다. 전화로 하면 안 되는 거냐며 툴툴거린다.

그게 내가 남편을 사랑하는 이유 중 하나다. 나와 정반대인 사람.

쿠퍼가 휴대폰 화면을 슬쩍 내려다보더니 얼굴을 찡그렸다. 그의 시선이 아주 빠르게 나를 스치고 지나갔고, 나는 그가 내 쪽에서 화면을 보지 못하도록 휴대폰을 비스듬히 기울인다는 것을 눈치챘다. 쿠퍼가 통화를 거절하고 휴대폰을 주머니에 다시 넣었다.

나는 남편에게 줄 시리얼을 식탁 위에 내려놓았다. 근사한 아침은 아니지만, 딸아이들과 달리 남편은 집을 나서기 전 뭐라도 먹으려 해서 고맙다. 그런데 쿠퍼가 아침을 먹기 시작하지 않고 자꾸 넥타이를 만지작거렸다. 평소 넥타이를 매지 않는 그에게 오늘은 중요한 날이란 뜻이었다.

"내가 해 줄게." 내가 말했다.

"내가 할 수 있어."

"내가 해 준대도. 안쓰러워서 그래."

남편이 순순히 일어섰다. 오늘따라 좀 멋져 보였다. 깨끗하게 다림질한 셔츠를 입고, 샤워하고 나온 머리는 아직 살짝 젖어 있다. 나처럼 40대 중반, 아니 정확히 따지자면 40대 후반이지만, 머리숱이 예전보다 조금 줄긴 했어도 여전히 괜찮은 외모다. 우리가 20대 초반에 처음 만났을 때와 별로 달라진 것도 없는 것 같다. 나는 매일 보니까 서서히 변해온 모습을 알아차리지 못하는 걸지도 모르겠다. 예전이나 지금이나 남편의 외모가 사람들의 고개를 돌릴 정도는 아니지만, 내가 귀엽고 친근한 옆집 소녀 같은 느낌으로 예쁜 것처럼 남편도 귀엽고 친근한 옆집 소년 같은 느낌으로 잘생겼다.

이제는 옛날 옛적엔 예뻤었다고 말해야겠지만 말이다.

내가 넥타이 매듭을 꽉 조이자, 쿠퍼가 시선을 내 원피스 위로 떨어뜨렸다. 흰 바탕에 붉은색으로 불규칙한 무늬가 있는 원피스다. 분명히 매장에서는 멋져 보였는데, 지금 보니 붉은색 물이 번진 듯한 무늬가 어째… 꼭 핏자국처럼 보였다.

아무래도 갈아입어야겠다.

"당신, 아주 멋진데." 쿠퍼가 말했다.

진심이 묻어나는 말투다. "고마워."

"사진 찍는 게 오늘이지?"

쿠퍼는 기억하고 있었다. 남편이 우리 집에서 내 입에서 나오는 말에 귀 기울여 주는 유일한 사람일 거다. "응. 10시에 오기로 했어."

"이야, 진짜 대단하다." 쿠퍼가 내 몸에 팔을 두르며 자기 쪽으로 끌어당겼다. "우리 집 정원이 잡지에 실린다니. 우리 이제 유명해지겠네!"

아무래도 쿠퍼가 《홈 가드닝》 잡지의 영향력을 좀 많이 과대평가한 것 같다. "글쎄, 그 정도는 아냐."

"스스로를 깎아내리지 마." 쿠퍼가 몸을 굽혀 내 입술에 쪽 입을 맞췄다. 그는 서서 키스하기에 정말 완벽한 키를 가졌다. "나는 당신이 우리 동네에서 정원을 제일 잘 가꾼다고 늘 말하고 다니는걸."

"음, 그랬구나."

"내가 가장 재능 있는 아내를 가진 거지." 쿠퍼가 다시 키스했다. 이번엔 좀 더 깊게. 그런 다음 내 귓가에 이렇게 속삭였다. "그리고 가장 섹시하고."

쿠퍼와 결혼한 지 거의 20년이 다 되어 가는데, 오랜 시간이 흘렀음에도 쿠퍼와 있으면 우리가 처음 만났던 그날처럼 내가 언제나 변함없이 매력적이라는 기분이 든다. 20대 초반 안내 데스크에서 일하던 시절로 돌아간 것 같다. 그때 쿠퍼는 나와 회사 장부를 들여다보는 동안 내 다리를 힐끔거렸었다.

그에게 데이트 신청을 받았을 때, 반사적으로 거절하는 말이 튀어나올 뻔했다. 정말 딱 거절하기 직전까지 갔었다. 당시 나는 누구와도 연애를 할 생각이 없었으니까. 그런데 쿠퍼의 눈빛 때문에 나는 마음을 바꿨다. 그리고 지금까지 강산이 바뀌어도 몇 번이나 바뀌었을 동안 내 선택을, 쿠퍼라는 사람을 후회한 적이 없다.

남편도 나와 같은 생각일지 궁금했다.

나는 그에게서 몸을 떼며 아쉬운 마음을 애써 눌렀다. 사진 촬영이 기대되기는 하지만, 쿠퍼와 잠깐 사랑을 나누는 것도 나쁘지 않았을 거다. 쿠퍼는 아침에 항상 활기를 띠는 것 같은데, 하필 오늘은 우리 둘 다 그럴 시간이 없었다.

"립스틱 바른 것 같아." 내가 그의 입술에 묻은 붉은 립스틱 자국을 가리키며 놀렸다.

쿠퍼가 조용히 웃으며 식탁에서 냅킨을 집어 입술을 닦았다. "켄이 내가 립스틱을 바르고 출근하는 걸 보면 얼굴을 팍 구기겠군."

뭐 그런 걸로 인상을 쓰나 싶겠지만, 쿠퍼의 상사는 세상만사에 인상을 쓰는 사람이다.

"그러면 오늘 켄하고 얘기한다는 거지? 그거… 말이야." 내가 말했다.

쿠퍼가 움찔했다. 남편은 켄 브라이언트 밑에서 10년째 일하고 있다. 하지만 장기근속 연수에 비해 제대로 된 대우를 받지 못하고 있다. 쿠퍼 멀린은 훌륭한 자질을 가진 사람이다. 좋은 남편이자 좋은 아빠이고 정말 뛰어난 회계사이다. 하지만 그에게 치명적인 결점이 있는데, 야망이 없다는 것이다. 독립해서 개업하면 더 많은 수입을 얻을 수 있을 텐데도 그럴 생각이 없었다. 그런 그가 근래 회계 법인의 지분 파트너로 승진하는 것에 대해 켄의 눈치를 살피고 있었다. 그 문제로 켄하고 미팅을 하기로 한 날이 오늘이다. 그래서 잘 매지도 못하는 넥타이를 한 것이다.

"그럴 것 같아." 쿠퍼가 내 눈을 피하며 중얼거렸다. 후끈 달아오르던 분위기도 다 식었다.

내가 그의 턱에 난 상처에 붙어 있는 작은 휴지 조각을 홱 떼어 내자, 쿠퍼가 얼굴을 찡그렸다. "켄도 당신을 놓치고 싶지 않을 거야. 당신이 일을 얼마나 잘하는데. 가서 원하는 바를 그냥 말해. 켄이 아주 기쁜 마음으로 당신을 파트너로 받아줄 거야."

"기뻐하지는 않을 거야." 쿠퍼가 대꾸했다. 사실 그 말이 틀리지 않다는 건 나도 알고 있다.

"아무튼. 자기 뜻을 당당히 말하고 끝까지 밀어붙여."

쿠퍼가 무슨 말을 했지만, 나는 옆집 쪽으로 난 창문으로 지나가는 트럭에 정신이 팔려 듣지 못했다. 불쌍한 브렛을 도와줄 전기 기술자가 도착한 모양이었다. 두꺼비집 손상이 그의 생각보다 심하지 않기를 마음속으로 기도했다.

5
쿠퍼

데비가 매준 넥타이는 완벽했다.

나도 여태껏 수십 번, 아니 수백 번이나 넥타이를 매었지만, 매번 어린아이가 묶어놓은 것처럼 보였다. 도대체 뭐가 문제인지 모르겠다. 내가 손재주가 좀 없긴 하다. 그렇지만 데비는 완벽하게 넥타이를 매어준다. 내 아내가 가진 초능력 중 하나다. 마법을 부린 듯 뒷마당에 형형색색의 꽃들이 피어나게 하는 것도 놀랍다.

그뿐이 아니다. 아내는 마음만 먹으면 뭐든지 잘한다. 그냥 천재다. 휴대폰에서 실제로 작동하는 앱을 여러 개 만들기도 했다. 심지어 혼자서 만들었다. 나는 내 휴대폰에 깔린 앱들도 제대로 쓰지 못하는데, 데비는 무에서 유를 창조하듯 앱을 만들어 냈다.

솔직히 가끔은 데비가 어쩌다 나 같은 별 볼 일 없는 못난 놈과 결혼했는지 궁금하다.

"자기야, 명심해." 데비가 나를 올려다보느라 얼굴을 들고 있었다. 아내의 화장한 얼굴이 어땠는지 잊어버리고 있었다는 생각이 들었다. "원하는 걸 '부탁하는' 게 아니야. 그냥 '말하는' 거야."

데비는 지금 내가 회사의 파트너 회계사로 승진하는 것에 대해 말하고 있다. 저렇게 자신감에 충만한 이유는 켄 브라이언트를 한 번도 직접 만난 적이 없기 때문이다. 내 상사는 가정과 업무를 철저히 분리해야 한다는 신념을 가지고 있다. 우리 회사에는 배우자와 자녀들을 초대하고 직원 중 한 명이 산타 복장을 하는, 그런 근사한 크리스마스 파티 따위는 없다. 직원의 개인 사무실에서 '가족사진'이 보이기만 해도 켄은 불쾌해한다. 그가 1년 동안 웃는 횟수는 기껏해야 두 번쯤이다. 그것도 많아야 두 번.

그래서 나는 오늘 아침에 있을 미팅에 영 자신이 없었다. 저 멀리 보이지도 않는 과녁을 향해 활을 쏘는 심정이다.

미팅이 데비가 기대하는 방향으로 흘러갈 가능성은 거의 없다는 말을 차마 입 밖에 낼 수 없었다. 우리 집 주택담보대출 상환액은 사람을 우울하게 만들 정도로 부담스럽고, 이 동네 물가는 천정부지로 치솟았다. 데비도 신문사에서 어느 정도 수입을 벌지만, 우리 가족의 생계를 책임지는 사람은 나다. 이번에 승진해서 급여를 올리지 못하면 정말 곤란한 상황이었다.

"자신감을 가져." 데비가 한 번 더 말했다. "자, 이제 시리얼을 먹도록 해."

나는 웃으며 말했다. "네. 그러죠, 마님. 그렇게 '자신감' 있게 말하시니 한번 먹어보겠습니다."

데비를 마주 보고 앉아 시리얼을 먹기 시작했다. 얼마 전부터 데비가 사 오는, 식이섬유가 들어갔다는 이 시리얼은 정말 끔찍하다. 목으로 넘기기야 하지만, 아무리 노력해도 좋아지지 않았다. 데비에게 다음번엔 종이 상자를 먹는 것 같은 맛이 나지 않는 걸로 사 오라고 말해야겠다는 생각과 그래도 이런 종류가 건강한 것이라는 생각이 머릿속에서 엎치락뒤치락했다. 맛으로 봐선 몸에는 확실히 좋을 것 같다.

시리얼을 먹는 동안, 휴대폰이 들어 있는 주머니 위에 방어적으로 손을 올려놓고 있었다. 티 내지 않으려 했지만, 그 뜻밖의 전화가 내 아침을 완전히 흐트러뜨리고 말았다. 내가 아직 집에 있고 아주 높은 확률로 아침 식사 중일 것을 아는 그녀가 무슨 생각으로 지금 전화를 걸었는지 모르겠다. 만약 데비가 보기라도 했다면….

뒷일은 생각하고 싶지도 않다.

종이 상자 같은 시리얼을 몇 숟갈 입으로 밀어 넣고 나니 더는 못 먹을 것 같았다. 손등으로 입가를 닦고 자리에서 일어났다. "이제 가봐야겠어. 오늘은 늦고 싶지 않거든. 점심 싸놓은 거 줘."

"그게…." 데비가 엉거주춤하게 몸을 일으켰다. "당신 점심을 준비할 시간이 없었어. 지금이라도 싸면 돼. 샌드위치 해 줄까?"

데비는 '항상' 점심을 챙겨줬다. 내가 부탁한 적이 없는데도 데비는 결혼하자마자 그건 자기가 감당할 책임 중 하나라고 선언했다. 데비가 만든 게 푸드트럭이나 드라이브스루에서 사 먹는 것보다 훨씬 맛있기에 나도 굳이 마다할 이유가 없었다.

그런데 오늘 데비가 결혼 이후 처음으로 내 도시락을 싸주지 않았다. 나는 갑작스러운 상황에 할 말을 빨리 찾지 못했다.

"아냐, 괜찮아." 데비가 점심을 챙겨 주지 않았다는 사실에 상처받은 마음을 들키고 싶지 않았다. 다 큰 어른이 유치하게 그런 말을 입 밖에 낼 수는 없었다. "사무실 근처에서 사 먹을게."

나는 데비에게 인사차 입맞춤을 하려고 식탁을 돌아갔다. 이제껏 아내에게 입을 맞추지 않고 집을 나선 적은 한 번도 없었다. 다른 건 몰라도 이것만큼은 절대 잊어버리면 안 되는 우리의 의식이다. 데비 입술에 입을 맞추며 손을 그녀 등에 갖다 대자, 부드러운 원피스 너머로 갈비뼈의 곡선이 그대로 느껴졌다.

입술이 떨어진 후 데비가 내 눈을 들여다보며 말했다. "행운을 빌게."

그렇다, 행운이 꼭 필요하다.

어제 차를 진입로에 세워 둔 탓에 나는 현관문으로 나갔다. 그러고는 자동적으로 문을 잠갔다. 데비 때문에 몸에 밴 습관이다. 데비는 항상, 우리 동네는 안전하지만, 현관문을 잠그지 않으면 문제가 생기게 마련이라고 말했다.

"쿠퍼!"

열쇠를 열쇠 구멍에서 빼는데, 옆집에 사는 브렛 칼슨이 우리 앞마당에 서 있는 게 보였다. 그의 부츠 밑에서 데비가 정성 들여 가꾸어 건강하게 자란 푸릇푸릇한 잔디가 짓밟히고 있었다. 아무리 생각해도 데비는 정말 대단하다. 식물 쪽에도 천재적인 재능이 있는 것이 틀림없다.

"안녕하세요, 브렛?" 나는 밟힌 잔디 때문에 짜증이 일었지만, 말투에 드러나지 않기를 바랐다.

다음 순간 이를 악물고 있는 브렛의 모습이 눈에 들어왔다. 그가 내 쪽으로 위협적으로 걸어오는데, 그의 오른쪽 눈 아래 근육이 경련하듯 꿈틀거렸다. 잔뜩 화가 난 얼굴이다. 나는 살면서 한 번도 주먹다짐을 해 본 적이 없는데, 오늘 내가 살면서 처음으로 주먹을 휘둘러야 할지도 모른다는 생각이 들었다.

"전기 기술자가 왔어요!" 브렛이 다짜고짜 소리를 질렀다. "스위치만 억지로 내린 게 아니더군요. 전기 배선까지 잘라났어요."

당최 무슨 말인지 모르겠다. "전기 배선이요?"

"우리 집 두꺼비집 말이에요. 당신 아내가 어젯밤 내 지하실에 몰래 들어와서 다 망가뜨렸다고요." 브렛이 말했다.

처음에는 브렛이 농담하는 거라 생각했다. 그래서 웃었다. 하지만 그의 얼굴이 분노로 이글거리는 걸 보고서는 얼른 웃음을 거뒀다.

"그게 도대체 무슨 소리예요? 데비가 그쪽 두꺼비집에 손댔을 리가 없어요." 나는 고개를 절레절레 흔들었다.

"허튼소리 집어치워요. 내가 음악 트는 것에 대해서 경찰에 매번 신고하는 게 데비잖아요."

데비가 매번 경찰에 신고했다고 한들 브렛이 품은 의심은 정상적인 사람의 머리에서 나온 게 맞나 싶을 정도로 터무니없었다. 브렛이 술을 마신 건가 싶었지만, 그에게서 술 냄새는 나지 않았다. "잘못 짚었어요."

"잘못 짚은 거 아니에요." 브렛이 말을 이었다. "잘 들어둬요, 쿠퍼. 아내를 잘 단속해야 할 거예요."

나는 눈을 굴리다가 문득 렉시가 내 앞에서 눈을 굴릴 때마다 얼마나 짜증 났었는지가 생각났다. "아, 그래요?"

"그럼요." 브렛이 나를 똑바로 바라봤다. "'위험한' 여자예요."

그 말에 뭐라고 대꾸해야 할지 알 수가 없었다.

그래서 입을 다물었다. 이성적으로 생각하지 않은 사람을 이성으로 설득할 수 없다는 데비의 명언을 떠올렸다. 다행히도 그때 브렛의 집에서 전기 기술자가 나와 그를 불렀고, 나는 그에게서 벗어날 수 있었다. 그래도 브렛이 집 안으로 들어가 문을 닫을 때까지 내 어깨의 긴장은 풀리지 않았다.

브렛이 몹시 화나 있다는 사실을 데비에게 말해둬야 할지 잠시 생각했지만, 굳이 그럴 필요까지는 없어 보였다. 그의 주장이 너무 황당무계해서, 조만간 브렛이 스스로 큰 착각을 했음을 깨닫게 될 것이라 확신했다.

6
〈디어 데비〉
임시 보관함

데비에게

내 말 좀 들어줘요. 나는 정말로 재즈를 사랑한답니다. 라디오를 켰을 때, 마일스 데이비스의 〈카인드 오브 블루〉 앨범에 수록된 곡이 흘러나오는 것만큼 행복한 순간은 없을 거예요. 그런데 어찌해야 할까요. 남편이 재즈를 못 듣게 해요! 그이는 포크 음악만 듣는데, 그건 내 취향이 아니더라고요.

진짜 황당한 얘기는 지금부터예요. 우리가 남편 차를 타고 갈 때면 남편이 자기가 운전하니까 자기에게 음악을 고를 권리가 있다고 해요. 마음에 안 들지만 뭐 어떻게 하겠어요. 그러라고 하죠. 그런데 내 차를 타고 내가 운전하는데도 남편이 자기가 돈을 더 많이 버니까 엄밀히 따지면 자기 차라고 하면서 음악을 고르겠다잖아요! 지나가던 개가 듣고 웃을 만한 이야기 아닌가요?

남편이 듣고 싶어 하는 음악을 나도 같이 들을 수야 있죠. 하지만 아주 가끔은 나도 음악을 고를 수 있어야 하잖아요. 내가 어떻게 해야 할까요?

포크 음악을 포크로 찍어버리고 싶은 독자

포크 음악을 포크로 찍어버리고 싶은 독자에게

차 안에서 어떤 음악을 들을지를 두고 전쟁을 치른 부부가 얼마나 많은지를 알면 깜짝 놀랄 거예요! 하지만 결혼 생활이란 것이 결국 타협의 연속이잖아요. 이번에 이 난국을 슬기롭게 헤쳐나가 보는 거예요. 다음에 어디 먼 길을 가기 전에 두 분이 함께 들으면 좋을 만한 가수들을 몇 명 떠올려 보세요. 그 가수들의 노래로 플레이리스트를 만드는 거예요. 그러면 두 분 모두 음악을 즐길 수 있을 거예요!

만약 남편이 이 타협안을 받아들이지 않는다면, 이제 반짇고리를 꺼낼 시간이 왔네요! 약국이나 마트에서 구매한 항히스타민제를 밤에 남편 와인에 슬쩍 넣으세요. 남편이 자는 동안, 반짇고리에서 바늘을 꺼내 고막에 구멍을 내세요. 이런 일에도 참 유용한 도구죠! 한쪽 귀를 끝내면 다른 쪽 귀로 넘어가세요. 조금 지루할 수 있지만, 꽤 단순한 작업이랍니다!

그 후로는 차 안에서 무슨 음악을 틀든 남편은 전혀 신경 쓰지 않을 거예요!

데비로부터

7
데비

촬영팀이 도착하기까지 15분 남았다.

마지막으로 한 번 더 정원 상태를 눈으로 훑으며 확인했다. 장미가 사람들에게 인기가 많다는 건 나도 안다. 이 블록 아래쪽에 사는 조 돌런의 정원만 봐도 딱 알 수 있다. 하지만 내 정원에는 강렬한 분홍, 빨강, 보라색 꽃들이 아름답게 어우러져 있다. 기자가 꽃 종류가 뭐냐고 물었을 때, 나는 아네모네라고 답했다. 꼭 아네모네처럼 보인다. 사실은 아니지만.

진짜 이름을 말했더라면 잡지에 실릴 일은 없었을 것이다. 쿠퍼에게도 알려주지 않았다.

나는 더할 나위 없이 완벽해 보이는 정원에서 내 원피스로 눈을 돌렸다. 손으로 구김이 간 부위를 매만졌다. 아무리 봐도 붉은 얼룩이 핏자국 같지만, 옷을 갈아입는 수고를 들일 가치가 있을까 싶었다. 내가 사진에 담길지도 확실하지 않고, 설령 내 사진을 찍는다 해도 얼굴만 나올 가능성이 높았다.

시간을 확인해 보니 아직도 10분이나 남았다. 시간이 느리게 흘러가는 것 같다. 문득 촬영팀에게 커피가 필요할 거란 생각이 들었다. 집들이 선물로 받았던 최신형 커피 머신으로 커피를 내리기 시작했다. 쿠퍼는 이걸 보자마자 "너무 복잡하다"고 했다. 남편은 이제 회사에서만 커피를 마신다. 커피 머신 조작에 무슨 핵물리학적 지식이 필요한 것도 아닌데 말이다. 솔직히 말하면 핵물리학도 내가 대학 때 들었던 고급 데이터베이스 시스템 수업 앞에서는 명함도 못 내민다. 내가 커피 가루를 기계에 넣고 버튼을 누르자 커피 머신이 활발하게 움직이기 시작했다. 이제 곧 커피가 나올 것이다.

부엌에 앉아 있기엔 마음이 너무 붕붕 떠서 현관에 가보기로 했다. 혹시 촬영팀이 일찍 도착해서는 매너를 지키느라 10시가 되기를 기다리는 건 아닐까 싶어서 창밖을 슬쩍 살폈다. 하지만 집 앞에 낯선 차는 한 대도 보이지 않았다. 그 대신, 바로 맞은편에 사는 베브 페트리가 흙바닥에 무릎을 꿇은 채 넘어져 있는 모습이 눈에 들어왔다. 다음 순간 나는 현관문을 열고 달려 나가고 있었다.

"베브!" 내가 소리쳤다. "베브, 괜찮으세요?"

베브는 인생 87년 차이고, 우리 집 코앞에 있는 작은 단층집에 홀로 산다. 정신은 뾰족할 정도로 또렷하지만, 몸은 너무 허약해서 바람이 세게 불면 그대로 날아가 버리지 않을까 걱정이 들 정도다. 그녀에게 가서 도와드릴 일이 없는지 살피는 것도 어느새 내 일상의 한 부분이 되었다. 대개 쓰레기를 대신 길가에 내놓거나, 사람 나이로 치면 주인만큼이나 늙은 반려견을 위해 대용량 사료를 사다 주거나 한다. 물론 잔디 손질은 말할 것도 없다. 베브가 잘못 넘어지기라도 해서 고관절 골절로 병원에 가게 될까 봐 염려되지만, 그게 오늘은 아니기를 바랐다.

"베브!" 나는 가까이 다가서며 다시 소리쳤다. 베브의 청력이 예전 같지 않다. "무슨 일이세요? 넘어지셨어요?"

그녀가 살짝 고개를 들어 탁한 푸른 눈동자를 보이며 미소를 짓자 얼굴에 주름이 번졌다. 다행히 다친 사람처럼 보이지는 않았다. 그냥 정원 일을 하던 중이었나 보다. "데비! 좋은 아침!"

나는 손을 내밀어 베브가 일어설 수 있도록 도와주었다. 나 없이 베브가 혼자 일어나기 힘들었을 것 같다는 생각에 걱정이 올라왔다. 앞으로 베브를 좀 더 자주 살펴야겠다고 다짐했다.

"잡초 좀 뽑고 있었어." 베브가 자신의 정원을 노려보며 말했다. "이 망할 바랭이가 어찌나 자라는지. 글쎄, 조 돌런이 내 정원에는 꽃보다 잡초가 더 많다잖아."

"베브, 제가 이번 주말에 잡초 정리해 드릴게요." 내가 말했다.

베브가 눈을 반짝였다. "그래 줄 수 있어?"

"그럼요. 별거 아니에요."

〈디어 데비〉로 오는 사연 중에 다른 식물에는 피해 없이 잡초를 제거하는 방법을 묻는 내용이 종종 있다. 나는 보통 식초, 소금, 비누를 섞은 용액을 추천하곤 한다. 그렇지만 내가 절대적으로 좋아하는 잡초 제거법은 냄비에 물을 끓여 작은 악당들에게 뜨거운 물맛을 보게 하는 것이다.

베브가 나를 위아래로 훑었다. "오늘 너무 예쁘다. 사진 찍는 날인가 보네?"

나는 고개를 끄덕였다. "네, 맞아요. 그래서 집으로 다시 가봐야 할 것 같아요."

이제 거의 10시였다. 촬영팀은 아직 도착하지 않았지만, 그들이 왔을 때 내가 집에 없으면 보기 좋지 않을 것이다.

"행운을 빌어, 데비." 베브가 말했다. "조가 엄청 질투하겠어! 그 여자가 어떤 표정을 지을지 벌써부터 기대되는구먼!"

나는 어깨를 으쓱하며 전혀 신경 쓰지 않는 척했지만, 언제나 나를 얕잡아 보는 동네 사람에게 한 방 먹이는 게 조금도 기쁘지 않다고 말한다면 거짓말일 거다. 조는 자기네 잔디가 동네에서 최고라고 생각하고, 그 얘기를 아무나 붙잡고 쏟아낸다.

나는 베브에게 인사를 건넨 후 길을 건너 집으로 돌아왔다. 시계를 보니 10시는 이미 몇 분 전에 지났다. 잡지사 사람들은 아직도 나타나지 않았다. 흠, 늦나 보다. 사람이 살면서 시간을 딱딱 지키긴 어렵지. 현실 세계에서 우리가 시간을 엄수해야 하는 건 스쿨버스를 탈 때뿐이다. 스쿨버스는 누구에게도 아량을 베풀지 않기 때문이다.

부엌으로 들어서자, 커피 머신이 쉭 하는 소리를 내며 갈색 액체가 커피포트 안으로 천천히 일정한 속도로 떨어지기 시작했다. 완벽하다. 이제 커피도 준비됐고, 그들이 오기만 하면 된다.

시간을 다시 확인했다. 잡지사 연락처가 있긴 하지만, 그런 사람이 되기는 싫다. '사진 기자가 15분이나 지나도록 오지 않았어요. 이게 어떻게 된 건가요?'라고 까탈스럽게 구는 그런 사람 말이다. 조만간 촬영팀이 모습을 보이리라 믿는다. 아무렴, 《홈 가드닝》이 나를 바람맞히지는 않을 거다.

그렇겠지? 진짜 안 그러겠지?

식탁에 앉아 커피가 커피포트로 천천히 떨어지는 소리를 들으며 발로 바닥을 톡톡 두드렸다. 몇 분마다 시계를 확인했고, 분명 시간은 몇 분씩 흘러가 있었다. 그런데도 촬영팀은 아직 오지 않왔다. 이메일을 열어 우리가 약속한 날짜와 시간이 정말 맞는지도 확인했다.

시계가 10시 25분을 가리키자 내 인내심은 완전히 바닥나 버렸다. 이메일에서 연락처를 찾았다. 니타 가이슬러라고 사진 촬영에 관해서 내게 연락했던 기자다. 우리 집에 와서 정원을 보고는 감탄을 쏟아내더니 사진 촬영 일정을 잡았다. 그게 9월 26일 오전 10시였다.

떨리는 손으로 휴대폰에 전화번호를 꾹꾹 눌러 넣었다. 지난 일주일 내내 오늘을 손꼽아 기다려 왔지만, 내가 어디선가 실수를 한 것이 분명하다. 결국 이런 일은 다 내 탓이다. 날짜와 시간을 재확인했어야 했던 걸까? 삼류 잡지사도 아닌데, 이런 식으로 그냥 안 나타날 리는 없었다.

"《홈 가드닝》입니다." 밝고 경쾌한 여성의 목소리가 전화기 너머에서 들려왔다.

니타의 개인 번호이길 바랐는데, 안내원부터 상대하게 생겼다. "네, 안녕하세요. 저는 데비 멀린이라고 해요. 니타 가이슬러 씨와 통화하고 싶은데요." 내가 말했다.

"무슨 일로 전화 주셨을까요?"

"그게…." 내가 머리카락을 만지작거리다가 너무 세게 잡아당겼는지 두피가 욱신거렸다. "오늘 아침 10시에 사진 찍으러 우리 집으로 오기로 했거든요. 그런데 아직 오지 않아서요."

"으음." 전화기 너머로 키보드 두드리는 소리가 들렸다. "오늘 니타 씨에게는 그런 일정이 잡혀 있지 않은데요."

"하지만 오늘 아침에 만나기로 니타가 이메일에 썼어요. 나한테 그 이메일이…." 내가 잠시 말을 멈췄다.

"정말 이상하네요!" 안내원이 여전히 밝은 목소리지만 아주 어려운 수수께끼를 풀어야 하는 임무를 맡게 된 사람처럼 말했다. "제가 한번 확인해 보겠습니다. 잠시만 기다려 주세요!"

통화 대기 상태가 되자 테일러 스위프트 노래가 흘러나왔다. 평소엔 테일러 스위프트 음악을 좋아하는 편이지만, 지금은 그럴 기분이 아니었다. 엄지손가락을 만지작거리며 전화가 연결되기를 기다리는 시간이 길어질수록, '내가 문제야. 내가'라는 노래 가사가 마치 나에게 하는 말처럼 들렸다.

그냥 전화를 끊어야겠다고 생각한 순간, 안내원의 목소리가 들려왔다. "여보세요, 밀러 님?"

"멀린이에요." 내가 정정했다.

"아, 멀린 님." 안내원이 두 번째 시도에서는 실수하지 않겠다는 높은 의지를 담아 내 이름을 반복했다. "니타 가이슬러 씨를 연결해 드릴게요. 잠시만 기다려 주시겠습니까?"

렉시처럼 눈을 굴리지 않으려고 간신히 참았다. 여태 기다리고 있었는데 왜 니타에게 바로 연결해 주지 않았는지 모르겠다. 내가 지금 대통령과 통화하려는 것도 아니고, 니타는 일개 원예 잡지의 기자일 뿐인데. "그래요."

다시 15초쯤 테일러 스위프트 노래를 듣고 나서야 니타의 걸걸한 목소리가 휴대폰 스피커에서 흘러나왔다. "여보세요?"

"안녕하세요!" 음악을 듣는 대신 사람과 통화하게 되었다는 사실에 감사해서인지 내 목소리가 올라가는 게 느껴졌다. "나 데비예요. 데비 멀린이요. 우리가… 그러니까, 오늘 아침에 우리 집으로 촬영팀이 올 거라고 생각했어요. 정원 사진을 찍으려고. 이메일에도 그렇게 쓰여 있었거든요. 내가… 혹시 날짜를 잘못 알았나요?"

"저런." 니타가 한숨을 내쉬었다. "데비 씨, 정말 미안하게 됐어요. 일정이 취소되었다고 어시스턴트가 연락을 드린 줄 알았는데, 안 그랬나 보네요."

와우, 이런 환상적인 대답을 듣게 될 줄은 몰랐다. 이 피 묻은 것 같은 원피스를 입고 아침 내내 수선을 떨었는데, 헛고생만 한 셈이다. 이왕 이렇게 된 김에 덜 끔찍한 옷으로 바꿔 입고 제대로 사진 촬영을 할 수 있게 되었으니 좋게 생각하기로 했다. 오늘 촬영이 없는 것이 차라리 잘 됐다. "그럼 일정을 다시 잡는 건가요?"

"그게… 사실은 저희가 좀 다르게 가보기로 했어요."

내 안에 퍼지고 있던 안도감이 순식간에 싸늘한 느낌으로 바뀌었다. "다르게요?"

"네." 니타가 말을 이었다. "저희가 데비 씨를 만나러 갔던 날 집에서 나오다가 우연히 조 돌런이라는 이웃분을 만났어요. 그분의 장미 정원을 봤는데, 장미가 정말 클래식한 꽃이잖아요. 잡지에 정원의 고전적인 아름다움을 보여주는 사진이 실리면 좋을 것 같았어요."

나는 입이 얼어붙었다. 누가 내 머리를 세게 내려친 것 같았다. 조가 내 사진 촬영을 가로챘단 말인가?

"정말로 제 어시스턴트가 연락드린 줄 알았어요. 죄송해서 어쩌죠? 저희가 번거롭게 해드린 게 아니었으면 좋겠는데요."

"그럼요." 나는 돌아오지 않는 정신을 부여잡으며 말했다. "전혀

요. 다만… 우리 집 정원도 찍을 수는 없나요? 꼭 둘 중 하나여야만 해요?"

니타가 웃었다. "같은 블록에서 두 집을 찍기는 곤란할 것 같아요. 그건 좀 웃기잖아요."

그렇군. 내가 웃기는 소리를 했군.

"일이 이렇게 되어서 다시 한번 사과드려요, 데비 씨. 저희가 죄송해서 《홈 가드닝》 3개월 무료 구독권을 드리고 싶은데요. 신용카드 정보만 알려주세요. 무료 기간이 끝나면 언제든 취소하실 수 있어요. 물론 많은 분들이 저희 잡지를 아주 좋아해서 구독을 계속 이어가긴 하지만요."

나는 무슨 말을 해야 할지 아무 생각도 나지 않았다. 조의 정원이 떡하니 실린 잡지가 우리 집으로 배달되는 건 원치 않는다.

"그럼." 니타가 말했다. "무료 구독에 필요한 정보를 받을 수 있게 전화를 안내원에게 다시 돌려도 될까요?"

"그래요." 나는 간신히 대답했다.

그리고 테일러 스위프트 노래가 다시 흘러나오자마자 전화를 끊어버렸다.

식탁에 앉아 커피가 가득 차 있는 커피포트를 멍하니 바라봤다. 저 커피를 싱크대에 다 버려야 할 판이다. 조와 나는 정원 가꾸기에 나름 건강한 라이벌 관계를 수년간 유지해 왔다. 그런데 조가 이렇게까지 비열하게 나올 줄은 생각도 하지 못했다. 잡지에 나올 기회를 코앞에서 대놓고 훔쳐 간 게 아니라는, 다른 어떤 설명이 있을 거라고 믿고 싶다.

갓 내린 커피 향이 부엌에 가득했지만, 지금 내 기분을 나아지게 할 수 있는 건 커피가 아니었다. 나한테 필요한 건 독한 술 한 잔이었다.

나나 쿠퍼나 술을 잘 마시지 않지만, 작년 크리스마스에 받은 피노 그리지오 한 병이 집에 있다. 이웃에 사는 로셸이 내가 그녀를 위해 준비한 크리스마스 선물은 그렇게 비싼 게 아닐 것을 알면서도 내게 준 와인이다. 여태껏 그 와인을 딸 일이 없었는데, 지금이 더할 나위 없이 좋은 기회였다.

와인은 냉장고 위 찬장에 있었다. 까치발로 서서 찬장 문을 연다음 오른손으로 병을 집어 들었다. 와인을 그다지 좋아하지도 않고, 아침부터 와인을 들이켜는 게 위험한 습관으로 이어질 수 있다는 것도 알지만, 지금은 아무 생각도 하고 싶지 않았다. 조금 전 전화 통화의 고통을 잊고 싶었다.

와인 병의 코르크가 내 시선을 가장 먼저 잡아 끌었다. 누가 코르크를 뺐다가 다시 꽂아 둔 것 같다. 그게 꼭 이상하다고 볼 수는 없었다. 쿠퍼가 혼자 마셨을 수도 있다. 그렇지만 내 손에 든 병 안에는 내용물이 가득 차 있는 것처럼 보였다. 누군가 와인을 땄는데 마시지는 않았다는 건가?

나는 코르크를 뽑았다. 유리잔을 찾기도 귀찮았다. 그냥 병에 입을 갖다 대고 쭉 들이켰다. 입안에서 와인을 굴리며 과일 향 같은 걸 음미할 여유 따위는 없었다. 그저 내 기분을 좋게 해 줄 취기만 있으면 그만이었다.

그런데 한 모금 삼키는 순간, 깜짝 놀라고 말았다. 과일 향도, 기분 좋은 취기도 느껴지지 않았다. 아무 맛도 없었다.

물맛만 났다.

혼란스러운 눈으로 병을 내려다봤다. 내가 라벨을 잘못 읽었나 싶었다. 탄산수를 잘못 봤나? 하지만 이건 탄산수 맛도 아니었다. 그냥 맹물이었다.

몸을 획 돌려 싱크대로 가 병을 기울였다. 연노란색 액체가 쏟아져 나올 거라 생각했는데, 지금 싱크대를 적시고 있는 액체는 투명했다. 누군가 와인을 마신 다음 내가 눈치채지 못하게 물로 채워 놓은 것이었다.

누가 이런 짓을 했을까?

누구긴 누구겠어. 렉시의 남자 친구 제인이지. 아니라면 내 손에 장을 지지겠다.

그 녀석이 문제라는 건 익히 알고 있었지만, 이제 보니 우리 집에서 술까지 훔쳐 마시고 있었다. 렉시에게 이 일을 말해봤자, 당연히 아니라고 할 것이다. 걔는 자기 남자 친구가 물 위도 걸을 수 있다고 생각하니까. 앞으로는 그놈이 몰래 마실 만한 술이 집에 없도록 하는 수밖에 없다.

지금쯤이면 기분 좋게 취해 있을 줄 알았는데. 그럴 가능성이 완전히 사라지고 나자 내게 일어난 일에 대한 분노를 잠재울 수가 없었다. 내가 가꾼 정원이 잡지에 실릴 예정이었다. 촬영 일정을 잡고, 준비까지 모두 마쳤다. 그런데 이웃이라 생각한 사람이 가로챘다.

도저히 가만히 있을 수가 없다. 지금 당장 그 집으로 가야겠다.

8

조 돌런은 나와 같은 블록에 살지만, 그녀 집은 한쪽 끝에, 우리 집은 그 반대쪽 끝에 있었다. 동네가 언덕처럼 경사진 지형이라 내가 언덕 꼭대기에 산다면 그녀는 언덕 아래쪽에 사는 셈이다. 조는 예전만큼 걷기가 쉽지 않다며 내가 있는 언덕 위까지 잘 올라오지 않는다.

하지만 니타 가이슬러가 왔을 때는 예외를 두었던 모양이다.

원피스를 갈아입기는 귀찮았지만, 아침 내내 신고 있었던 불편한 하이힐은 벗어 던지고 원 플러스 원 행사로 산 플랫 슈즈로 갈아 신었다. 한 켤레는 렉시에게 주려 했지만, 나를 마치 독극물을 건네는 사람처럼 쳐다보길래 두 켤레 다 내 소유가 됐다.

조의 집을 향해 길을 따라 걸어 내려가기 시작했다.

그녀 집은 딱히 특별할 건 없었다. 우리 집과 마찬가지로, 이 동네에 있는 대부분의 집처럼 오래되었다. 1800년대 후반에 지어진 뒤로 내부는 한 차례 손을 본 듯하지만, 그것도 그리 최근은 아니다. 외벽은 칙칙한 회색으로 칠해져 있고, 창틀은 그보다 약간 다른 톤의 회색이었다. 그 앞으로 백 번쯤 지나다녀도 관심을 기울일 만한 구석이 하나도 없는 집이다.

장미 정원만 빼면.

정원은 정말 아름다웠다. 인정할 건 인정한다. 노란색, 빨간색, 연분홍색, 흰색 장미 들이 마당 가장자리를 따라 늘어서 있는데, 꽃들 색깔이 어찌나 선명한지 블록 중간쯤에서도 훤히 보인다. 조가 지극정성으로 가꾸는 건 맞지만, 어쨌든 장미 정원 아닌가. 장미 정원이 아름다운 건 당연하다.

조는 집이 지어졌을 때부터 있던 원래 문을 아직도 쓰고 있다며 자랑했다. 힝엄은 식민지 시대부터 이어진 도시이고, 19세기에 지어진 집이 많다. 근대로 오면서 내부 공사를 해 전기 콘센트 같은 편의 장치들이 더해졌다. 우리 집도 오래된 정도로 치면 조의 집과 비슷하지만, 나무로 된 부분은 대부분 교체되었다. 거기에는 문도 포함된다. 200년 된 문이 없는 게 딱히 아쉬웠던 적은 없었는데, 문 중앙에 달린 크고 화려한 청동 문고리를 보니 자꾸 눈길이 갔다. 나는 문고리로 노크하지 않고 초인종을 누르는 쪽을 택했다.

조가 뭘 하고 있는지 문을 열러 나오는 기척이 없었다. 결국 나는 참지 못하고 초인종을 한 번 더 눌렀다. 두 번째 벨이 울리자 문 너머에서 목소리가 크게 들렸다. "네, 알았어요. 좀 기다려요! 지금 가고 있어요!"

조도 원피스를 입고 있었다. 다만 헐렁하고 풍성한 스타일이라 자기 집 뒷마당이나 기껏해야 동네 마트를 제외하면 입고 외출하기가 어려워 보이는 옷이었다. 자칫하면 잠옷을 입고 돌아다니는 것처럼 보일 터였다. 나이를 대놓고 묻는 무례를 범할 생각은 없는 터라, 짧게 자른 잿빛 머리와 얼굴의 주름으로 보건대 60대 후반일 것이라고 추정했다. 조는 결혼도 하지 않았고, 자녀도 없다. 애완동물도 키우지 않는다. 집 앞으로 개를 산책시키는 사람이 지나가기만 해도 소리를 지르는 사람이다. 동물계로 분류되는 모든 생물을 좋아하지 않는 것 같다. 그래서 장미를 좋아하는 걸지도.

이유야 어떻든, 조가 나를 반기지 않는다는 데에는 의심의 여지가 없었다.

"오." 문 앞에 서 있는 나를 본 조의 얼굴에 못마땅한 기색이 역력했다. "우리 집엔 무슨 일로?"

"방금 《홈 가드닝》하고 통화했어요."

그 말을 듣자 조의 얼굴에 미소가 번졌다. "그래요?"

"내 정원 대신 당신 정원을 찍으라고 꼬드겼더군요." 나는 주먹을 말아쥐었다. 손톱이 손바닥을 파고들었다. "그런 짓을 하다니 정말 믿을 수가 없네요."

키가 나보다 작은 조가 고개를 들고 나를 올려다보는데, 조금도 미안해하는 기색이 없었다. "내가 누굴 꼬드겼다고 그래요. 그 사람들이 그쪽 집의 볼품없는 정원을 보고 가길래, 진짜 정원다운 정원을 보고 싶냐고 물어본 것뿐이에요. 그 이후에 일어난 일은 전적으로 그 사람들의 결정이에요."

"애초에 그 사람들이 온 이유가 내 정원 때문이었어요." 내가 따지듯이 말했다. "잡지사하고 약속이 다 되어 있었다고요. 그건 엄연히 내 기사였어요. 그런데 그걸 날름 훔쳐 가요?"

"난 그런 짓 한 적 없어요!" 조는 당당했다. "솔직히 말하면, 도리어 나한테 고마워해야 할 것 같은데요. 잡지에 한심하기 짝이 없는 정원이 실려서 쪽팔릴 뻔한 것을 내가 막아 줬으니 말이에요." 조는 입가에 비웃음을 띤 채 나를 위아래로 훑었다. "게다가 보아하니, 어디서 돼지라도 잡다 온 것 같은 몰골로 잡지에 실릴 뻔한 망신도 막아준 것 같군요."

상황이 이렇게 흘러갈 줄 예상했어야 했다. 나는 무슨 생각을 했던 걸까? 조가 무릎이라도 꿇고 용서를 빌 거라 생각했던 걸까? 조가 자기변명으로 일관할 것을 대비하고 왔어야 했다.

갑자기 머리 뒤쪽에서 윙윙거리는 소리가 느껴졌다. 마치 머리 안에 갇힌 파리가 빠져나가려 애쓰고 있는 것 같았다. 이게 무슨 일이지? 설마 내가 뒷목을 잡으며 쓰러지는 건가? 지금 여기, 조의 현관 앞에서, 이 집이 지어질 때부터 있었다던 이 문 앞에서 갑작스러운 죽음을 맞이하게 되는 건 아니겠지?

"이렇게 하죠." 조가 입을 열었다. "기사가 나오면 내가 기꺼운 마음으로 한 부 복사해서 데비네 우편함에 넣어둘게요. 그래야 데비가 사람들에게 자신이 사는 동네가 잡지에 나왔다고 신나게 자랑할 수 있잖아요."

머릿속에서 윙윙거리는 소리가 더 커졌다. 나는 잠시 눈을 감고 마음을 가라앉히려고 노력했다. 다시 눈을 뜨니, 헐렁한 실내복을 입은 조가 심술궂은 얼굴에 의기양양한 표정이 가득한 채 내 앞에 서 있었다.

"이 세상엔 카르마라는 게 있어요." 내가 말했다.

조가 손을 휘저었다. "그런 미신 같은 헛소리는 신경 안 써요."

"그게 무슨 뜻인지는 알아요?"

"몰라요. 관심 없어요."

내 턱 근육에 힘이 들어갔다. "우리가 행한 것이 그대로 자신에게 되돌아온다는 뜻이에요."

조가 보란 듯이 웃음을 터뜨렸다. 그 소리가 마치 손톱으로 칠

판을 긁는 것 같았다. 나는 원래도 조 돌런을 좋아하지 않았지만, 지금 이 순간만큼은 그녀가 증오스러울 정도였다.

"마음대로 생각해요, 데비." 조가 피식 웃었다. "어차피 내 귀에는 패배자의 변명으로밖에 들리지 않으니까."

패배자. 요즘 들어 내가 패배자라는 기분이 가시지 않았다. 아이들은 내 말을 안 듣고, 남편은 월급 인상 얘기를 못 꺼내서 우리 형편이 나아질 기미가 보이지 않았다. 나는 고작 이류 잡지에 실릴 기회도 제대로 못 잡았다. 평생 나 자신이 이렇게 초라하게 느껴진 적이 있었던가. 조는 그런 나의 기를 완전히 꺾어버렸다.

"카르마는 있어요." 내가 한 번 더 말했다.

조가 고개를 절레절레 흔들었다. "잡지 나오면 보내줄게요, 데비."

그러고는 내 눈앞에서 문을 쾅 닫아버렸다.

9

술기운의 도움을 받으려던 계획은 이미 물 건너갔으니, 차선책을 택하기로 했다. 헬스장에 가는 것이다.

6개월쯤 전에 타이탄 피트니스라는 동네 헬스장에 등록했었다. 쿠퍼가 이미 회원이었기에 가족 할인 혜택도 받았다. 원래 나는 운동과는 거리가 먼 사람이었다. 하지만 요즘은 억지로라도 나를 밀어붙이고 있었다. 나약하고 흐트러진 상태로 사는 데 지쳐 있었기 때문이다. 러닝머신 위에서 한계까지 몸을 밀어붙일 때 솟구쳐 오르는 아드레날린의 전율에, 나는 어느새 중독되어 가고 있었다.

운동이 그 어떤 항우울제보다도 나았다. 한때 온갖 약을 다 먹어봤던 나니까 확실히 말할 수 있다.

헬스장으로 가는 길에 자주 가는 원예용품점에 잠시 들르기로 했다. 우리 집 정원에 쓸 건 아니지만, 꼭 사야 할 게 하나 있었다.

수요일 아침치고는 가게가 꽤 붐볐다. 나는 다양한 식물들이 진열된 유리 온실을 지나 가게 중심부로 들어갔다. 내가 찾는 물건은 매장 안쪽에 있을 것 같았지만, 확신은 없었다. 여기서 해충 방제 용품을 사 본 적은 한 번도 없었으니까.

운 좋게 루 할아버지를 발견했다. 루는 아내 루이즈와 함께 원예점을 운영한다. 루와 루이즈라니, 이름부터 너무 귀여운 커플이다. 루는 식물에 관해서는 모르는 게 없으니, 내가 찾는 물건이 가게 어디에 있는지, 혹시 가게에 없다면 어디서 살 수 있을지 잘 알 만한 사람이었다. 루가 새로 들어온 점토 화분들을 진열대에 채워 넣는 데 너무 집중하고 있어서, 나는 그의 주의를 끌기 위해 몇 번이나 헛기침을 해야 했다.

"데비!" 마침내 내가 곁에 서 있는 걸 알아차린 루의 얼굴에 아주 환한 미소가 번졌다. "아침부터 어쩐 일이에요?"

"풍뎅이 트랩을 사려고요."

"풍뎅이? 장미를 키우나 봐요?"

"아뇨." 나는 잠시 머뭇거리며 말을 골랐다. "친구한테 주려고요."

루가 고개를 끄덕이며 생각에 잠겼다. "그렇군요. 우리 가게에 있어요. 그 녀석들 진짜 골칫거리지. 이 근방에서 잔디가 망가진다 싶으면 그 녀석들이 범인인 경우가 흔해요."

"그렇다고 들었어요."

루가 나를 '해충 퇴치' 푯말이 달린 코너로 안내했다. 진드기 퇴치 스프레이와 날벌레 퇴치 스프레이 사이에 '풍뎅이 트랩'이라고 적힌 형광 초록색 상자가 보였다. 그 옆에는 트랩에 넣는 리필용 제품이 따로 진열되어 있었다. 나는 리필용 제품 상자를 손에 잡히는 대로 집어 들었다.

"그건 그냥 리필용이에요. 그것만으로는 풍뎅이가 잡히지 않아요." 루가 말했다.

"네, 알아요." 나는 루를 향해 미소를 지으며 말했다. "친구한테 필요한 게 이거라서요."

세 상자로 충분할지 잠시 고민했다. 만약 더 필요하면 언제든 다시 와서 사면 될 것이다.

리필용 제품 세 상자를 품에 안고 계산대로 향했다. 계산대 앞에는 이미 다섯 명이나 줄을 서 있다. 계산대를 맡은 루이즈의 속도는 느림과 더 느림, 이렇게 두 가지뿐이었다. 나는 시계를 확인하고는 마치 렉시가 그러는 것처럼 한숨을 과장되게 내쉬었다. 독서모임이 12시 반에 예정되어 있는데 벌써 11시였다. 헬스장에서 샤워하고 옷까지 갈아입으려면, 운동할 시간이 너무 빠듯했다.

이게 다 재수 없는 조 때문이다.

줄은 고통스러울 정도로 느리게 움직였다. 루이즈는 수표로 결제하려는 손님과 한참을 실랑이 중이었다. 루이즈는 돋보기안경을 쓰고 수표를 머리 위 조명에 비춰 보며 유심히 들여다봤다. 이렇게 가다가는 내 차례가 되기도 전에 12시 반이 될지도 모르겠다.

기다리고 기다린 끝에, 드디어 내 앞에는 단 한 사람만 남았다. 마침내 내 차례가 되려는 순간, 60대로 보이는 호리호리한 여자가 내 앞으로 쑥 끼어들었다. 묘하게 조 돌런을 떠올리게 하는 여자였다. 그녀는 작은 씨앗 봉투 하나를 움켜쥔 채, 마치 그것이 변명이라도 된다는 듯 내보였다.

나는 너무 어이가 없어서 잠시 가만히 서 있었다. 내가 자그마치 20분이나 기다렸는데, 이 여자가 아무렇지도 않게 내 앞으로 끼어들었다는 사실이 믿기지 않았다. 조 돌런과 말다툼할 때처럼 머리 뒤쪽에서 윙윙거리는 소리가 들리기 시작했다. 나는 몇 초 동안 여자의 뒤통수를 노려본 다음 목청을 가다듬었다.

"저기요." 내가 말했다.

여자는 내 말을 못 들을 척했다.

"저기요." 나는 다시 말했다. "줄을 서셔야죠. 뒤로 가세요."

이번에는 여자가 반쯤 몸을 돌렸다. 나를 위아래로 훑어보더니, 내가 자기한테 말을 걸었다는 게 믿기지 않는다는 표정을 지었다. "저는 아까부터 여기 있었어요." 여자는 아무 문제 없다는 듯 말했다. "게다가 이거 하나뿐이라 금방 끝나요."

머릿속 윙윙거림이 더 커졌다. 왜 이러는 거지? 이러다 죽는 건 아니겠지?

나는 고개를 저었다. "물건을 몇 개 사든 상관없어요. 이렇게 끼어들면 안 되죠. 다른 사람들도 기다리고 있잖아요."

여자는 내가 자기 행동을 문제 삼은 게 불쾌하다는 듯 눈을 끔벅거렸다. 마치 자기가 다섯 명쯤 제치고 끼어든 게 뭐가 문제냐는 듯한 표정이었다.

"끼어든 거 아니에요. 아까부터 여기 있었다고요." 여자가 고집스럽게 말했다.

제정신으로 하는 말인가? 뭐든 자기 마음대로 해도 된다고 믿는 사람이 있다는 게 난 도무지 이해가 가지 않았다. 자신이 마치 세상의 모든 규칙 위에 서 있는 것처럼 행동하는 사람들 말이다.

"일주일 내내 여기 있었다고 해도 상관없어요. 뒤로 가서 줄 끝에 서세요. 알아서 가시겠어요, 아니면 제가 뒤로 가게 만들어 드릴까요?" 내가 쏘아붙였다.

여자는 더 따지려는 듯 입을 열었다가, 나와 눈이 마주치자 입을 다물었다. 씨앗 봉지를 가슴께에 꼭 끌어안은 채 한 걸음 뒤로 물러서는 여자의 눈에 두려움이 스쳤다.

"미친년." 여자가 숨죽여 중얼거렸다.

나 말고는 아무에게도 들리지 않았다. 하지만 여자가 줄 끝으로 느릿느릿 발걸음을 옮기자 여기저기서 작은 박수 소리가 들렸다. 그 순간 내 머릿속을 괴롭히던 윙윙거림은 어느새 완전히 사라졌다.

10

어딘가에서 읽었는데, 집에서 차로 15분 이상 떨어진 헬스장은 결국 안 가게 된다고 한다. 타이탄 피트니스는 다행히 10분만 가면 되는 작은 헬스장이고, 나는 회원이 된 이후 일주일에 세 번씩 꾸준히 잘 다니고 있다. 오늘은 사진 촬영 때문에 헬스장에 갈 계획이 없었는데, 시간이 전혀 예상치 못하게 텅 비고 말았다.

헬스장 안내 데스크는 신디라는 여직원이 맡고 있다. 윤기 나는 금발 머리가 귀를 살짝 덮었다. 나보다 족히 열 살은 많지만, 그녀의 근력과 지구력은 내가 갓 등록했을 당시 얼마나 큰 희망이 되었는지 모른다. 처음 몇 주 동안 숨이 차서 5분 이상 달리지도 못하던 내가 지금은 지구력이 꽤 많이 향상되었다. 내가 바라던 대로 체력도 점점 좋아지고 있다.

"어서 와요, 데비!" 내가 회원 카드를 찍는 동안 신디가 내 머리 위의 벽시계를 힐끗 봤다. "오늘 아침엔 좀 늦게 왔네요."

오늘 하루가 얼마나 끔찍하게 흘러가고 있는지 신디에게 털어놓을 생각은 없었다. 더구나 풍뎅이 트랩을 사느라 이미 충분히 시간을 낭비했다. 나는 그냥 어깨를 한번 으쓱하며 미소를 지어 보였다. "점심 전에 잠깐 짬이 나서 운동 좀 하려고요."

"아주 좋아요!" 신디가 그렇게 말하니, 정말로 내 상황이 좋아진 것 같은 기분이 들었다.

집을 나서기 전에 이미 운동복으로 갈아입었고, 가방은 차 안에 안전하게 두고 왔다. 나는 손에 물병만 든 채, 곧장 운동 기구가 있는 곳으로 향했다. 일립티컬 머신을 타기 전에 몸부터 풀 생각이었다. 오늘은 누가 뭐래도 유산소 운동이 필요한 날이다.

"데비! 수요일에 여기서 데비를 만날 줄은 몰랐는데요!"

할리 시번의 목소리에 나는 햄스트링 스트레칭을 하다 말고 몸을 일으켰다. 할리는 타이탄의 트레이너로 스피닝 수업과 킥복싱도 담당하고 있었다. 지난달 웨이트 트레이닝을 하고 있던 내 자세를 할리가 교정해 주면서 친해졌다. 처음엔 자기한테 개인 트레이닝을 받으라고 권하려는 건가 싶었는데, 할리는 그런 얘기를 일절 꺼내지 않았다. 대신 우리는 운동 이야기로 시작해 다른 주제들로 넘어갔고, 어느 순간부터는 그녀와 대화하는 게 즐거웠다.

그 이후로 우리는 헬스장 옆 카페에서 커피도 몇 번 마셨다. 나보다 10살이나 어린데도, 할리와 이상하리만치 말이 잘 통했다. 딸아이 학교에서 친해진 사람도 있고 같은 동네에 살면서 친해진 사람도 있지만, 할리는 오롯이 나만의 친구처럼 느껴졌다. 거기에 더해 정말 오랜만에 아이가 없는 사람과 친구가 되었다는 점도 내게는 주요하게 작용했다. 할리와 있으면 시간에 쫓기지 않았고, 대화 주제가 늘 자녀에 관한 것에 국한되지도 않았다. 그게 얼마나 신선했는지 모를 거다.

할리는 쿨하다는 표현이 잘 어울렸다. 이런 말을 쓰니 내가 나이에 맞지 않게 주책맞아 보일 수도 있겠지만, 마흔이 훌쩍 넘도록 살아오면서 할리 같은 쿨한 친구는 처음이었다. 할리는 양쪽 귀에 피어싱을 여러 개 했고, 금발 머리에 핑크 브릿지를 넣었다. 그렇게 소위 힙하다는 사람이 나랑 어울리려 할 것이라고는 생각해 본 적이 없었다. 젊었을 때 나는 완전 너드였다. 컴퓨터밖에 모르는 공붓벌레였으니까. 이제는… 음, 이렇게 나이를 먹고 보니, 쿨하다는 말을 들을 수 있던 시절은 이미 오래전에 지나갔다.

"독서 모임 전에 잠깐 운동하고 가려고요." 내가 말했다. "할리도 오늘 오는 거죠?"

나는 아직 독서 모임 내 분위기를 알아가는 중이다. 처음에는 할리를 독서 모임에 초대하면 내 삶의 전혀 다른 두 영역이 섞이는 것 같아서 망설여졌다. 하지만 모임에서 나를 도와줄 지원군이 간절히 필요했다. 내가 좋아하는 일 중 하나가 내용이 얽히고설킨 책에 대해 사람들과 토론하는 것인데, 독서 모임에 오는 여자들이 영 내 마음에 들지 않았다. 그래서 할리가 《벨벳 문》을 이미 읽었다고 했을 때, 모임에 한 번 초대해 보기로 마음먹었다.

"그럼요." 할리가 말했다. "그런데 저는 진짜 아무것도 준비 안 해도 되는 거예요? 음식을 하나씩 가져와서 나눠 먹는다면서요."

"안 해도 돼요." 내가 손을 내저었다. "매번 음식이 너무 많아서 남아요. 로셸이 테이블 다리가 부러지도록 준비하거든요. 음식은 신경 안 써도 돼요."

할리가 눈썹을 치켜올렸다. "확실하죠?"

괜찮다는데 왜 이렇게 걱정하는지 모르겠다. 할리처럼 멋지고 자신감 넘치는 사람이 독서 모임이나 하는 중년 아줌마들에게 어떻게 보일지를 염려하는 건가? 사람은 누구나 내적 불안감을 가지고 있다는 사실을 새삼 떠올렸다.

"네, 확실해요." 내가 말했다. "음식 얘기가 나온 김에 다시 한번 말해줘요. 할리가 알레르기가 있다고 했던 게…."

"아보카도요. 하지만 생명을 위협할 정도는 아니에요. 한 입만 먹어도 발진이 올라오긴 하지만요. 건강한 지방이 들어서 모두가 좋아하는데, 저는 못 먹으니 좀 안타까운 일이에요."

"아보카도는 빼야겠네요. 알겠어요." 내가 말했다.

할리가 라이크라 소재의 운동복 바지를 가볍게 잡아당겼다. 내가 지금부터 영원히 헬스장에서 시간을 보낸다고 하더라도 그녀 같은 몸매는 가질 수 없으리라. 내게는 두 번의 출산과 그 이후 열다섯 해만큼의 세월이 더해졌다. 운동을 한다고 해서 튼살이 사라지는 것도 아니고, 한때는 탄탄했지만 이제는 처져 버린 내 몸의 일부분들이 다시 예전처럼 돌아오는 것도 아니었다.

내 몸의 모든 결점은 삶이 남긴 영광의 상처임을 되새겼다. 후회는 없다. 탄탄한 복부와 탱탱한 가슴을 얻기 위해 렉시와 이지를 포기하는 일은 절대 없었을 거다. 그리고 뭐, 남편도 내게 딱히 불만이 없으면 괜찮은 것 아닌가.

할리가 자기 허벅지를 힐끔거리는 나를 보지 못하고 활짝 웃으며 말했다. "오늘 모임이 기대돼요. 독서 모임은 처음이거든요."

"정말 재밌을 거예요."

미안하지만, 새빨간 거짓말이다. 세상 어딘가에는 분명 재미있는 독서 모임도 있겠지만, 우리 동네 독서 모임에서는 재미를 눈 씻고 봐도 찾아볼 수가 없다. 하지만 내가 솔직하게 말했다간, 할리가 안 오겠다고 할지도 몰랐다. "12시 반에 우리 집에서 만나는 거죠?"

할리가 윙크를 날리며 대답했다. "네, 좋아요."

할리가 자리를 떠난 뒤 나는 일립티컬 머신에 올랐다. 술의 도움 없이도 내 문제를 잠시나마 잊을 수 있었다.

11
쿠퍼

어떤 이들은 직장 상사와 저녁을 같이 먹거나 함께 골프를 치면서 친구처럼 지내기도 한다. 긴 하루를 보낸 날에는 퇴근 후 회사 근처에서 술잔을 기울이기도 하고 말이다.

하지만 '내 상사'는 나와 가능한 한 말을 섞지 않길 바라는 사람이었다.

켄 브라이언트는 결코 다정다감한 상사가 아니다. 월요일 아침에 그는 내가 주말을 어떻게 보냈는지 알고 싶어 하지 않는다. 내가 여름에 가족이랑 바닷가에 갔든 어쨌든 전혀 관심이 없다. 소소한 잡담도 나누려 하지 않는다. 그저 내가 맡은 일을 제때 끝내는지에만 관심이 있었다. 그리고 그건 내가 대체로 훌륭하게 해내는 일이었다.

이번 주 초에 내가 미팅을 요청하자 켄은 반가워하지 않았다. 무슨 일인지 묻길래 내가 "회사 내 제 전망에 대해서"라고 답하자, 그의 표정은 한층 더 굳어졌었다.

지금, 나는 손바닥만 한 내 사무실에서 회의를 앞두고 마음을 다잡고 있다. 5분 후에 켄 앞에서 왜 내가 회사의 파트너가 되어야 하는지, 아니 되어야만 하는지를 설명해야 할 것이다. 솔직히 일이 잘 풀릴 것 같지는 않았다. 그래도 시도는 해 봐야 했다. 집에 돌아가면 데비가 분명 어떻게 됐냐고 물을 텐데, 내가 겁이 나서 아무 말도 못 했다고 할 수는 없지 않은가.

데비는 나보다 더 괜찮은 사람을 만났어야 했다. 이 자리에서 그 이유를 다 말할 수는 없지만.

"어이, 괜찮아?"

문 쪽에서 들려오는 목소리에 고개를 들었다. 1년쯤 전에 입사했고 지금은 내게 회사 밖에서도 함께 시간을 보내고 싶은 동료가 된 제시가 서 있었다. 우리는 함께 저녁도 먹었다. 부부 동반으로 만난 적도 있다. 제시의 설득에 못 이겨 동네 헬스장도 다니게 되었다. 덕분에 집에서 2층으로 계단을 올라갈 때 더는 숨이 차지 않았다.

"괜찮아." 나는 재빨리 대답했다. "그냥… 조금 있다가 켄하고 그 얘기를 해야 해서, 좀…."

제시에게는 미리 말했다. 제시도 데비와 마찬가지로 내가 회사의 지분을 받을 자격이 있다는 데에 동의했다. 그의 귀에도 뜬구름 잡는 소리처럼 들리지 않는 듯했다. 어쨌거나 나는 여기서 10년이나 일한 이력이 있다.

내 상사가 켄이 아닌 다른 사람이었다면, 나도 긍정적으로 생각했을 것이다. 하지만 이제 곧 있을 미팅을 머릿속에서 아무리 그려봐도 도무지 내 뜻대로 될 것 같지가 않았다.

"걱정 마." 제시가 한쪽 눈을 찡긋하며 말했다. "내일 이맘때쯤엔 내 상사가 되어 있을 거야."

"글쎄…." 나는 관자놀이를 문질렀다. 살면서 편두통을 겪어본 적이 없었는데, 어쩐지 지금 오려는 것 같았다. "켄만 아니면…."

제시가 사무실 문틀에 몸을 기댔다. 안으로 들어오지 않고 저렇게 서 있는 이유는 사무실에 들어올 공간이 없기 때문이다. 내 사무실은 책상과 지금 앉아 있는 의자만으로 꽉 차서, 다른 사람이 편하게 들어올 수가 없다. 설령 켄이 기적적으로 나를 파트너로 승진시켜 준다고 해도, 내 사무실이 더 커질 일은 없을 것이다.

"있잖아." 제시가 입을 열었다. "넌 정말 훌륭한 회계사야. 네가 회사를 떠나면 켄은 망해. 켄도 그걸 알 거야. 너에게 아주 유리한 상황이라고. 그러니 자신감을 가져, 응?"

"알겠어."

"그리고, 음…" 제시가 눈을 가늘게 뜨며 나를 쳐다봤다. "그, 넥타이는 왜 그런 거야? 평소에는 흠잡을 데가 없었는데, 오늘은 혹시 딸이 매어주기라도 한 거야?"

나는 넥타이를 만지작거렸다. 회사에 와서 내가 다시 매야 했다. 아침에 데비가 해 줄 때는 몰랐는데, 나중에 보니 매듭이 비뚤게 매져 있었다. 데비가 그런 적이 한 번도 없었는데, 사진 촬영 때문에 신경이 다른 데 가 있었던 모양이다. 내가 다시 매어 보았지만 더 나아진 게 없었다는 게 명확해졌다.

"평소에는 데비가 해 주는데." 나는 해명하며 넥타이를 고쳤다. "지금도 별로야?"

"그 정도면 됐어." 제시가 시계를 내려다봤다. "자, 이제 저 방으로 들어가서 마땅히 받아야 할 것을 준다고 할 때까지 한 발짝도 나오지 마."

마땅히 받아야 할 것? 난 이미 내가 받을 자격이 있는 것보다 더 많은 걸 가졌다. 대학 시절에 나는 하수구에 처박힌 인생을 살

왔다. 거기서 가까스로 빠져나온 다음 데비를 만났다. 제시는 데비를 만난 횟수가 손에 꼽을 정도라 그녀에 대해 잘 모른다. 그러니 내 아내가 나에게 얼마나 과분한 사람인지 알 수 없을 것이다. 우리 결혼 생활 동안 나는 데비가 더 좋은 사람을 만났어야 했다는 사실을 여실히 보여주는 많은 잘못을 저질렀다. 내가 이번 승진을 원하는 이유는 단 하나, 못난 나지만 데비에게 조금이나마 좋은 사람이 되어주고 싶어서다. 꼭 그래야만 한다. 데비를 위해서.

젠장, 아까보다 더 초조해졌다.

우리 회사에서 켄만 유일하게 비서를 두고 있다. 호칭은 맥컬리 여사님인데, 그외 다른 이름으로 부르면 안 된다. 맥컬리 여사님은 내가 이 회사에서 일한 만큼 오래 있었다. 어쩌면 회사의 시작부터 켄과 함께했을 수도 있다. 내가 켄의 사무실 바로 밖에 있는 그녀의 책상으로 다가가자, 그녀는 무표정한 얼굴로 나를 쳐다봤다. 내가 켄과 약속이 있어서 왔음을 분명히 알 텐데도, 10년 동안 함께 일한 나를 모를 리가 없는데도 말이다.

"무슨 일이시죠?" 맥컬리 여사님이 물었다.

"대표님하고 약속이 있어서요." 나는 이를 악물며 말했다. 다분히 의도적으로 저런다는 생각을 지울 수가 없다. 덕분에 내가 더 힘들어지고 있다.

맥컬리 여사님이 구슬 안경줄이 달린 뿔테 안경 너머로 나를 빤히 올려다봤다. "대표님이 기다리고 계신단 건가요?"

"네. 약속이란 게 그런 거니까요."

평소에는 이렇게 빈정거리는 성격이 아닌데, 이상하게 맥컬리 여사님 앞에만 서면 이런 말투가 툭툭 튀어나온다.

"확인해 볼게요." 맥컬리 여사님이 책상 위에 있는 전화기를 집어 들었다. 그냥 목청을 높여 소리를 크게 내기만 해도 다 들릴 거리다. 아주 높은 확률로 이미 켄의 귀에는 이 대화가 다 들어갔을수도 있다. 그런데도 맥컬리 여사님은 기어이 내선 번호를 눌렀다. "여보세요, 대표님? 맥컬리예요." 그녀가 말을 멈추고 켄의 대답을 기다렸다. "네, 지금 쿠퍼 씨가 대표님과 약속이 있다고 사무실 앞에 와 있어요."

난 그 자리에 서서 사무실로 들어오라는 허락이 떨어지기를 기다렸다.

짜증이 스멀스멀 올라오려는데, 영원 같던 침묵 끝에 맥컬리 여사님이 고개를 끄덕이더니 나를 향해 미소를 지었다. "들어가 보세요, 쿠퍼 씨."

분명히 방금 나보고 들어가도 된다고 했지만, 맥컬리 여사님은 자기 말이 끝남과 동시에 재빨리 의자에서 일어나 내 앞으로 가로막고 선 다음 켄 사무실 문을 두드렸고, 안에서 들어오라는 말이 들리고 나서야 나를 위해 문을 열어줬다. 켄은 서류 더미가 쌓인 책상 뒤에 앉아 있었다. 몇 달 전 사무실에 왔을 때 봤던 모습과 다른 부분을 찾는 게 거의 불가능했다.

나는 켄을 마주할 일이 있는 날에만 넥타이를 매지만, 켄은 항상 정장에 넥타이를 맨다. 나는 머리가 빠지기 시작하면 또래 남자들이 많이 하는 것처럼 깔끔하게 삭발하겠다고 늘 생각해 왔지만, 켄은 내가 그를 알고 지내는 동안 머리가 계속 빠졌는데도 그런 선택을 하지 않았다. 그의 머리 윗부분은 머리카락 한 올 없이 반질반질하고, 뒤통수 둘레를 따라서만 잿빛 머리카락이 남아 있었다. 그래서 아직 50대인데도 실제 나이보다 훨씬 늙어 보였다.

"쿠퍼." 켄이 입을 열었다. "무슨 일인가요?"

그의 사무실이 넓다고 할 수는 없지만, 그래도 책상 앞에 아무 어려움 없이 의자 두 개가 놓여 있었다. 하지만 켄은 내게 앉을 기회를 주지 않았고, 나도 굳이 앉으려 하지 않았다. 그냥 서 있는 편이 나을 것 같았다.

"대표님." 나는 입을 떼며 손을 바지에 닦았다. 손바닥이 꽤 축축했는지 얼룩이 생겼다. "제가 여기서 일한 지 올해로 10년째… 거의 11년이 다 되었어요. 이 회사에서… 앞날을 어떻게 도모해야 할지 생각을 많이 해봤어요."

켄이 가슴 앞에서 팔짱을 끼며 눈을 가늘게 떴다. 의자에 등을 기대는 그의 얼굴에 알 수 없는 표정이 떠올랐다. "그래서요?"

기억해. 너는 회사의 귀중한 인재야. 켄은 너를 잃고 싶어 하지 않을 거야.

"전 여기서 일하는 게 좋습니다." 나는 목소리가 떨렸지만 말을 계속 이어 나갔다. "제가 처음 이곳에 왔을 때, 언젠가 파트너가 될 수도 있을 거라고 대표님이 말했었죠."

켄의 표정에는 아무런 감정도 드러나지 않았다. "아주 오래전 일이군요."

"그렇긴 합니다만, 회사를 보면 그때보다 훨씬 커졌어요. 저는 회사의 일원으로서 충성해 왔습니다. 제가 파트너가 된다면 큰 자산이 되리라 생각합니다." 거기까지 말한 다음 나는 이렇게 덧붙였다. "대표님."

켄이 턱을 문질렀다. "글쎄요. 저는 그렇게 생각하지 않는데요."

순간 내 귀를 의심했다. 귓속이 웅웅거려서 내가 잘못 들었나 싶었다.

"지금… 뭐, 뭐라고요?" 나는 말을 더듬거렸다.

"당신은 일벌처럼 맡은 일은 충분히 잘하고 있어요." 켄이 생각에 잠긴 듯 말했다. "하지만 회사를 이끄는 리더요? 그건 아니라고 봅니다. 파트너라뇨, 당치도 않아요."

그 말을 듣는 순간, 내가 이 파트너 자리를 얼마나 간절히 원하고 있었는지 비로소 깨달았다. 나란 사람은 회사의 지분 파트너가 될 자격이 없단 말인가. 지금까지 엉덩이에 땀이 나도록 일했는데, 고작 일벌 취급을 받으면 안 되는 거 아닌가. 더군다나 집에 가서 데비에게 이 상황을 전하는 건 상상도 할 수 없었다. 머릿속에서 내가 파트너로 승진할 자격이 충분하다고, 그러니 당당히 요구하라는 데비의 목소리가 들리는 듯했다.

"대표님." 내 안 어디선가 있는지도 몰랐던 용기가 튀어나왔다. "저를 파트너로 고려하실 수 없다면, 저는 다른 곳에서 기회를 찾아봐야 할 것 같습니다."

켄이 코웃음을 쳤다. "더 좋은 직장을 찾을 수 있을 것 같아요?"

"꼭 그렇게 하겠단 말은 아닙니다." 나는 한 발 물러서는 시늉을 했다. "하지만 여기서 저한테 승진의 기회가 주어지지 않는다면, 그런 거라면… 2주 전 퇴사 통보로 생각해 주세요."

켄이 눈썹을 치켜올렸다. 나는 다리가 녹아내릴 듯했지만, 턱을 꼿꼿이 치켜들었다. 켄한테는 내가 필요하고, 켄도 그 사실을 알고 있다. 그러니 켄이 내 말을 곧이곧대로 받아들일 리가 없다.

"흠, 당신이 그렇게 말한다면," 켄이 말했다. "사직을 수락하죠."

발밑의 세상이 쑥 무너져 내렸다. 오늘 미팅이 흘러갈 수많은 경우의 수를 상상했지만, 이렇게 내 사직으로 결론이 나리라고는 조금도 생각하지 못했다. 켄이 나를 선뜻 내보내려 한다는 게 믿기지 않았다. 나는 이 회사에서 가장 바쁜 회계사 중 하나고, 누구보다 많은 클라이언트를 맡고 있다. 단 한 번의 실수도 하지 않았다. 나 없이 이 회사가 제대로 굴러갈 리가 없었다.

"대표님." 갑자기 목이 메었다. 상황을 되돌릴 수 있는 말을 찾았다. "어… 저에게는 이 회사가 매우 소중합니다. 그러니 이곳에 있는 게…."

"쿠퍼, 당신이 파트너가 되는 일은 없을 겁니다." 켄이 시선을 컴퓨터 모니터로 돌렸다. 이 대화를 끝내고 싶어 하는 눈치다. "2주를 채우지 않아도 괜찮습니다. 편한 대로 하세요."

나는 입을 열었지만, 아무 말도 나오지 않았다. 뭐라 말한들 무슨 소용이 있을까. 켄은 이미 마음을 굳혔고, 사직 통보를 해놓고 5초 만에 복직을 요청하기에는 내 자존심이 허락하지 않았다.

"2주는 채우겠습니다." 내가 낮게 중얼거렸다.

켄은 고개만 끄덕일 뿐 나를 쳐다보지 않았다. 미팅은 끝났다.

켄의 사무실에서 나오는데 눈앞이 빙글빙글 돌았다. 방금 저 안에서 무슨 일이 있었던 거지? 내가 정말로 직장을 그만둔 건가? 우리 애들 대학 등록금은 어떻게 마련하지? 집 대출금은 또 어떻게 하고? 건강보험료는?

오, 맙소사. 데비한테 말할 생각을 하니 눈앞이 캄캄하다. 데비가 불같이 화를 낼 게 틀림없었다.

12
데비

아무래도 독서 모임에 몇 분 늦을 것 같다.

후다닥 집으로 가서 샤워하고 옷을 갈아입었는데, 생각보다 시간이 좀 더 걸렸다. 게다가 할리가 아는 사람 하나 없는 독서 모임에 혼자 가는 게 불편하다고 해서 우리 집에서 만나서 가야 했다. 내가 한 손에는 샌드위치가 담긴 대형 은박 접시를, 다른 손에는 《벨벳 문》 문고본을 들고 집을 나가니, 파란색 포드에 기대어 서 있는 할리가 눈에 들어왔다.

"내가 도와줄까요?" 할리가 은박지로 덮은 접시를 눈으로 가리켰다. "누가 보면 균형 잡기 묘기라도 하는 줄 알겠어요."

나는 고마움을 가득 담은 미소를 지으며 할리에게 책을 건넸다. "이거나 좀 들어 줘요."

할리에게 책을 건네고 나자 두 손으로 접시를 들 수 있게 되었고, 덕분에 샌드위치가 손에서 날아가 길 위로 쏟아질 가능성을 크게 줄일 수 있었다. 독서 모임에 지각하지 않으려면 서둘러야 했다. 내가 서둘러 로셸네 집 방향으로 걸음을 옮기는데, 짜증 나게도 할리는 뒤따라오지 않았다.

"와, 데비. 집이 정말 좋네요." 할리가 말했다.

"고마워요."

내가 가물에 콩 나듯 듣는 칭찬이다. 우리 집도 나쁜 편은 아니다. 오래되긴 했지만 내부 공사를 해서 전기와 수도는 문제가 없었다. 하지만 외관을 보면 페인트칠이 시급함을 알 수 있다. 계속 미뤄왔는데, 이번에 쿠퍼가 승진하고 나면 할 수 있을 것 같다. 현관 앞 시멘트 계단은 겨울에 눈이 많이 오면 자꾸 균열이 생겼고, 그래서 매년 여름에는 쿠퍼가 보수를 해야 했다. 마음 같아서는 해마다 다시 손볼 필요 없도록 전문가에게 수리를 맡기고 싶다.

힝엄의 다른 집들과 비교하면 우리는 소박한 축에 든다. 여기 집들은 대부분 지나치게 호화롭다. 소위 말하는 부자 동네이고, 우리 형편에 조금 과분했는데도 이 동네를 선택한 이유는 우수한 공립학교 때문이었다. 집을 살 때 최우선 조건이 좋은 학군이어야 한다는 것이었다.

할리가 감탄 어린 눈으로 주위를 둘러봤다. "이런 동네는 집값이 장난 아니겠어요."

"맞아요. 솔직히 말하면 우리한테도 벅찬 집이에요." 나는 사실대로 대답했다.

"내가 사는 데는 진짜 형편없어요." 할리가 한숨을 쉬며 말했다. "타이탄에서 주는 돈이 쥐꼬리만 하거든요. 남자가 돈을 벌어주면 참 좋을 것 같아요."

그 말에 나는 아무 대답도 하지 않았다. 단 한 번도 남자에게 의존하고 싶다는 마음을 품은 적이 없었다. 학창 시절에 죽어라 공부했고, 좋은 대학에 간 이유가 그 때문이었다. 하지만 할리 말이 틀린 건 아니다. 쿠퍼가 우리 가족을 먹여 살리고 있으니까. 안타까운 건 쿠퍼 수입이 자랑할 만한 정도가 아니라는 것이다. 우리는 늘 돈이 빠듯했다. 형편이 좀 나아질 수 있다는 희망이 생긴 지 얼마 되지 않았다.

"우리 이제 가야 해요. 로셸은 누가 늦는 걸 정말 싫어하거든요."

절대 과장이 아니다. 우리가 로셸네 집 문 앞에 나타났을 때 로셸이 우리의 도착 시간에 대해 한마디 할 거라고 백 퍼센트 장담할 수 있다.

우리는 길을 건너 로셸네 집 쪽으로 걸어 내려갔다. 할리가 우리 집을 보고 감탄했다면, 로셸네 집은 거의 성처럼 보일 것이다. 그녀 집에 갈 때마다 느끼는 거지만, 로셸은 자기네 집에 침실과 욕실이 우리 집보다 두 배나 많다는 점을 꼭 언급하고 싶어 한다. 대화 중에 그런 이야기를 자연스럽게 끼워 넣는 게 쉽겠냐 싶겠지만, 로셸은 그걸 해낸다. 그것도 매번.

"와우." 로셸네 현관으로 이어지는 길을 걸어가며 할리가 내뱉었다. "이런 집에 사는 사람은 진짜 돈이 많겠어요."

"맞아요."

로셸의 남편은 인간미라곤 찾아볼 수 없는 기업 변호사라고 한다. 그러니 로셸은 돈을 벌기 위해 일할 필요가 없었다. 상담 칼럼니스트 같은 하찮은 일은 말할 것도 없고. 대신 그녀는 자선 활동과 학부모회 일을 하며 지낸다. 언뜻 생각하면 존경스럽다는 생각이 들지도 모르겠다. 하지만 학교에서 후원금 모금을 위해 자선 베이커리 행사를 할 때 로셸의 지시를 받으면 진저리를 치게 될 것이다.

사실 로셸과 그녀 친구들이 나는 마음에 들지 않는다. 책 읽는 걸 정말 좋아하는 사람으로서, 성숙한 사람들과 서로 얼굴을 마주 보며 읽은 책에 대해 이야기를 나누고 싶다는 마음이 간절하던 차에 로셸이 나를 독서 모임에 초대했다. 그땐 정말 뛸 듯이 기뻤다.

지금은 매달 탈퇴를 고민하고 있다.

로셸이 현관문을 열고 우리를 맞았다. 그녀가 입은 말쑥한 바지 정장이 내 옷장 속 어떤 옷보다도 좋아 보였다. 무엇보다 핏자국 같은 원피스보다 좋아 보이는 건 확실했다. 갈아입고 오기를 참 잘했다는 생각이 들었다. 로셸의 검은 머리는 어찌나 윤기가 반짝반짝 흐르는지 내 얼굴이 비칠 것만 같았다.

"데비." 로셸이 환하게 웃었다. 우리는 포옹과 함께 볼을 맞대며 인사를 나눴다. "어서 와요."

"그럼, 이분이… 할로 씨겠군요?" 로셸이 물었다.

"할리예요." 할리가 살짝 짜증이 섞인 듯한 미소를 지으며 이름을 바로잡았다.

로셸이 나를 보며 눈썹을 치켜올렸다. 할리의 핑크색 머리에 대한 반응일 것이다. "원피스 참 예쁘네요, 데비." 그녀의 시선이 내가 대신 입고 온 노란 원피스를 훑고 지나갔다. "좀 나이 들어 보이네." 그러고는 내 표정을 읽었는지 이렇게 재빨리 덧붙였다. "좋은 의미로요." 중년 여성에게 나이 들어 보인다는 말이 어떻게 칭찬이 될 수 있는지, 말도 안 되는 그 말을 내가 이해하려고 애쓰는 동안 로셸의 시선이 이번에는 내 손에 든 접시로 떨어졌다. "아, 샌드위치 가져왔군요! 귀여워라."

로셸의 안내에 따라 우리는 넓디넓은 현관을 지나 거실로 갔다. 할리는 턱이 빠져서 제자리로 다시 돌아가지 못할 것 같았다. 새로 리모델링한 거실에는 죄다 최고급 이탈리아산 가죽으로 만들어진 가구들뿐이라 텔레비전마저 가죽일지도 모른다는 생각이 들 정도였다. 그리고 독서 모임의 다른 두 멤버, 타비사와 슬론이 먼저 와 소파에 앉아 있었다.

"여러분, 데비가 드디어 왔습니다." 로셸이 발표하듯이 큰 소리로 말했다.

타비사가 킥킥 웃었다. "데비가 언제쯤 나타날지 내기했거든요."

할리가 어리둥절한 눈빛으로 나를 쳐다봤다. 그러게, 겨우 2분 늦은 걸 가지고 저런다. 내가 평소에는 시간을 꽤 잘 지키는 편인데도, 어째서인지 내가 늦는 게 자꾸 농담거리가 된다.

"집이 어수선한 건 좀 양해해 줘요." 로셸이 나와 할리를 보며 말했다. 거실 한쪽에 있는 탁자 위에 샴페인 병이 줄지어 놓여 있는 것을 제외하면 그녀 집은 먼지 하나 없이 깨끗하다. "오늘 저녁에 있을 정말 중요한 파티를 준비하느라 좀 정신이 없네. 오늘 파티에서 제라드가 주 상원 의원에 출마 선언을 할 거라고 내가 얘기했었죠?"

"네, 했던 것 같아요." 내가 조용히 대답했다.

"굉장히 뜻깊은 날이 될 거예요. 시장님도 오셔서 제라드를 지지해 주시기로 했어요." 로셸이 말했다.

"시장님이요?" 할리가 깜짝 놀라서 되물었다.

로셸이 근엄한 표정으로 고개를 끄덕였다. "정말 대단한 행사가 될 것 같아요. 에스메랄다가 오늘 아침에 와서 집 전체를 청소하는데, 어찌나 오래 걸리던지." 거기까지 말한 로셸이 나를 쳐다보며 의미심장한 눈빛을 보냈다. "데비네는 침실이 몇 개 없어서 정말 운이 좋은 것 같아요. 우리 같은 집은 청소하는 데 시간이 한참 걸려요. 그렇다고 대충 할 수도 없고 말이에요."

"걱정 마, 로셸." 슬론이 입을 열었다. "타비사랑 내가 오늘 저녁에 네 곁에서 열심히 도와줄 테니까 말야."

물론 나는 오늘 저녁에 로셸 곁에 있어 줄 수가 없다. 왜냐하면 그 파티에 초대받지 못했기 때문이다. 초대 인원이 제한되어 있다고 로셸이 잠깐 설명했었다. 나도 시장님이 오든 말든 재미가 하나도 없을 파티에 딱히 가고 싶은 마음은 없었다.

그래도 초대를 받았다면 기분은 좋았을 것 같다.

나는 로셸의 값비싼 앤티크 커피 테이블 위에 접시를 내려놓은 다음 샌드위치를 덮고 있던 은박지를 벗겼다. 은박지가 벗겨지자마자, 타비사와 슬론이 동시에 픕 하고 웃음을 터뜨렸다.

"샌드위치는 직접 만든 거예요?" 로셸이 웃음을 참으며 내게 물었다.

"내가 만들었어요." 목소리에 날이 서지 않게 애를 쓰지만, 로셸과 이야기할 때는 참 어렵다. "말린 토마토 스프레드에 칠면조와 아보카도가 들어갔어요."

"어머, 귀엽기도 하지!" 슬론이 호들갑스럽게 말했다.

할리가 나를 보며 눈살을 찌푸렸다. "데비, 내가 아보카도 알레르기가 있다고 말하지 않았던가요?"

나는 손으로 입을 막았다. "어머나 세상에, 맞아요! 내가 그걸 잊어버리다니… 정말 미안해요, 할리."

"데비만큼 뭐든 잘 잊어버리는 사람도 없죠." 로셸이 끼어들었다. 정작 나는 아무리 기억을 더듬어 봐도 뭔가를 잊어버렸던 기억은 떠오르지 않았다. "하지만 걱정할 것 없어요, 할리. 우리 요리사가 샤르퀴트리 보드(큰 접시에 다양한 가공육과 치즈, 과일 등의 음식을 가득 담아내는 파티 음식 – 옮긴이)를 뚝딱 준비했어요."

정말 화려한 샤르퀴트리 보드였다. 고기는 꽃 모양으로 접히지 않은 것이 단 한 점도 없고, 치즈는 여덟 종류가 넘어 보였다.

"샌드위치도 같이 먹으면 좋을 것 같네요." 나는 로셸에게 말했다.

"그럼요, 같이 먹어야죠!" 로셸이 내가 헬스장에서 돌아온 뒤 공들여 만든 삼각형 모양의 샌드위치 하나를 집어 들었다. "역시나 정말 귀엽네요. 누가 봐도 손수 만들었단 걸 알겠어요."

로셸이 가장자리를 살짝 베어 먹자, 그 모습을 본 다른 여자들도 하나씩 집어 들었다. 내가 만든 샌드위치를 먹어주니 참 기쁘다. 내가 열심히 고생한 보람이 헛되지 않아서 다행이다.

13
할리

돈 많은 돈 년들.

저 여자들을 보며 머릿속에서 계속 되뇌고 있었다. 로셸이 책에 대해 거들먹거리며 말하기 시작하면서부터는 아예 리듬을 붙여 노래로 만들었다. 사실 난 그 지루한 책을 읽지도 않았다.

돈 많은 돈 년들. 돈 많은 돈 년들.

라임이 맞아서 더 효과적이다.

"제 생각에 《벨벳 문》은 《리어왕》을 노골적으로 변주한 작품이에요." 로셸이 말했다. "늙은 아버지와 그의 사랑을 차지하려는 세 딸이 나오잖아요. 너무 뻔한 재구성이죠."

돈 많은 돈 년들. 돈 많은 돈 년들.

로셸이 이어 말했다. "그러니 《리어왕》을 먼저 읽지 않고는 이 작품을 제대로 감상할 수는 없을 것 같아요."

슬론과 타비사가 점잖게 고개를 끄덕였다. 그때 데비가 용감하게 튀어나왔다. "전 재밌게 읽었어요. 《리어왕》은 읽어본 적 없지만요."

"아, 그랬겠죠." 로셸이 말했다. "데비는 대학교에 다니지 않았으니까요. 그런 책은 대학생 수준은 되어야 읽을 수 있는 책이거든요."

데비의 얼굴이 살짝 붉어졌다. 나는 데비가 이 독서 모임에 오는 이유를 이해할 수 없었다. 그냥 대충 봐도 데비가 여기 있는 여자들을 좋아하지 않는다는 것을 알 수 있었다. 솔직히 말하면 여기 모인 사람 중 데비가 제일 괜찮은 사람이다. 가끔 머리가 잘 안 돌아갈 때도 있지만, 그래도 뭐든 열심히 하려는 모습이 참 괜찮은 것 같다.

데비네 집도 이렇게 크진 않지만, 내 눈에는 참 예뻤다. 내가 항상 꿈꿔왔던 집이자, 언젠가는 나도 살고 싶은 그런 집이었다.

그나저나 데비가 아보카도 알레르기 얘기를 어떻게 그렇게 홀랑 까먹었는지는 아직도 의문이다. 그걸 말한 지 불과 두어 시간밖에 지나지 않았다. 샤르퀴트리 보드가 끝내줬지만, 데비의 샌드위치도 맛있어 보였다. 하지만 나는 먹어볼 수가 없었다. 깜빡할 게 따로 있지, 어떻게 그걸 잊어버렸는지 모르겠다.

"이번 책이 조금 벅찼을 수도 있었을 거란 생각이 드네요." 로셸이 데비에게 동정하는 듯한 눈빛을 보냈다. "매우 복잡한 책이었어요. 문체도 굉장히 문학적이고요. 누군가에게는 분량이 좀 길게 느껴졌을 수도 있을 것 같네요."

'좀' 길었다고? 《벨벳 문》은 자그마치 600쪽에 달했고, 나는 각 문장을 두 번씩 읽어야 이해할 수 있었다. 혹시 다시 독서 모임에 온다면, 박사 학위를 가진 사람들을 위한 책이 아니면 좋을 것 같다. 데비에게 《벨벳 문》을 다 읽었다고 말했지만, 그건 가능한 일이 아니었다. 선생님이 과제로 내준 책을 꿍꿍거리며 읽는 것 같아 고등학교 시절로 돌아간 기분이 들었다.

그래도 독서 모임에 한번 와 보고 싶었다. 그래서 고등학교 때처럼 책을 읽어보기로 했다.《벨벳 문》의 학생용 요약본을 구매한 것이다. 이게 진짜 끝내준다. 장별로 요약이 되어 있고, 설명도 다 해준다. 거기에서도《리어왕》을 언급하긴 했는데, 흔한 오해라고 나와 있었다.

요약본은 나쁜 게 아니다. 요약본이 없었다면 나는 고등학교를 졸업하지 못했을 거다. 비록 독서 모임에서까지 편법을 써야 하는 게 좀 민망했지만 아무도 모르면 그만 아닌가.

데비는 정말로 책을 다 읽어 왔다. 그냥 다 읽은 정도가 아니라 진심으로 즐겼다. 지금까지 한 말을 들어보면, 여기 있는 여자들 누구보다도 가장 잘 이해하고 있다. 그런데 지금 데비는 무슨 말을 해야 할지 모르겠다는 얼굴로 가만히 앉아 있다.

"저는 이번 책보다 조금… 짧은 책을 읽는 것도 좋을 것 같아요." 내가 용기를 내어 말했다. 너무 어려워서 도저히 끝까지 읽을 수 없었다는 사실을 드러내 보이고 싶지 않았다. 로셸의 빈정거림이 데비에서 나로 옮겨 올까 봐 걱정되었다. "한… 300쪽 정도로요."

"그렇지만 바버라 패닝 같은 뛰어난 작가의 책이라면 589쪽이라도 눈 깜짝할 새 읽는다고요!" 슬론이 반박했다. "고급 와인을 마실 때와 같은 거죠. 그리고 600쪽짜리 책을 읽어내지 못한다면 어차피 300쪽도 못 읽어요."

내가 영어만큼이나 수학도 형편없었지만, 지금 그 말이 앞뒤가 맞지 않다는 걸 모를 정도는 아니었다. 어떻게 생각하면 틀린 말이 아닌 것 같기도 하다. 내가《벨벳 문》을 스무 쪽도 읽어내지 못한 건 분명하니까.

슬론이 계속 말했다. "내 생각엔 퓰리처상을 받지 못한 책은 논할 가치가 없어요. 교육 수준이 떨어지는 사람을 배려한답시고 수준 낮은 책을 고를 필요까지는 없잖아요. 데비가 참여하기 어렵다면, 우리끼리 따로 만나면 되죠."

"저도 참여할 수 있어요." 데비가 힘없이 대답했다.

그 말에 세 여자가 의미심장한 눈빛을 주고받았다. 그 눈빛이 무엇을 의미하는지 나는 곧바로 알아차렸다. 지금 저 세 사람은 데비를 이 모임에서 내쫓을 생각인 것이다. 갑자기 내가 앉아 있는 소파가 불편하게 느껴졌다. 아무 핑계나 대고 여기서 빠져나가고 싶었다.

"데비." 로셸이 권위적인 목소리로 말을 꺼냈다. "아무래도 우리 독서 모임에 좀 안 맞는 것…." 그녀가 말을 뚝 멈췄다. 갑작스레 뭔가 다른 생각이 머릿속에 떠오르기라도 한 것 같았다. 길고 검은 속눈썹이 몇 번 깜빡거리더니, 그녀가 깊게 숨을 들이쉬었다. "여기 좀 덥지 않아?"

아첨을 잘하는 타비사가 현재 방 온도는 아주 쾌적한 23도라고 말하려는 듯했다. 하지만 다음 순간 표정이 바뀌었다. "그러게. 진짜 좀 덥네."

"난 더운지 모르겠는데요." 데비가 말을 보탰지만, 그리 도움이 되진 않았다.

"갱년기라서 그런 거 아닐까요?" 내가 말했다.

로셸이 나를 쏘아보았다. 그런데 눈빛에서 매서운 기운이 별로 느껴지지 않았다. 아니, 그녀 얼굴이 창백해 보였다. 원래 백옥 같은 피부이긴 한데, 지난 몇 분 사이에 얼굴색이 달라졌다고나 할까. 얼굴이….

약간 초록빛을 띠고 있다.

갑자기 로셸이 손으로 입을 막더니 후다닥 거실을 가로지르며 화장실로 향하는데, 너무 서두르다가 그만 탁자에 부딪히고 말았다. 그 바람에 탁자 위에 있던 샴페인 여러 병이 볼링핀처럼 쓰러지며 그대로 바닥으로 떨어져 산산조각 났다. 바닥으로 넓게 퍼져 나가는 샴페인의 값이 모르긴 몰라도 내 차보다 비쌀 것 같은데, 로셸은 거기에 신경 쓸 겨를이 없었다. 그녀의 속을 게워 내는 소리가 1층 전체에 메아리쳤다.

슬론과 타비사가 눈을 마주쳤다. 그때 나는 봤다. 두 사람의 얼굴도 약간 초록빛을 띠고 있는 걸. "나도 가 봐야겠어. 속이… 속이 좀 불편해." 타비사가 중얼거렸다.

"요즘 무슨 바이러스가 돈다고 하더니." 데비가 동정 어린 목소리로 말했다. 세 여자와 달리 데비의 안색은 아주 멀쩡했다. 멀쩡한 정도가 아니라 얼굴에 환한 미소가 걸렸다.

타비사와 슬론에게서 이 집을 한시라도 빨리 벗어나고픈 간절함이 엿보였다. 슬론은 앞마당 사이로 난 길을 무사히 지나갔지만, 타비사는 운이 좋지 않았다. 데비와 내가 로셸의 집에서 나올 때, 완벽하게 손질된 앞마당에 토하고 있는 타비사가 눈에 들어왔다. 데비는 독서 모임 멤버들이 괜찮은지 확인할 마음이 조금도 없는 듯했다.

"진짜 무슨 바이러스가 유행하긴 하나 봐요." 데비가 자기 집 쪽으로 걸어가면서 내게 말했다. "아무쪼록 로셸이 오늘 저녁에 시장님과 하는 대단한 파티를 취소하는 일은 없어야 할 텐데 말이에요."

"데비." 내가 조용히 입을 열었다. "저 사람들… 식중독에 걸린 것 같았는데…"

데비가 눈을 크게 뜨고는 무표정한 얼굴로 나를 바라봤다. "어머, 그렇게 보였어요?"

그럴 일은 없겠지만 혹시 데비가 만든 샌드위치에 뭔가 문제가 있었던 건 아니었는지 물어볼 뻔했다. 난 샌드위치를 먹지 않았고, 아프지 않았다. 데비가 먹는 모습도 보지 못했다. 그렇더라도 역시나, 아무리 넌지시라도 나와 친한 사람에게 그녀가 직접 만든 음식이 세 사람을 토하게 만들었다고 말하는 건 무례한 일일 거다. 설령 그게 사실일지라도 말이다.

데비가 내 아보카도 알레르기를 까먹은 게 고마울 따름이다. 어떤 끔찍한 일이 벌어졌을지 상상도 하고 싶지 않았다.

14
〈디어 데비〉
임시 보관함

데비에게

결혼 20년 차 주부예요. 여러모로 행복한 결혼 생활이긴 하지만, 불만스러운 점도 있어서요. 데비의 조언을 구하고 싶어요.

결혼 초기에 남편은 내가 일하는 것을 원하지 않았어요. 그때는 그게 참 고마웠어요. 아이들이 어렸을 때는 당연히 그래야 한다고 생각하기도 했고요. 남편이 가족을 위해 책임을 다하는 모습이 보기 좋았죠. 하지만 때론 답답하기도 했어요. 예를 들자면, 남편이 신용카드를 만들면서 모든 구매에 자기 승인을 받도록 해놨어요. 내가 뭔가를 사려고 하면 남편에게 전화를 걸어 구두로 승인을 받아야 하고, 그렇지 않으면 카드 결제가 거절되어 버려요.

또 이런 일도 있어요. 저와 남편은 공동 계좌를 쓰는데, 거기에는 내 '용돈'이라는 명목으로 소액만 들어 있어요. 그런데 장 보는 게 내 일이다 보니 그 돈 대부분이 식료품비로 나가요. 다른 걸 사야 할 때면 남편에게 계좌에 돈을 더 넣어달라고 부탁하게 되는 거죠. 그러면 남편은 저한테 그 얼마 되지도 않는 용돈을 '아껴서' 써야 한다고 잔소리를 해요. 내 신발이 닳아서 새 신발을 사야 한다면, 몇 달 동안 돈을 모아야 해요.

남편은 내가 책임감 없이 돈을 쓴다고 생각해요. 틀린 말은 아니죠. 돈을 버는 사람은 내가 아니니까요. 바로 그런 이유로, 이제 아이들이 다 자랐으니 나도 돈을 벌기 위해 일을 하면 어떻겠냐고 말해 보았어요. 완벽한 해결책이 되리라 생각했는데, 내 얘기를 들은 남편이 불같이 화를 내며 내가 일을 한다는 건 자기의 부양 능력을 신뢰하지 못한다는 뜻이래요.

정말 너무 답답해요. 분명 우리 집은 잘사는데, 나는 결혼 생활 내내 이렇게 돈에 쪼들리네요. 어떻게 하면 남편을 설득해 내가 일을 하고, 경제적으로도 독립할 수 있을까요?

집은 부자지만 난 가난해

집은 부자지만 난 가난해 님,

경제적 학대를 당하고 계신 것 같군요. 지금 남편은 돈을 이용해 독자님을 통제하고 있어요. ~~그런 사람은 마땅히 벌을 받아야 합니~~ ~~다.~~ 일을 하는 데에 남편의 허락은 필요 없어요. 사실 그 어떤 일에도 남편의 허락을 구할 필요가 없답니다! 제 조언을 드리자면 ~~저녁~~ ~~식사 때 남편 와인에 슬쩍 독을 타세요.~~ 이혼 전문 변호사를 만나보세요.

~~부검에서 발견하기 어려운 독에 대한~~ 법적 선택지에 대한 추가 정보를 원하시면, 웹사이트에 나와 있는 제 이메일로 연락 주세요.

데비로부터

15
데비

두 시가 조금 안 된 시간, 《힝엄 하우스홀드》 신문사 주차장에 도착했다.

작은 상가 건물 안에 있는 신문사 사무실은 옆으로는 중국 음식점을, 위로는 마사지숍을 두고 있다. 로셸 집에서 샌드위치를 피하느라 먹은 게 별로 없어서인지, 지금 중국 음식과 마사지라는 단어가 얼마나 좋게 들리는지 모르겠다. 하지만 지금은 개릿을 만나서 전화로 말할 수 없을 만큼 중요하다는 이야기를 나누는 게 먼저였다.

유리문에는 검은 글씨로 '힝엄 하우스홀드'라고 새겨져 있는데, 글자가 몇 군데가 벗겨져서 '히엄 히우스호드'가 되어 있었다. 나는 문손잡이를 돌려 안으로 들어간 다음 그리 크지 않은 공간에 흩어져 있는 몇 개의 책상을 지나 개릿 미어스가 혼자 쓰고 있는 사무실 쪽으로 걸어갔다. 신문사라고 하면 크고 북적거리는 곳을 떠올리겠지만, 이곳은 정반대다. 작고 카펫이 깔린 공간은 너무나 조용해서 바늘 떨어지는 소리도 들릴 것 같다. 그러면서 희미하게 담배 냄새가 나는데, 내가 알기론 여기서 일하는 사람 중 흡연자가 없어서 항상 고개를 갸우뚱하게 된다.

오늘 신문사에는 개릿의 비서 시에라뿐이다. 외모가 워낙 뛰어

나서 개릿이 아무도 보지 않는 줄 알고 몰래 그녀를 훔쳐보는 게 전혀 놀랍지 않다. 내가 신문사에 들어왔을 때, 시에라는 잠깐 고개를 들었지만 아무 말도 하지 않고 시선을 피하기까지 했다. 평소 입을 다물 줄 모르는 아가씨라, 좀 이상하다는 생각이 들었다.

그러고 보니 이상한 점이 한 가지 더 있었다.

버니스가 없었다.

버니스는 선임 편집자다. 개릿이 편집장이긴 하지만, 실제로 중요한 결정은 모두 버니스가 내린다. 나도 칼럼 원고를 버니스에게 바로 보낸다. 내 원고를 개릿은 읽어보기나 하는지 의심스럽다.

선임 편집자가 책상에 없는 것이 사뭇 이상하다고 말하는 게 아니다. 내가 아는 버니스는 삐걱거리는 나무 책상에 하루 종일 앉아 있는 걸 원하는 사람이 아니다. 지금 내 머릿속에서 경보음을 울리는 것은 그녀의 책상이 텅 비어 있다는 사실이었다. 다른 때 같았으면 늘 놓여 있었을 서류 더미, 명패, 축제에서 활짝 웃고 있는 딸의 사진이 지금은 전부 사라지고 없었다.

"안녕, 시에라." 내가 인사했다. "저기…"

"들어가 보세요." 시에라가 나를 보며 말했다. 내가 올 것을 알고 있었던 모양이다. 또다시 머릿속에서 불길한 경보음이 울렸다.

개릿의 사무실 문이 살짝 열려 있지만, 나는 문을 두드렸다. 들어오라는 말에 나는 빗자루 창고만큼 좁은 그의 사무실 안으로 조심스레 들어갔다. 개릿은 40대 초반으로 나보다 한두 살 정도 적은 것 같다. 언제나 깔끔하게 면도한 얼굴에 옷은 단정하게 입는다. 그는 소규모 지역 신문사일지라도 대단하게 보이는 걸 좋아하는 게 분명하다. 그렇지 않고서야 여기 사무실에는 직원들밖에 없는데, 누구에게 잘 보이려고 저렇게 차려입는지 모르겠다.

"어서 와요, 데비." 개릿이 미소를 지으려 했지만, 입술 왼쪽 끝만 살짝 올라갔다. "앉으세요."

나는 그의 말을 따라 책상 앞에 있는 의자에 앉으며 무릎이 잘 덮이도록 원피스 치맛단을 반듯하게 폈다. 어수선한 마음이 쉽게 가라앉지 않았다. "다 괜찮은 거예요? 버니스는 어디 있어요?"

개릿이 입을 열었지만, 대답 대신 고개를 저었다. "얼마 전에 데비가 쓴 칼럼에 대해 이야기를 좀 해야겠어요."

"알겠어요…"

"한 여성분이 사연을 보내왔었죠. 남편하고 문제가 있다고 하면서요. 데비가 이렇게 조언했더군요…" 개릿이 책상 위에서 《힝엄하우스홀드》 한 부를 집어 들었다. 문제가 되는 면의 모서리가 접혀 있었다. "'지금 남편은 돈을 이용해 독자님을 통제하고 있어요. 일을 하는 데에 남편의 허락은 필요 없어요. 사실 그 어떤 일에도 남편의 허락을 구할 필요가 없답니다! 제 조언을 드리자면 이혼 전문 변호사를 만나보세요'라고요."

그 사연은 또렷이 기억하고 있다. 내가 여성들에게 남편을 떠나라고 말하는 경우는 거의 없다. 나는 전문 상담가도 아니고, 독자가 사연에 몇 줄 쓴 내용만 보고 그런 조언을 할 수 없다는 것을 잘 알고 있다. 여성들이 보내는 사연의 절반이 남편에 대한 불평인데, 그때마다 내가 진짜로 하고 싶은 말을 그대로 해 줄 수 없기에 입이 근질근질해도 꾹 닫는다. 그렇지만 그때 그 사연은 너무나도 끔찍했고, 나는 도저히 참을 수가 없었다.

"기억나요. 재정적으로 학대하는 남편 사연이었어요." 내가 말했다.

"이혼했답니다."

나는 만족스럽게 고개를 끄덕였다. "잘됐네요."

"잘된 게 아니에요." 개릿이 나를 정신 나간 사람이라도 되는 것처럼 쳐다보았다. "데비, 도대체 무슨 생각이었어요? 아무한테나 무턱대고 이혼하라고 조언하다뇨."

"내 일이 조언하는 거잖아요?"

"정원 가꾸는 법이나 셔츠 얼룩 빼는 법 같은 걸 조언하는 거죠." 개릿의 목소리에서 짜증이 팍팍 느껴졌다. "잘 알지도 못하는 사람에게 이혼하라고 하면 어떡해요!"

"할 수도 있죠, 남편이 명백히 학대하는 경우라면요."

"데비가 그걸 어떻게 아나요⋯."

"남편이 신용카드로 제대로 못 쓰게 했죠." 나는 손가락으로 남편의 죄목을 하나씩 짚었다. "아내가 애도 아닌데 용돈만 주고요. 아내가 일을 갖는 것도 못 하게 했어요. 제대로 된 남편이라면 자기 아내를 그렇게 대하겠어요? 개릿이라면 아내한테 그렇게 하겠어요?"

"어쨌거나 데비가 참견할 일이 아니에요."

"참견이라고요?" 나도 모르게 소리를 질렀다. "개릿, 나는 상담 칼럼을 쓰는 사람이에요. 그게 내 일이라고요. 사람들이 나에게 조언을 구하고요, 나는 그들에게 조언을 해줘요. 그 조언을 따를지 말지는 그들의 선택이에요."

"더는 조언 안 해도 돼요."

나는 개릿을 빤히 쳐다봤다. "뭐라고요?"

개릿이 길게 숨을 내쉬며 관자놀이를 문질렀다. "그 남편이 우리를 상대로 소송을 걸겠다고 위협하고 있어요. 그 사람, 그냥 하는 말이 아니에요. 소송을 피하고 싶으면 칼럼니스트를 해고하랍니다. 그리고 편집자도요."

그래서 버니스의 책상에 아무것도 없었구나.

"버니스는 왜 해고해요?" 버니스에게 미안해서 어떻게 해야 할지 모르겠다. 나는 쿠퍼가 매달 받는 월급으로 살면 된다고 하지만, 그녀는 대학생 딸을 둔 싱글맘이다. "칼럼을 쓴 건 난데요."

"그 사연을 신문에 싣기로 결정을 내린 사람이라서요. 다 알만한 사람이 모르고 그랬다고 볼 수 없으니까요." 개릿이 대답했다.

"그건 적절한 조언이었어요." 나는 치맛자락을 움켜쥐었다. 손바닥에 어느새 땀이 났다. "그 여자분은 도움이 필요했고, 난 진실되게 말했을 뿐이에요. 학대받는 아내를 도왔다는 이유로 정말 나를 자르려는 거예요?"

"우리는 가족 친화적인 신문이에요." 개릿이 내 기억을 일깨워주듯 말했다. "그게 광고주들이 요구하는 바죠. 사람들에게 이혼하라고 말하면 안 돼요. 그냥 안 되는 거예요, 데비."

"그러면 소송을 당하지 않으려고 그 재수 없는 남편이 요구하는 걸 다 들어주겠다는 거예요?"

"사실은 저도 그 남편과 같은 생각이에요. 데비가 끼어들면 안 되는 일이었어요. 버니스가 칼럼을 보여줬더라면, 내가 신문에 내지 말라고 했을 겁니다."

버니스는 분명히 칼럼을 보여줬을 거다. 하지만 나의 게으른 상사께서는 평소처럼 눈길도 안 줬을 거다. 버니스가 없으니, 이제 그는 망한 신세다. 누가 신문을 만들까? 개릿은 아무것도 모르는 것 같은데 말이다. 어디서 착하고 말 잘 듣는 사람 하나 얼른 구해서 일을 다 떠맡겨 놓고는, 자기는 책상에 가만히 앉아서 중요한 일을 하는 척이나 할 게 뻔했다.

개릿이 자리에서 일어나며 비정상적으로 허리를 꼿꼿하게 세웠다. "이제 제 사무실에서 나가 주셨으면 좋겠네요. 시에라가 문까지 안내해 드릴 겁니다."

"안내해 준다고요?" 내 머릿속에서 윙윙거리는 소리가 다시 시작됐다. 나는 마음을 가라앉히려 심호흡을 했다. "내가 무슨 사고라도 칠 거라 생각하는 거예요?"

개릿은 입을 다문 채 아무 말도 하지 않았다. 내가 정말로 소동을 일으킬 마음을 먹었다면, 바람에 날아갈 것 같은 시에라가 나를 막을 수 있을까 싶다. 그냥 조용히 나갈 생각이니, 다행으로 알기를.

신문사에 있는 내 자리에는 물건이 별로 없었다. 시에라가 시켜보는 앞에서 나는 메모 패드와 펜 몇 자루를 챙겼다. 책상 서랍 속에서 쿠퍼와 딸아이들이 환하게 웃고 있는 사진을 꺼냈다. 상자라도 있으면 좋겠지만, 없어서 그냥 두 팔에 다 안고 가기로 했다.

"미안하지만, 데비." 시에라가 불편해하는 표정을 지으며 입을 열었다. "제가 열쇠를 돌려받아야 해서요."

나한테 열쇠가 있다는 사실을 까맣게 잊고 있었다. 열쇠고리를 확인해 보니, 아마도 신문사 열쇠로 보이는 낯선 열쇠가 하나 달려 있었다. 그 열쇠를 빼내 시에라 손에 넘겨주는 동안 머릿속에서 윙윙거리는 소리가 점점 커졌다. 시에라는 그게 진짜 맞는 열쇠인지, 혹시 내가 엉뚱한 열쇠를 건넨 건 아닌지 확인하느라 일련의 번거로운 절차를 거쳤다. 내가 정말 마음을 먹었다면 복사본 하나 만드는 것쯤은 아무 일도 아니었을 텐데.

그깟 열쇠가 뭐라고 그렇게 신경을 쓰는지 우스웠다. 내가 무엇을 가지고 있는지 그들이 진짜 걱정해야 하는 건 그게 아닌데 말이다. 그 생각이 스치자, 머릿속 윙윙거림이 멈췄다.

"일이 이렇게 되어서 유감이에요. 나는 데비 칼럼을 좋아했어요. 정말 조언을 잘 해줬어요." 시에라가 말했다.

나는 메모 패드를 가슴에 꼭 끌어안았다. "개릿은 그렇게 생각하지 않는다네요."

"그게, 신문이 가족 친화적이어야 하는 게 정말 중요하거든요. 결혼의 신성함, 잘 아시잖아요?"

"잘 알기야 하죠."

"부부의 연합만큼 귀한 건 없어요." 시에라가 현자라도 된 것처럼 말했다. "그러니까 아내에게 남편을 떠나라고 말해서 그걸 훼손하면 안 되는 거예요. 우리 광고주들도 같은 생각이에요. 그들이 없으면 우리 신문은 끝이에요. 그건 데비도 알잖아요."

"그렇죠, 나도 그건 잘 알아요." 내가 말했다.

시에라는 마지막까지 아무 말썽이 없도록 나를 문까지 배웅했다. 초라한 짐을 품에 안고 차로 무거운 발걸음을 옮기자니, 가슴 한구석이 아파 왔다. 비록 하찮은 지역 신문이었지만, 나는 즐겁게 일했다. 조언을 해 주는 게 좋았다. 내 인생은 엉망 같을지라도, 다른 사람들의 문제에 대해서는 정답이 딱 보였다.

이제는 나 자신에게 조언해야 할 때인 것 같다.

16

오븐 속에서 브라우니가 아직 구워지고 있을 때, 현관문이 닫히는 소리가 났다.

쿠퍼가 집에 오기엔 너무 이른 시간이고, 렉시는 남자 친구와 아주 신나게 놀고 있을 것이다. 10분 전에 파인들리 앱으로 확인했을 때 옛 힝엄 조선소가 있던 자리에 들어선 복합쇼핑몰에 있었다. 벌건 대낮에 도둑이 들 수도 있긴 하지만 아무래도 가능성이 낮으니 도둑이 아니라면 분명 이지일 터였다.

"이지니?" 내가 크게 불렀다.

대답이 없다. 하지만 현관 쪽에서 들리는 발소리가 이지의 것이었다. 가족들의 발소리만으로 누가 왔는지 구별할 수 있는 나 자신을 칭찬해 주고 싶다. 이지의 발소리는 나직하지만 땅을 단단하게 딛는다는 느낌이 있다. 그러니 축구를 잘하는 것일 테지.

잠시 후, 내 예상대로 둘째 딸아이가 부엌 입구에서 얼굴을 들이밀었다. 나는 고개를 돌려 딸아이에게 알은체했다. 이지는 여전히 아무 말이 없다.

"왔어?" 내가 말했다.

"네."

브라우니를 확인하려고 오븐 문을 열었다. 초콜릿 향이 금세 부억 안을 가득 채웠다. 나는 깊이 숨을 들이마신 다음 길게 내뱉었다. 너무나 기분 좋은 향이다.

"엄마는 왜 항상 브라우니를 만들어요?" 이지의 목소리에서 불만이 고스란히 느껴졌다.

깜짝 놀란 눈으로 이지를 바라봤다. 우선, 나는 '항상' 브라우니를 만들지 않는다. 마지막으로 만든 게 거의 1년 전, 이지 학교에서 열린 연말 베이커리 행사 때였다. 둘째, 이 세상에 어떤 아이가 갓 구운 브라우니를 불평한단 말인가? 렉시도 내 베이킹에 대해서는 못마땅해하지 않는다.

"미안하게 됐네. 너는 별로 먹고 싶지 않나 보다." 내가 말했다.

"윽, 안 먹어요."

윽? 나는 고개를 젓는 것으로 대답을 대신했다. 참 나, 나중에 먹고 싶다고 해도, 안 줄 거다.

이지가 부엌 문가에서 서성거렸다. 뭔가 할 말이 있는 것 같긴 한데, 책가방을 바닥에 내려놓은 채 입을 꾹 다물고 있다. 평소답지 않은 모습이다. 두 딸 중 이지는 수다쟁이 과라서 끊임없이 조잘댄다. 반면 렉시는 말을 신중하게 고르는 쪽이다. 특히, 대화 금지 명령이 내려진 아침에는 더더욱.

"그래서 축구팀은 어떻게 된 거야?" 내가 말문을 열었다.

"아무 일도 없었어요." 이지는 너무 지쳐서 제대로 으쓱할 힘도 없는 사람처럼 어깨를 반쯤 들어 올리다 말았다. "축구가 지겨워졌어요."

세상에 믿을 말이 따로 있지. 이지는 유치원 때부터 줄곧 축구를 해왔다. 매주 토요일 아침, 밝게 떠오르는 햇살의 기운을 받으며 이지를 초등학생들을 위한 축구 연습이 열리는 지역 중학교까지 차로 데려다주곤 했다. 주차 자리를 찾는 건 늘 스트레스였고, 가끔은 공포스럽기도 했다. 그렇게 차를 겨우 세우면, 양 갈래 머리에 축구화와 축구 양말을 신은 이지는 차 문을 박차고 뛰어나갔다. 축구 연습은 이지가 일주일 중 가장 좋아하는 시간이었다. 하지만 나는 아직도 왜 축구 양말이 왜 따로 필요한지 모르겠다. 매년 사 주고 있긴 하지만 말이다.

그러니 이지가 스스로 그만뒀다는 말을 나는 도저히 못 믿겠다.

"렉시 말로는 네가 팀에서 쫓겨났다던데?" 내가 아침 일을 떠올리며 물었다.

"언니가 잘 모르면서 그냥 아무 말이나 한 거예요. 내가 관뒀어요."

이지가 어릴 땐 거짓말을 하면 쉽게 알 수 있었다. 세 살쯤이었을 거다. 하루는 이지가 부엌에서 초코칩 쿠키를 몰래 먹었다. 자기는 절대 안 먹었다고 맹세했지만, 그 말을 하는 내내 입술에는 초콜릿과 쿠키 부스러기가 묻어 있었다. 그 순진한 모습이 내 눈에 선하다.

이제는 거짓말에 훨씬 능숙해졌지만, 딸아이가 축구를 스스로 그만둔 게 아닐 것이라는 내 의심을 지우지는 못했다. 이지가 자발적으로 축구를 관두는 경우는 떠올릴 수가 없다.

"파이크 코치한테 전화 안 할 거죠? 그렇죠, 엄마?" 이지가 걱정스러운 목소리로 물었다.

"안 할 거야."

"아무리 전화해도 내 마음은 변하지 않아요."

"알았어, 전화 안 해."

"맹세하는 거죠?"

"그래, 맹세해." 나는 오븐 문을 소리 나게 닫았다. "엄마 그렇게 한가한 사람 아냐. 네 코치한테 전화하는 것 말고도 신경 쓸 일 많아. 그리고 어차피 코치는 전화를 받으려 하지도 않을 거야."

내가 그렇게 말하자 이지의 어깨가 편안해졌다. "나는 숙제하러 올라갈게요. 이번 학기엔 숙제가 엄청 많아요." 딸아이의 눈에 껴 있던 안개가 조금 걷힌 것 같다. "그러니까 축구를 안 하는 게 오히려 나아요."

전혀 믿어지지 않는 말이었지만 이지의 기분의 나아질 수 있다면, 내가 수긍하는 척하는 건 하나도 어렵지 않았다. "참, 이지?"

이지가 내 시선을 피하며 대답했다. "왜요?"

렉시 친구가 했다는 말을 떠올리며, 파이크 코치가 여자 탈의실에 불쑥 들어온 적이 있는지 물어볼까 고민했다. 하지만 설령 그게 사실이라 해도, 이지가 절대 진실을 말하지 않을 거라는 생각이 들었다.

"숙제하는 데 내가 도와줄 건 없니?"

"없어요."

우리 둘째는 숙제를 도와달라는 법이 없지.

이지가 내게 오늘 하루가 어땠는지 묻지 않았지만, 나도 그리 기대하지 않는다. 이지는 내가 어떻게 하루를 보내는지 전혀 신경 쓰지 않는다. 나쁜 아이라는 말이 아니다. 그저 이지에게는 내가 잡지 사진 촬영 기회를 남에게 빼앗긴 일이 아무런 의미가 없을 것이다. 우리 가족의 수입이 줄어든다고 하면 내가 신문사에서 잘린 일을 걱정할지도 모르겠다. 하지만 아빠가 있으니, 한 귀로 듣는 즉시 다른 귀로 빠져나가리라 생각된다.

솔직히, 입 밖으로 꺼낼 만한 이야기도 아니다. 내 아이들은 엄마의 일상에서 일어나는 사건 사고보다 훨씬 더 중요한 일들로 머리가 가득하다. 어차피 내가 감당해야 할 일이다.

이지가 내게 의심스러운 눈초리를 보냈다. 딸아이는 내가 뭔가 마음에 걸리면 그냥 넘기질 못한다는 걸 잘 알고 있다. 하지만 더 이상 묻지 않았다. 대신 책가방을 집어 들고 계단 쪽으로 걸음을 옮겼다.

나는 아이들에게 한 약속은 반드시 지킨다. 축구 코치에게 전화하지 않겠다고 이지와 약속했으니, 정말 전화하지 않을 거다.

직접 찾아갈 생각이다.

17
쿠퍼

러닝머신에서 8킬로미터를 달렸는데도, 기분이 조금도 나아지지 않았다.

나는 고등학교부터 대학 초반까지 육상부에서 달리기를 했다. 꽤 잘하는 축이었는데, 대학 마지막 2년 동안 문제가 좀 있어서 운동을 그만뒀다. 졸업 후 결혼하고 나서는, 특히나 아이들이 생기고 나니 운동할 시간이 없었다.

20대나 30대에는 헬스장에 다니지 않아도 괜찮은 몸매를 유지할 수 있다. 하지만 40대에는? 꿈도 꿀 수 없다. 그래서 제시가 타이탄 피트니스에 같이 다니자고 제안했을 때, 이참에 몸을 다시 만들어야겠다고 생각했다.

제시와 나는 서로에게 운동을 빼먹지 않게 해 주는 크루 같은 존재다. 우리 둘 다 몸을 다시 만들고 싶었고, 그래서 일주일에 최소 세 번은 헬스장에 꼭 가도록 서로를 챙겼다. 제시는 그 역할을 나보다 더 잘하고 있다. 종종 늦게까지 남아 있기도 하고, 오늘은 "어서 가자. 운동하면 기분이 나아질 거야"라고 하면서 거의 나를 끌고 오다시피 했다.

그의 말이 틀린 것은 아니다. 헬스장에서 운동하는 건 여러모로 내게 큰 도움이 됐다. 웨이트와 유산소 운동을 병행하는 제시와 달리 나는 러닝을 위주로 하면서 약간의 근력 운동만 한다. 그런데도 변화가 확실히 느껴졌다. 체력과 지구력은 말할 것도 없고, 외모도 달라졌다.

가볍게 걸으며 심박수를 낮춘 후 얼굴에 흐르는 땀을 수건으로 닦았다. 옷깃까지 땀으로 젖었다. 문득 일립티컬 머신을 타고 있는 여자에게서 호의적인 시선이 느껴졌다. 나도 그녀를 바라봤는데, 그 시간이 좀 길었는지 여자가 내게 윙크를 보냈다. 나는 재빨리 시선을 돌리고, 웨이트를 하고 있는 제시 쪽으로 얼른 발을 옮겼다.

"나는 이제 가볼게." 내가 제시에게 말했다.

제시는 덤벨을 내려놓고 물을 길게 들이켠 다음 입가를 닦으며 나를 올려다봤다. "이제 좀 괜찮아, 쿠퍼? 같이 나가서 한잔할까?"

술 생각은 없었다. "아냐, 집에 가서 어쨌든 해결을 봐야지."

"데비한테 말할 거야?"

데비한테 말하는 건 가장 마지막 대응책이다. 다른 일자리를 찾을 때까지 데비에게 알리지 않는 것이 내가 가장 바라는 바다. 그렇지만 그게 얼마나 걸릴지 알 수 없다는 게 문제였다. 이미 데비에게 숨기고 있는 일도 있다. 째깍거리는 시한폭탄을 손에 들고 있는 기분이다.

"생각해 봐야지." 내가 말했다.

제시가 이맛살을 찌푸렸다. 내 아내처럼 제시도 문제 해결형 인간이다. 무슨 문제가 생기면, 본능적으로 해결책을 찾으려 든다. "어쩌면 이게 오히려 최고의 기회가 될 수도 있어."

"그럴지도."

"정말로 그래." 제시가 힘주어 말했다. "네가 그랬잖아. 쳇바퀴 같은 직장이었다고. 지금 더 괜찮은 곳을 찾을 기회가 온 거야."

"네 말이 맞을 거야." 나는 대답은 그렇게 했지만, 제시 말이 맞을 거란 확신이 조금도 느껴지지 않았다.

"이번 주말에 우리 뭐라도 하자. 집에서 하루 종일 침울하게 있지 말고." 제시가 말했다.

"뭐, 그러던지."

"뭐할까?"

하고 싶은 일이 하나도 떠오르지 않았다. 소파에 누워 절망 속에 허우적대지 않으려면 최선을 다해 애를 써야 할 터였다. 내가 해야 하는 일은 알고 있었다. 모든 구직 사이트에 프로필을 올리고 채용 담당자에게 연락하기. 정말 하기 싫지만 무조건 해야 한다.

불현듯 기분 전환에 도움이 될 만한 일이 하나 생각났다.

"사격장에 가는 게 어때." 내가 말했다.

제시가 나를 보며 활짝 웃었다. "그럴까?"

"그러자. 좋을 것 같은데?"

"좋지!"

내게는 총이 한 자루 있다. 내 결혼 생활에서 불화를 일으킨 중대한 사건 중 하나가 그 총 때문에 일어났다. 몇 년 전 우리 동네에 도둑이 몇 번 든 이후 내가 총을 사겠다고 한 게 발단이었다. 데비는 총을 소유한 사람이 침입자보다 가족을 쏠 가능성이 높다는, 나도 인정할 수밖에 없는 정확한 통계를 근거로 대며 강력히 반대했다. 하지만 결국 내가 이겨서 총을 사는 것으로 끝이 났다.

차고에 두되 총기 보관함에 넣어 잠가야 하고, 사격장에서만 사용하는 걸로 타협을 봤다. 아이들은 집에 총이 있는지조차 모른다.

나는 총 쏘는 걸 즐긴다. 이번 주에 일어난 일들을 생각하면 김이 날 것 같은 머리가 사격장에 가면 조금 가벼워질 것 같다.

간단히 샤워를 하고 챙겨간 옷으로 갈아입었다. 저녁 식사 전에 집에 도착하겠지만, 식사 전에 긴 대화를 나눌 만큼 일찍은 아닐 것이다. 아직도 데비에게 어떻게 말해야 할지 모르겠다. 최근 들어 데비가 평소와 좀 달랐다. 뭐랄까… 좀 불안정해 보였다. 정신이 다른 데 있는 것 같다고 해야 할지도.

그러니 데비에게 완전히 솔직하게 말할 수 없다. 지금은 안 된다.

헬스장을 나서기 전 회원 카드를 찍으러 안내 데스크로 갔다. 일립티컬 머신에서 내게 미소 지었던 여자가 지나갔다. 몸에 딱 달라붙는 운동복을 입었을 때보다 청바지와 스웨터 차림이 더 매력적이다. 내 시선이 자석처럼 그 여자에게 끌렸다. 여자가 나를 보며 윙크하는 모습에 간신히 눈을 돌릴 수 있었다.

좋지 않은 생각이야, 쿠퍼.

"운동은 잘 하셨어요?" 안내 데스크 직원인 신디의 목소리가 귓가에 날아들었다.

내 착각인지 모르겠지만 그녀 목소리에서 뾰족함이 느껴졌다. "아, 네… 네, 고마워요."

"참고로 말씀드리는 건데요. 쿠퍼 씨 아내분은 오전에 운동하고 가셨어요." 신디가 말했다.

내 느낌이 맞았다. 확실히 신디 목소리에 날이 서 있다. 설마 내가 다른 여자를 쳐다봤다고 데비에게 말하진 않겠지? 진짜 잠깐 봤을 뿐인데! "아, 그랬군요."

"그럼, 좋은 저녁 보내세요!" 신디는 평소처럼 담담한 말투로 돌아갔다.

나는 아무 말 없이 고개만 끄덕인 다음 더 어리석은 짓을 하기 전에 곧장 집으로 향했다.

18
데비

내가 지금 고등학교로 가는 이유가 꼭 파이크 코치를 만나기 위해서만은 아니다. 자선 행사를 위해 챙겨둔 통조림도 전달해야 했다.

그렇게 말한다고 해서 무엇이 달라지냐고 반문할 수 있겠지만, 내 마음이 한결 편안해졌다.

학교 일과는 다 끝난 시간, 행정실에서 일하는 엘레나가 아직 남아 있었다. 엘레나는 인터폰을 눌러 문을 열어준 다음 내가 두 팔로 안고 있는 갈색 상자에 가득한 통조림을 보자 눈을 반짝였다.

"데비!" 엘레나가 환하게 웃으며 말했다. "이런 일에 데비가 빠지면 안 되죠."

"물론이죠. 덤으로 이걸 들고 왔으니 오늘 할 운동은 다 한 셈으로 치려고요." 나는 농담을 던졌다. 알다시피 오늘 운동은 벌써 했다.

나는 엘레나가 컴퓨터 키보드를 두드리는 소리를 들으며 행정실 데스크 위에 상자를 내려놓았다. 어떻게 말을 꺼내는 게 좋을지 생각하느라 시간을 끌었다.

"저기, 엘레나." 나는 최대한 무심한 목소리로 말했다. "파이크 코치를 좀 만나고 싶은데 잠깐 들어가도 될까요? 축구 연습 일정 때문에요. 이지가 참석하기 어려운 날이 몇 번 있더라고요."

"네, 들어가 보세요." 엘레나는 모니터에서 눈을 떼지 않은 채 대답했다.

엘레나는 나를 신뢰했다. 내가 해서는 안 될 일을 저지를 수도 있다는 생각을 전혀 하지 않는다. 그렇다고 나한테 무슨 나쁜 꿍꿍이가 있다는 뜻은 아니다. 단지 최고 선수를 팀에서 잘라야겠다고 생각한 이유에 대해서 축구 코치와 사람 대 사람으로 대화를 나누고 싶을 뿐이다. 이런 걸 두고 숭고한 의도가 아니라고 한다면, 대체 무엇을 그렇게 부를 수 있는지 난 모르겠다.

아무렴, 자식을 보호하는 것보다 더 고귀한 일이 어디 있을까? 나도 부모님이 좀 더 잘 보호해 줬다면….

아니다, 지금 그런 생각을 하는 건 아무 의미가 없다.

파이크 코치 사무실은 축구장에서 그리 멀지 않은 곳에 있다. 나는 익히 잘 아는 복도를 따라 걸어가며 가방 속에서 은박지에 싼 브라우니를 꺼냈다. 조금이라도 도움이 될까 싶어 달달한 걸 좀 가져왔다.

운이 좋았다. 축구 연습은 모두 끝났고, 코치는 책상에 앉아 앞에 놓인 서류들을 뒤적이고 있다. 50대로 보이는 코치는 대머리이거나 대머리에 꽤 근접한 것 같은데, 야구모자를 쓰지 않은 모습을 본 적이 없어서 확실히는 알 수 없었다. 힝엄 사립 고등학교라고 쓰인 티셔츠가 뱃살 위로 팽팽하게 늘어났다. 스포츠 코치라 하기에는 몸매가 영 아니올시다라는 생각이 들지만, 나도 그걸 뭐라 할 처지가 아니니 이쯤에서 그만하겠다.

나는 열려 있는 문을 빠르게 톡톡 두드린 다음 얼굴에 환한 미소를 띠며 은박지로 싼 브라우니를 대단한 선물이라도 되는 것처럼 앞으로 내밀었다. "파이크 코치님?"

그가 고개를 들었다. 신문사에서 돌아온 이후 옷을 갈아입지 않아 여전히 노란 원피스를 입고 있는 나의 몸을 코치의 시선이 훑으며 올라왔다. 나는 움찔하며 브라우니를 들지 않은 손으로 가방을 가슴 앞에 끌어안았다.

"무슨 일이시죠?" 코치가 음흉한 미소를 지으며 물었다. 나는 원래도 이 남자를 좋아하지 않았지만, 앞으로도 그 마음이 바뀔 일이 없을 거라는 생각이 들었다.

"안녕하세요." 내가 말했다. "이지 엄마예요."

"아." 그의 입가에 걸렸던 미소가 순식간에 사라졌다. "그러시군요."

"브라우니를 좀 가져왔어요." 나는 브라우니를 들고 코치에게 다가가며 사무실에 들어올 구실이 있어서 다행이라고 생각했다. "잠깐 이야기를 나눌 수 있을까 해서요."

파이크 코치는 브라우니를 받아 들며 은박지를 살짝 들춰보더니 만족스러운 표정을 지었다. 내게 앉으라고 권하지 않길래 내가 알아서 의자에 앉았다.

"이지 얘기를 하고 싶어서요." 내가 말문을 열었다. "오늘 알게 됐는데, 아이가 축구팀에서 방출되었더군요."

코치의 입에서 나온 말은 "그렇습니다"라는 한 마디뿐이었다.

"그게 좀 이해가 안 돼서요." 나는 말을 이었다. "코치님도 아시다시피 이지는 훌륭한 선수예요. 지난해 이지의 경기를 빠짐없이 지켜봤어요. 저는 이지가 팀에서 아주 뛰어난 선수 중 하나라고 생각합니다. 그래서 어떤 이유로…."

파이크 코치가 은박지를 벗기자, 그 아래에 내가 랩으로 꼼꼼하게 포장한 브라우니가 모습을 드러냈다. 코치는 랩을 벗겨볼까 고민하는 듯하더니, 이내 수고를 아끼기로 마음을 바꾼 것 같았다. "맛있어 보이는군요."

"실제로 맛도 좋답니다."

초콜릿이 듬뿍 들어가 우리 입을 즐겁게 해 주는 간식을 코치는 생각에 잠겨 바라보다가 다음 말을 골랐다. "사실은 말입니다. 이 브라우니가 문제의 일부입니다."

"네? 그게 무슨 말인지…."

"지난 시즌 말에 이지한테 움직임이 너무 느리니 다음 시즌 전까지 체중을 줄여야 한다고 말했습니다. 최소 7킬로는 빼야 한다고요. 10킬로를 빼면 더 좋고요."

나는 입을 다물 수 없었다. "잠깐만요…. 그러니까, 15살짜리 제 딸아이한테 10킬로를 빼라고 했단 거예요?"

"저는 스피드를 올려야 한다고 말했습니다." 코치가 내 말을 정정했다. "체중 감량이 스피드를 올리는 데에 도움이 될 수 있다고 제안한 것뿐이고요. 하지만 이지는 전혀 나아지지 않았어요. 더구나 작년 이맘때보다 3킬로나 더 쪘고요. 이번에 팀에 두 명이 더 들어오면서 누군가는 나가야 하는 상황이 되었어요. 그래서 부득이하게 이지를 내보내게 된 겁니다."

"이지는 충분히 빨라요!" 내가 항의했다.

"어머니의 마음은 충분히 이해합니다. 하지만, 이지 어머니, 어머니가 축구 코치는 아니잖아요?" 파이크 코치가 브라우니가 든 접시를 손가락으로 톡톡 두드렸다. "코치는 접니다. 누가 얼마나 빠른지 판단하는 사람도 접니다. 어머니가 아니라요."

그제야 이해가 갔다. 이지가 브라우니를 만들고 있던 내게 화를 냈던 이유를. 딱 보기 좋은 몸매를 가진 내 딸이 날씬해져야 한다고 느꼈던 것이다.

"어머니." 파이크 코치가 말했다. "이지에게 실력이 있다는 건 저도 동의해요. 체중을 감량해서 스피드를 올릴 수 있다면, 재합류를 고려해 보죠."

"그러니까 스피드 때문이라는 거네요." 나는 자세를 고쳐 앉았다. "얼마나 빨라져야 하는 거죠? 달리기 훈련을 한다고 하면, 속도가 얼마나 되어야…"

"지금보다 빨라야 합니다." 더 이상의 설명 없이 코치는 다음 말을 덧붙였다. "이미 말씀드렸듯이, 체중 감량이 스피드를 올리는데에는 가장 좋은 방법이에요. 러닝머신에서 좀 뛰는 정도로는 안돼요." 코치가 말을 멈추고 가슴 앞에서 팔짱을 꼈다. "솔직히 말해서, 뚱뚱한 여자애들이 축구장을 뛰어다니는 꼴을 보고 싶어하는 사람이 어디 있나요. 관중이 그런 걸 좋아할 리 없죠. 어휴, 나부터 보고 싶지 않습니다."

머리가 어지러웠다. 십대 여자애들에 대해 코치가 저런 말을 하다니 믿을 수 없었다. 이 대화를 교장 선생님에게 그대로 전하고 싶지만, 코치는 부인할 게 뻔했다. 렉시가 했던 말, 그러니까 파이크 코치가 '실수로' 여학생 탈의실에 들어왔다는 이야기를 잠깐 의심하기도 했지만, 지금 그 의심은 완전히 사라졌다. 이지가 팀에서 쫓겨나지 않았다면, 파이크 코치를 더는 가까이할 일이 없도록 팀에서 나오라고 내가 딸아이를 설득했을 것이다.

이지는 저 남자 때문에 자기가 사랑하는 운동을 할 수 없게 됐다. 더 끔찍한 건, 이지가 스스로를 부정적으로 평가하게 되었다는 사실이다. 저 남자는 이지에게 다른 사람의 기준에 맞춰 변해야 한다는 생각을 심어주고 있었다.

그런 데다 그는 여학생들이 탈의실에서 옷을 갈아입는 순간을 노려 몸을 훔쳐보기까지 했다.

"제가 드릴 수 있는 말씀은 이게 다인 것 같네요. 죄송합니다." 파이크 코치는 어깨를 으쓱해 보였지만, 조금도 미안한 기색이 없었다. "하지만 세상일이란 게 원하는 대로 되는 게 아니지 않습니까. 그걸 빨리 깨닫는 게 이지에게도 좋죠."

"이지는 팀에 들어갈 자격이 충분해요." 마음으로는 눈앞에 있는 남자의 팀에 속하길 바라지 않으면서도 입에서는 으르렁거리는 소리가 튀어나왔다.

"딸을 돕고 싶다면, 체중을 줄일 수 있게 도와주세요. 브라우니 그만 만드시고요. 말 나온 김에 어머니도 같이 살을 빼면 좋을 것 같은데요." 코치가 나를 보며 말했다.

어금니를 악물었다. 이가 하나라도 깨지지 않은 게 신기할 지경이었다. 나는 숨을 깊이 들이마시며 마음을 가라앉혔다. 머릿속에서 열까지 센 다음 자리에서 일어섰다.

"시간 내주셔서 감사하네요, 파이크 코치님." 내가 말했다.

그가 고개를 끄덕였다. "언제든지요."

나는 몸을 돌려 사무실을 나왔다. 비명을 지르기 전에 어서 학교를 벗어나야 한다는 생각이 머릿속을 가득 채웠다.

하지만 이대로는 못 나간다. 학교에서 나가기 전에 들러야 할 곳이 생겼다.

19
쿠퍼

집이 어둡다.

데비가 부엌에서 저녁을 준비하고 있을 거라 생각하고 있었는데, 집에 없다는 사실에 안도감이 몰려왔다. 현관에 발을 들여놓자마자 질문 세례가 쏟아질까 봐 걱정했다. 하긴 질문이 그렇게 많지는 않았을 거다. 오직 하나였을 테지.

'미팅은 어떻게 됐어?'

생각만 해도 이마에 식은땀이 났다. 이젠 너무 익숙하지만, 여전히 견디기 힘든 이 기분. 지금 내 머릿속에는 한 가지 생각뿐이었다. 내 기분을 나아지게 할 수 있는 방법이 하나 있다는 것. 지금 당장 내가 갈 수 있는 곳이 하나 있다는 것.

그래, 집에서 나가자.

하지만 내가 미처 튀어 나가기도 전에 차고 문이 열리는 소리가 났다. 젠장, 내가 너무 꾸물거렸다. 이제 곧 데비가 나타날 테니 마음의 준비를 해야 했다. 온몸이 긴장감에 휩싸였다.

"쿠퍼?" 어둠 속에서 데비의 목소리가 거실에 울렸다. "불도 안 켜고 왜 그러고 서 있어?"

"어… 내가…." 나는 마땅히 대답할 말이 떠오르지 않았다. 데비가 불을 켰고, 나는 불빛에 적응하느라 눈을 깜빡였다. "나도 지금

막 왔어."

"내가 너무 늦었네. 장을 보러 갔는데, 생각보다 사람이 너무 많더라." 데비가 말했다.

하지만 아내는 손에 장바구니를 들고 있지 않았다.

그나저나 데비가 예뻐 보였다. 아침에 입고 있던 몸에 달라붙는 원피스는 갈아입었지만, 데비는 무엇을 입어도 멋지다. 그녀를 처음 만났던 날이 아직도 생생하다. 그게 벌써 20년 전이다. 그날 나는 벼락을 맞은 것 같았다. 그전까지만 해도 결혼을 생각해 본 적 없었는데, 그녀와 결혼하고 싶다는 걸 곧바로 깨달았다. 데비를 내 머릿속에서 절대 지우지 못할 거라고 직감했다.

"오늘 하루 잘 보냈어?" 데비가 묻기 전에 내가 먼저 물었다. "아참, 사진 촬영은 어땠어?"

데비가 그 일로 무척 들떠 있었으니, 세세한 것까지 이야기하다 보면 최소한 15분은 훌쩍 지나갈 거라는 생각이 들었다.

"촬영은 잘 끝났어." 데비가 쾌활한 목소리로 말했다. "당신한테 빨리 보여주고 싶네."

나도 무척이나 궁금하다. 그렇다고 내가 데비처럼 정원 가꾸기에 관심이 있는 건 아니다. 솔직히 말하면, 사람들이 조세 규정을 따분하게 생각하는 것처럼 내게는 정원 가꾸기가 딱 그렇다. 데비가 신이 나니, 나도 덩달아 신나는 것뿐이다. 사진 한 장 정도는 전문가에게 맡겨 액자로 만들어서 현관에 걸어둘 생각이다. 기사가 나온 날 데비에게 깜짝 선물로 주면 좋아할 것 같다.

데비 입에서 사진 촬영 현장에 대한 이야기가 쏟아지길 기다렸다. 데비는 하루에 있었던 일들을 얘기하는 걸 좋아하니까, 나는 들을 준비가 돼 있었다. 그런데 오늘은 데비가 평소와 다르게 말이 없었다. 들뜬 기운이 가시고 나니 피곤해서 그런가 싶었다.

"그래서, 음…." 내가 입을 열었다. "오늘 별일 없었어?"

데비가 기억을 더듬는 것처럼 턱을 가볍게 두드렸다. "별로 없었어. 평소랑 똑같았지, 뭐."

"그랬군."

"당신은…." 데비가 나를 보며 가볍게 미소를 지었다. "켄하고는 얘기 잘 됐어?"

올 것이 왔다.

"별로… 잘 되진 않았어."

데비 입가에 걸려 있던 미소가 사라졌다. "그게 무슨 말이야?"

도저히 입이 떨어지지 않았다. 승진도 되지 않았고, 회사까지 그만뒀다는 얘기를 차마 할 수가 없었다. 맙소사, 데비가 날 어떻게 생각할까? 나는 진실의 일부만 말하기로 했다. "파트너 승진은 안될 거야. 완전히 없던 일이 됐어."

언젠가는 솔직하게 다 털어놓아야겠지. 지금은 그것보다 내가 추천서도 없이 새 직장을 찾아야 하는 걸 더 걱정해야 할 판이다. 10년 전 상사에게 부탁하면 추천인이 되어줄 수 있을 것 같긴 한데. 빨리 일자리를 찾지 못하면, 이사를 해야 할지도 모른다. 힝엄의 집값은 우리 형편으로는 감당하기 어려울 것이다. 온 가족이 손가락을 빨게 생겼다. 그런 생각을 하자 목에 올가미가 조여 오는 느낌이 들었다.

그나마 데비가 신문사에서 받는 돈이 있으니 당분간은 버틸 수 있을 것이다. 많지는 않지만, 없는 것보단 낫다. 정 안 되면, 지금 회사에 월급을 삭감하는 조건으로 다시 일하게 해달라고 빌면 되지 않을까.

"이유가 뭐래?" 데비가 내게 물었다.

"별말은 없었어." 나는 데비의 눈을 피해 벽에 걸린 시계를 바라봤다. "우리, 이제 저녁 먹어야지?"

그 질문에 데비는 당황한 기색이 역력했다. 누가 봐도 저녁은 준비되지 않았다. 데비는 방금 집에 왔다. 어디에 있다가 온 건지는 몰라도, 마트는 분명히 아니었다.

데비가 어디에 갔던 건지 궁금했다. 저녁을 준비해 놓지 않은 것도 의아했다. 데비는 매일 저녁 6시 30분 정각에 저녁을 먹을 수 있게 준비하는데 말이다. 그걸 보고 시계를 맞춰도 될 정도다.

"저녁 먹으려면 시간이 조금 걸릴 것 같아." 데비가 미안해하며 말했다. "한 시간쯤? 미안. 오늘 좀 바빴어."

"그러면, 있잖아…" 나는 배 위에 손을 얹으며 얼굴을 찡그려 보였다. "너무 배가 고파서, 나는 나가서 패스트푸드 먹고 들어오면 어떨까 하는데. 자기가 괜찮다고 하면."

데비는 가족이 함께 식사하는 걸 중요하게 여기는 사람이라 반대할 거라 생각했는데, 뜻밖에도 나를 보며 빙긋 웃었다. "그렇게 해. 나는 이지랑 샌드위치 만들어 먹지 뭐. 렉시는 밖에서 제인이랑 먹는대."

데비는 첫째의 남자 친구를 언급하면서 버릇이 된 것처럼 눈살을 찌푸렸다. 솔직히 나도 그 아이가 마음에 들진 않는다. 그렇지만 렉시에게 아빠의 의견 따위는 중요하지 않다는 것을 나도 잘 안다.

"자, 얼른 나가서 기름진 거 좀 먹고 와. 집은 내가 잘 지키고 있을 테니." 데비가 말했다.

어깨에서 힘이 빠져나가는 게 느껴졌다. 저녁에 집 밖으로 슬쩍 빠져나갈 핑계를 대기가 점점 어려워졌다. "당신 먹고 싶은 거 사 올까?"

데비가 답변을 생각하느라 고개를 갸웃했다. 그 모습이 너무나 사랑스러워서, 내 마음 한구석이 죄책감에 찌르르 저렸다. "감자튀 김이라면 너무 좋지."

"알았어."

감자튀김으로 내 거짓말을 만회할 수 있을지 모르겠지만.

나는 집을 나서기 전, 휴대폰으로 짧은 메시지를 하나 보낸 다음 거실 벽난로 위에 놓아둔 자동차 열쇠를 집어 들고 현관으로 향했다. 작년에 데비가 파인들리라는 앱을 가족들 휴대폰에 다 깔았다. 다시 한번 말하지만 아내는 정말 천재다. '친구 찾기' 앱과 비슷한데, 꽤 놀라울 정도로 정확도가 높다.

제시는 내 휴대폰에 위치를 실시간으로 추적할 수 있는 앱이 깔려있다는 사실에 충격을 받았다. 아내에게 그런 걸 깔도록 허락한 걸로 보아 내가 완전히 잡혀 산다고 했었다. 그때까지만 해도 내가 데비에게 숨기고 싶은 일을 하게 되리라고는 상상도 하지 못했다.

그런데 지금, 현관문을 나서며 파인들리 앱을 껐다. 앞으로 한두 시간 동안은 내 위치를 공유하지 않을 생각이다. 나중에 데비가 물으면 신호가 안 잡히는 곳에 있었던 것 같다고 둘러댈 생각이었다. 내가 어디로 가는지 데비가 몰라야 한다.

20
할리

헬스장 일이 끝나면 항상 집으로 와서 샤워를 한다.

타이탄 피트니스에도 샤워장이 있다. 하지만 오버해서 하는 말이 아니라, 정말 토가 나올 것 같다. 얼마나 청소를 안 하는지 회원들이 알면 거기서 씻으려 하지 않을 거다. 샤워장은 저절로 깨끗해지지 않는다.

게다가 나는 샤워를 길게, 호사스럽게, 뜨겁게 하는 게 좋다. 피부가 비트처럼 빨개질 때까지 뜨거운 물줄기 아래 서 있는 시간을 사랑한다. 물 온도는 내가 냄비 속 랍스터처럼 산 채로 삶아질 거란 확신이 들 정도여야 한다. 온수가 다 떨어지고 나서야 욕실에서 나와서 따뜻하고 폭신한 수건으로 몸을 감싼다.

나는 정말 샤워를 사랑한다.

내가 사는 곳은 막다른 길에 있는 집 지하에 있는 작은 방이다. 옆에 다른 집이 한 채 더 있긴 한데, 버려진 것처럼 보였다. 어쩌면 철거 명령이 내려진 것일 수도 있다. 내가 세 들어 사는 집의 주인은 위층에 산다. 나이가 진짜 많고 귀도 잘 안 들리는 노부부다. 워낙 조용히 사는 분들이라, 가끔은 내가 혼자 사는 기분이 든다. 월세를 내려고 위층에 올라갔다가 두 분 중 한 분이, 아니면 두 분 다 거실에 쓰러져 있는 모습을 머지않아 보게 될 것만 같다는 생각이 들기도 한다. 그런 일이 일어나기 전까지는 조용하고 살기 좋은 곳이다.

수건을 몸에 막 두르는데, 문자 메시지 알림이 울렸다. 침대 옆 탁자 위에 놓여 있는 휴대폰에서 메시지를 확인하면서 내 얼굴에는 미소가 떠올랐다.

'지금 가도 될까?'

답장을 보냈다. '당연하지. 언제 도착?'

'15분 후'

앗싸. 그동안 머리 말리고 투명 메이크업까지 해도 넉넉한 시간이다. 옷도 입어야 하지만, 곧 다시 벗게 될 테니까 너무 신경 쓸 필요는 없을 것이다. 무슨 의미인지 모르는 사람 없겠지.

준비를 마친 후, 침실의 전신거울 앞에서 내 모습을 점검했다. 화장은 적당한가? 예스. 헝클어진 머리는 섹시한가? 예스. 탱크톱은 가슴골을 조금 과하게 드러내는가? 예스.

내가 봐도 매력적이다. 그 여자보다 훨씬 더. 비교한다는 것 자체가 말이 안 된다.

거울 앞에서 매혹적인 표정을 연습하는데, 문을 두드리는 소리가 들렸다. 그의 노크 소리는 언제나 내 가슴을 뛰게 한다. 나는 방을 가로질러 달려가다가 의자에 걸려 넘어질 뻔했다.

이게 바로 누군가를 정말로 좋아한다는 증거다. 빨리 문을 열어주고픈 마음에 신체적 아픔을 감수하는 것 말이다.

나는 문을 활짝 열었다. 그가 서 있었다. 언제나처럼 죄책감이 살짝 묻어나면서도 섹시한 얼굴로. 죄책감을 느끼는 그 모습이 섹시한 걸지도 모르겠다. 그는 한 번도 이런 적이 없었다고 했고, 난 그 말을 믿는다. 그리고 너무나 분명한 사실은 그가 이곳에 있기를 원한다는 것이다. 그것도 간절하게. 그의 눈빛이 욕망으로 가득했다.

"안녕, 할리." 그가 말했다.

나는 그를 보며 미소 지었다. 가슴 속에서 두근거림이 일었다. 그가 내 문 앞에 나타날 때마다 느끼는 이 감정을 어찌한다. 세상에, 왜 이렇게 섹시한 거야.

"안녕, 쿠퍼." 내가 답했다.

그가 한 박자 여유를 갖더니, 우리 집 안으로 발을 들여놓았다. 그런 다음 1초도 낭비하지 않고 내게 키스했다. 아내가 집에서 그를 기다리고 있을 테니, 예열하는 데에 오랜 시간이 걸리면 안 되었다. 그에게 나는 첫 불륜 상대이겠지만, 그는 내가 처음으로 만나는 유부남이 아니었다. 나에게는 익숙한 일이라 이런 일이 어떻게 돌아가는지 잘 알고 있다.

"데비는 자기가 언제쯤 집에 올 거라 생각해?" 내 목에 입을 맞추는 그에게 물었다. 우리만의 농밀한 시간을 가지는 동안 데비를 입 밖으로 꺼내는 건 싫지만, 현실적이어야 했다. 우리에게 시간이 얼마나 있는지 알아야 했다.

"한 시간 후."

충분하다.

쿠퍼는 시간을 허비하지 않았다. 운동을 꾸준히 해서인지 나를 가볍게 들어 올렸다. 운동이 이렇게 좋은 것이다. 우리가 만나게 된 것도 운동 덕분이었다. 헬스장에서 러닝머신 위를 쉬지 않고 달리는 그를 봤을 때, 내 마음을 막을 수 없었다.

그가 나를 안고 침실로 향하는 동안, 나는 마음속으로 생각했다. 언젠가는 돌아갈 시간이 다 되어도, 그가 집으로 돌아가지 않겠다고 결심하는 날이 올 거라고.

21

사람들이 나를 어떻게 생각하는지 안다. 형편없는 인간, 가정 파괴범.

딱히 부정하지는 않겠다.

하지만 인간은 일부일처제로 살도록 만들어지지 않았다는 것을 우리는 알아야 한다. 남자들은 특히 그렇다. 생물학적으로 가능한 한 많은 여성에게 자신의 씨를 퍼뜨리려는 강한 욕구를 가지고 있다. 데비는 생물학적으로 이미 가임기가 지난 반면, 마흔여섯 살의 쿠퍼는 생식 가능 기간이 아직도 많이 남아 있다.

그러니 생물학적으로도 쿠퍼가 나를 원하는 게 당연하다.

우리는 침대에 함께 누워 있었다. 그의 팔이 나를 감싸고, 땀에 젖은 몸을 서로에게 밀착한 채로. 그가 내 이마에 입을 맞췄다. 너무나 달콤했다. 그렇지만 몇 분 후면 그가 이곳을 급히 떠나야 한다는 생각에 죽을 만큼 괴로웠다.

"그냥 여기 있으면 안 돼?" 내가 넌지시 떠보았다.

그가 고통스럽게 한숨을 내쉬었다. "나도 그러고 싶어. 정말이야. 데비와 나는 어쩔 수 없이 함께 살아야 하는 타인이나 다름없어."

"끔찍할 것 같아."

"맞아." 그가 마른침을 삼켰다. "할리, 네가 나타나기 전까지 내 삶은 무너져 내리고 있었어. 아무렇지 않은 척 연기하는 걸 그만 두고 싶다고 얼마나 바랐는지 몰라."

"그럼 그만둬. 그녀가 자기를 소유한 건 아니잖아."

"아니라고 할 순 없지." 쿠퍼가 왼손을 들어 올려 네 번째 손가락에 낀 결혼반지를 보여줬다. "이혼은 힘들 거야. 데비가 전부 가져갈 거라서."

"반만 가져가겠지."

쿠퍼는 고개를 가로저었다. 많은 유부남을 만나본 경험을 통해 나는 남자들이 내가 듣고 싶어 하는 말을 아무렇게나 지껄인다는 걸 안다. 하지만 쿠퍼가 더는 데비를 사랑하지 않는다는 말은 진심처럼 느껴졌다. 그들의 사랑은 식어버린 지 오래였다. 하지만 수년간 각방을 써오고 있는데도, 쿠퍼는 그녀를 떠날 수가 없다. 데비는 정신적으로 불안정하고, 이혼은 그녀를 벼랑 끝으로 몰아세우는 격이 될 것이기 때문이다.

데비에 대해 조금씩 알게 되면서 그가 무슨 뜻으로 그런 말을 했는지 이해했다. 그 여자는 이웃들에게 독을 먹일 수 있는 사람이었던 것이다.

바람피우는 남자의 아내와 친구가 될 생각은 전혀 없었다. 내가 그런 사이코패스는 아니다. 어느 날, 헬스장 안내 데스크에서 신디와 얘기를 하고 있었는데, 40대쯤 되어 보이는, 호감 가는 인상이면서도 선이 뚜렷한 얼굴에 머리를 깔끔하게 하나로 묶은 여자가 회원 카드를 찍었다. 컴퓨터 화면에 '데비 멀린'이라는 이름이 떴다.

당연히 호기심이 일었다. 사람이라면 그 상황에 누구나 그랬을 거다. 그렇다고 그녀 집으로 찾아가서 스토킹을 했다는 건 아니다.

분명히 말해두지만 나는 스토킹 같은 짓을 하는 사람이 아니다. 다만 쿠퍼는 스토킹을 하고 싶어도 할 수 없는 사람이었다. 소셜 미디어 계정이 전혀 없었다. 그 나이대 남자들 사이에선 흔한 일이었다. 온라인에서 그의 정보를 찾을 수 없으니, 그에 대해 더 알고 싶다면 실생활에서 탐색 활동을 펼치는 수밖에 없었다.

이렇게 말하니 내가 대단한 계획을 세운 것처럼 보일 수도 있지만, 그저 데비와 '대화'를 나눴다는 뜻이다. 데비 입에서 쿠퍼 이름이 언급될 때마다, 그녀의 말 한마디 한마디에 귀가 쫑긋 섰다. 데비는 자신의 결혼 생활이 얼마나 위태로운지 전혀 모르는 눈치였다. 아니면, 나에게 숨겼을 수도 있다. 남편과 2년 동안 잠자리를 하지 않았다는 이야기를 잘 알지도 못하는 사람에게 떠벌리고 다닐 사람은 없으니까.

데비가 내게 쿠퍼에 대한 속마음을 털어놓게 하려면, 우리가 더 친해져야 한다고 생각했다. 그래서 나는 데비에게 커피 한잔하자고 제안했다.

그 이후로는 일이 자연스럽게 흘러갔다. 어느샌가 우리는 커피를 정기적으로 마시는 사이가 되었고, 데비가 나를 자기가 나가는 독서 모임에 초대도 했고, 이제 우리는 절친이 되었다. 데비에게 친구가 별로 없는 것 같지만, 그건 나도 마찬가지다. 내가 데비와 시간을 보낸다는 사실을 쿠퍼가 알면 화를 낼 테니, 나는 그 이야기를 꺼내지 않도록 조심하고 있다.

그렇지만 언젠가는 터질 일이다. 데비의 남편과 잠자리를 하면서 그녀와 계속 친구로 지낼 수는 없다. 어느 날 데비가 저녁 식사

자리에서 새로 사귄 친구가 있다며 쿠퍼 앞에서 내 이름을 언급할지도 모른다. 그러면 쿠퍼는 당근이든 뭐든 목에 걸려 캑캑거리며 혼이 빠질 것이다.

내 속마음은 그걸 바라고 있는 듯하다. 아, 당근이 목에 걸려 캑캑거리는 부분은 빼고. 하지만 데비가 알게 되었으면 좋겠다. 남편이 그녀 뒤에서 딴짓하고 돌아다닌다는 걸. 그래서 그를 집 밖으로 내쫓길 바란다. 그러면 쿠퍼가 곧장 여기로 올 테니까.

유부남과의 관계가 잘 끝난 적은 거의 없었다. 바로 전 상대였던 에드거라는 남자와는 결말이 꽤 드라마틱했다. 하지만 쿠퍼 멀린에 대해서는 좋은 예감이 든다.

쿠퍼가 몸을 굴려 내 품에서 나가 침대에서 일어났다. 희미한 침실 불빛 속에서 나는 그가 옷을 입는 모습을 지켜봤다. 그는 나이가 나보다 열 살은 많을 텐데도, 몸매가 아주 끝내줬다. 그를 다시 침대로 끌어당기고 싶은 충동을 간신히 억눌렀다. 그는 데비보다 더 나은 여자를 만나야 한다. 그도 그걸 알고 있을 거다.

"내일도 올 거야?" 내가 물었다.

그의 얼굴에 짜증이 스칠 줄 알았는데, 그런 기색은 전혀 없었다. "가능한 한 시간을 내볼게." 그러고는 덧붙였다. "약속은 못해."

내연녀로 사는 건 쉽지 않다. 나보고 불쌍한 척하지 말라고 하겠지만, 그래도 힘든 건 힘든 거다. 사람들 앞에 함께 나설 수도 없고, 공휴일이 때마다 돌아와도 나는 혼자 지내야 한다. 더블데이트는 꿈도 못 꾼다.

그렇지만 머지않아 이 신세를 벗어나게 되리라는 생각이 든다.

쿠퍼는 내 남자다. 그와 함께 시간을 보낼수록 확신이 커져갔다. 머지않아 데비도 알게 될 것이다.

22
데비

현관 밖에 불이 켜지길래 패스트푸드를 먹으러 나간 쿠퍼가 돌아온 거라 생각했다. 그런데 현관문 자물쇠가 돌아가는 소리가 나지 않았다.

창문으로 밖에 누가 온 건지 살피다 흠칫 놀랐다. 렉시와 제인이 함께 서 있는 걸 보고 내가 왜 깜짝 놀라는지 모르겠다. 내 본능이 딸아이가 남자 친구와 키스하는 모습을 보게 되기 전에 뒷걸음질 쳐야 한다고 말했다. 그것만은 정말 보고 싶지 않았다.

그런데 둘은 키스하지 않았다. 대화를 나누고 있는데 무슨 말을 하는지는 들리지 않지만, 렉시의 손은 허리에 올려져 있고 입꼬리는 모두 아래로 내려가 있었다. 제인은 내내 빈정거리며 자기만족에 찬 웃음을 흘렸다.

제인이 주머니에서 휴대폰을 꺼내 화면을 가리켰다. 렉시가 휴대폰을 낚아채려 하자, 제인이 빼앗기지 않으려 팔을 위로 뻗었다. 렉시 얼굴에 남자 친구의 눈알을 뽑아버리고 싶다는 표정이 떠올랐다.

무슨 일이지?

내가 조용히 창문을 아주 살짝만 열 수 있다면 저 둘이 무슨 얘기를 하는지 들을 수 있을 텐데. 아니, 내가 딸아이의 말을 엿든겠다는 게 아니라…. 사실, 맞다. 딸아이가 무슨 말을 하는지 엿듣고 싶다. 렉시가 내게 둘이 무슨 이야기를 나눴는지 말해 줄 일은 절대 없을 테니까 말이다. 그러니 이 방법밖에 없다.

창문을 열려고 시도해 보려는데, 제인이 손을 뻗어 렉시의 팔을 움켜잡았다. 둘만 있을 땐 분명 그보다 더한 행동을 했을 텐데도, 지금 렉시 얼굴에는 불편한 기색이 역력했다. 렉시가 팔을 빼내려 하지만, 제인이 놓아주지 않았다. 그의 얼굴에는 은근히 비웃는 듯한 미소가 계속 걸려 있다.

나는 창문 따위는 잊어버리고 곧장 현관문으로 향했다. 외출하려는 것처럼 보이고 싶었지만, 손에 지갑을 들지 않은 상태였다. 그러고 보니 신발도 신지 않았다. 계략치고는 허술했지만, 둘을 놀라게 하기엔 충분했다.

즉시 제인이 렉시의 팔을 놓았다.

"어머, 얘들아, 안녕!" 나의 깜짝 놀라는 연기가 오스카상 수상에는 한참 모자라지만, 그럭저럭 봐줄 만했다. "너희 둘이 여기 있는 줄 몰랐네."

"제인은 이제 갈 거예요." 렉시가 딱딱하게 말했다.

제인의 앞머리가 눈을 덮고 있었다. 마음 같아서는 부엌에서 가위를 가져와 싹둑 잘라버리고 싶었다. 사실 자르고 싶은 건 다른 거지만, 머리카락 정도로 봐줄 수도 있다. 저 녀석 입가에 걸린 얄미운 웃음을 지워버릴 수만 있다면 뭐든 좋았다.

"나중에 연락할게, 렉시." 제인이 말했다.

렉시는 아무 말도 하지 않다가 잠시 후 고개를 끄덕였다.

나는 옆으로 비켜서서 딸아이가 집 안으로 들어오게 한 다음

등 뒤로 문을 닫았다. 외출하겠다는 핑계는 진작에 잊어버렸다. 그저 렉시가 집 안에 있고 안전하니 그거면 됐다. 쿠퍼도 어서 집에 오면 좋겠는데, 위치 공유 기능이 꺼져 있는 것 같아서 마음이 놓이지 않는다. 지금으로서는 쿠퍼가 신호가 안 잡히는 곳에 있는 거라고 짐작할 수밖에 없었다.

렉시는 요즘 들어 부쩍 아무 말 없이 곧장 자기 방으로 올라가 버리곤 했다. 그런데 지금은 무엇을 해야 할지 모르는 사람처럼 거실 한가운데에 우두커니 서 있었다. 나는 현관 밖에서 무슨 일이 있었냐는 말이 자꾸 목구멍으로 올라오려 했지만, 결코 좋은 대화로 이어지지 않는다는 걸 잘 알고 있었다.

"뭐 하고 있었어요?" 렉시가 먼저 입을 열었다.

내게 질문하는 말투가 평소 같지 않다. 보통 렉시가 내게 뭘 하는지 물을 때는 '뭐에' 강세가 실리면서, 내가 하는 일이 이상하고 마음에 들지 않는다는 걸 여지없이 드러냈다. 그런데 지금은 진심으로 궁금해하는 말투다. 나는 얼른 대답을 생각해 내야 했다.

"거실 치우고 있었어." 딸과 그 남자 친구를 엿보고 있었다고 말할 생각은 추호도 없다.

렉시가 나를 호기심 어린 눈으로 바라봤다. 렉시가 어렸을 때, 매주 나와 함께 청소하는 시간이 있었다. 이지가 아장아장 걸어 다닐 때라 집이 늘 어지러웠다. 그래서 매주 일요일에 렉시와 나는 함께 정리 정돈을 했는데, 렉시가 그 시간을 정말 좋아했다. 진공청소기를 돌리라고 하면, 자기 몸만 한 청소기를 이리저리 밀고 다니는 모습이 우스우면서도 얼마나 사랑스러웠는지 모른다. 내 휴대폰에 렉시가 청소기와 함께 찍힌 사진이 수백 장은 들어있을 텐데, 지금은 마음이 저려 와서 그 사진을 보기가 힘들다.

나는 내 살림 실력을 두고 렉시가 쏟아낼 비난에 대비해 마음을 단단히 먹었다. 그런데 렉시 입에서 다른 말이 나왔다. "도와줄까요?"

거실은 이미 깨끗했다. 내가 매일 아침 침대 정리와 설거지를 마친 후 청소기를 돌리고 먼지도 닦는다. 그렇지만 렉시가 도와주겠다고 나서는데, 거절할 이유가 없었다.

"그러면 청소기 좀 돌려줄래?" 내가 대답했다. 거실 바닥에 먼지 하나 없을 테지만, 무슨 상관이랴.

렉시가 눈을 반짝였다. "그럴게요"

나는 앞장서 청소기와 청소용품을 넣어두는 벽장으로 갔다. 청소기를 꺼낸 다음 어떻게 정리해도 항상 뒤엉키는 것 같은 전선을 풀 때, 이 기회를 잡아야겠다는 생각이 들었다. 화를 부를지도 모르지만, 좀 전에 무슨 일이 있었던 건지 궁금해서 참을 수가 없었다. 그보다 더 중요한 건, 딸아이가 어떤 위험에 처한 건 아닌지 알아야 했다.

나는 최대한 아무렇지 않게 말을 툭 건넸다. "그나저나 제인이랑 어떻게 지내니?"

슬픈 예감은 왜 틀리지 않을까. 완벽하게 부적절한 말이 되고 말았다. 내가 10대 엄마로 살아온 지가 아무리 적게 잡아도 4년째인데, 아직도 이렇게 잘못을 저지른다.

렉시의 눈이 즉시 가늘어졌다. "왜요?"

전선이 무언가에 걸렸다. 내가 힘을 주며 잡아당겨 봤지만 빠지지 않았다. "그냥 물어본 거야."

"엄마 나 감시해요? 그래서 아까 현관 앞에 불쑥 나타나서 이상하게 행동했던 거예요?" 렉시의 목소리가 올라갔다.

첫째 딸아이의 눈에 나는 늘 이상하게 행동하는 사람이 되고 만다. "감시했던 거 아냐. 맹세해."

창문은 닫혀 있었고 아무것도 들리지 않았으니, 감시라고 할 수 없다.

"그럼 현관문은 왜 열고 나온 거예요?" 렉시가 따졌다.

"아빠가 온 줄 알고…." 나는 기어들어 가는 목소리로 대답했다.

렉시는 내 말을 믿지 않았다. 하긴 내 귀에도 설득력 있게 들리지 않았다. 다음 순간 렉시가 청소기를 경멸에 찬 눈초리로 바라봤다. "지금은 청소할 기분이 아니에요. 내 방으로 올라갈게요."

"잠깐만…." 전선이 마침내 탁 하고 빠졌다. 나는 오른손에 청소기를 들고 휘휘 흔들었다. "거실 한 바퀴만 빨리 돌려 봐. 재밌을 거야."

"재미요?" 렉시의 목소리에 조소가 뚝뚝 묻어났다. "엄마의 하녀 노릇이 재밌을 것 같진 않네요. 그리고 나 숙제해야 해요."

그렇게 대화는 끝났다.

렉시는 몸을 획 돌리더니 쿵쿵 발소리를 내며 계단을 올라 자기 방으로 가버렸다. 내가 좀 더 조심했어야 했다. 제인 얘기를 꺼내지 말았어야 했다. 렉시가 마음이 동하면, 나한테 말해줬을 거다. 아니 뭐, 말 안 해줘도 괜찮다. 어느 날 제인이 안 보이면, 그걸로 답이 될 것이다.

그러나 만약 그 녀석이 렉시를 아프게 한다면, 크게 후회하게 될 거다.

23

한 시간 뒤, 쿠퍼가 집에 왔다.

외출한 지 두 시간 만에 돌아온 셈인데, 패스트푸드 먹으러 간 것 치고는 시간이 꽤 오래 걸렸다. 패스트푸드는 말 그대로 패스트, '빨리' 먹을 수 있는 음식인데 말이다. 현관문으로 들어서는 쿠퍼 손에는 감자튀김 때문에 기름얼룩이 진 갈색 봉투가 들려 있었다. 내 코에 닿는 냄새가 기분을 좋게 하지만, 별로 먹고 싶은 생각은 들지 않았다.

쿠퍼는 저녁 내내 나가 있었고, 나는 그가 어디에 있었는지 모른다. 남편이 이렇게 저녁 시간에 집을 비운 게 오늘이 처음도 아니었다. 늘 그럴듯한 핑계를 대면 사라지곤 했다.

그리고 매번 위치 공유 기능을 꺼놓았다.

나는 소파에서 일어나 쿠퍼 앞에 섰다. "어디 갔던 거야?"

"말했잖아. 저녁 먹고 온다고." 쿠퍼가 내 눈을 피했다. "그러고 나서… 음, 드라이브를 했어. 머리 좀 식히려고."

"알겠어…."

"미안해." 쿠퍼가 감자튀김이 든 봉투를 내밀었고, 나는 순순히 받아 들었다. "당신이 내가 빨리 집에 오길 바라는 줄 알았으면, 이렇게 오래 나가 있는 게 아니었는데."

거짓말.

"걱정했어. 당신이 어디 있는지 보려고 했는데, 파인들리에서 확인이 안 되더라고." 내가 말했다.

"그랬구나, 미안…. 내가 한적한 외곽 도로를 달렸는데, 신호가 불안정했나 봐."

또 거짓말.

나는 감자튀김 봉투를 들고 부엌으로 갔다. 쿠퍼가 뒤따라왔다. 내가 다이어트 콜라를 두 잔 따라 한 잔을 식탁 건너편에 있는 쿠퍼에게 건넸다. 쿠퍼가 식탁에 털썩 앉았다. 그는 가만히 컵을 내려다보다가 한 모금 마셨다. 감자튀김은 손대지 않았다. 나도 손이 가지 않았다.

"쿠퍼." 내가 입을 열었다.

"데비, 당신한테 말할 게 있어." 쿠퍼가 떨리는 숨을 내뱉었다. "나…."

나는 숨을 골랐다. 쿠퍼가 지금 하려는 말이 내가 듣고 싶어 하는 얘기가 아니라는 확신이 들었다. '데비, 나 복권 당첨됐어. 우리 큰 집 사러 가자'라는 말일 리가 없었다. 남편이 고개를 떨구고 자기 손을 뚫어지게 쳐다봤다.

"나, 회사 그만뒀어."

"뭐?"

"켄이 나한테 승진은 안 된다고 했을 때." 쿠퍼는 내 눈을 마주칠 자신이 없는지 자기 손에서 눈을 떼지 않았다. "내가 회사를 그만두겠다고 좀 밀어붙였는데, 켄이 꿈쩍도 하지 않더라. 그래서… 내 말대로 된 거야. 회사를 그만두는 걸로."

전혀 예상하지 못한 말이었다. 켄 브라이언트와의 면담이 쿠퍼의 회사 생활에 위기를 가져올 수 있다는 건 알았지만, 이런 결과가 나오리라고는 정말 생각하지 못했다. 쿠퍼는 자기 뜻대로 안 된다고 홧김에 그만두는 충동적인 사람이 아니다. 머리 뒤쪽에서 윙윙거리는 소리가 다시 들리기 시작했다. 어느샌가 내가 주먹을 쥐고 있었다.

"진짜 엿 같아. 하… 그래도 다른 일자리를 찾을 수 있을 거야." 쿠퍼는 현실을 받아들였다.

"승진 안 시켜주는 이유가 뭐래?" 꽤 늦은 시간인데 나도 모르게 목소리가 커졌다. "이유도 없이 그러진 않았겠지!"

쿠퍼가 쓸쓸한 미소를 지으며 말했다. "내가 관리직 자질이 없대. 굳이 나 같은 사람은 필요 없대."

"그 사람 머리가 어떻게 된 거 아냐?" 나는 쿠퍼의 업무가 무엇인지 잘 알고 있다. 그가 없으면 회사는 망할 거다. "어떻게 그런 말을 해?"

"나도 몰라. 아무튼 내가 파트너가 될 일은 없을 거라고 못을 박았어."

나는 감자튀김 몇 개를 거칠게 집어 들었다. 봉지에 넣은 채로 시간이 한참 지났는지 다 식어 있었다. 쿠퍼가 이걸 들고 얼마나 오래 드라이브를 다닌 건지 궁금했다.

"이건 정말 말도 안 돼! 켄 마음대로 하게 놔둘 순 없어!" 내가 말했다.

"난 그냥 잊고 넘어가고 싶어. 그리고 다른 일을 찾고 싶어. 이게… 오히려 더 잘 된 것일 수도 있어. 지금 회사에서는 절대 파트너가 될 수 없을 테니까, 이번 기회에 더 좋은 데를 찾으면 돼." 쿠퍼가 말했다.

쿠퍼 말이 맞을 수도 있다. 남편은 지금 직장보다 더 나은 대우를 받아야 했다. 그렇지만 나는 매달 내야 하는 대출금 걱정을 하지 않을 수가 없었다.

쿠퍼가 말을 이었다. "내가 새 일자리를 찾을 때까지는 당신이 칼럼 쓰면서 받는 돈으로 버틸 수 있을 거야."

아차차, 내가 잘렸다는 얘기를 아직 쿠퍼에게 말하지 않았다. 오늘은 우리 멀린 가족에게 아주 힘든 날이다.

나는 쿠퍼에게 깜짝 소식을 나누려 했지만, 차마 입이 떨어지지 않았다. 어깨에 힘이 축 빠진 사람에게 내가 이 자리에서 또 다른 부담을 지울 수는 없었다.

쿠퍼도, 나도 새 일자리를 찾을 거다. 우리 둘이 힘을 합치면 길이 보일 거다. 우리는 괜찮아질 거다.

"켄은 정말 큰 실수를 한 거야." 나는 손을 뻗어 남편의 두 손을 꼭 잡았다. "당신은 그 회사에서 최고의 직원이잖아."

쿠퍼가 슬픈 표정으로 어깨를 으쓱했다. "뭐, 글쎄."

"사실이잖아. 켄 브라이언트는 당신을 놓친 걸 후회하게 될 거야. 아주 뼈저리게." 나는 단호한 목소리로 말했다.

쿠퍼 얼굴에 회의적인 표정이 살짝 나타났지만, 나는 마음에도 없는 말을 내뱉은 게 아니었다. 쿠퍼가 생각하는 것보다 훨씬 빨리, 켄은 자기 결정을 후회하게 될 것이다.

24
〈디어 데비〉
임시 보관함

데비에게

데비, 내 인내심이 한계에 달했어요! 제 남편은 지독하게 시끄러운 전기톱처럼 코를 골아요. 많은 사람들의 축복 속에 "네"라고 답한 날 이후로 나는 제대로 잠을 잔 날이 단 하루도 없어요. 매일 밤 똑같은 상황이 벌어져요. 남편은 베개에 머리를 대자마자 잠이 들고, 그러고 나면 그때부터 내 귀가 저주스러울 정도로 시끄러운 소리가 시작돼요. 나는 뜬눈으로, 마치 불곰이 산통을 겪는 듯한 소리를 들으며 누워 있어요.

저도 이것저것 다 해봤어요! 귀마개, 팔꿈치로 쿡 찌르기(어떨 때는 좀 더 세게). 그렇지만 아무 소용이 없어요! 빨리 해결책을 찾지 못하면, 이불을 싸 들고 욕조에 가서 자야 할 판이에요! 제가 정신 줄을 놓지 않을 방법이 있을까요?

힝엄의 잠 못 이루는 독자

힝엄의 잠 못 이루는 독자님,

코골이는 성인, 특히 남성에게 매우 흔한 문제입니다. 전체 인구의 25퍼센트가 습관적으로 코를 곤다고 추정될 정도니까요! 그렇다 보니 독자님의 경우처럼, 함께 잠을 자는 배우자에게는 큰 골칫거리이기도 합니다.

남편의 코골이를 줄일 수 있는 방법을 몇 가지 알려드릴게요. 규칙적으로 운동하고 술을 줄이도록 해 주세요. 체중 감량도 도움이 될 거예요. 또한 옆으로 누워서 잠을 자면 코골이가 줄어드는 경우가 많으니, 남편이 등을 대고 잔다면 옆으로 돌아눕도록 해 보세요.

만약 이런 방법이 효과가 없거나 남편이 코골이를 줄이기 위해 아무 노력도 하지 않을 경우, 100퍼센트 효과를 보장하는 방법이 하나 있긴 있어요.

다음에 남편 코골이 때문에 잠을 이루지 못할 때, 침대 위에서 베개 하나를 들어 남편 얼굴 위로 덮어주세요. 그런 다음 두 손으로 베게 가운데를 제법 힘을 줘 눌러 주세요. 처음에는 코골이 소리가 심해질 수 있어요. 하지만 5분 내로 코골이가 멈출 거예요. 그리고 다시는 들을 일이 없을 거예요. 평안하게 주무시길 바라요!

데비로부터

25
데비

새벽 2시에 눈을 떴다. 심장이 쿵쿵 뛴다.

알람을 맞춰놓을까 했지만, 쿠퍼를 깨울 위험이 있었다. 지금 남편은 내 옆에서 부드럽게 코를 골며 곤히 자고 있다. 달빛에 비친 그의 얼굴이 훨씬 젊어 보였다. 우리가 처음 만났던 그 시절의 모습 그대로다. 내가 데이트 신청에 동의했을 때 그가 얼마나 행복해했는지 기억난다. 마치 자신의 운을 믿을 수 없다는 그 표정도.

쿠퍼가 혹시 뒤척일까 봐 나는 침대에서 조심스럽게 몸을 일으켰다. 쿠퍼는 원래 깊게 자는 편이지만, 혹시 몰라서 아까 감자튀김을 먹을 때 다이어트 콜라에 아편을 소량 넣어 두었다. 우리 집 정원에 화려한 색깔을 자랑하는 꽃들은 꼭 아네모네처럼 보이지만, 사실은 아니다.

나는 양귀비를 키우고 있다. 관상용이 아닌 진짜 양귀비다.

엄밀히 말하면 개인이 집에서 양귀비를 기르는 건 불법이 아니다. 재배 면적이 천 평을 넘어가고, 아편을 제조해 판매할 때 문제가 되는 것이다. 그렇지만 여기 동네 사람들이 꺼림칙해할 게 뻔하고, 제인이 알기라도 하면 무슨 짓을 할지 알 수 없었다. 그래서 그냥 아네모네라고 말하는 것이다.

물론 양귀비만 기르는 것은 아니다. 양귀비는 내 정원의 아주 작은 부분을 차지할 뿐이다. 열대식물답게 화려한 색을 뽐내는 란타나도 있고, 강렬한 붉은색의 히비스커스 꽃도 있다. 그리고 정원 한쪽에는 검붉은색 열매가 달리는 카라피체아 이페카쿠아나도 조금 있다. 그 열매로 시럽을 만들면 우리가 강력한 구토제로 알고 있는 이페칵 시럽이 된다.

아편 수확은 순전히 호기심에서 시작했다. 정신 나간 소리라고 하겠지만, 사실이다. 아이들이 10대가 되어 하루 종일 나를 찾지 않으니, 일상이 금세 지루해졌다. 그러던 중 인터넷에서 아편 수확하는 방법을 가르쳐 주는 영상을 보게 되었다. 양귀비 꼬투리에 세로로 칼집을 내어 '흘러나오는' 유액을 채취하기만 하면 된다. 몇 년째 해오다 보니 꽤 많은 양을 비축하게 되었다.

IQ 178에 직업이라곤 일주일에 한 번 상담 칼럼 쓰는 것뿐인 사람은 이러고 논다. 내가 스마트폰 앱도 만들긴 하지만, 이제는 너무 빨리 만들어서 힘들다는 생각도 들지 않는다. 내 뇌는 언제나 자극을 필요로 한다.

쿠퍼의 코 고는 소리를 들으며 청바지와 검은 스웨터를 입었다. 머리카락이 얼굴에 흘러내리지 않도록 높게 올려 묶고는 조용히 1층으로 내려갔다. 오늘 밤에 할 일이 많아서 꾸물거릴 시간이 없다.

가장 먼저 풍뎅이 트랩용 리필 세 개를 챙겼다. 차고로 가서 제설용 삽도 챙겼다. 그렇게 채비를 끝낸 다음 집을 나섰다.

스웨터를 입었는데도 날씨가 조금 쌀쌀했다. 날씨를 생각하면 점퍼를 입어야 했지만, 삽질을 하면 땀이 날 터였다. 어차피 시간이 오래 걸릴 일도 아니다.

언덕 아래에 있는 조 돌런의 집을 향해 걸어갔다. 도중에 로셸의 집을 지나며 보니, 여느 집처럼 조용하고 불이 꺼져 있다. 아까 8시쯤 로셸네 주위를 산책했을 때, 파티의 낌새를 찾아볼 수 없었다. 아마 로셸이 그 시간까지 토가 멈추지 않았나 보다.

얼마 후 조의 정원에 다다랐다. 짙은 어둠 아래에서 장미들이 어딘가 으스스해 보였다. 금방이라도 살아나서 나를 죽이려 들 것만 같다. 내가 저들에게 하려는 짓을 들킨 기분이라서 그런 건지도 모르겠다.

그렇지만 지금 걱정해야 하는 것은 살인자로 돌변할 장미꽃이 아니었다. 정말 걱정해야 하는 건 카메라였다. 주위를 둘러봤지만 다행히 하나도 보이지 않았다. 역시나 내 예상대로 조는 자기 집에 보안 카메라를 설치하는 부류가 아니었다. 지금 내가 이런 말을 하는 게 좀 아이러니하지만, 그래도 카메라는 달아 두는 게 좋을 텐데 말이다. 우리 집 현관문과 뒷문에 카메라를 설치하는 데에 5분도 채 걸리지 않았다. 휴대폰에 모니터링 앱까지 깔아두면 언제든 밖을 확인할 수 있다. 보안에 도움이 될 뿐만 아니라, 큰딸아이가 남자 친구와 현관 앞에 있을 때 감시하기에도 매우 유용하다.

내 모습이 찍히지 않는다는 사실에 만족한 나는 앞마당 가장자리에 적당한 곳을 찾아 흙을 파기 시작했다. 첫 번째 리필을 묻을 얕은 구덩이를 파는 데 대략 5분쯤 걸렸다. 뒤이어 나머지 두 개도 각각 다른 곳에 묻었다. 나는 몸을 일으킨 뒤 청바지에 손을 털며 내 솜씨를 눈으로 확인했다.

이 정도면 될 것이다.

나는 집으로 걸음을 옮겼다. 시간은 아직 2시 30분밖에 되지 않았고, 피곤하기는커녕 아드레날린이 혈관을 타고 콸콸 흐르는지 마라톤이라도 뛸 수 있을 것 같았다. 어쩌면 나의 상한 마음을 발산하는 데에는 마라톤이 더 좋은 선택이었을지도 모르겠다. 그렇지만 물은 이미 엎질러졌다.

집에 들어서자마자 삽을 차고에 원래대로 둔 다음 내 파란색 스바루에 올라탔다. 내비게이션에 목적지 주소를 입력하면 나중에 위험해질 수 있다는 걸 알지만, 어쩔 수가 없었다. 매사추세츠에서는 내비게이션 없이 길을 찾을 수가 없는 데다가 한밤중에 거리를 헤매는 게 더 끔찍했다. 내가 지금 가려는 곳은 차로 15분 떨어진 웨이머스다.

드문드문 켜진 가로등의 희미한 불빛에 의지한 채 내비게이션이 안내하는 대로 차를 몰았다. 약 15분 후, 휴대폰에서 딱딱한 목소리가 흘러나왔다. "목적지에 도착했습니다."

나는 조금 떨어진 길가에 차를 세웠다. 로버트 파이크 코치의 집 바로 앞에 주차하는 건 문제가 될 수도 있었다. 그의 사무실에 앉아 있을 때 느꼈던 불편한 윙윙거림이 다시 들려왔다. 하지만 지금은 그때와 달랐다. 지금은 흥분으로 윙윙거렸다.

오후에 학교에서 볼일을 마친 후 집으로 돌아갈 때 파이크 코치 집을 살펴보려고 일부러 먼 길을 둘러 갔다. 집에 카메라가 설치되어 있지 않은지 확인해야 했다. 파이크 코치도 조 돌런처럼 카메라를 설치하는 타입이 아니었다. 개가 있을지도 모른다는 생각이 들었지만, 그런 낌새를 보이는 소리는 전혀 들리지 않았다. 하기야 여기는 도둑이 찾아올 만한 고급 주택가가 아니다.

더구나 그는 결혼도 안 했고 아이도 없다. 완전히 혼자 산다.

차에서 내려 길가로 발을 내딛는데, 심장이 빠르게 뛰었다. 파이크 코치 집을 향해 빠르게, 조금의 망설임도 없이 발을 옮겼다. 도구를 이용해 문을 따는 기술은 없지만, 아까 여기 왔을 때 발견한 것이 한 가지 있었다. 그것 때문에 내가 원할 때 집 안으로 들어갈 수 있겠다는 확신을 갖게 되었다.

파이크 코치의 집 앞마당에 이르러, 잔디 사이에 30센티미터 정도 간격으로 설치된 스프링클러 헤드 두 개를 눈으로 찾았다. 그중 왼쪽에 있는 것은 황동처럼 보이는 뚜껑이 달려 있었고, 오른쪽에 있는 것보다 땅 위로 살짝 더 튀어나와 있었다. 나는 주위를 둘러보며 동네 사람들이 모두 깊이 잠든 걸 한 번 더 확인한 다음 황동 소재의 스프링클러 옆에 쭈그려 앉았다. 손을 뻗어 잡아당기자 스프링클러가 쑥 하고 뽑혔다.

가짜였다.

최대한 빠르게 가짜 스프링클러의 헤드를 돌려서 분리했다. 과연, 열쇠 하나가 지폐 몇 장과 함께 내 손바닥 위로 떨어졌다. 돈을 가져갈 생각은 없다. 일이 끝나면 열쇠도 원래대로 넣어둘 생각이다. 내가 여기 왔었다는 사실을 아무도 알아서는 안 된다. 아까 브라우니를 바라보던 파이크 코치의 눈빛으로 보아 분명 내 브라우니를 하나라도 먹었을 것이다. 그렇다면 그는 밤새 깊이 잠들어 있을 것이다. 내가 해야 할 일을 충분히 끝낼 수 있을 만큼.

나는 깊게 숨을 들이마신 후 그의 현관문으로 향했다.

26
쿠퍼

속이 너무 불편해서 잠에서 깼다. 새벽 3시였다.

내가 뭘 잘못 먹었던가. 아까 데비와 같이 먹은 감자튀김 때문일지도 모르겠다. 그걸 먹은 뒤로 뭔가 속이 편치 않았다. 그렇지만 고작 여섯, 일곱 개밖에 먹지 않았다. 그걸로 이렇게 탈이 날 것 같지는 않은데….

몸을 일으키고 앉아, 한 손으로는 배를, 다른 손으로는 눈을 문질렀다. 잠시 가만히 앉아 속을 게워 내는 게 나을지 고민했다. 굳이 그렇게까지는 안 하기로 생각하는 순간, 데비가 침대에 없다는 사실을 깨달았다.

이상하다.

혹시 데비도 감자튀김 때문에 속이 불편해진 것일지도 모르지만, 그걸로는 데비가 어디에 갔는지를 설명하지 못했다. 내가 있는 곳에서만 봐도 지금 데비가 안방에 딸린 욕실에 있지 않다는 사실을 알 수 있었다. 속이 불편할 때 갈 만한 데가 어디일까?

신경이 바짝 곤두서버려서 다시 잠을 자기는 글렀다. 침대에서 비틀거리며 일어났는데, 갑자기 현기증이 일었다. 걷잡을 수 없이 몰려오는 메스꺼움에 욕실로 미친 듯이 달려가 우웩 하는 우렁찬 소리와 함께 뱃속 내용물을 한 번에 쏟아냈다. 변기를 붙잡고 현기증이 가시기를 기다렸다.

"데비?" 내 목소리가 갈라졌다.

왜 아내 이름을 부르는지 모르겠다. 아무리 봐도 데비는 여기 없는데. 몸이 아프면 본능적으로 아내를 찾게 된다.

간신히 몸을 일으켰지만, 다리에 제대로 힘이 들어가지 않았다. 데비가 침실에 없다면, 아래층에 있을지도 모른다. 속을 달래려고 따뜻한 차를 마셔야겠다고 판단했을 수도 있다. 꽤 괜찮은 생각인 것 같다.

나도 내려가서 같이 마실까.

면 티셔츠와 트렁크 차림 그대로 방문을 열고 나갔다. 지난 몇 달간 데비는 어딘가 이상했다. 정확히 뭐라고 말할 순 없지만, 분명 뭔가 있었다. 우리가 함께 사는 동안 데비는 하루도 빠짐없이 아침에 일어나 침대를 정리했다. 그런데 6개월 전부터 아무 예고도 없이 침대 정리를 하지 않았다.

데비가 침대 정리를 하는지 안 하는지가 신경 쓰였다는 말이 아니다. 솔직히 말하면 나는 매트리스 밑에 꼭꼭 끼워 넣은 이불을 밤마다 힘들여 빼내지 않아도 돼서 더 좋았다. 그렇지만 데비 심경에 무슨 변화가 일었는지 알 수가 없었다. 내가 한번 얘기를 꺼내봤지만, 데비는 어깨만 으쓱하고는 화제를 돌렸다.

오늘 아침엔 내 점심도 깜빡했고, 넥타이도 유치원생이 맨 것처럼 어설프게 해놓았다.

데비가 내게 뭔가를 숨기고 있다는 느낌이, 우리 사이에 어느샌가 자리 잡은 거리감이 점점 커지고 있다는 느낌이 가시지 않는다. 내가 비밀을 숨기고 있기 때문이라고 할 수도 있겠지만, 그 거리감 때문에 내가 요즘 그런 행동을 했던 것이었다.

계단 난간을 꼭 붙들고 내려가며 나는 마음을 정했다. 솔직하게 털어놓기로.

큰 실수가 될 수도 있다. 데비가 화를 낼 것은 당연했고, 나를 떠나겠다고 마음먹을지도 모른다. 나는 입이 열 개라도 할 말이 없겠지. 그렇더라도 솔직해지는 것이 맞다고 생각한다. 모든 걸 숨김없이 털어놓은 다음 어떻게 해결할지 함께 고민하면 될 것이다.

내가 쓰레기로 보일 거다. 하지만 맹세컨대, 그렇게 형편없는 놈은 아니다. 데비에게 좋은 남편이 되려는 것이다. 그것뿐이다. 내가 좀… 그래, 내가 망쳤다. 그렇지만 난 데비를 사랑한다. 그게 중요한 거 아니겠는가?

계단 아래에 이르렀지만, 1층은 완전히 어둠에 잠겨 있었다. 나는 스위치를 눌러 불을 켠 다음 주위를 둘러보았다. 아무도 없었다. 데비는 부엌에서 차를 마시고 있지 않았다. 데비는 여기에도 없었다.

"데비?" 혹시 몰라서 이름을 한 번 더 불렀다.

역시. 대답은 없다.

그래도 혹시나 해서 몇 분 동안 1층을 돌아다니며 일일이 확인했다. 소파에 잠든 데비를 미처 못 보거나 한 건 아닌가 싶어서. 하지만 아내의 흔적은 어디에도 없었다.

이 새벽에 어딜 간 거지?

다음으로 확인해 봐야 할 곳은 차고였다. 데비가 새벽 3시에 집을 나갔으리라고는 생각할 수 없었지만, 차고로 통하는 문을 여는 순간 나는 내 생각이 틀렸음을 깨달았다. 데비의 차가 보이지 않왔다.

뱃속을 뒤집어 놓은 메스꺼움이 스멀스멀 불안으로 바뀌었다. 아내가 내가 알지 못하는 이유로 이렇게 늦은 시간에 집을 나갔을 뿐 아니라, 차를 몰고 가야 할 만큼 멀리 갔다. 대체 어디로?

다시 현기증이 몰려왔다. 나는 어떻게든 이겨내려 애썼다. 왜 이렇게 몸이 안 좋은 걸까. 시간상 매우 늦은 밤이지만, 이건 피로감이 아니었다. 이건 마치….

약에 취한 느낌이다.

하지만 어떻게 그럴 수가 있지? 의식을 흐리게 할 만한 건 아무것도 손대지 않았다. 오늘 밤엔 술도 입에 대지 않았다. 어린이용 아스피린조차도 먹지 않았다.

계단 난간에 매달리다시피 하며 휴대폰을 두고 온 2층으로 올라갔다. 계단 위에 다다른 다음 벽을 짚으며 복도를 따라 안방으로 걸어갔다. 간신히 침대로 돌아와 침대 옆 탁자에서 충전 중인 휴대폰을 집어 들었다.

파인들리 앱을 켰다. 지도 위에 우리 가족의 위치를 나타내는 점들이 반짝거렸다. 아이들은 둘 다 집에 있다. 세상에, 그게 이렇게 감사할 수가. 만약 아이들도 행방불명이라면 내가 무슨 생각을 했을지 상상도 가지 않았다. 그런데 데비의 점이 우리 집 위에 있지 않았다. 내게 위치가 보인다는 건, 데비가 위치 공유 기능을 켜 놓고 있다는 뜻이었다.

나는 눈을 가늘게 뜨고 화면을 들여다봤다. 데비는 웨이머스에 있었다. 도무지 영문을 모르겠다. 웨이머스가 바로 옆 동네이기는 하지만, 아무리 머릿속을 더듬어 보아도 우리 지인 중 거기에 사는 사람은 없다.

데비의 점을 클릭하니, 거리 이름이 화면에 떴다. 앱이 100퍼센트 정확하다는 보장은 없지만, 혹시 모르니 침대 옆 탁자에 항상 놔두는 메모지에 일단 받아적었다. 글씨가 제대로 써지지 않았지만, 그래도 알아볼 만큼은 되었다.

메모지를 가만히 내려다보며, 데비가 이 시간에 어디에 간 건지 의문을 풀어보려 했다. 혹시 나 몰래 만나는 남자가 있는 걸까? 맙소사, 그건⋯ 너무 끔찍한데.

전화를 해 보자는 마음이 들었다. 데비가 뭘 하고 있는지 궁금해하며 답답해할 게 아니라, 당장 전화해서 어디 있는 거냐고 물으면 되는 것 아닌가. 그것이야말로 이런 상황에서 이성적인 사람이 취할 법한 행동일 것이다.

그렇지만 내가 미처 전화를 걸기도 전에 화면 속 데비의 점이 움직이기 시작했다. 데비가 어디에 있었든, 이제는 그곳을 떠나고 있었다.

나는 휴대폰을 내려놓고 침대에 몸을 뉘었다. 데비가 고작 차로 15분 거리에 있으니, 얼마 후 집에 온다는 뜻이다. 집에 도착하는 즉시, 어디 갔었는지 물어볼 생각이다. 그런 다음 우린 마주 앉아서 아주 긴 대화를 나눠야 할 것이다. 모든 것에 대해서 말이다.

이왕 이렇게 된 거, 서로에게 솔직해져야 한다. 데비도, 나도 숨기는 것 없이.

그렇지만 나는 그 결심을 지키지 못했다. 데비가 집에 오는 대로 대화를 나누겠다고 마음먹은 지 불과 2분 만에 그대로 곯아떨어져서는 아침이 될 때까지 푹 자버렸기 때문이다.

27
데비

이른 아침, 이상하리만치 상쾌한 기분으로 눈을 떴다. 한밤중에 잠깐 외출까지 하고 왔는데도 말이다.

쿠퍼는 내 옆에서 업어가도 모를 정도로 자고 있다. 평소보다 훨씬 큰 소리로 코도 골고, 오른쪽 입가에는 침도 고였다. 예상한 대로 아주 잘 자고 있다.

나는 조용히 침대에서 빠져나와 샤워하러 갔다. 하루를 시작하는 데 뜨거운 물로 샤워하는 것만큼 좋은 게 있을까. 물 온도를 최대로 올렸다. 쿠퍼는 항상 미지근한 물로 씻지만, 난 샤워하는 물에 '뜨겁다'라는 말이 어울리지 않는다고 생각한다. 나는 끓는 물에 들어가도 온도를 더 올리라고 할 사람이다.

조용히 옷을 골랐다. 어두운색 블라우스에 요즘 유행하는 와이드 레그 진을 입기로 했다. 내가 처음 이 청바지를 입었을 때 렉시 입이 댓 발이나 나왔었다. 와이드 레그 진은 자기 세대의 것이라면서, 나는 '너무 늙어'서 어울리지 않는다고 했다. 그러거나 말거나, 이 청바지를 입으면 내 몸매가 아주 예뻐 보인다.

우리 집 2층 복도는 고요했다. 두 딸아이의 알람이 울리려면 아직 한 시간은 더 있어야 했다. 그전까지 돌아오기만 하면 된다.

스바루에 올라탄 지 20분 후, 나는 켄 브라이언트의 집 앞에 도착했다. 어젯밤과 달리 거리는 가로등 불빛으로 환했고, 하루를 시작한 사람들이 집을 나서는 모습도 보였다. 그렇지만 내가 타고 다니는 수수한 자동차가 사람들의 눈에 띌 일은 없으리라 확신했다. 이 동네에서는 평범한 중년 여자가 돌아다녀도 불필요한 관심을 끌지 않을 터였다.

가방을 어깨에 걸치고, 불이 켜져 있는 켄의 집 앞으로 갔다. 쿠퍼 말로 켄은 항상 가장 먼저 출근하고 가장 늦게 퇴근한다고 했다. 그러니 이 시간에 오면 그가 분명히 일어나 있을 거라 생각했다. 아침 뉴스를 읽으며 커피 한 잔을 즐기기에 딱 좋은 시간이다.

나는 초인종을 눌렀다.

잠시 후 문 반대편에서 잠금장치가 돌아가는 소리가 나더니, 문이 빼꼼히 열리며 큰 키에 머리는 벗겨지고 입술을 일자로 꾹 다문 남자가 모습을 드러냈다. 켄은 친목을 도모하는 일에 일절 관심이 없는 사람이라 이렇게 직접 만날 기회가 없어서 사진으로만 봤었다. 그가 나를 보며 날카로운 눈빛을 내뿜었다.

"물건 안 삽니다." 켄이 퉁명스럽게 말했다.

사람을 보면 '안녕하세요'라는 인사가 기본이라 생각했는데, 이렇게나 안 따뜻한 인사말이 날아오리라고는 생각하지 못했다.

"안녕하세요, 저는 데비 멀린이에요." 내가 말했다. 켄이 나를 무표정한 얼굴로 바라보길래, 얼른 덧붙였다. "쿠퍼의 아내입니다." 그래도 켄의 무표정한 얼굴에 아무런 변화가 없자, 나는 좀 더 명확하게 말해야겠다고 생각했다. "쿠퍼 멀린이요. 대표님 회사에 있는 직원 말이에요."

"아." 켄이 그제야 문을 조금 더 열었다. "쿠퍼의 아내분이시라고요, 도티 씨."

"데비예요." 나는 목을 가다듬었다. "안으로 들어가도 될까요?"

켄 얼굴에 떠오른 표정만 봐서는 문을 그냥 닫아버릴까 고민하는 것 같았지만, 잠시 망설이더니 옆으로 한 발짝 비켜서며 내가 안으로 들어갈 수 있게 해줬다. 작전 시작이다.

남편 상사의 집에 올 일이 있을까 싶었는데, 막상 와 보니 별것 없다. 넓지만 휑하고 개성이라고는 찾아볼 수가 없다. 집을 내놓을 때 연출용으로 꾸며 놓은 집이 이 집보다 더 개성 있어 보일 정도다. 가죽 소파가 하나 있는데, 켄 입에서 내게 앉으라는 말은 나오지 않았다.

"쿠퍼 승진 문제를 이야기하려고 왔나 보군요." 켄이 언짢은 목소리로 말했다.

"맞아요. 아시다시피 제 남편은 오랫동안 대표님 회사와 함께해왔고, 정말 성실하게 일했어요." 내가 말했다.

"그러면서 또한 언제나 대체 가능한 직원이죠." 그렇게 말한 켄이 넥타이 매듭을 목에 딱 맞게 조여 보였다. 나는 그 넥타이를 잡아 있는 힘껏 조여버리는 상상을 했다. "쿠퍼가 맡은 일은 잘합니다. 하지만 그뿐이에요. 그 이상으로 회사에 기여하는 바가 없습니다. 쿠퍼는 내가 지금까지 둔 직원 중 가장 평범해요. 그가 나가도, 더 적은 급여를 받으면서 쿠퍼가 하는 일을 똑같이 할 사람은 얼마든지 있습니다."

"잘못 생각하신 것 같아요."

켄이 어깨를 으쓱했다. "그럴지도 모르죠. 어쨌거나 회사를 그만두겠다고 한 건 데비 씨 남편입니다. 쿠퍼가 나가는 편이 저한테도 좋고요."

나는 가방을 뒤지기 시작했다. 언제 이렇게 내 가방 속에 들어와 있는지도 몰랐던 냅킨들 사이에서 가죽 장갑을 찾았다. 내가 장갑을 양손에 끼자, 켄이 얼굴을 찌푸렸다.

"장갑을 왜 끼는 거죠? 추우세요?" 켄이 물었다.

나는 아무 말도 하지 않고, 가방에서 총을 꺼내는 것으로 대답을 대신했다.

"뭐…." 얼굴이 하얗게 질린 켄이 더듬거렸다. "뭐 하는 거죠?"

나는 총구로 소파를 가리켰다. "일단 앉으세요, 브라이언트 씨."

켄이 가슴을 움켜쥐었다. 순간 대자연이 내 수고를 덜어주려는 건가 생각했다. 하지만 켄은 소파 위로 맥없이 주저앉을 뿐 의식을 잃지는 않았다. 이제는 내가 그의 손목을 묶고 그를 위층 침실로 데려갈 때까지 의식이 있어야 한다.

"이게 다 뭔가요?" 켄이 다시 물었다. "쿠퍼 때문에 온 게 아니군요, 그렇죠? 내가…."

"닥쳐요." 내 날카로운 목소리에 켄이 입을 다물었다.

나는 거실 소파에서 떨고 있는 남자를 내려다보다가 오른손에 쥐어진 권총으로 시선을 옮겼다. 내가 정말 할 수 있을까? 두꺼비집의 전선을 자르거나 샌드위치에 독을 넣는 것과는 완전히 차원이 다른 일을….

지금 나는 선을 넘으려 하고 있다. 한 번 넘어가면, 되돌아갈 수 없을 것이다. 하지만 어쩌면 이건 오래전부터 예견된 일이었다.

검은 옷을 입고 온 건 정말 잘한 일이다. 피가 튄 자국을 가릴 수 있으니까.

28
쿠퍼

전화벨이 울리고 있다.

누군지 몰라도 쉽게 끊을 마음이 없는 것 같다. 나는 지끈거리는 머리 때문에 침대에 꼼짝없이 누워서는 벨소리가 멈추기를 빌었다. 음성사서함으로 넘어가며 멈추는가 싶었지만, 잠시 후 다시 울리기 시작했다. 벨소리가 도무지 끝날 것 같지 않다.

"이런, 젠장!"

몽롱한 정신 속에서, 휴대폰 화면에 데비에게 보이고 싶지 않은 이름이 뜰 수도 있다는 생각이 스쳤다. 허둥지둥 침대 옆 탁자를 더듬어 휴대폰을 집어 들었다. 화면이 꺼져 있다. 내 휴대폰이 울린 게 아니었다. 데비의 휴대폰이다. 지금도 계속 울리고 있다. 가슴 속에 차오르던 안도감이 곧바로 호기심으로 바뀌었다.

그때 내 귀에 또 다른 소리가 들렸다. 욕실에서 샤워 물줄기가 쏟아져 내리는 소리다. 데비가 집에 올 때까지 깨어 있으려 했는데, 그 계획은 완전히 실패하고 말았다. 침대에 눕자마자 바로 기절해 버렸던 모양이다. 지금은 온몸이 트럭에 들이받힌 것 같고, 입안은 바짝 말라 쩍쩍 갈라졌다.

왜 이렇게 숙취가 느껴질까?

벨소리가 멈췄다. 나도 모르게 감사 인사를 중얼거렸다. 그렇지만 삼십 초나 지났을까, 다시 울리기 시작했다. 데비의 베개로 얼굴을 덮어 소리를 막아보려 했지만, 아무 소용이 없었다. 내 아내에게 누가 전화를 거는지 몰라도 정말 간절히 통화를 해야 하는 것 같았다.

"데비?" 내가 크게 불렀다. "샤워 언제 끝나?"

대답이 없었다. 하지만 데비가 욕실에 있는 건 확실했다. 흥얼거리는 소리가 들렸다. 평소에 데비는 샤워하면서 노래를 부르지 않지만.

결국 나는 굴복하기로 했다. 몸을 일으켜 데비 자리 쪽에 있는 침대 옆 탁자에서 휴대폰을 집어 들었다. 화면에 이름이 떠 있다. 개릿 미어스, 데비의 상사다.

아침부터 무슨 일로 개릿이 계속 전화를 하는 건지 궁금했다. 긴급 뉴스가 있을지언정 데비와는 아무 상관도 없을 텐데. 내 아내는 상담 칼럼을 쓰는 사람이다. 상담 칼럼에 무슨 긴급 상황이 있으려나? 십오 분 뒤에 파티가 있는데 옷에 묻은 잔디 얼룩을 어떻게 빼는지 알려달라는 건가?

뭔진 몰라도 급한 일이긴 한 것 같다. 내가 개릿을 한 번 만났을 때 느긋한 성격이라는 인상을 받았는데, 이렇게 전화를 계속 거는 게 이상하다.

나는 화면을 밀어 전화를 받았다. 여보세요라고 말할 새도 없이, 개릿의 목소리가 내 귀에 울려 퍼졌다. "데비! 도대체 무슨 짓을 한 거예요?"

"어, 여보세요?" 내가 말했다.

내 목소리에 개릿이 멈칫했다. "누구세요?"

"쿠퍼입니다." 그래도 개릿이 아무 반응을 하지 않길래, 내가 덧붙였다. "데비 남편이요."

"데비 어딨어요? 당장 바꿔줘요!" 개릿이 다급하게 말했다.

일어나 앉으려고 용을 쓰다 보니, 머리가 더 심하게 지끈거렸다. "죄송하지만, 샤워 중이에요."

"그럼 그냥 나오라고 해요! 한시바삐 데비와 통화해야 한다고요!"

"어, 그건 좀…. 저기, 무슨 일인지 모르겠지만…" 나는 눈을 비비며 말했다.

"무슨 일인지 내가 말해 주죠!" 개릿이 냅다 소리를 질렀다. "신문사 웹사이트에 성인물이 올라와 있어요. 이제 알겠어요? 게다가 단순한 성인물이 아니라…. 아무튼, 데비가 웹사이트 비밀번호를 가지고 있어요. 아무리 해고를 당했기로서니…"

"데비가 해고당했어요?" 개릿의 마지막 막을 반복하면서 나는 경악을 금할 수가 없었다.

그러자 이번에는 개릿이 당혹감을 감추지 못했다. "아… 저는 데비가… 뭐, 네, 그렇게 됐어요. 소송 문제가 생겨서요. 그래서… 저도 어쩔 수 없었어요. 그렇다고 이렇게 내 등에 칼을 꽂나요? 당장 그걸 내려야 해요!" 그의 목소리가 단어를 말할 때마다 점점 커졌다. "내 말 이해했어요? 데비가 나를 망치려 한다고요!"

"직접 내리면 되잖아요?" 나는 짜증 섞인 목소리로 물었다.

"데비가 비밀번호를 바꿨어요! 로그인이 안 돼요!"

개릿 말을 들으며 내 휴대폰으로 신문사 웹사이트를 찾아 들어갔다. 데비가 들으면 기분 나빠하겠지만, 나는 《힝엄 하우스홀드》

를 세상에서 가장 지루한 신문이라 생각한다. 웹사이트에는 신문사 로고 아래로 힝엄시의 주요 뉴스가 올라오곤 하는데, 그 뉴스라는 것도 중학교 영화의 밤 행사에서 어떤 영화를 틀지 결정하기 위해 학부모회가 모인다거나 하는 내용들이다. 그런데 오늘은 그런 기사 대신 영상 하나가 화면을 가득 채운 채 반복 재생되고 있었다.

영상 속에서 두 사람은 뜨거운 시간을 보내는 중이었다. 그리고 그중 한 명은 개릿 미어스였다.

나머지 한 사람이 누구인지는 모르겠지만, 난 개릿의 아내를 만난 적 있다. 저 사람은 아내가 아니다. 영상은 사무실 안, 책상 위에서 펼쳐지는 광경을 찍은 것이었다. 아마도 신문사 사무실이라는 생각이 들었다.

저런. 개릿 말이 맞다. 그는 망했다.

"벌써 광고주들 절반이 계약을 철회하겠다고 연락해 왔어요." 개릿의 격정적이던 어조가 애원조로 변했다. "그리고 내 아내가… 이걸 보기라도 하면…."

무례한 걸 알면서도 나도 모르게 웃음이 터져 나왔다. "아내가 이걸 못 볼 가능성이 조금이라도 있다고 생각하는 거예요?"

"이런 미친! 이건 데비가 도를 넘은 거예요!" 개릿이 분노를 터뜨렸다.

순간 기시감에 휩싸인 나는 미간을 찌푸렸다. 어제 아침에 브렛과 나눈 대화가 이와 똑같지 않았던가. 브렛은 데비가 자기 집 두꺼비집을 망가뜨렸다고 했다.

데비에겐 이번 사고를 치기 위한 전문적 기술이 분명히 있다. 데비가 해고를 당했다고 했으니, 그게 충분한 동기가 되었을 거다. 개릿이 부인이 아닌 다른 여자와 있는 영상을 입수해야 했을 텐데, 우리 집 현관에 보안 카메라를 직접 설치한 사람이 다름 아닌 데비였다. 카메라를 눈에 띄지 않게 설치하는 법도 알고 있는 게 틀림없다.

그렇지만 그게 사실일 리가 없었다. 데비는 주위 사람들에게 항상 휘둘리기만 해서 내가 자기주장을 좀 더 하라고 늘 말하곤 했지만, 남에게 조언은 잘하면서 정작 내 조언은 절대 듣지 않았다. 그런 데비가 이렇게 악랄한 짓을 했다는 게 도무지 상상되지 않았다. 이건 데비다운 방식이 아니다.

"이봐요, 개릿. 데비가 그랬을 리가 없어요…" 내가 말했다.

"데비가 그랬어요!" 개릿의 목소리는 단호했다. "내 말 똑똑히 들어요. 데비는 대가를 치르게 될 겁니다. 내가 반드시 그렇게 만들 거예요."

워워, 이건 아니지. 그가 화난 건 알겠지만, 데비를 위협하는 건 용납할 수 없다. "내 아내에 대해 함부로 말하지 마요." 내가 말했다.

"오, 그래요? 안 그러면 어쩔 건데요?" 개릿이 태연한 말투로 대꾸했다.

나는 휴대폰에 대고 위협적인 목소리로 으르렁거렸다. "데비에게 조금이라도 해를 끼친다면, 내가 당신 집으로 차를 몰고 가서 얼굴을 뭉개버릴 거야."

전화 너머로 헉 하고 숨을 들이쉬는 소리가 들리더니, 개릿이 잠잠해졌다. 나는 그 틈을 타 전화를 끊었다. 잠시 후 휴대폰이 다시 울리기 시작했지만, 소리를 꺼버렸다.

내가 정말 개릿 미어스의 얼굴을 뭉개버릴 수 있을까? 모르겠다. 최근엔 헬스장을 더 자주 가긴 했는데. 평생 한 번도 주먹을 휘두른 적은 없지만, 그가 데비를 해치려 한다면 나도 가만히 있지 않을 거다.

"누구랑 통화했어?"

샤워 소리가 멈췄다는 걸 전혀 알아차리지 못했다. 데비가 욕실에서 나와 타월 소재의 가운을 입고 서 있었다. 머리는 젖은 채로 모두 뒤로 매끈하게 넘겼다. 그 모습이 너무나 작고 연약해 보였다. 누군가에게 해를 끼칠 수 있을 것 같지 않았다. 그렇지만 정말 그럴까….

당신이 우리 이웃집에 몰래 들어가서 두꺼비집을 망가뜨렸어?

자기 직장 상사와 비서의 은밀한 영상도 인터넷에 올렸어?

어젯밤엔 어디 갔었어?

나한테 뭘 숨기고 있는 거야?

"개릿 미어스였어." 나는 겨우 입을 열었다. "신문사 웹사이트에 큰일이 생겼대. 듣자 하니…."

나는 말로 설명하는 대신, 내 휴대폰을 내밀어 여전히 반복 재생 중인 영상을 보여줬다. 사진 한 장이 천 마디 말의 가치가 있다면, 영상 하나는 말이 아예 필요 없다. 데비의 눈썹이 치켜 올라갔다.

"어머! 개릿이 시에라랑 자는 게 사실이었네. 가족을 중시하네 어쩌네 하더니 말이야." 데비가 말했다.

나는 데비 얼굴에 시선을 고정한 채 반응을 살폈다. "개릿은 당신이 이 영상을 올렸다고 생각하고 있어."

"그래?" 데비가 웃음을 터뜨렸다. "어떻게 그런 생각을 하지? 내가 몇 달 전에 사무실에 카메라를 숨겨서 언젠가 망신 줘야 할 일이 있을 때 사용하려고 영상을 찍어 두기라도 했다는 거야?"

"아니, 꼭 그렇게 말한 건 아닌데…."

"무슨 말도 안 되는 소리를 하고 있어. 안 그래?" 데비가 나를 보며 고개를 갸웃했다.

뭐라고 답해야 할지 모르겠다. "아무튼 당신한테 영상을 내려달라고 했어. 벌써 광고주들이 떠나고 있대. 아내가 볼까 봐 걱정도 된다고 하고."

데비는 영상에 한 번 더 눈길을 준 다음, 휴대폰을 내게 돌려줬다. "개릿 아내에게는 누군가 벌써 이메일로 영상 얘기를 했을 거야."

"그, 그래?"

"그럼." 데비가 고개를 크게 끄덕였다. "그리고 영상 내리는 건, 웹사이트 기술 지원팀에서 비밀번호를 재설정해 주면 돼. 신문사 대표라는 사람이 패닉에 한 번 빠지면 왜 그렇게 정신을 못 차리는지 모르겠어."

"데비." 나는 목에 차오르는 덩어리를 삼켰다. "당신이… 그런 거 아니지? 그 영상… 안 했지?"

데비가 말없이 내 눈을 응시했다. 머리가 계속 쿡쿡 쑤셨지만, 나도 아내의 갈색 눈동자를 가만히 바라봤다. 내 인생의 거의 절반을 함께 해온 사람을 내가 과연 제대로 알고 있는지 의문이 들기 시작했다.

데비, 대체 무슨 일을 저지른 거야?

어색해지려는 찰나, 데비가 목소리를 높였다. "당연히 아니지! 내가 그런 영상을 어디서 구하겠어?" 그러고는 나를 보며 활짝 웃었다. "나 지금 배가 너무 고파. 팬케이크 먹을까?"

"응, 그래."

데비는 콧노래를 부르며 옷을 갈아입더니, 아침을 만들러 부엌으로 내려갔다.

혼자가 된 나는 침대 옆에 놓인 작은 메모장으로 눈을 돌렸다. 내 안에서 어젯밤 일이 황당한 꿈이었을지도 모른다고 자꾸 치부하려 든다면, 내 필체로 갈겨쓴 주소는 그게 아니라고 말하고 있었다. 잠시 글자들을 내려다보며 생각에 잠겼다. 어떻게 해야 할까. 비몽사몽간에 쓴 탓에 거리 이름을 알아보기가 쉽지 않았다. '메인'이라고 적은 것 같기도 하고, 어떻게 보면 '메이플' 같기도 했다. 아니면 아예 다른 단어일 수도 있었다.

메모지를 뜯어낸 다음 손에 든 채 멍하니 바라봤다. 그러다가 무슨 이유인지는 모르겠지만 침대 옆 탁자 맨 위 서랍에 집어넣은 다음, 샤워하러 욕실로 발을 옮겼다.

29
데비

아침으로 팬케이크를 먹을 생각이다.

샤워를 마치고 나오니, 개릿 미어스에게서 문자 메시지가 백 개 넘게 와 있고, 음성 메시지도 잔뜩 남겨져 있다. 전부 지운 다음 그의 번호를 차단해 버렸다. 개릿이 혼자 힘으로 다 해결할 수 있는 일이다. 내가 그의 기술 지원 담당자도 아니고 말이다. 나는 한낱 상담 칼럼니스트에 불과했고, 그러다가 잘렸다. 내 입장에서 보면, 이제는 나와 아무 상관 없는 일인 것이다.

지금은 오로지 팬케이크 만드는 데 온전히 집중해야 했다.

재료부터 하나하나 준비한 것은 아니다. 나는 위대한 베티 크로커(미국의 식품 기업이 소비자들의 질문에 답하기 위해 만들어 낸 가상의 캐릭터로 《포춘》지가 미국에서 두 번째로 유명한 여성으로 선정할 정도로 인기가 있었다 - 옮긴이)가 아니니까. 대신 상자에 든 팬케이크 믹스를 이용하되, 맛을 더 좋게 하는 나만의 팁이 있다. 반죽을 만들 때 물 대신 우유로 하고, 계핏가루도 조금 넣는다. 반죽을 팬에 올린 다음에는 익히는 시간을 딱 알맞게 지키면서 중간에 한 번 뒤집어야 한다. 가끔은 잘 안되기도 하지만, 가족 위치를 추적하는 휴대폰 앱을 프로그래밍하는 것에 비하면 식은 죽 먹기다.

오늘 아침 제일 먼저 부엌에 모습을 나타낸 사람은 이지였다.

프라이팬에서 팬케이크가 구워지는 소리를 듣고는 눈을 동그랗게 뜨는 모습이, 쿠퍼가 저녁에 자기가 좋아하는 메뉴가 나올 때 짓는 표정과 똑같다.

"팬케이크 먹을래?" 내가 물었다.

네라고, 얼굴은 말하고 있다. 그렇지만 머릿속에서는 팬케이크를 먹고 싶은 욕망과 축구팀에 다시 들어가려면 10킬로그램을 빼야 하는 현실이 갈등을 일으키고 있었다. 그 모습이 너무나 안쓰러웠지만, 팔을 벌려 꼭 안아주고 싶은 마음을 꾹꾹 눌렀다. 한때는 포옹 한 번으로 많은 문제를 해결하고, 뽀뽀 한 번으로 아픈 곳이 순식간에 낫기도 했는데. 이제는 좀 더 창의적인 방법을 써야 한다.

"배 안 고파요." 이지가 고심 끝에 말했다.

불쌍한 것. 파이크 코치 때문에 내 딸에게 섭식 장애가 생기고야 말았다.

하지만 다행스럽게도 이 문제는 이른 시일 내에 해결될 것이다.

렉시가 두 번째로 부엌에 모습을 나타냈다. 지난 2년 동안 신을 길들인다며 신고 다닌 닥터마틴으로 마룻바닥을 쿵쿵 울리며 들어왔다. 풍덩한 카고 팬츠를 입고 있는데, 너그러운 눈으로 보면 잠옷 바지보다 나아 보였다. 어쩐 일인지 커다란 헤드폰은 쓰지 않았다. 다음 순간 렉시가 가스레인지 앞에 서 있는 나를 향해 거침없이 걸어왔다. 나는 긴장으로 온몸이 굳는 걸 느끼며, 이제 곧 렉시 입에서 튀어나올 나에 대한 비난을 기다렸다. 참고로 지난주에는 내 숨소리가 너무 크다는 지적을 들었다.

"엄마?" 렉시가 불렀다.

"응?"

렉시가 오른쪽 엄지손톱을 물어뜯으며 말했다. "나 학교까지 태워줄 수 있어요?"

내 안에서 일어난 즉각적인 반응은 제인이 평소와 달리 오늘은 태워주지 않는 이유가 무엇인지 묻고 싶다는 것이었다. 그렇지만 결코 대화가 좋게 흘러가지 않으리란 걸 알기에 이번에는 질문을 삼키기로 했다. "그럼, 태워줄 수 있지. 팬케이크 좀 먹을래?"

렉시가 아주 잠깐 망설이더니 대답했다. "네."

"나도 하나 먹을래요." 이지가 불쑥 덧붙였다. 그것참 듣던 중 반가운 소리다.

팬케이크를 두 접시에 나눠 담아 식탁에 앉아 있는 두 딸아이 앞에 내려놓으려는 순간, 밖에서 자동차 경적 소리가 요란하게 울렸다. 움찔했다. 그도 그럴 것이, 렉시가 나한테 학교에 태워달라고 해서 오늘은 제인이 아침부터 우리 동네에 와서 소음 공해를 퍼뜨릴 일이 없을 거라 생각하고 있었다.

"제인이 온 건가?" 나는 조심스럽게 물었다.

렉시가 자기 앞에 놓인 접시로 시선을 떨어뜨렸다. "엄마, 오늘 나는 엄마 차로 간다고 제인한테 말해 줄 수 있어요?"

"그래, 알았어. 내가 말할게."

청바지에 손을 닦으며 현관으로 걸어갔다. 우리 집 진입로에 이상한 각도로 서 있는 제인의 기아차가 눈에 들어왔다. 나는 단화에 발을 밀어 넣고 현관 앞으로 나갔다. 오래 걸릴 일이 아니라 생각해서 재킷은 그냥 생략했다.

차창이 모두 닫혀 있는데도, 제인이 틀어놓은 음악 소리가 내

귓전을 마구 때렸다. 무슨 음악을 듣는 건지 모르겠다. 내가 라디오에서 들어본 적도 없는 노래다. 나 같은 '늙은 사람'이 요즘 노래를 즐기기 어렵다는 건 알지만, 지금 내 귀로 날아드는 음악은 정말 거짓말이 아니라 남자가 가래를 계속 뱉어내는 소리처럼 들렸다. 자동차 경적이 또 울렸다. 나는 어금니를 악물었다.

현관 앞 계단을 내려가 제인의 차로 다가갔다. 제인은 음악에 심취해 머리를 까딱이고 있었다. 덥수룩한 머리가 어지러이 흔들렸다. 다시 한번 내 손에 미용 가위를 쥐고 저 녀석에게 뭔가를 하는 공상을 했다. 그러고는 차창을 두드렸다.

제인이 나를 알아차리지 못해서, 한 번 더 두드려야 했다. 음악 소리 때문에 귀가 반쯤 먹었을 거다. 물론 저걸 음악이라고 부를 수 있다면 말이지만. 누가 일부러 이런 걸 녹음했다면 사람들이 이런 소리도 음악이라고 듣는지 시험해 보려는 실험이었을 거다.

제인이 고개를 돌려 나를 보고는 창문을 내렸다.

"안녕하세요, 데비 아주머니." 제인이 나를 올려다보는데, 홀쭉한 볼이 유독 눈에 띄었다. 그 바람에 제 나이보다 훨씬 더 늙어 보였다. "렉시는요?"

"오늘은 내가 데려다줄 거야."

"그렇지만 제가 이미 왔는데요."

"그렇긴 하지. 넌 그냥 돌아가면 돼."

제인이 눈을 굴렸다. "그러죠, 뭐… 쳇."

그러고는 아무 말도 없이 그대로 차를 후진해 진입로를 빠져나갔다. 내 발을 아슬아슬하게 비켜서. 나는 속도를 올려 멀어지는 차를 눈으로 좇으며, 제인이 우리 집에 와서 부엌에 있는 음식을 죄다 먹고 술까지 들이켜는 일이 다시는 없기를 빌었다.

내 기도가 이루어지지 않을 것 같다는 불길한 기분이 쉽게 가시지 않았다.

30
〈디어 데비〉
임시 보관함

데비에게

저는 우리 딸의 '남자 친구'라는 아이를 정말 못 참겠어요. 딸은 그 아이를 세상의 처음이자 마지막인 것처럼 생각하는데, 나는 그 아이가 어떤 애인지 훤히 보여요. 운전은 급하고, 학교 성적은 간신히 낙제를 면한 수준이에요. 게다가 하루 종일 늘어져 있는 게으름뱅이고요. 그 아이 태도에 대해서는 말을 꺼내고 싶지도 않아요. 내 입이 더러워질 것 같아요!

딸이 정신을 차리게 무슨 얘기라도 할라치면, 나보고 선을 넘었다고 난리예요! 어찌나 씩씩대는지, 그런 망나니 같은 아이 때문에 딸의 인생이 망가지는 동안 나는 가만히 앉아서 보고만 있어야 할 것만 같아요.

너무 늦기 전에 우리 딸의 눈에서 콩깍지를 벗길 방법 좀 알려주세요! 혹시 사랑의 감정을 지우는 묘약 레시피는 없나요? 돈이든 뭐든 달라는 대로 다 줄게요!

딸 남자 친구가 너무 싫어요

딸 남자 친구가 너무 싫어요 님,

안타깝지만 사랑의 감정을 지우는 묘약을 어떻게 만드는지는 모른답니다. 저도 알면 참 좋겠는데 말이죠!

10대 자녀를 둔 부모이니 잘 아시겠지만, 딸에게 남자 친구와 헤어지라고 설득할수록 오히려 고집을 부리며 계속 만나려 할 거예요. 이럴 땐 정반대로 접근하는 게 더 나을 수도 있어요. 그 아이에 대해 좀 더 알아가는 거죠. 집으로 초대해서 정성껏 만든 저녁을 대접해 보면 어떨까요. 냄비에서 뭉근하게 끓인 고기찜 요리를 함께 먹으며 한 시간쯤 시간을 보내고 나면, 처음 생각했던 것만큼 나쁜 아이가 아니라는 걸 분명 알게 될 거예요!

만약 저녁 식사 후에도 그 아이에 대한 생각이 달라지지 않는다면, 이 방법을 시도해 보세요. 식사 후 그 아이가 딸과 시간을 보내는 동안, 그의 차로 몰래 가는 겁니다. 브레이크 라인은 쉽게 가위로 자를 수 있거든요. 그 아이가 운전을 급하게 한다고 했는데, 브레이크가 없어지면 차가 훨씬 더 빠르게 달릴 거예요!

데비로부터

31
데비

쿠퍼 몫으로 팬케이크 한 접시를 조리대에 올려두고, 나는 딸아이들과 함께 학교로 향했다.

학교까지는 차로 10분 거리다. 누가 앞좌석에 앉을지 정하느라 가벼운 입씨름이 벌어지는 광경에 나는 아이들이 어릴 적 차 안에서 서로 싸우던 기억을 떠올렸다. 아이들은 학교가 끝나고 차에 타면 누가 먼저 그날 있었던 일을 말할지를 두고 실랑이를 벌이곤 했다. 나는 기회를 공평하게 주려고 했지만, 학교 가는 날은 일주일에 5일뿐이라 딱 나눠떨어지지 않았다. 결국 짝숫날에는 렉시가, 홀숫날에는 이지가 먼저 이야기하기로 정했다. 아이들에게 홀수, 짝수를 가르치기에 아주 좋은 기회였다.

입씨름에서 이긴 렉시가 내 옆 조수석에 올라탔다. 짙은 갈색 머리를 뒤로 빗어 포니테일로 묶은 모습이 나를 똑 닮아서, 마치 타임머신을 타고 돌아가 17살의 나를 마주 보고 있는 기분이 들었다.

정말로 타임머신이 있으면 좋겠다. 정말로 17살의 나를 만날 수 있으면, 그래서 다가올 일을 경고해 줄 수 있으면 좋겠다. 가장 먼저 해 주고 싶은 말은 이거다. 대학교 2학년 2학기, 그날 밤에, 그냥 집에 있으라고.

그랬다면, 모든 게 달라졌겠지.

학교까지 가는 동안 렉시가 내 운전 실력을 딱 두 번 지적한 것 외에는 하늘에서 축복이 내린 듯 분위기가 험악해질 만한 일이 하나도 없었다. 그런데 학생들을 내려주는 하차 구역으로 들어가는 줄에 합류했을 때, 학교 앞에 경광등을 켜고 서 있는 경찰차 한 대가 보였다.

"무슨 일이지?" 이지가 뒷좌석에서 목을 앞으로 빼며 물었다.

"누가 체포되나 봐!" 렉시가 좀 많이 신난 목소리로 답했다.

"별일 아닐 거야." 나는 나지막하게 중얼거리며, 하차 줄이 조금씩 앞으로 움직이기를 참을성 있게 기다렸다. "한 대뿐이잖아."

"그렇지만 경광등을 켜고 있잖아요, 엄마!" 이지가 가리켰다.

아주 정확한 지적이다.

우리는 마침내 학교 정문 앞에 다다랐고, 두 딸아이가 차에서 내렸다. 다른 아이들처럼 무슨 일인지 궁금증을 참지 못하고 경찰차를 연신 힐끔거렸다. 나도 저 나이 때는 학교에서 일상을 벗어난 일이 생기면 저랬었는데. 평소와 다를 바 없는 단조로운 하루가 흥분으로 들썩였었다.

그렇다고 학교를 싫어했다는 말은 아니다. 난 학교를 정말 좋아했다. 그래도 가끔 드라마 같은 일이 있으면 재미있었다.

아이들을 내려준 뒤, 평소대로라면 곧장 집으로 가야겠지만 지금은 나 역시 저 경찰차가 신경 쓰였다. 그래서 학교 건물을 돌아 방문객 주차장으로 갔다. 빈자리가 없어 몇 바퀴 도는데, SUV보다는 경차에 적합한 자리가 하나 났다. 마술 같은 실력으로 내 차를 그 자리에 끼워 넣었다.

나는 차에서 내려 학교 정문 쪽으로 걸어갔다. 경찰차는 여전히 경광등을 번쩍거리며 서 있지만, 무슨 일인지 짐작하는 데에 도움이 될 만한 건 하나도 없었다. 폭탄 위협일 수도 있고, 사물함에서 마약이 발견된 것일 수도 있었다. 그렇지만 나는 경찰이 학교에 온 이유를 알 것 같았다.

재밌는 일이 벌어질 것 같다.

32

학교 앞에서 서성거리는 학부모들 사이에 타비사가 있었다. 어제 독서 모임 이후 아직도 얼굴이 좀 안 좋아 보였다. 나는 얼굴에 상대방의 마음을 누그러뜨리기에 부족하지 않을 만한 미소를 지으며 타비사에게 다가갔다.

타비사는 나를 별로 반가워하지 않는 듯했지만, 억지 미소를 지어 보였다. "안녕, 데비."

나는 손끝에 동정을 담아 타비사의 팔을 살짝 건드렸다. "몸은 좀 어때요? 아직도 토해요?"

내 질문을 들은 몇몇 여자들이 눈을 동그랗게 뜨고 우리를 흘끔거렸다.

타비사가 눈살을 찌푸렸다. "이젠 아무렇지도 않아요. 물어봐 줘서 고마워요."

"정말 괜찮아요? 조금 초췌해 보여요."

"그럴 리가요. 완전 멀쩡해요." 타비사가 이를 꽉 문 채 말했다.

우리를 대놓고 쳐다보는 시선이 늘어나길래 더 이상 타비사를 곤란하게 만들지 않기로 했다. 대신 턱으로 경찰차를 가리켰다. "무슨 일이 난 건가요?"

타비사는 전날 내가 보는 앞에서 토한 일이 창피해서인지 나와 대화하고 싶지 않은 눈치였다. 그렇지만 그녀에게는 구제 불능으로 근질거리는 입이 있었다. 잠시 두 마음이 갈등을 일으키는 듯하더니, 타비사가 입을 뗐다. "누가 학교에 전화해서 여학생 탈의실에 카메라가 있다고 했대요."

"카메라요?"

"몰래카메라 있잖아요. 녹화도 되고요." 타비사가 가슴에 손을 얹으며 눈을 크게 떴다. "세상에, 어떻게 이런 일이! 어떤 변태가 여고생들이 샤워하는 걸 녹화하고 있었다는 거잖아요."

내가 핵심 질문을 던질 타이밍이었다. "범인을 찾았대요?"

타비사가 고개를 저었다. "탈의실 밖을 비추는 보안 카메라는 없어요. 탈의실 안에는 당연히 없고요. 범인을 찾은 건지는 모르겠어요."

흠, 그녀가 쉽게 넘어오지 않았다. 익명의 제보자가 분명히 이름을 언급했을 텐데.

그 이후로 나는 여자들 사이에서 오가는 추측들을 들으며 20분이나 어슬렁거렸다. 그쯤 되니 그냥 집으로 돌아가고 싶어졌다. 소셜 미디어에 다 올라올 테니 나중에 보면 될 터였다. 차로 돌아가려고 몸을 돌리는 순간, 학교 정문이 열렸다. 경찰이 수갑을 찬 한 남자를 데리고 나왔다.

"맙소사!" 타비사가 내 팔을 와락 잡았다. 그녀 손톱이 살갗을 파고들었다. "파이크 코치잖아!"

의심의 여지 없이 파이크 코치였다. 경찰과 함께 학교 밖으로 나오는 그의 양손에 채워진 수갑이 똑똑히 보였다. 파이크 코치가 무슨 생각을 했는지 우리 쪽으로 몸을 돌렸고, 그 바람에 내 주위에 있는 여자들이 거의 동시에 휴대폰을 꺼내 코치의 모습을 찍어 댔다.

"난 안 했어요!" 파이크 코치가 소리를 질렀다. "그 카메라는 내 게 아니야! 나는 폰에 그런 걸 깔지도 않았다고!"

"세상에나. 저렇게 말하면 믿어줄 거라 생각하는 거예요? 어휴, 소름 끼쳐." 타비사가 나를 보며 속삭였다.

"정말 소름 끼치네요." 나는 타비사 말에 맞장구친 다음, 불난 데 기름을 부을 요량으로 이렇게 덧붙였다. "코치가 축구 연습 때 여자애들 엉덩이를 쳐다보는 모습을 자주 봤어요. 오늘 일이 놀랍 지도 않아요."

"정말요?" 다른 엄마가 소스라치며 말했다. "어쩐지 나도 저 사 람이 항상 뭔가 이상하다고 생각했어요!"

불이 활활 타올랐다. 이곳에 있는 여자들이 잔뜩 흥분해서는 파이크 코치가 얼마나 더러운 놈이었는지 한마디씩 쏟아내기 시 작했다. 우리가 일화를 공유하느라 정신없는 동안 파이크 코치를 태운 경찰차가 학교를 떠나갔다.

33
쿠퍼

오늘 아침, 데비가 팬케이크를 태웠다.

내가 기억하는 한 데비가 팬케이크를 태운 적은 단 한 번도 없었다. 아내가 일급 요리사는 아니지만, 음식을 태우는 법은 없었다. 팬케이크는 살짝 갈색이 된 정도가 아니라 아랫면이 검게 그을렸고, 주방 전체에 매캐한 냄새가 가득했다.

불길한 징조라는 기분이 스멀스멀 올라왔다.

사무실에 도착하니, 맥컬리 여사님이 책상에 꼿꼿한 자세로 앉아 있었다. 여사님은 나와 눈이 마주치자 자리에서 일어났다. "쿠퍼 씨, 잠깐 이야기 좀 할 수 있을까요?"

별로 대화를 나누고 싶은 기분은 아니었지만, 순순히 여사님 앞으로 걸어갔다. "무슨 일 있나요?"

"대표님이 갑작스럽게 예정에 없던 낚시 여행을 가기로 했다네요. 오늘 아침에 이메일로 이번 주 동안 자리를 비울 거라고 알려주셨어요."

켄을 안 봐도 되다니, 듣던 중 반가운 소리였다.

맥컬리 여사님이 말을 이었다. "그렇다고 해서 앞으로 이틀 동안 쿠퍼 씨도 휴가를 즐길 수 있다는 뜻은 아니에요. 제가 대표님께 쿠퍼 씨를 포함해서 모든 직원을 잘 지켜보겠다고 약속했거든요."

맥컬리 여사님이 정말 그렇게 할 거라는 데에는 의심의 여지가 없다. 하지만 맥컬리 여사님은 항상 정확히 4시 반에 퇴근한다. 그 말인즉 나는 4시 35분에 퇴근할 수 있다는 뜻이다. 곧장 헬스장으로 가서 스트레스를 날려버릴 생각이다.

맥컬리 여사님에게서 벗어난 뒤, 커피를 마시려 그리 크지 않은 탕비실로 갔다. 제시가 먼저 와서 개인 머그컵에 커피를 마시고 있었다. "어이, 쿠퍼." 제시가 말했다.

"와 있었어?"

탕비실에는 캡슐 커피 머신이 있는데, 켄이 캡슐은 제공해 주지 않겠다고 해서 제시와 나는 한 상자를 사서 나눠 쓴다. 나는 싱크대 위 찬장에 보관하는 상자에서 캡슐 하나를 꺼내 커피를 내렸다.

"사장이 좋긴 좋네. 주중에 마음 내키는 대로 낚시도 가고 말야." 제시가 중얼거렸다.

"그 사람이 없는 게 더 좋아."

제시는 아무 말 없이 커피 마시는 데에 집중했다. 맥컬리 여사님이 매의 눈으로 우리를 지켜본다고 했는데도, 제시는 서둘러 일을 시작할 생각이 없어 보였다. 업무도 잘 해내면서, 일을 대하는 태도가 나보다 훨씬 여유롭다. 내가 부러워하는 점이다.

"기분 나쁘게 듣지 마, 쿠퍼." 제시가 나를 보며 말했다. "너 지금 완전 똥 씹은 얼굴이야."

나는 커피가 컵에 차오르는 동안 눈을 꼭 감았다. 카페인이 절실했다. "기분도 개똥 같아."

"무슨 문제 있어?"

내 고개가 제시 쪽으로 휙 돌아갔다. "몰라서 묻는 거야?"

제시가 움찔했다. "미안. 내가 병신처럼 굴었네."

"아냐, 아냐." 나는 앓는 소리를 내며 대답했다. "내가 미안. 요 며칠 동안 머릿속이 완전 뒤죽박죽이야. 그리고 데비한테도… 뭔가 힘든 일이 있는 것 같아."

"내가 보기엔 데비가…." 제시가 고개를 절레절레 흔들었다. "좀… 극단적이야. 안 그래?"

제시가 하려는 말이 무엇인지 알지만, 나는 대답하지 않았다. 데비에게 보통 사람들과 다른 유별난 면이 있다는 건 예전부터 알고 있었다. 이제는 지인들도 그걸 눈치채는 것 같아 조금 신경이 쓰였을 뿐이다. "왜 그렇게 생각해?"

"음…." 제시는 생각에 잠긴 얼굴로 커피를 한 모금 마셨다. 그의 머그컵에는 귀여운 강아지 캐릭터가 그려져 있다. "우리 부부랑 넷이서 이탈리안 식당에 저녁 먹으러 갔던 적 있었잖아."

"응…."

"그날 웨이트리스가 자네한테 추파를 던졌었는데, 기억나?" 내가 멀뚱멀뚱하게 쳐다보자, 제시가 설명을 덧붙였다. "자네가 무슨 말만 하면 웨이트리스가 웃음을 날렸어. 그러다가 한 번은 자네 어깨에 손까지 올렸어."

"그랬나. 난 잘 모르겠어."

"데비는 그걸 확실히 봤어." 제시가 머그컵을 조리대에 내려놓았다. "그 뒤로 데비가 엄청 싸늘해졌거든. 내가 보기엔, 데비가 일부러 음료를 쏟아서 웨이트리스가 치우게 만들었던 것 같아. 또 우리가 따로 계산할 때 팁을 남기지도 않았잖아. 웨이트리스에게 가는 몫이 없을까 봐 내가 팁을 더 줬어."

그 상황은 기억이 났다. 우리가 제시와 따로 계산하기로 했는데, 데비가 자기 카드로 계산하겠다고 했다. 보통은 내가 밥값을 계산하는 터라 깜짝 놀랐더랬다. 엄밀히 말하면 우리는 같은 카드를 쓰는 셈이지만 전형적인 역할 분담을 충실히 이행하느라 늘 내가 계산하곤 했다. 그런데 그날은 데비가 자기 카드를 내밀었다.

이제 와서 보니 다분히 의도적인 행동이었다.

"데비가 질투가 심했던 것 같아." 제시가 말했다.

"그런가?"

"내가 보기엔 그래." 제시가 장난스럽게 내 어깨를 툭 쳤다. "데비한테 불같은 면이 있나 보지."

"난 한 번도 못 봤는데."

제시가 소리 없이 웃었다. "쿠퍼, 데비가 걱정할 만한 짓을 한 건 아니지?"

등골을 타고 싸늘한 기운이 스쳤다. 커피가 다 내려오자마자 나는 컵을 낚아채다시피 집어 들었다. "일을 시작해야겠어. 맥컬리 여사님이 우리 행동을 다 기록하고 있을 거야."

"그건 틀림없지." 제시가 킥킥 웃었다. "아마 켄한테 분 단위로 보고할 걸. 나는 켄 집에 가서 화분에 물을 주고 와야 해서 한 시간 정도 외출할 거야. 친히 나한테 문자를 보내서 하찮은 영예를 안겨주더라고."

제시의 말에 나는 기분이 더 가라앉았다. 지난번 켄이 낚시 여행을 갔을 때는 나한테 화분에 물을 주라고 했었다. 물론 어제 켄과 나눴던 대화를 생각하면, 켄이 내가 자기 빈집에서 어슬렁거리는 걸 원하지 않는 것도 이해는 된다. 내가 화분에 오줌을 누는 짓 따위를 할 생각이었다는 건 아니다. 유혹을 받았을 것 같긴 하지만.

커피를 들고 사무실로 무겁게 걸음을 옮겼다. 그런데 뭔가 이상하다는 느낌이 머릿속을 떠나지 않았다. 켄은 평소에도 자주 낚시를 가지만, 보통 몇 주 전에 미리 알려주곤 했다. 게다가 모두 전화가 아닌 메시지로만 연락을 받았다는 것도 이상했다.

나는 충동적으로 휴대폰을 손에 들고 즐겨찾기에서 켄의 번호를 찾았다. 어제 그런 대화를 나눈 이후로 켄과는 한 마디도 섞고 싶지 않지만, 내 직감이 계속해서 경고음을 울렸다. 뭔가 잘못됐다.

통화연결음이 울리는 동안 휴대폰을 쥔 손에 힘이 들어갔다. 연결음이 오래 울리는가 싶더니, 결국 음성사서함으로 넘어갔다.

'켄 브라이언트입니다. 메시지를 남겨주세요.'

낚시 여행을 갔다 하니, 켄이 전화가 안 터지는 곳에 있을 수도 있었다. 아니면 휴대폰은 집에 놔두고 호수 한가운데에 낚싯대를 드리운 채 고요히 앉아 있을 수도 있었다. 그래, 그게 가장 합리적인 설명이다.

그렇지만 머릿속에서 경보음이 꺼지지 않았다. 켄을 알고 지낸 시간 동안, 그는 단 한 번도 즉흥적으로 휴가를 간 적이 없었다. 오후에 반차를 낼 때도, 그는 몇 주 전부터 공지를 하는 사람이었다. 이건 켄답지 않았다.

내가 가서 확인해 봐야 할까.

그다지 좋은 생각이 아니라는 느낌이 꼬리를 물었다. 만에 하나 켄이 집에 있다면, 자기 집에 뜬금없이 나타난 나를 반길 리가 없을 것이다. 반대로 켄이 집에 없다면, 불만을 품은 회사 직원이 빈집을 기웃거리는 것처럼 보일 것이다.

아무 일 없을 거라고, 켄이 월요일에 돌아올 거라고 믿어야 했다.

34
데비

칼럼 쓸 일이 없으니, 아침 시간을 정원에서 보내기로 했다.

나는 정원 가꾸는 일을 사랑한다. 무언가를 심고, 물을 주고, 가지를 칠 때 반복적으로 행하는 움직임이 주는 편안함이 있다. 명상 같다고나 할까. 흙을 만지며 시간을 보낸 후 내 손길이 빠짐없이 닿은 정원을 보고 있으면 이루 말할 수 없는 만족감이 올라온다. 여러 연구에 따르면 정원 가꾸기가 긴장, 불안, 우울을 줄여준다고 한다. 뒷마당에서 아침 내내 일하고 나니, 마음이 편안하면서 고요해졌다.

《홈 가드닝》 잡지라고 했던가. 지옥에나 가세요.

양귀비는 사실 생각보다 키우기 쉽다. 우리 집 정원에서 내가 제일 좋아하는 꽃이 되었다. 수년째 키우다 보니, 이제는 도가 트였다. 딸아이들은 한 해 한 해가 달라서 내가 맞춰 가는 게 매번 서툰데, 양귀비는 자연 주기를 따르기 때문에 예측 가능하다. 나의 사랑스러운 양귀비들은 지금 일 년 주기의 끝자락에 와 있다.

한 달쯤 후에는 새로운 생명의 주기가 다시 시작할 수 있도록 정원 곳곳에 씨앗을 뿌릴 것이다. 나는 파종할 때 씨앗을 어떻게 배치할지 체계적으로 계획하는 편이다. 그래서 봄이 되면 꽃들이 피면서 색의 향연이 펼쳐진다. 색깔이 얼마나 강렬한지 꽃들이 빛을 발하고 있는 것 같아서 신비롭다. 절정기에 이르면 마치 천상의 정원에 와 있는 기분에 휩싸인다.

늦가을이 되면 꽃잎은 모두 떨어지고, 꼬투리가 맺히기 시작한다. 그러면 나는 씨를 수확한다. 그리고 아편도.

오늘은 정원에 맨발로 나왔다. 늘 그렇게 하는 것은 아니지만, 정원을 가꿀 때 맨발인 게 좋다. 발가락 사이사이에서 흙이 느껴지면 마치 내가 정원의 일부가 된 것 같다. 아침에 할 일은 마당에 떨어진 낙엽을 치우는 것이었고, 모두 치우는 데 거의 두 시간을 부지런히 일했다. 다 치우고 나니 손톱 밑과 손금에 흙이 잔뜩 끼어 있고, 발은 흙투성이가 되었다.

부엌 싱크대에서 손에 묻은 흙을 씻어내며 점심으로 뭘 먹을지 생각했다. 휴대폰을 꺼내 들었다가 문득 《힝엄 하우스홀드》 웹사이트를 확인해 보기로 했다. 지역 신문은 이것뿐이라 로버트 파이크 코치에 대한 새로운 소식이 올라와 있을지도 몰랐다. 예상과 달리, 개릿과 시에라가 사무실 책상 위에서 섹스하는 장면이 여전히 재생되고 있었다. 여태 영상을 내리지 못한 모양이었다.

쯧쯧, 불쌍한 개릿.

휴대폰을 보고 있으려니, 다른 생각이 머릿속을 스쳤다. 누군가와 함께 점심을 하면 좋을 것 같다는 생각. 얼른 할리에게 문자를 보냈다.

'갑작스러운 연락이라 미안한데, 혹시 점심 같이 할래요?'

곧바로 상대방이 메시지를 입력 중임을 알리는 점들이 화면에 나타났다. 할리는 목요일 오전에는 일을 하지 않으니, 집에 있을 터였다.

'좋아요! 그런데 제가 시간이 그리 많지는 않아요. 1시에 스피닝 수업이 있어서요.'

'괜찮아요. 내가 음식을 들고 할리 집으로 가면 어떨까요? 샌드위치 만들어 갈게요.'

할리가 대답하기 전에 나는 재빨리 덧붙였다.

'물론 아보카도는 빼고요. 약속할게요.'

이번에는 답장이 곧바로 오지 않았다. 뭐라고 답할지 할리가 고민 중인 게 분명했다. 아무래도 내가 지난번에 만든 샌드위치 때문에 세 사람이 식중독에 걸려 심하게 아프게 되었다는 기억이 할리를 주저하게 했을 거다. 하지만 내게 할리를 아프게 할 이유는 없다. 할리가 내 마음을 알아주겠지.

'좋아요! 좀 있다 봐요!'

할리가 문자로 집 주소를 보냈고, 나는 내비게이션에 입력했다. 할리 집은 록랜드라고 힝엄 근교라 그리 멀지 않았다.

점심 메뉴는 그냥 건강하게 가기로 정했다. 냉장고에 있는 토마토, 오이, 양상추로 두 사람이 먹을 만큼의 샐러드를 만들었다. 개인적으로 샐러드에 아보카도가 들어가는 게 좋지만, 넣지 않았다. 미소 랜치 드레싱을 챙긴 다음 차에 전부 실었다.

진입로에서 나가 도로를 따라 내려가는데, 조 돌런의 집 앞에서 약간의 소동이 벌어지고 있었다. 한 남자가 삼각대 옆에 아주 비싸 보이는 카메라를 손에 들고 있고, 조가 그 남자 앞에 서서 목에 핏대를 세우며 손을 마구 휘젓고 있었다. 그 광경이, 무슨 일인지 호기심이 발동한 몇몇 동네 사람들의 발걸음을 붙잡은 듯했다. 우리 집 맞은 편에 사는 베브도 언덕 아래까지 어려운 발걸음을 해서 정신없이 구경하고 있었다.

나 역시 궁금증을 참지 못해 길가에 차를 세우고, 샐러드와 드레싱을 조수석에 잠시 놔둔 채 차에서 내렸다. 샐러드가 시드는 건 원치 않지만, 여기에 오래 머물 생각은 아니라서 상관 없었다.

"베브. 무슨 일이에요?" 나는 내 이웃에게 속삭였다.

베브가 낮은 소리로 웃었다. "보아하니 조가 벌레 문제가 생긴 모양이야."

나는 조와 카메라를 든 남자에게 눈을 돌렸다. 가까이에서 보니, 조의 앙상한 목에 핏줄이 불끈 서 있다. 실내복 같은 원피스가 바람에 펄럭였다.

"내 장미 정원이 힝엄 전체에서 최고라고요! 우리 집보다 더 예쁜 장미는 못 찾을 거예요. 내가 장담한다니까!" 조가 악을 썼다.

남자는 인내심이 바닥난 얼굴이었다. "장미가 아무리 예뻐도 안 돼요. 벌레가 들끓는 정원은 안 찍는다고요."

"벌레가 뭐 얼마나 있다고!" 조가 꽥 소리를 질렀다.

남자는 '그걸 말이라고 하나?' 하는 표정을 지었다. 그제야 나는 고개를 돌려 조의 장미 정원을 살펴보았다.

우와, 풍뎅이 천지였다.

풍뎅이는 금속 느낌이 나는 초록색 몸에 청동빛 날개를 지녔다. 이 작디작은 벌레들이 잔디 잎이며 조의 소중한 장미의 꽃잎과 잎사귀에 잔뜩 달라붙어 있었다. 힝엄 지역에서 아니, 매사추세츠 전역에서 모든 풍뎅이가 여기, 조의 장미 정원으로 모여든 것 같았다. 말 그대로 풍뎅이 떼의 습격이었다. 머지않아 꽃과 잎은 자취가 없어질 테고, 구멍이 송송 뚫린 무늬만 남겨놓은 채 벌레들은 떠날 것이다.

제품 효과가 기대 이상이었다.

"너! 네가 내 정원에 이런 짓을 한 거지?" 조가 소리쳤다.

"내가요?" 나는 깜짝 놀란 연기를 했다. "나한테 풍뎅이 떼를 불러 모으는 능력이 있다고 생각하는 거예요? 나는 풍뎅이를 조종하는 초능력자가 아니에요, 조."

"네가 어제 질투했었잖아! 내가 네 사진 촬영을 가로챘다고 화를 냈었어!"

"네, 그랬죠." 나는 고개를 끄덕였다. "그리고 카르마 얘기도 했었죠, 기억나요? 이제 보니 내 말이 맞았네요."

조가 나를 보며 눈을 가늘게 뜨지만, 그녀가 할 수 있는 건 아무것도 없었다. 자기 정원 아래 세 군데에 묻혀 있는 풍뎅이 트랩의 유인제가 이 지역에 있는 모든 풍뎅이를 끌어모으고 있다는 사실을 전혀 모른다. 그걸 알아내기 전까지는, 이 해충을 결코 없애지 못할 것이다.

조가 영원히 못 찾았으면 좋겠다.

35

할리네 집으로 가는 길은 파이크 코치 집으로 가는 거리와 비슷했다. 점심시간이 가까웠지만 다행히 차가 막히지 않았다. 그녀의 집은 막다른 골목에 있었고, 그 골목에는 빈집으로 보이는 집이 한 채 더 있었다. 버려진 집이라는 표현이 더 맞을 것 같다. 할리가 문자 메시지로 집 뒤로 돌아와서 지하로 들어가는 문을 찾으라고 일러줬다.

나는 한 손에는 샐러드드레싱을, 다른 손에는 밀폐 용기를 들고 할리네 문 앞에 도착했다. 문이 열리자, 운동복 차림에 핑크 브릿지를 넣은 금발 머리를 깔끔하게 하나로 묶은 할리가 서 있었다. 살짝 드러난 배에는 복근이 뚜렷했다.

"데비!" 나를 보자 할리의 얼굴에 환한 미소가 번졌다. "어서 와요! 누추한 집에 귀한 손님을 모시게 되었네요."

나는 웃으며 안으로 들어섰고, 할리가 내 손에서 샐러드와 드레싱을 받아 들었다. "여기 동네가 참 조용하네요. 길에 차도 안 다니고요."

"제 집주인은 위층에 사는데, 마주칠 일도 없어요. 거의 집에만 계시거든요. 지금은 미시간에 손주들 보러 가서, 진짜 나 혼자만 있어요. 그분들은 월요일이나 되어야 오신대요." 할리가 말했

182

다.

"벅적지근하게 파티라도 열어야 하는 거 아니에요?"

할리가 웃었다. "아, 걱정 마세요. 계획이 다 있죠."

우리는 집을 잠깐 둘러봤다. 작지만, 할리는 공간을 효율적으로 활용하고 있었다. 편안해 보이는 파란 소파 앞에는 작은 접이식 테이블이 놓여 있고, 일본풍 격자무늬의 미닫이문으로 거실과 작은 부엌을 분리했다. 침실에는 퀸사이즈 침대, 책장, 서랍장을 다 넣고도 용케 걸어 다닐 공간이 있었다.

"잘 꾸며 놨네요." 나는 침실을 둘러보며 감탄했다. 내가 쿠퍼와 만나기 전에 살던 아파트가 잠깐 떠올랐다.

그러다가 내 시선이 서랍장 위로 옮겨갔을 때, 아무렇게 올려져 있는 티셔츠가 눈에 들어왔다. 할리가 입기에는 사이즈가 많이 커 보였다. 머리보다 손이 먼저 움직여 티셔츠를 집어 들었다. 남자 티셔츠였다.

그 티셔츠엔 가슴을 찌릿하게 만드는 익숙한 무언가가 있었다. 어디서 본 듯하다는 느낌, 그리고 냄새.

"내가 입고 자는 거예요." 할리가 말하며 재빨리 내 손에서 티셔츠를 빼앗아 갔다. "헐렁한 티셔츠 입고 자는 걸 좋아하거든요. 데비는 안 그래요?"

티셔츠에서 나는 냄새는 할리 것이 아니었다. 집 안 전체에 할리가 뿌린 향수인지 세제인지 아니면 또 다른 무언가인지 독특한 향으로 가득한데, 티셔츠에서는 전혀 다른 냄새가 났다. 남자 향수 냄새와….

땀 냄새였다.

나는 밝은 목소리로 말했다. "이제 우리 점심 먹을까요?"

"좋아요!"

할리를 따라 거실로 나가는데, 갑자기 식욕이 하나도 없었다.

36
할리

침실에서 아내가 티셔츠를 발견했다는 사실을 쿠퍼에게 말해야 할까.

데비가 그렇게까지 관심을 보일 줄은 몰랐다. 곧바로 알아보지는 못했다. 그렇지만 확신을 못 하면서도 의심을 지우지도 못하는 것 같았다. 셔츠를 코로 가져가 냄새를 맡기까지 했다. 나는 그때 분명 들켰다고 생각했다. 남편 냄새를 모르는 아내는 없을 테니까 말이다.

데비는 아무 말도 하지 않았다. 그러면 아직은 안전한 건가.

점심을 먹으려고 거실로 나올 때, 데비가 추궁하지 않아서 오히려 실망스러워하는 나 자신을 보며 웃음이 나왔다. 나는 들키고 싶었던 걸지도 모르겠다. 굳이 데비를 집에서 만날 필요는 없었다. 헬스장 근처에서 만나도 되었다. 게다가 집에서 만나더라도 티셔츠를 서랍장에 집어넣을 시간은 충분했다. 하지만 난 데비 눈에 뜨일 만한 곳에 떡하니 두었다. 데비가 남편의 티셔츠를 손에 들고 필사적으로 확인하려고 애쓰는 모습을 볼 때는 정말 짜릿했다.

지금 우리는 거실에서 데비가 만들어 온 샐러드를 먹고 있다. 특별한 건 없지만 맛은 꽤 좋다. 미소 랜치 드레싱이 한몫한 것 같았다. 어디에서 샀는지 나중에 꼭 물어볼 생각이다. 이런 얘기를 할 수 있는 친구가 생긴 게 얼마 만인지 모르겠다.

친한 친구가 하나도 없다는 사실을 생각하면 마음이 울적해진다. 마지막 친구는 대학 시절 룸메이트였던 머라이어였다. 하지만 머라이어가 결혼하고 엄마가 된 이후, 우리가 주고받는 메시지에는 그녀가 '정말 사랑스럽다'고 말하는 아기 사진이 빠지지 않았다. 날씨라도 얘기할라치면 머라이어는 아기가 체온계를 들고 있는 사진 같은 걸 보내왔다. 결국 나는 참지 못하고 머라이어에게 못생긴 딸 사진에 단 일말의 관심도 없다고 말해버렸다. 우리 우정은 서서히 식었다.

데비가 자기 정원 이야기를 하고 있다. 그녀가 말하기 좋아하는 주제인 건 알지만, 난 데비가 무슨 꽃을 키우는지 아무 관심도 없다. 내가 데비 멀린과 친구가 된 이유는 오직 하나, 쿠퍼에 관한 이야기를 듣기 위해서다. 그리고 쿠퍼 이야기를 할 때면 나는 기억이 잘 안 난다는 듯이 무심하게 행동한다.

"음…." 나는 샐러드를 입에 넣고 씹었다. 양상추가 아삭거렸다. "남편분은 잘 지내요? 성함이 뭐라고 했었죠? 카터였나? 코너였나?"

데비가 나를 보며 알 수 없는 묘한 표정을 지었다. "쿠퍼요."

"아, 맞다. 쿠퍼 씨는 어떠세요?"

데비는 시큰둥한 말투로 대답했다. "잘 지내요."

"무슨 일을 한다고 했었죠? 사무직이었던 것 같은데…." 나는 조금 더 찔러보았다.

"회계사요."

"아." 나는 지금 기억났다는 듯이 손가락을 튕겼다. "좀 따분한 직업이잖아요. 남편분이 약간 너드 타입이세요?"

"조금은요." 데비가 못 이기는 척 수긍했지만, 나는 동의하지 않는다. 쿠퍼가 회계사일지는 몰라도, 절대 너드는 아니다. 그가 셔츠를 벗은 모습을 본 사람이라면 누구도 그렇게 생각하지 않을 거다. "그래도 나만큼은 아니에요. 게다가 기계 쪽은 완전 꽝이에요. 컴퓨터 켜는 것도 내가 도와줘야 해요."

그건 나도 알고 있었다. 쿠퍼를 온라인에서 찾아내려던 노력은 모두 물거품이 되었다. 소셜 미디어에 무엇을 하는지, 어딜 가는지 속속들이 올려주는 남자를 선호하는 건, 그래야 내가 그들의 머릿속을 정확히 가늠할 수 있기 때문이다. 하지만 쿠퍼는 나보다 나이가 많고, 내 또래 혹은 나보다 어린 남자들과 달리 자신의 이야기를 온라인에 시시콜콜 올리는 걸 중요하게 생각하지 않는 세대다.

"그래도 좋은 분인 것 같아요." 나는 데비가 다시 정원 이야기로 돌아가기 전에 계속 말을 이었다. "데비가 운이 좋아서 좋은 분하고 결혼했네요."

데비가 대뜸 무슨 말이라도 할 줄 알았는데, 포크로 토마토 한 조각을 찌르면서 답변을 신중하게 고르는 듯하더니, "네, 좋은 사람이에요."라고만 답했다.

"좋은 아빠이기도 하고요?" 나는 좀 더 캐묻기로 했다. 쿠퍼가 좋은 아빠라는 생각만으로도 기분이 좋아진다. 내 아빠는 정말 형편없었다. 내가 저지른 모든 잘못을 아빠 탓으로 돌리고 싶진 않지만, 살면서 아빠가 내게 최소한 두 마디 정도라도 해줬다면 좋았을 거다. 내 이야기는 여기까지만.

"훌륭한 아빠죠." 데비는 그렇게 말하고 입을 다물었다.

이제 데비는 쿠퍼 얘기를 더 하고 싶은 눈치가 아니지만, 나는 도저히 멈출 수 없을 것 같았다. 쿠퍼 멀린에 대해 사소한 거라도 더 듣고 싶어서 안달이 났다. 이러다가 자칫 내 속내가 들킬지도 몰랐다. "오래 결혼 생활을 유지하는 건 참 힘들겠어요. 한 5년이나 10년이 지나면 애정이 대부분 식어버리잖아요." 내가 말했다.

데비 눈썹이 머리에 닿을 듯이 위로 치솟았다. 아차, 내가 선을 넘었나 보다. 욕심을 부리다 마음이 앞서고 말았다. 그렇지만 데비 입에서 쿠퍼와 서로 사랑하지 않는다는, 수년 동안 스킨십도 없다는 눈물 섞인 고백을 듣고 싶었다. 쿠퍼가 내게 한 말이 거짓이 아님을 확인하고 싶었다.

"힘들 때도 있죠." 데비가 조용히 말했다.

나는 데비가 좀 더 자세한 사정을 말해 주길 기다렸지만, 데비는 그러지 않았다. 남편을 헐뜯지 않는 그녀의 태도는 못마땅하지만 한편으론 높이 산다. 하지만 어쩌면 그게 모든 걸 말해 주는 것일지도 모른다. 데비가 여전히 쿠퍼와 잉꼬부부처럼 사랑에 빠져 있다면, 당당하게 말했을 테지. 자신의 결혼 생활이 무너졌다는 사실을 인정하기 부끄러운 것이다.

쿠퍼는 내 운명이다. 그를 만나면 만날수록, 확신은 커져 갔다. 이제는 데비를 알고 나니, 쿠퍼가 필사적으로 그녀에게서 벗어나려는 이유를 이해하게 되었다.

그러니 내가 제대로 처리하기만 하면 된다.

37
데비

우리 집으로 돌아가는 길, 머릿속이 어지럽다.

그 티셔츠. 할리 침실에 있던 그 티셔츠가 뇌리에 박혀 버렸다. 그 냄새가 어디선가 계속 풍겨오는 것 같았다. 내 마음을 무겁게 끌어내렸다.

내가 아는 냄새였다.

모든 걸 다시 생각해야 했다.

내 뒤에 있는 차가 성가시게 자꾸 바짝 따라붙었다. 나는 제한 속도로 운전 중인데. 그것도, 지금 일시 정지 표지판이 즐비한 길을 제한 속도보다 족히 7, 8킬로는 더 빠른 속도로 달리고 있는데, 뒤따라오는 남자는 영 성에 차지 않는 모양이었다. 내가 정지 표지판에서 멈추면 즉시 경적이 울렸고, 내가 다시 움직여야 소리가 멈췄다.

왜 저렇게 급한 거람. 응급 맹장 수술 때문에 급히 가야 하는 외과 의사라도 되는 거야? 정지 표지판에서 1초라도 멈추면 맹장이 터지기라도 한다는 거야?

나도 더는 못 참겠다.

다른 때 같았으면 차를 길가에 대서 남자가 지나가게 해줬을 거다. 나는 뒤차가 바짝 따라붙는 게 정말 싫다. 내 신경을 곤두서게 만든다. 하지만 오늘은 차를 길가에 댈 마음이 없었다. 오히려, 남자가 불법으로라도 두 줄로 된 황색 중앙선을 넘어 나를 추월하지 못하게 약간 차선 왼쪽으로 붙어 달렸다. 그리고 정지 표지판에서 멈출 때마다 조금씩 더 오래 머물렀다. 그때마다 남자는 경적을 울렸다.

그렇게 흥미진진한 시간이 몇 분 더 흐르고, 나는 또다시 정지 표시판 앞에 멈춰 섰다. 남자가 경적을 누름과 동시에 나는 머릿속에서 열까지 세기 시작했다.

하나…. 두울…. 세엣….

남자의 인내심은 내가 일곱까지 세었을 때 완전히 바닥이 나버렸다. 남자는 차를 홱 틀어 나를 앞지르더니, 시속 50킬로는 될 법한 속도로 정지 표지판을 쌩 지나갔다.

바로 그 순간, 저 앞에 잠복해 있던 경찰차가 경광등을 켜고 모퉁이를 돌아 나오는 모습이 보였다.

나는 정지 표지판을 지난 다음, 차 안에서 경찰이 딱지를 끊어 줄 때까지 기다리고 있는 남자의 차를 살짝 피해 지나갔다. 내가 중지를 치켜들어 보이자, 남자도 내게 똑같이 답례했다. 경찰관의 표정을 얼핏 보니 남자가 자신에게 손가락을 들어 보인 것이라고 생각하는 표정이었다.

하, 재밌었네.

몇 분 후, 우리 동네에 도착했다. 집으로 이어지는 길로 들어섰는데, 조 돌런의 정원을 그냥 지나칠 수가 없었다. 시간이 한 시간 반 정도 흐른 지금, 풍뎅이 사태는 심각한 수준까지 악화되어 있었다. 아까는 벌레 떼가 아니었다고 말할 정도로 많아졌다. 조가 참담한 표정으로 마당 한가운데에 서 있었다. 사진 촬영은 무산됐다고 봐야 했다. 혹시 곤충 전문 잡지에서 관심을 가지면 몰라도.

우리 집 진입로에 차를 세우자마자 가방에서 휴대폰부터 꺼냈다. 집으로 오는 동안 다른 데 잠시 정신이 팔렸다고 해도, 티셔츠 생각을 멈출 수는 없었다. 여러 연구에 따르면, 후각망울이 감정을 조절하는 편도체와 기억을 관장하는 해마에 직접적으로 연결되어 있기 때문에 냄새는 시각 자극보다 더 큰 뇌 활동을 유발한다고 한다.

나는 마음이 바뀌기 전에 쿠퍼에게 전화를 걸었다. 그가 곧바로 전화를 받았다. 긍정적인 신호라는 생각이 들었다.

"응, 데비. 무슨 일 있어?" 쿠퍼가 말했다.

나에게 할 얘기 없냐고 묻고 싶었지만, 말이 입에서 맴돌았다. 쿠퍼에게 거짓말을 하라고 강요하는 격이 될 뿐이었다.

그것도 '처음이 아닌' 거짓말을. 쿠퍼는 이미 나한테 거짓말을 해오고 있다. 위치 공유 기능을 껐을 때부터 나를 속이고 있다는 걸 눈치챘다.

"아무 일 없어. 그냥 별일 없나 해서." 내가 말했다.

"어, 그래…." 쿠퍼가 혼란스러워했다. 평소 내가 낮에 전화하는 일이 없다는 걸 생각하면 그럴 만도 했다. "정말 괜찮은 거야?"

"응, 괜찮아. 정말이야."

다른 상황이었다면 나를 걱정해 주는 남편이 참 다정하다고 느꼈을 거다. 쿠퍼는 우리가 만나기 시작할 때부터 소위 우리 집 말뚝을 보고도 절하는 사람이었다. 다른 사람들이 나에 대해 이러쿵저러쿵 떠들어도 쿠퍼는 한 번도 나를 판단하지 않았다.

사실, 내게도 비밀이 있다. 쿠퍼도 모르는 비밀이다. 지금까지 누구에게도 말한 적이 없다. 어쩌면 그래서 문제인지도 모르겠다. 쿠퍼에게 나의 전부를 보인 적이 없다는 것이.

파이크 코치의 체포 소식을 꺼낼까 했지만, 마음을 바꿨다. 어차피 쿠퍼도 곧 알게 될 일이다. 굳이 내 입에서 나올 필요는 없을 것 같았다.

"언제쯤 집에 올 거야?" 내가 물었다.

"여섯 시쯤? 오늘도 헬스장에 갈 거라서."

그래야 할 테지. "알았어. 그럼… 저녁 시간까지는 와, 알겠지?"

"항상 그러잖아."

"켄이랑 다시 얘기해 봤어?" 나는 대뜸 물었다. 쿠퍼가 가장 피하고 싶은 대화 주제라는 걸 모르는 건 아니지만, 참을 수 없었다. "켄한테 물어라도 봐야 하지 않을까…."

"복직시켜 달라고?"

내 마음을 잘 아네. 내가 하려던 말이 딱 그거다.

쿠퍼는 우리가 처한 현실을 곱씹는지 잠시 아무 말이 없었다. 우리 둘 다 직장이 없는데, 주택담보대출금은 아직 많이 남았고, 내년에는 대학 등록금이 기다리고 있다. "켄은 휴가 중이야. 월요일에 온대."

"아, 그럼 월요일에 말해 봐."

"생각해 볼게."

사실 그건 중요하지 않았다. 쿠퍼가 월요일에 켄을 만나 이야기하는 일은 없을 테니까 말이다. 월요일에도, 앞으로도 켄과 이야기하는 사람은 아무도 없을 것이다.

38
할리

앗싸, 오늘 쿠퍼가 헬스장에 왔다.

보통 일주일에 삼 일만 오는 그래서 오늘 올지 확신이 없었는데, 줌바 수업을 마치고 나오니 쿠퍼가 운동 기구에 앉아서 끙 소리를 내며 운동을 하고 있었다. 나는 한쪽 구석, 그에게서 열 발짝 조금 안 되는 곳에 서서 그가 날 알아차리길 기다렸다. 하지만 그가 내쪽으로 눈도 돌리지 않길래, 내가 그에게 성큼 다가갔다.

"할리!" 쿠퍼가 화들짝 놀랐다. "여기서 뭐 하는 거야?"

"여기서 일하죠."

그의 시선이 헬스장 안을 급히 두리번거렸다. 그와 함께 자주 오는 친구는 다른 기구에서 운동 중이라 우리 쪽을 보고 있지 않았다. "내가 말했잖아, 여기서 얘기하면 안 된다고. 너무 위험해."

'너무 위험해.' 이 남자는 아내에게 들킬까 봐 잔뜩 쫄아 있다. 제정신이 아닌 아내가 무슨 짓을 할지 몰라서? 아니면 여전히 아내를 사랑해서 잃고 싶지 않아서?

"아, 미안." 나는 양손을 허리에 올리며 가슴을 앞으로 살짝 내밀었다. 쿠퍼에게 대놓고 보라는 의미였다. "오늘 자기가 많이 보고 싶었거든."

쿠퍼가 입을 벌렸다. 그 순간 나는 그의 입에서 조금 거리를 두

자는 말이 나올 거라 확신했다. 저 표정을 전에도 본 적 있었다. 저 표정 다음에는 항상 그런 말이 따라왔다. 나는 숨을 참고 그의 말을 기다렸다.

쿠퍼는 그런 말을 하지 않았다. 대신 손을 뻗어 내 손을 살짝 쥐었다 놓았다.

"여기서는 안 돼, 알겠지? 여기서는 조심해야 해." 그가 말했다.

내 어깨가 조금 편안해졌다. "알았어. 미안."

"나중에 보자, 응?"

"그럼 오늘 밤?" 나는 기대에 찬 목소리로 물었다.

그가 고개를 저었다. "오늘 밤엔 어려워. 아마 내일?"

"좋아." 쿠퍼와 함께 쾌락의 시간을 보낼 생각에 온몸의 세포 하나하나를 타고 전율이 흘렀다. "저녁 같이 먹는 건 어때?"

그에게서 대답이 빨리 나오지 않았다. 그가 망설이는 시간이 길어진다는 건 거절의 의미라 확신했다. 내연녀에게는 남자 친구와 함께 저녁을 먹는 일이 하늘의 별 따기나 마찬가지였다.

"제발." 내가 부드럽게 말했다.

"알겠어." 쿠퍼가 마침내 동의하자, 나는 어린아이처럼 깡충깡충 뛸 뻔했다. "여섯 시쯤 갈게. 데비한테는 회사에서 늦게까지 일한다고 하고."

내일 스케줄을 받으러 안내 데스크로 걸어가는 내내 구름 위를 걷는 기분이었다. 신디가 내 스케줄을 건네주며 못마땅한 표정을 짓는 것도 눈치채지 못했다. 그녀가 일정표를 손에서 놓지 않고 계속 잡고 있었다.

"할리." 신디가 낮으면서도 굳은 목소리로 내 이름을 불렀다.

나는 일정표 종이를 잡아당겨 보지만, 신디가 놓아주지 않았다.

"왜요? 왜 그래요?"

"그 사람 유부남이에요." 신디가 말했다.

고맙기도 하셔라. 그런 말은 굳이 해 줄 필요가 없다. 내가 종이를 좀 더 세게 잡아당기자, 신디가 손을 놓았다.

"나도 알아요." 나는 낮은 목소리로 쏘아붙였다.

"그럼 왜 그 사람하고 부적절하게 엮이려고 해요?"

신디는 이해하지 못할 거다. 그녀는 싱글이고, 연애나 섹스에 전혀 관심도 없어 보인다. 게다가 나이도 많다. 심지어 데비보다도 많다. 그래도 꽤 매력적인 외모라 마음만 먹으면 애인이 생길 수도 있을 텐데, 그런 쪽으로 생각 자체가 없다. 아마 섹스를 싫어하는 그런 부류일 것이다. 그런 사람이 이해해 줄 거라 기대하지 않았다.

"신디가 상관할 일이 아닌데요." 내가 조곤조곤하게 말했다.

그녀가 눈을 깜빡이더니, "그렇죠, 내가 참견할 일이 아니죠."라고 답했다.

만족스러웠다. 하지만 내가 이겼다는 기쁨도 잠시, 신디가 데비에게 모든 걸 말할 수도 있다는 생각이 들었다. 만약 신디가 데비에게 남편이 몰래 나를 만나고 있다고 말한다면⋯. 글쎄, 데비가 알게 되길 바라지만 그런 식으로는 아니다. 내가 통제할 수 있는 방법으로 데비가 알아야 한다.

그러려면 그녀 남편이 나를 만나고 있다는 사실을 내가 직접 데비에게 전해야 한다는 뜻이다. 그 소식을 전할 방법을 찾아야 한다.

39

헬스장에서 집으로 돌아왔을 때, 인적이 없는 막다른 길에 있는 내 집 앞에 낯선 차 한 대가 서 있었다. 차 안에 누가 있나 싶어서 눈을 가늘게 뜨고 차 창문을 뚫어져라 봤지만, 너무 어두웠다. 본능적으로 차를 돌려 여기서 빨리 나가야 할 것 같았다. 하지만 돌아나간 다음 어디로 가야 할지 마땅한 장소가 떠오르지 않았다. 술집? 헬스장으로 돌아가? 어쨌거나 수상한 차가 좋은 일이 일어날 것을 암시할 리가 없음은 확실했다.

그렇지만 몸이 너무 피곤했다. 그냥 집에 들어가서 오랜 시간 기분 좋게 샤워한 다음 편안한 잠옷 차림으로 리얼리티 방송을 실컷 보고 싶다는 생각뿐이었다. 은색 SUV에 탄 정체 모를 사람 때문에 겁을 먹고 내 집에도 못 들어가는 건 말도 안 되는 일이었다.

나는 진입로에 차를 세우며 기도했다. 부디 위층 집주인 집에 친척이 온 것이기를, 저 차 주인이 나와는 아무 상관 없기를.

기도는 전혀 통하지 않았다. 내가 핸드백을 들고 차에서 내리는 순간, SUV 문이 열리는 소리가 들렸다. 나를 기다리고 있었다는 뜻이었다. 얼마나 오랫동안 기다리고 있었는지 모르겠지만, 달리 말하면 쉽게 떨쳐낼 수 있는 상대가 아니라는 뜻이었다.

SUV 운전자는 데비 또래로 보이는 여성이었다. 희끗희끗한 갈색 머리는 단정하게 올려 묶고, 트렌치코트를 걸쳤다. 순간 에드거의 아내인가 싶었지만, 그녀가 어떻게 생겼는지 기억하고 있었다. 지금 내 앞에 있는 여자는 에드거의 아내를 전혀 닮지 않았다. 그런데도 어딘가 모르게 익숙한 느낌이 들었다.

여자가 나를 향해 똑바로 걸어오는 모습에 가슴이 서늘해졌다. 재빨리 오른손으로 핸드백 안을 더듬어 작은 페퍼 스프레이 캔을 찾았다. 한 번 사용해 본 적도, 시험 삼아 뿌려본 적도 없지만, 무슨 일이든 처음이 있는 법이다.

"할리 시번 씨! 댁이 할리 시번 맞죠?" 여자의 목소리에서 분노가 느껴졌다.

도망쳐야 한다는 생각이 들었지만 몸이 꼼짝하지 않았다. 머릿속에서 여자가 나를 쫓아와 내 머리채를 잡고 나를 땅에 내동댕이치는 장면이 그려졌다. "네, 맞는데요…."

"나는 리제트 잉그램이라고 해요." 여자가 말했다. 내가 멍하니 바라보자, 여자가 덧붙였다. "에드거의 여동생이요."

아, 이런, 망했다. "에드거는… 잘 있나요?"

"댁이 오빠 가정을 망가뜨려 놓고 잘 있냐고 묻는 건가요?" 리제트가 눈썹을 치켜올렸다. 눈썹 정리가 심각하게 필요해 보였다. "아내와 헤어지라고 부추긴 다음 결국에는 오빠를 원하지 않는다고 해놓고 말이에요."

방금 그 말은 당시 상황을 전부 정확히 반영한다고 할 수 없다. 일 년 전 나는 에드거를 만나고 있었고, 그에게 삼십 년을 함께한 아내를 떠나라고 설득했다. 그건 인정한다. 쿠퍼처럼 헤어 나올 수 없는 신체적 매력이 있었냐고 묻는다면, 그건 아니었다. 에드거는 나보다 서른 살이나 많았다. 머리도 심하게 벗겨졌고, 합죽이 입매에 눈은 콩알만 했다. 그의 가장 큰 매력은 그가 꽤 부자라는 사실이었다.

하지만 에드거는 그 재산이 전부 아내 것임을 언급하지 않았다. 또한 자기가 철통같은 혼전 계약서에 서명했고, 이혼 시 한 푼도 남지 않을 것을 언급하지 않았다. 자신에 대해 잘못된 인상을 보여줌으로써 나를 완전히 속인 것이다. 내가 피해자인 것이다. 내가 마흔이 되어서도 계속 지하방에 살면서 그저 그런 동네 헬스장에서 트레이너로 일할 거라 생각했단 말인가? 에드거가 정말로 그렇게 생각했다면, 완전히 망상에 사로잡혔다고 볼 수밖에 없다.

그의 아내가 그를 다시 받아주지 않은 건 내 잘못이 아니다. 그의 세 자녀가 그와 연을 끊어버린 것도 내 잘못이 아니다. 분명히 아니다.

"목을 맸어요." 리제트가 툭 내뱉었다.

"네?"

"다시 말해 줄까요?" 분노로 이글거리는 그녀의 눈에 눈물이 차올랐다. "당신 때문에 오빠는 모든 걸 잃었어요. 그걸 더는 견딜 수가 없었던 거예요."

뭐야, 또 내가 다 뒤집어쓰잖아. 그의 아내에게도 최소 50퍼센트는 책임이 있다. "죽⋯ 었다는 거예요?"

나는 장례식장에 꽃을 보내는 데 돈이 얼마나 들지 머릿속으로 계산했다.

"죽지는 않았어요." 리제트의 목소리가 갈라졌다. "하지만 산소 결핍성 뇌 손상을 입었어요. 걷지도 못하고⋯ 말하지도⋯ 자기 손으로 밥을 먹지도 못해요. 24시간 간병이 필요해서 지금 요양원에 있어요."

"아… 그런 일이 생겨서 유감이네요."

리제트는 나를 한 대 때리고 싶은 표정을 지었다. 나는 한 걸음 물러섰다. "유감이요? 지금 겨우 한다는 말이 유감이라고요?"

손끝에서 페퍼 스프레이가 만져지자, 어깨에서 긴장이 조금 풀렸다. "그럼 내가 무슨 말을 해요? 에드거는 어른이고, 자기 선택에 따라 어떤 결과가 있으리라는 것도 모를 나이가 아니잖아요. 내가 에드거에게 이혼하라고 강요한 것도 아니고요. 목을 매라고 하지도 않았어요."

"와우." 리제트는 진저리가 날 만큼 끔찍한 사람은 처음 봤다는 듯이 고개를 절레절레 흔들었다. 그 모습이 감정을 과장되게 표현하는 배우 같다. 이제 보니 유난을 떠는 게 그 오빠에 그 동생이다. "너무 무정하군요."

"나한테 뭘 바라는 거예요? 뭘 어쩌라고요? 에드거를 다시 받아주라고요?" 나는 되받아쳤다.

리제트는 손등으로 눈가를 닦았다. 그녀가 이 지구상에서 에드거에게 일어난 일을 슬퍼하는 유일한 사람일 거다. 에드거에게 친구가 많다는 느낌은 받지 못했었다.

"면회를 가 주면 좋겠어요." 리제트가 말했다.

"면회요?"

리제트가 고개를 끄덕였다. "요양원은 여기서 한 시간 거리에 있어요. 오빠가 말은 잘 못하지만, 기쁠 땐 웃어요. 그쪽이 오빠 옆에 앉아 손이라도 잡아줄 수 있잖아요. 그러면…" 그녀가 숨을 골랐다. "그러면 오빠에게 큰 힘이 될 거예요."

나는 리제트를 빤히 바라보며, 지금 내가 들은 말을 농담으로 만들어 줄 마지막 한 문장이 그녀 입에서 튀어나오기를 기다렸다. 지금 그녀는 내게 한 시간을 운전해 요양원에 가서 식물인간이 된 사람의 손을 잡아주기를 원하고 있다. 이쯤에서 내가 솔직하게 말해야 할 것 같다. 난 에드거가 멀쩡했을 때도 그렇게 좋아하지 않았다. 에드거는 정말 내 타입이 아니었다. 그의 부가 그를 섹시하게 만든 것뿐이었다. 섹시 포인트가 사라지고 나자, 내 감정도 훅 꺼져버렸다.

"농담이 좀 지나치시네요." 나는 코웃음을 쳤다. "난 안 가요!"

리제트가 당혹스러워했다. "매주 가라는 말이 아니에요…."

"매주든 뭐든 안 간다고요." 어깨에 걸친 가방을 고쳐 매면서도 가방 안에 넣고 있는 손에서 페퍼 스프레이를 놓지 않았다. "에드거가 차라리 죽었으면 좋았을 텐데, 그러지 못해서 유감이에요. 하지만 그건 내 문제가 아니에요. 에드거에게 내 인생의 단 일 분도 쓸 생각 없어요."

중년 여자의 볼에 붉은 기운이 확 올라오며, 그녀가 나지막하게 말했다. "망할 년."

그녀가 손을 치켜들었다. 이제는 정말로 나를 때리려는 것 같지만, 나도 준비하고 있었다. 가방에서 페퍼 스프레이를 잽싸게 끄집어냈다. 생각보다 사용법은 간단했다. 캔 윗부분을 누르자 유독한 가스가 나와 리제트의 얼굴에 가닿았다. 그녀가 손을 공중에 든 채로 비명을 지르더니, 뒤이어 연신 기침을 하며 눈을 문질렀다.

"내 앞에 다시는 나타나지 마요, 아줌마." 내 목소리는 단호하면서도 감정이 섞이지 않았다. "여기서 당신 차를 또 보는 날엔 경찰을 부를 테니까."

그녀는 아직도 눈을 문지르고 있었다. 물로 씻어내지 않으면 안 될 거다. 그러나 그건 내 알 바가 아니다. 그녀 오빠 일도 내 알 바 아니다. 이미 다 끝난 일이다. 나는 몸을 돌려 집으로 들어가 문을 잠갔다.

40
《디어 데비》
임시 보관함

데비에게

아, 정말 어떻게 해야 할지 모르겠어요, 데비! 남편이 내 요리를 좋아하지 않아서 너무 속상해요. 남편이 내가 전국 최악의 요리사 대회에 나가면 상을 탈 거라고 농담할 때마다, 나는 웃어넘기려 하지만 남편 기대에 못 미쳤다는 생각을 떨칠 수가 없어요.

남편 기대에 부응하는 훌륭한 셰프가 되려고 정말 뭐든지 다 해 봤어요. 새로운 레시피도 따라 해 보고, 온라인 강좌도 들으며 기술도 익혔어요. 그리고 무엇보다도 끼니마다 정성을 아낌없이 넣었어요. 웃긴 건 아이들과 나는 맛이 괜찮다고 생각한다는 거예요. 남편은 훨씬 더 섬세하고 고급스러운 입맛을 가졌나 봐요. 매일 그에게 실망을 안겨주는 게 너무 싫어요.

어떻게 하면 요리를 더 잘해서 저녁 식탁에 조금이라도 기쁨을 더할 수 있을까요?

부엌에서 절망하는 독자

부엌에서 절망하는 독자 님,

맛도 좋고 영양도 좋은 식사를 준비하는 건 어느 가정에서나 중요한 일이죠. 혹시 요리 수업을 들어보신 적 있으신가요? 전문가에게 직접 배우는 것이 아주 큰 도움이 될 수 있답니다! 또한 남편에게 가족을 위해 직접 요리를 해 보도록 권해 보세요. 자기가 어떤 음식을 좋아하는지 보여줄 기회가 될 거예요. 요리가 얼마나 어려운지 이해할 수도 있고요.

위의 방법이 효과가 없다면, 음식의 맛을 좋게 할 새롭고 흥미로운 방법을 시도해 보면 어떨까요. 예를 들어, 부동액으로 주로 사용되는 에틸렌글리콜은 단맛을 띠는 사랑스러운 물질인데요. 남편이 먹을 음식에 적당량을 넣어주면 풍미가 한층 살아날 거예요. 그걸 다 먹은 후에는 불평 한마디 없을 것을 제가 보장합니다!

데비로부터

41
쿠퍼

헬스장에서 집에 돌아오니, 데비가 부엌에서 저녁을 준비하는 중이었다.

매일 데비가 저녁을 만들 필요는 없다. 내가 밖에서 사 와도 되고, 아니면 내가 직접 요리를 할 수도 있다. 내 음식 솜씨가 대단한 건 아니지만, 나도 나름 똑똑하다는 소리를 듣는 남자다. 재료들을 가지고 한 끼 식사는 만들어 낼 줄 안다. 조만간 실직자가 되면 딱히 할 일도 없다.

"저녁 거의 다 됐어?" 내가 데비에게 물었다.

데비가 냄비에서 얼굴을 들어 나를 보며 미소 지었다. 그런데 그 미소가 어딘가 평소와 달랐다. 정확히 뭐라고 말하지는 못하겠다.

"거의 다 됐어." 데비가 대답했다.

"내가 뭐 도와줄까?"

데비가 잠시 망설이더니, 고개를 끄덕였다. "그럼 식탁 좀 차려 줄래? 물잔도 채워 줘."

싱크대 위 찬장에서 유리컵 네 개를 꺼내 조리대 위에 내려놓았다. 그런 다음 냉장고에서 생수통을 꺼냈다. 하지만 통에 든 물로 두 잔밖에 채우지 못했다.

"생수 더 있어?" 내가 물었다.

"그냥 수돗물 받아서 채워놔." 데비가 말했다.

나는 눈을 크게 떴다. "렉시가 수돗물은 안 마시려 하잖아. 쇠 맛이 난다고 하면서. 그래서 우리가 물을 사서 마시는 거 아니었어?"

데비가 웃었다. "쿠퍼, 지난 이 년 동안 그 물통을 수돗물로 계속 채웠어. 렉시는 전혀 눈치 못 채던데."

나도 몰랐다. 렉시가 전혀 문제없는 수돗물을 절대 마시지 않겠다고 했을 때, 10대의 광기라 여겼지만 솔직히 이해하긴 어려웠다. 렉시가 그렇게 고집을 부려 놓고 정작 물의 차이를 알아차리지 못하다니, 어이가 없긴 하다. 그렇지만 데비가 렉시에게 이 년 동안 거짓말을 해왔다는 사실은 어떻게 받아들여야 할지 모르겠다. 더 나쁜 건, 그동안 나도 전혀 몰랐다는 거다. 우리는 부모이니 양육에 있어서 조력하는 관계가 아닌가?

식탁을 다 차린 후, 나는 다음 할 일을 알아서 찾아 아이들에게 밥 먹게 내려오라고 일렀다. 내 말이 끝남과 동시에 이지는 계단을 뛰어 내려오고, 렉시는 내려오는 속도가 훨씬 느렸다. 게다가 평소답지 않게 말도 없다. 렉시는 14살이 된 이후로 부쩍 뚱해 있을 때가 많아졌다. 여자애들은 대개 저런 건가? 혹 그런 것이라면, 이지가 저렇지 않아서 얼마나 다행인지 모르겠다. 아이 둘에게서 내 머리가 촌뜨기 같아 보이니 미용실을 바꾸라는 소리를 듣는 건 감당할 수 없을 것 같다.

"경찰이 오늘 하루 종일 학교에 있었어요!" 데비가 큰 접시에 음식을 담아 내오자 이지가 말을 쏟아내기 시작했다. 우리는 항상 큰 접시에 음식을 담아 가운데에 두고 각자 덜어 먹는데, 그 이유는 아이들이 얼마나 먹을지 예측하는 게 완전히 불가능해졌기 때문이다. 어떨 때는 한 접시 가득 먹다가도 또 어떨 때는 면 다섯 가닥만 먹는다. "내가 학교에서 나올 때까지 경찰들이 있었다고요!"

"경찰이?" 내가 되물었다.

이지가 놀란 눈으로 나를 바라봤다. "아빠 못 들었어요? 엄마가 말 안 해줬어요?"

나는 데비에게 의아한 눈초리를 보내 보지만, 데비는 자기 접시에 파스타와 크림소스를 퍼 담느라 바빴다. 경찰이 연루된 일이라면 데비가 내게 말해줬을 법도 한데. 나만의 생각인가 보다.

"난 모르는데. 무슨 일 있었어?" 내가 솔직하게 말했다.

"파이크 코치가 체포됐어요. 여학생 탈의실 안 샤워장에 카메라를 숨겨 놨대요." 이지가 말했다.

나는 짧은 숨을 내뱉었다. "10대 여학생들이 샤워하는 걸 찍었다는 거야?"

"카메라가 최근에 설치된 거라 녹화된 건 없었다고 들었어요." 이지가 말했다.

맙소사. 영상에 뭐가 담겼을지 생각하니 소름이 끼쳤다.

"내 친구 아얀 말로는 파이크 코치가 자기는 안 했다고 주장했대요. 그런데 내가 듣기로는 카메라와 연동된 프로그램이 코치 휴대폰에서 발견됐대요. 그러니까 파이크 코치가 했다고 밖에 볼 수 없어요."

카메라와 연동된 프로그램이 코치의 휴대폰에서 발견됐다는 건가. 꼭 우리 집 현관문에 달린 카메라처럼.

"그 사람이 분명히 했어." 렉시가 낮은 목소리로 말을 받았다. "그 사람 완전 변태예요. 학교 애들 다 알아요. 그렇게 들킬 정도로 멍청할 줄 몰랐을 뿐이지. 아니, 그렇잖아요. 여학생 탈의실에 카메라를 설치하면서 아무도 모를 거라고 진짜 생각했다는 거예요?"

렉시 말이 맞다. 그건 날 좀 잡아가 달라고 바란 거나 다름없다.

"그럼, 이지." 데비가 입을 열었다. "파이크 코치가 없으니, 이제 축구팀은 누가 맡기로 했다니?"

"라슬로 선생님이 맡으신대요." 이지가 대답했다. "그리고 라슬로 선생님이 나한테 파이크 코치가 팀에서 제외했지만 다시 합류해도 된다고 말씀하셨어요. 파이크 코치처럼 까다로운 분이 아니거든요."

"네가 팀에서 제외됐었어?" 내가 깜짝 놀라며 물었다.

"아빠, 좀. 왜 이렇게 모르는 게 많아요." 렉시가 말했다.

그렇다. 나는 지금 우리 가족에게 무슨 일이 일어나고 있는지 전혀 모르고 있다. 변명을 하자면, 어제 회사에서 해고당한 참이다.

이지가 자기 접시로 시선을 떨궜다. "내가 충분히 빠르지 않다고 해서요."

"말도 안 되는 소리였지." 데비가 갑자기 눈빛을 반짝이며 끼어들었다. "이지가 팀에서 제일 잘하는 선수였는데 말이야. 그 인간이 도대체 무슨 생각을 한 건지 모르겠어. 그 사람은 파렴치한 변태일 뿐이라 코치로서도 형편없었어."

이지가 어깨를 으쓱했다.

"뭐, 아무튼." 데비가 이어 말했다. "그의 실수가 이제라도 바로 잡힌다고 하니 정말 잘됐다. 코치가 끔찍한 일만 저지른 줄 알았는데, 그래도 좋은 결과를 하나 가져왔네."

나는 식탁 맞은편에 앉아 있는 데비를 가만히 바라봤다. 데비는 자기 몫으로 덜어간 파스타를 꽤 먹은 후였지만, 내 앞에 놓인 파스타는 조금도 줄지 않았다. 렉시도 깨작거리고는 있지만 몇 분에 한 가닥씩이라도 먹고 있었다. 전혀 손을 대지 않은 사람은 나뿐이었다.

"아빠, 배 안 고파요?" 이지가 내게 물었다.

이지 말을 듣고 보니, 전혀 배가 고프지 않았다. 배고픔이 무엇인지 완전히 잊어버린 것 같았다.

나는 냅킨에 손을 닦고 의자를 뒤로 밀며 일어났다. 드르륵 하며 의자가 바닥을 긁는 소리가 났다. "먼저 먹고 있어." 내가 말했다.

나를 올려다보는 세 명의 얼굴에 모두 의아한 표정이 떠올랐다.

"위층에 잠시 갔다 오려고…" 나는 목을 가다듬었다. "일 관련해서 갑자기 확인할 게 생각났어. 금방 내려올 거야."

데비가 이상하다는 듯 나를 쳐다봤다. 내 변명이 궁색하게 들렸을 것이다. 내가 생각해도 그러니까. 일 관련해서 확인할 게 생각난 것이 아니었다. 자세히 들여다봐야 할 것이 생각났고, 머릿속이 그 생각으로 가득 차서 일 초라도 지체하다가는 터질 것만 같았다.

나는 급히 계단을 올라갔다. 뒤따라올 사람은 없을 테지만, 혹시 몰라 방으로 들어가며 문을 닫았다. 그런 다음 침대 끝, 그러니까 내가 자는 쪽 침대 끝에 걸터앉아 침대 옆 탁자 서랍을 홱 잡아당겼다.

오늘 아침에 구겨 넣어 둔 종이가 서랍 안에 그대로 있었다. 그 종이에는 파인들리 앱에서 데비 위치를 검색해 받아 적어둔 주소가 있었다. 나는 주머니에서 휴대폰을 얼른 꺼냈다.

이지를 축구팀에서 쫓아냈다는 코치의 이름을 제대로 모르지만, 구글에 단어 몇 개를 넣어 검색하니 로버트 파이크라는 고등학교 스포츠 코치가 여학생 탈의실에서 미성년자를 촬영한 혐의로 체포되었다는 뉴스 기사가 바로 떴다.

그는 절대로 하지 않았다고 주장하고 있지만, 이지 말대로 코치의 휴대폰에서 카메라와 연동된 프로그램을 발견했다고 한다.

나는 뉴스 기사를 닫고 '로버트 파이크 집 주소'라고 검색어를 입력했다. 곧바로 웨이머스에 그가 소유한 집 주소가 화면에 떴다.

어젯밤 내가 쓴 글씨는 알아보기 힘들지만, 거리 이름이 똑같다는 데에는 의심의 여지가 없었다.

데비는 한밤중에 파이크 코치 집에 있었다. 그리고 다음 날 아침, 코치는 휴대폰에서 그가 범인임을 가리키는 프로그램이 발견되어 체포됐다.

결코 우연일 리가 없었다.

하지만 그와 동시에 믿기지도 않았다. 정이 많고, 겸손해서 자기를 내세우지 않는 나의 아내가 정말로 코치가 자는 동안 그의 집에 몰래 들어가 휴대폰에 무언가를 설치했다는 말인가? 평범한 가정주부는 그런 일을 하지 않는다.

이웃집 지하실에 침입해 두꺼비집을 망가뜨리는 일도, 온라인에 직장 상사의 사생활 영상을 올리는 일도.

나는 파이크 코치의 주소가 적힌 종이를 내려다보며 이제 어떻게 해야 할지 고심했다. 만약 내 아내가 그 모든 일을 저질렀다면, 그녀에게 정신적으로 심각하게 문제가 있다는 뜻이다. 전문적으로 정신과 치료가 필요할지도 몰랐다. 그리고 데비가 정말로 그런 일들을 했다면, 그 다음엔 어떤 일을 더 할 수 있을까?

어쩌면 데비는 정말로 위험한 사람인지도 모르겠다.

42
데비

렉시가 제인과 헤어진 것 같다.

일반적으로 이런 경우에는 덩실덩실 어깨춤을 추기 마련이다. 그 녀석은 정말 마음에 드는 구석이 하나도 없었다. 더는 우리 집에 올 일도 없고 집 앞에 와서 차 경적을 시끄럽게 울려댈 일도 없다고 생각하니 속이 시원하다. 렉시는 더 좋은 사람을 만날 거다. 아니, 그냥 아무도 안 만나는 게 더 나을 거다.

하지만 렉시가 한눈에 봐도 기분이 가라앉아 있어서 내가 마음껏 기뻐할 수가 없었다. 저녁 시간에 렉시는 말을 다섯 마디도 안 했고, 내가 만든 파스타도 몇 입 먹다 말았다. 고급 레스토랑에서 나올 법한 요리는 아니었지만, 그래도 평소에는 내가 차린 저녁을 다 먹는 아이인데. 오늘은 눈앞에 있는 음식에 전혀 관심이 없었다.

쿠퍼도 정신이 다른 데 가 있는 사람 같았다. 밥을 먹는 둥 마는 둥 하다가 회사 일 때문에 확인할 게 있다고 위층에 올라갔다. 노트북은 거실 테이블 위에 덩그러니 놓여 있었다. 뭘 확인한 걸까? 한 가지 확실한 건 그가 다시 내려왔을 때 얼굴이 하얗게 질려 있었다는 것뿐이었다.

이지만 행복한 표정으로 밥을 맛있게 먹었다. 세 명 중 한 명이라도 잘 먹었으니 나쁜 상황은 아니지만, 그래도 더 좋았으면 어땠을까 싶다.

"숙제하러 갈게요." 렉시가 의자를 밀어 일어나면서 작은 목소리로 말했다.

"별로 먹지도 않았는데. 왜, 저녁이 맛없었어?" 내가 말했다.

렉시는 어깨를 으쓱해 보였다. "배 안 고파요."

"다른 거라도 만들어 줄까?"

"아, 엄마, 좀." 렉시가 눈을 매섭게 떴다. "배 안 고프다고 했잖아요. 다른 거 먹을 거냐고 백만 번씩 묻지 좀 마요."

한 번밖에 안 물었다는 말이 튀어나오려는 걸 참느라 입술을 깨물었다. "알았어. 올라가서 숙제해."

뒤이어 접시를 혀로 핥은 것처럼 깨끗하게 비운 이지가 자기도 숙제가 있어서 올라가겠다고 했다. 둘째 딸아이가 원래대로 잘 먹는 걸 보니 기쁘지만, 이번에도 내가 덩실덩실할 수 없는 이유는 쿠퍼가 파스타 면을 마냥 뒤적거리고 있기 때문이었다.

"당신도 배 안 고파?" 딸아이들이 각자 방으로 올라간 다음 내가 쿠퍼에게 물었다.

쿠퍼가 고개를 들고 눈을 껌뻑였다. 내가 자기와 함께 식탁에 앉아 있는 걸 보고 깜짝 놀란 사람 같았다. "어… 그러게. 별로 배가 안 고프네."

"당신 괜찮아?"

그가 괜찮을 리가 없다. 승진을 원했는데, 도리어 직장을 잃었다. 주택담보대출금은 어떻게 갚고 렉시의 대학 등록금은 또 어떻게 마련할지 걱정하느라 속이 타들어 가고 있을 거다. 하지만 그의 눈빛은 그것 말고도 뭔가 더 있다고 말하고 있었다. 내게 말하지 않은 무언가가 있다.

쿠퍼가 내 질문에 대답하려는 듯 입을 열었지만, 그보다 먼저 그의 휴대폰에서 기본으로 제공되는 아주 익숙한 벨소리가 울렸다. 쿠퍼가 벨소리 변경하는 법을 몰라 휴대폰을 샀을 때부터 그대로인 벨소리다. 쿠퍼는 바지 주머니에서 휴대폰을 꺼내 내 쪽에서 화면이 보이지 않게 각도를 틀어잡더니 숨을 짧게 들이마셨다.

누구 전화일까? 남편이 나한테 숨기는 게 뭘까?

"어…." 그가 의자에서 급히 일어나며 불편한 미소를 지었다. "이 전화는 받아야 해서…."

쿠퍼가 휴대폰을 귀에 대며 식탁에서 다급히 멀어졌다. 그가 부엌에서 막 나갈 때, 전화 너머로 어렴풋이 목소리가 들렸다. 여자 목소리였다. 몇 초 후, 우리 침실 방문이 쾅 닫히는 소리가 났다.

흠.

나는 식탁을 치우려고 자리에서 일어났다. 어쩜 우리 가족 중 한 사람도 자기 접시를 싱크대에 가져다 놓을 생각을 하지 않았다. 그래도 쿠퍼는 가끔 그릇들을 식기세척기에 넣어주거나 꺼내주기도 하는데, 아이들은 절대 그러지 않는다. 식기세척기 안에 독가스라도 들어 있다고 생각하는 건지, 그래서 접시를 넣으려고 식기세척기 문을 열면 독가스가 뿜어져 나와 죽을 거라고 생각하는 건지 물어보고 싶다. 애들 행동을 보면, 정말 그렇게 믿는다고 볼 수밖에 없을 것 같다.

남은 파스타를 긁어 음식물 처리기에 넣으면서 렉시가 괜찮은지 궁금했다. 큰딸아이는 원래도 기분이 좋은 편은 아니지만, 오늘은 평소보다 더 가라앉아 있었다. 올라가서 말을 걸어볼까? 하지만 딸아이의 연애 문제를 내가 함부로 입에 올리면 대화가 좋게 끝난 적이 없어서 걱정이 앞섰다. 어제도 내가 제인 얘기를 꺼냈을 때 렉시가 나를 잡아먹을 듯이 화를 냈었다.

내 문제만으로도 골치가 아팠다. 크게 아쉬운 것 없는 일자리였지만, 하루아침에 잘렸다. 쿠퍼마저 오래 다닌 직장을 그만뒀다. 게다가 그가 그 전부터 이상하게 행동한 것에 더해 방금 누가 걸었는지 내가 모르는 전화를 받으려고 방으로 뛰어 들어갔다는 사실이 내 마음을 불편하게 만들었다. 이제는 정말 쿠퍼와 대화를 나눠야 한다는 생각이 머릿속을 떠나지 않는다. 그러면서도 한편으론 입을 다무는 게 더 낫다는 상반된 생각도 있다. 일단 나부터 솔직해질 준비가 필요하다.

또다시 렉시 걱정으로 옮겨간다. 렉시를 가만히 내버려 두는 게 최선일 때도 있지만, 딸아이에게 뭔가 문제가 있는 것 같다는 느낌이 나를 계속 괴롭혔다.

말을 걸어보는 게 좋겠다.

접시들을 식기세척기에 넣고, 계단으로 향했다. 2층으로 올라가 렉시 방 앞에 이르러 문을 두드리려는 순간, 다른 생각이 머릿속을 스쳤다. 복도 끝에 있는 우리 침실 문이 닫혀 있었다. 쿠퍼가 아직 통화 중일 가능성이 컸다. 내가 문에 귀를 대면, 그가 하는 말 정도는 들을 수 있을 터였다.

한번 시도해 볼 가치가 있었다. 쿠퍼에게 분명 뭔가가 있는데 나와 공유할 생각이 없는 것 같으니, 내가 진실을 알아내려면 약간의 첩보 활동이 필요하다. 더구나 렉시는 내가 이렇게 노력해도 솔직하게 털어놓을 거라는 보장이 없다. 그 반대로 화를 낼 가능성은 높다. 하늘에 하현달이 떴기 때문이라는 말 같지도 않은 이유를 들먹이면서 엄마는 자기에게 말을 걸면 안 된다고 할지도 모른다.

렉시와의 대화는 이번 주말에 시도하기로 마음을 바꿨다. 렉시에게 같이 쇼핑하러 가자고 한 다음 제인과 무슨 일이 있었는지 조심스럽게 물어보면 될 것이다. 옷 사는 데 돈을 많이 쓸 수 있는 건 아니니, 렉시가 좋아하는 중고 가게에 가면 될 것 같다. 거기선 2만 원에 옷 한 벌은 살 수 있을 거다.

내가 손을 내리고 렉시의 방문 앞을 떠나려는 때였다. 몸을 돌려 발을 옮기려는 그 짧은 순간에 나를 붙잡는 것이 있었다. 내가 발을 앞으로 내밀지 못하고 그 자리에 그대로 멈춰 서게 만드는 것이.

방 안에서 렉시가 흐느끼고 있었다.

나는 돌아서서 이번에는 주저 없이 방문을 두드렸다. 울음소리가 즉시 멎고, 뒤이어 렉시 목소리가 들려왔다. "누구야?"

"렉시, 엄마야. 잠시 들어가도 될까?" 내가 대답했다.

문을 사이에 두고 긴 침묵이 흘렀다. 나한테 그냥 가라고 해야 할지 렉시가 고민하는 모양이었다. 얼마 후 체념 섞인 목소리가 들려왔다. "네."

렉시는 침대에 몸을 웅크리고 앉아 가느다란 팔로 무릎을 가슴에 끌어안고 있었다. 얼굴에는 눈물 자국이 선명했고, 눈은 벌겠다. 꽤 한참을 울었으면서도 지금까지 울음소리를 죽이고 있었나 보다.

제인이 렉시를 다치게 한 것이라면, 제인은 내 손에 죽을 것이다.

아니, 내가 그럴 필요도 없을 것이다. 쿠퍼가 먼저 가만히 있지 않을 테니까. 우리 아이들의 사정을 나만큼 속속들이 아는 건 아니지만, 딸들을 해치려는 사람이 있다면 남편은 목숨을 걸고서라도 지켜낼 사람이다.

나는 방문을 닫고, 조심스럽게 렉시에게 다가갔다. 큰딸아이는 언제라도 도망치려는 겁에 질린 동물처럼 보였다. 나는 침대 끝에 살짝 걸터앉았다. 오른쪽 엉덩이의 반은 공중에 뜬 상태가 되었다.

"렉시." 나는 최대한 부드럽게 이름을 불렀다. "무슨 일 있어?"

렉시가 고개를 가로젓자, 눈에서 눈물이 후드득 쏟아져 내렸다. 렉시는 어깨를 들썩이며 다시 흐느끼기 시작했고, 나는 침대 머리맡으로 얼른 자리를 옮겨 렉시에게 내 팔을 둘렀다. 품에 안은 채로 어릴 적처럼 몸을 가볍게 흔들자, 잠시 후 렉시가 나를 꼭 끌어안았다.

"엄마… 엄마…" 렉시가 흐느꼈다.

"그래, 그래." 나는 렉시를 진정시키려 했다. "걱정 마. 괜찮아."

"안 괜찮아!" 렉시가 헐떡이는 숨 사이로 말했다. "제인이 내 사진을 가지고 있단 말이야!"

뭐라고?

나는 몸을 떼고, 벌겋게 부어오른 렉시의 얼굴을 살폈다. 내 심장이 철렁했다는 사실을 드러내지 않는 목소리로 "사진?"하고 물었다.

딸아이가 양손으로 눈을 덮더니 고개를 끄덕였다.

"무슨 사진인데?" 나는 부드러운 어조를 유지하려 애썼다. 마음 같아서는 도대체 무슨 일이 있었던 건지 빨리 말하라고 딸아이의 어깨를 붙잡고 흔들어 대고 싶었다.

"제… 제… 제인이…." 렉시는 숨을 삼키듯 들이쉬며 울음을 진정시키려 애썼다. "내 사진을 가지고 있어. 내가… 나온…."

나는 내 안에 차오르는 공포를 티 내지 않으려 필사적으로 노력했다. "뭔데? 말해 봐."

"그거…." 렉시가 중얼거렸다.

나는 몸이 떨렸다. "설마 섹스 사진이야?"

"아니." 렉시가 고개를 세차게 저었다. 내 안에서 '감사합니다'라는 말이 저절로 튀어나왔다. "그건 아닌데… 내… 내 가슴이…."

세상에나. 하지만 더 나쁜 일이 생길 수도 있었다. 그 정도로 끝났다고 좋아할 상황도 아니지만, 더 나쁜 일이 생기지 않았다는 것을 한 번 더 생각했다.

"제인이 모두에게 다 보여주겠대!" 렉시가 얼굴을 손에 파묻었다. "자기 친구들에게 다 돌릴 거래. 내가 안 해 주면…."

"뭘 안 해 주면?"

"내가…." 렉시는 얼굴을 들지 않았다. "그거, 안 해 주면…."

렉시가 한 번만 더 '그거'라고 하면, 나는 비명을 지를 것 같았다. "그게 뭔데?"

"엄마." 렉시가 얼굴을 들고 나를 바라봤다. 눈빛이 절박했다. "우리 아직 한 적 없어…. 그런데 제인이 하고 싶어해…."

머리 뒤쪽에서 윙윙거리는 소리가 들리기 시작했다. 그 저질스런 자식을 죽이고 싶었다. 나는 목소리가 떨리지 않게 애쓰며 입을 열었다. "그러니까 제인이 네가 자기와 성관계를 하지 않으면, 네 나체 사진을 자기 친구들에게 보내겠다고 했다는 거야?"

렉시는 대답 대신 또다시 눈물을 뚝뚝 흘렸다. 어깨가 들썩이기 시작했다. "내 인생은 끝났어!"

나는 이를 악물었다. 평생 이렇게까지 화가 난 적이 없었던 것 같다. 살면서 화를 낸 적이, 그것도 '정말 심하게' 화를 낸 적이 수없이 많았지만, 이번에는 차원이 달랐다. 그 자식이 감히 내 소중한 딸을 건드려? 대체 어떻게 이런 짓을 할 수 있지?

"나 이제 어떡해?" 렉시가 흐느꼈다. "제인이 사진을 친구들에게 보내면, 그 친구들이 또 다른 친구들에게 보낼 거고. 결국에는 학교 전체가 다 보게 될 거란 말이야! 내가 대학에 갈 수나 있겠어?"

"제인이 거짓말하는 것일 수도 있어. 걔가 말만 그렇게 하고, 사진은 안 보낼 수도 있잖아." 내가 말은 그렇게 했지만, 속으로는 그런 짓을 하고도 남을 놈이란 생각이 들었다.

"이게 처음이 아냐!" 렉시가 울부짖었다.

맙소사.

"제인은 1학년 끝날 때쯤 우리 학교로 전학 온 애야. 온 가족이 플로리다에서 여기로 이사 왔대. 1학년 때 사귀던 여자애가 나체 사진을 보내줬다면서 제인이 여기저기 다 보여주고 다녔어. 나한테도 보여줬었어."

"진짜? 그러고도 신고 안 당했어?"

"제인 친구들이 감싸줬어. 사진이 어디서 왔는지 전부 모른다고 했대. 그러면서 결국엔 모두가 돌려봤고."

세상에나. 제인이란 놈을 원래부터 좋아하지 않았지만, 이제 보니 내 예상을 뛰어넘는 쓰레기 자식이었다.

"내 인생은 망했어!" 렉시가 내게 몸을 기댔다. 나는 두 팔로 큰 딸아이를 꼭 껴안았다. "내가 왜 그렇게 멍청했는지 모르겠어. 무슨 생각으로 그런 사진을 찍게 내버려 뒀는지 모르겠어."

"네 잘못이 아냐." 내가 말했다.

이런 일이 생긴 건 속상했지만, 딸아이를 감싸려고 그저 하는 말이 아니다. 제인이 렉시를 얼마나 압박했을지 상상할 수 있었다. 렉시는 아직 애다. 열일곱 살도 아직 애라고! 딸아이는 자신의 쿨한 남자 친구에게 잘 보이고 싶은 마음이 간절했을 거다. 일이 어떻게 흘러갔을지 정확히 이해되었다.

"내 말 잘 들어, 렉시. 엄마가 약속할게. 반드시 해결할 거야. 제인이 원하는 대로 되지 않을 거야." 내가 말했다.

렉시의 충혈된 눈이 휘둥그레졌다. "엄마, 설마 교장 선생님한테 말하려는 거 아니죠?"

"렉시…"

"그건 안 돼요!" 렉시가 내 팔을 움켜쥐었다. "엄마, 학교에 말하면, 말이 퍼져나가서 결국엔 모두가 알게 돼! 그러면 제인은 어차피 사진을 퍼뜨릴 거야!"

"렉시…"

"교장 선생님한테 말 안 할 거라고 나한테 약속해요!"

나는 렉시 말에 의문이 들었지만, 내 팔을 움켜쥔 모습으로 보아 렉시는 그렇게 굳게 믿고 있었다. 일리가 있는 말이긴 했다. 내가 학교에 알리면, 이런 일은 새어나가기 마련이다. 제인이 사진으로 아무것도 하지 않더라도, 그런 사진이 존재한다는 사실만으로도 소문은 불길처럼 걷잡을 수 없이 퍼질 것이다.

내가 이 문제를 다른 방식으로 해결해야 한다는 뜻이다.

"그래, 알았어. 학교에 아무 말도 안 하겠다고 약속할게. 대신 너도 엄마한테 한 가지 약속해 줘야 할 게 있어." 내가 말했다.

렉시는 촉촉이 젖은 눈을 깜빡이며 나를 쳐다봤다.

"나를 믿겠다고 약속해 줘. 엄마가 어떻게든 네 사진이 절대 퍼지지 않게 할 거라는 걸 믿어줘." 내가 말했다.

"하지만 엄마가 어떻게…."

"그냥 엄마를 믿어, 렉시."

렉시는 잠시 망설였지만, 대답했다. "믿을게요."

딸아이의 눈빛에서 나를 향한 신뢰를 느꼈다. 마치 어린아이였을 때처럼 엄마는 문제를 해결할 수 있다고 믿고 있었다.

순간, 렉시에게 모든 걸 털어놓고 싶은 충동이 온몸을 휘감았다. 내게 무슨 일이 있었는지 아무에게도 말한 적이 없었다. 부모님에게도, 쿠퍼에게도, 그 누구에게도. 말할 수만 있다면 렉시에게 말해 주고 싶었다. 하지만 그럴 수 없다는 것도 알고 있다.

이것만은 렉시가 알아줬으면 좋겠다. 나도 렉시와 같은 시절이 있었다. 근심 걱정 없고, 똑똑하고, 참 예뻤던 시절. 비록 그때는 그걸 몰랐지만. 그러다가 내 인생을 망쳐버린 일이 일어났다. 그래서 나는 렉시에게 그런 일이 생기는 걸 절대 용납하지 않을 것이다. 나는 렉시를 세상 그 무엇보다 사랑하고, 렉시의 인생이 한때의 나처럼 무수한 가능성으로 가득하길 바란다. 내가 대학 2학년 때 강간을 당하기 전까지, 내 삶이 그랬던 것처럼.

43

지금부터 단 한 번도 입 밖으로 꺼낸 적 없는 이야기를 하려 한다.

겁먹을 필요는 없다. 잔인한 장면 묘사는 없을 테니까. 사실대로 말하자면, 묘사를 안 하는 게 아니라 못하는 것이다. 왜냐하면 내가 많은 부분을 기억하지 못하기 때문이고, 이것은 내가 경찰서에 갈 마음을 먹지 못했던 이유이기도 했다. 물론 그것 말고도 나 혼자만의 비밀로 묻어두기로 한 다른 이유들도 있었다. 내가 확실히 기억하는 건 그 일이 있기 전의 상황과 그 일의 결말뿐이다. 그러니 혹시 내 이야기가 혼란스럽거나, 혹은 내가 이야기 흐름의 일부를 통째로 설명하지 못한다고 해도, 이해해 주기 바란다.

절대 거짓말은 아님을 미리 밝히는 바이다.

나는 MIT에서 2학년 2학기를 다니고 있었고, 학교생활이 무척 마음에 들었다. 1학년 때는 성적이 합격, 불합격으로만 나와서 지난 2학년 1학기에 처음으로 알파벳으로 표시된 성적표를 받았다. 성적은 나쁘지 않았다. 아, 좀 겸손했나. 사실 매우 잘 나왔다. 전부 A였다. 대충 학점 따기 쉬운 수업을 들은 거 아닌가 생각할 수도 있겠지만, 동기들 중 몇 명은 간신히 낙제를 면했던, 꽤 어려운 컴퓨터 공학 수업들이었다.

아무 일 없었다면 내 인생이 어떻게 펼쳐졌을지 가끔은 궁금하다.

룸메이트 설리나가 남학생 친목 클럽에서 여는 파티에 같이 가자고 나를 졸랐다. 그 일이 일어난 것에 대해 그녀에게 책임이 있다고 말하려는 것은 아니다. 아무튼, 지난 1년 반 동안 내가 가 본 파티들은 대부분 지루했었다. 하지만 MIT 남학생들 상당수가 남학생 친목 클럽에 가입해 있어서, 클럽에서 열리는 이런 파티라면 재미는 보장될 터였다. 정확하게 말하자면, 내가 그렇게 생각했다는 게 아니라, 객관적으로 볼 때 그렇다는 의미다.

나는 그날 밤 코딩을 할 계획이었고, 마운틴듀를 큰 걸로 한 병 사다 두기까지 했다. 하지만 설리나가 나더러 정말 재미가 없다느니, 저러다 졸업할 때까지 처녀로 남을 테고 그렇게 되면 큰일이라느니 하며 설교를 늘어놓기 시작했다. 결국 그녀의 입을 다물게 하기 위해 나는 파티에 가겠다고 동의했다. 전날 12시간 내내 코딩을 하느라 손목이 쑤신 것도 이유를 보탰다.

설리나는 자기 원피스를 빌려주고, 무려 15분 동안 고데기로 내 머리를 손질해 줬다. 내가 이제 그만하라고 할 때까지 십 분 동안 화장도 해줬다. 설리나가 내가 허락한 것들을 모두 끝내고 난 후, 복도에 있는 공용 화장실에서 전신거울에 내 모습을 비춰 보니 꽤 괜찮아 보였다. 이렇게 꾸미니 예뻤다.

기숙사 방으로 돌아가자, 설리나가 낮게 휘파람을 불더니 "오, 섹시한데" 하며 농담을 건넸다.

"나 마음 바꾸게 하지 마."

설리나가 나를 보며 눈살을 찌푸렸다. "그 안경 좀 벗을 수 없어?"

그건 불가능했다. 안경 없이는 난 반쯤 눈이 먼 상태나 다름없었다. 아직 콘택트렌즈의 기적을 경험하기 전이었다. 대학 시절의 나는 손가락을 눈에 넣는다는 생각만으로도 끔찍해서 몸서리를 쳤었다.

우리는 '제타 파이'라는 이름의 남학생 클럽이 생활하는 건물로 걸어갔다. 3월의 쌀쌀한 밤공기를 가로지르며 30분을 걸어야 했다. 나는 단화에 코트를 걸치고 모자까지 써서 그리 힘들지 않았다. 하지만 셀리나는 나와 정반대로 하이힐에 코트도 없이 나와서, 걸어가는 내내 불평을 늘어놓았다.

왜 이런 건 기억에 다 남아 있는지 모르겠다. 셀리나가 춥다고 툴툴거리는 목소리가 아직도 귓가에 맴돈다. '데비, 내 브라 와이어가 살에 붙은 채로 언 것 같아.'

우리가 도착했을 때는 10시쯤이었고, 파티 분위기는 이미 후끈 달아올라 있었다. 추운 밤공기와는 너무나 대조적으로, 내부는 더웠다. 숨이 막힐 정도로 더웠다. 이상할 정도로 습하기까지 해서, 셀리나가 내 머리를 매끈하고 윤기 나게 하려고 애쓴 모든 노력이 순식간에 허사가 되어버렸다. 코트를 벗어 파티를 위해 '외투 보관하는 곳'이 된 어느 침실 안 적당한 곳에 놓아두면서 나중에 내 옷을 찾을 수 있을 거란 확신이 조금도 들지 않았다. 음악이 틀어져 있었는데, 베이스 소리가 너무 커서 두통이 날 지경이었다.

한 시간이 지나자 이곳에서 나가고 싶어졌다. 정말이지 너무나 가고 싶었다. 처음 20분 동안은 셀리나와 함께 있었는데, 어떤 남자가 와서 셀리나에게 말을 걸었고, 얼마 후 두 사람은 보이지 않왔다. 내게 말을 거는 사람은 없었다. 나는 구석에 앉아 콜라를 홀짝이며 집으로 돌아가는 길을 알았으면 좋겠다고 생각했다. 안타깝게도 그때는 내비게이션도, 우버도 아직 세상에 없던 시절이었다.

그때였다. 한 남자가 내게 다가왔다.

안경을 벗지 않은 게 다행이었다. 그의 얼굴을 제대로 볼 수 있었다. 그는 상급생처럼 보였다. 3학년 아니면 4학년인 것 같았다. 나이 들어 보였던 것은 아니었지만, 얼굴에서 자신감이 느껴졌다. 그에게는 이런 분위기에 익숙하다는 듯한, 그래서 뭐가 뭔지 다 안다는 듯한 여유가 있었다.

"얼굴이 안 좋아 보이네." 그가 말했다.

나는 고개를 들어 그를 올려다보았다. 눈에 띌 만한 외모는 아니었지만, 짙은 갈색 머리가 끝이 가볍게 구불거리며 눈까지 내려온 모습이 사랑스러웠다. 귀여운 외모였다.

"여기 너무 시끄러워서. 머리가 아파." 나는 솔직하게 대답했다.

"많이 시끄럽긴 하지." 그가 손에 든 종이컵을 입에 갖다 대고 한 모금 들이켰다. "내가 졸업할 때까지 청력이 남아 있을까 싶어."

나는 웃었다.

"나는 허치라고 해." 그가 엄지손가락으로 자기 가슴을 가리켰다. "너는 우리 파티에서 처음 보는 것 같은데."

"응, 난 데비야."

"반가워, 데비." 그가 나를 보며 환하게 미소를 지었다. 나는 이 귀여운 남자 상급생이 내게 관심을 보인다는 사실에 기분이 나쁘지 않았다. "너 음료 거의 다 마신 것 같은데, 내가 똑같은 걸로 한 잔 더 가져다줄게."

"이거 그냥 콜라야." 내가 말했다.

"아하, 네가 왜 재미없게 이러고 있는지 이유를 알겠다." 그가 말했다. 그 순간 그의 말이 일리 있다는 생각이 들었다. "내가 콜라한 잔 더 가지고 올게. 대신 거기에 럼을 조금만 넣으면 어때?" 그가 엄지와 검지를 1센티미터가량 벌려 보였다. "딱 요만큼만."

그가 귀엽고 연상인 데다 내게 관심을 보이고 있었기 때문에 나는 "그래"라고 답했다.

잠시 후 그는 럼이 들어간 콜라를 내게 가져다주었다. 대학교에 들어간 후 두 번째로 마시는 술이었고, 내 인생 전체에서는 세 번째였다. 그래서 그때는 그 이후에 벌어진 일이 내가 술에 너무 약하기 때문이라고 생각했다. 하지만 나중에 그날 밤을 다시 떠올렸을 때, 나는 술 한 잔 때문이 아닐 거라고 확신했다.

허치가 내 음료에 뭔가를 넣었다. 그게 루피라는 이름으로 알려진 데이트 강간 약물이었는지는 모르겠지만, 내가 저항하지 못하도록 분명 뭔가를 넣었다.

우리는 소파에 앉아 잠시 이야기를 나누었다. 그가 내게 어느 기숙사에 있냐고 물었고, 나는 베이커라고 답했다. 그가 내게 전공이 뭐냐고 물었고, 나는 코스 6이라고 답했다. MIT에서는 학과를 번호로 부르는 전통이 있다. 코스 6은 컴퓨터 공학과다. 그는 코스 14라고 했다. 코스 14는 경제학과였다. 그가 내게 또 질문을 했는데, 음악 소리가 커서 내가 제대로 못 들었다. 그가 위층은 조용할 거라며 올라가는 게 어떻겠냐고 했고, 나는 좋다고 했다. 정말 너무 시끄러워서 어디 조용하고 평안한 곳으로 가면 좋겠다고 내내 생각했던 지라 그의 제안이 고마웠다.

거기서부터 내 기억이 조금 흐려지기 시작한다.

계단을 올라 그의 방으로 갔던 건 기억난다. 그의 방 내부도 어렴풋이 기억한다. 싱글 침대가 두 개… 아, 아니다. 이층 침대가 하나 있었다. 그리고 책상이 있었고, 책상 위에 데스크톱 컴퓨터는 분명히 있었을 거다. 다들 데스크톱 컴퓨터를 쓰는 시절이었으니까. 내가 좀 피곤하다고 말했던 것 같다. 그가 내게 침대에 누우면 어떻겠냐고 했다.

다음으로 기억나는 건 누군가 내 몸을 흔들어 깨우는 것 같은 느낌이었다. 하지만 간신히 눈을 떴을 때, 전혀 그런 상황이 아니라는 걸 깨달았다. 허치가 내 위에 올라타 있었다. 그의 귀여운 곱슬머리가 눈 아래로 드리워져 있었다. 내 원피스는 걷어 올려져 있었고, 속옷은 내려가 있었다. 그리고 그는….

다음 순간 머릿속이 혼란스러웠다. 내가 정말 술기운에 취해서 그에게 이렇게 해도 괜찮다고 말했다는 건가? 그건 아닌 것 같았다. 전혀 괜찮지 않았으니까. 나는 남자와 잠자리를 가져본 적도 없었고, 그가 하는 행동은… 나를 아프게 했다.

소리를 내보려 했지만 목이 고통스러울 정도로 바짝 말라 있었다. 간신히 목소리를 짜내 말했다. "안 돼. 그만."

나는 그가 사과하며 내 몸에서 떨어질 줄 알았다. 하지만 그는 그러지 않았다. 내 간청이 들리지 않는다는 듯이 계속 밀어붙였다.

"그만해." 좀 더 큰 소리로 말했다. 이 부분은 분명히 기억한다. 난 그를 밀어내려 했지만, 팔이 찐득한 시럽 속에 빠진 것 같았다. "제발 그만!"

그제야 그가 짜증 섞인 목소리로 대답했다. "걱정 마. 1분이면 끝나."

실제로는 2분이 걸렸다. 머릿속으로 초를 세었기 때문에 분명히 기억하고 있다.

그렇게 자기 욕망을 채운 그는 몸을 일으키더니 아무 일도 없었다는 듯 바지 지퍼를 올리고는 그대로 방을 나가버렸다.

눈앞이 아득해졌다. 이층 침대의 아래층에 누운 채로 얼마나 있었는지 모르겠다. 어쩌면 10분, 어쩌면 한 시간이었을지도 모르는 시간 동안 정말로 현실에서 일어난 일이었는지, 아니면 끔찍한 악몽을 꾼 건지 계속 생각했다. 내 몸 안에서 느껴지는 쓰라림과 속옷에 묻은 혈흔이 그게 현실이었다고 말해줬다.

머리가 빙빙 돌았지만, 가까스로 몸을 일으켰다. 아래층으로 내려가 누구에게도 말 걸지 않고 사람들 사이를 비틀거리며 지나갔다. 설리나를 찾아볼 생각도, 내 코트를 찾아 입을 생각도 하지 않았다. 그대로 현관문으로 걸어 나갔다. 밖은 기온이 매우 낮아져 있었지만, 나는 추위가 제대로 느껴지지 않았다. 내가 기숙사로 어떻게 돌아갔는지는 지금도 모른다. 다음날 내 기숙사 방 침대에서 눈을 떴으니, 어떻게든 찾아간 모양이라고 생각할 수밖에 없었다.

나 자신에게 별일 아니라고 타일렀다. 그날 밤 상황을 지칭하는 단어조차 떠올리지 않았다. 파티에 갔고, 술을 조금 많이 마셨고, 잘 모르는 남자와 섹스를 한 것뿐이라고 생각했다. 그냥 하룻밤 관계였다. 설리나도 그런 경험이 있다고 했다. 그러니 별일 아니었다. 내가 이걸 크게 만들지 않으면, 큰 문제가 되지 않을 것이었다.

나는 강한 사람이었다. 똑똑하고, 유능했다. MIT에도 들어갔다.

MIT 합격은 고등학교 동기 중 내가 유일했다. 차세대 빌 게이츠라고 불리기까지 했다. 그러니 이건 별일이 아니었다. 나는 극복하리라 생각했다.

하지만 난 그러지 못했다. 매일 밤 악몽에 시달렸고, 땀에 흠뻑 젖은 채로 깨어났다. 한 번 잠들어도 두 시간을 넘기기 어려웠고, 그래서 눈 밑이 늘 어둡고 칙칙했다. 캠퍼스 어디를 가든 허치가 있었다. 하지만 다시 보면 허치가 아니었다. 매번 비슷한 헤어스타일의 다른 남자였다. 허치가 아니라는 사실은 중요하지 않았다. 내 성적은 떨어지기 시작하더니 그대로 곤두박질쳤다.

1학기에 전 과목 A를 받았던 나는 2학기에 전 과목에서 낙제했다. 그중 두 과목은 아예 기말고사를 치러 가지도 않았다.

학업 상담사가 내 성적 하락에 대해 이야기를 나누고 싶어 했다. 그녀가 무슨 일이 있었냐고 물었지만, 나는 그녀에게 털어놓을 마음이 조금도 없었다. 공부에 의욕이 떨어졌다고, 좀 쉬어야 할 것 같다고만 대답했다. 여름 방학 동안 집으로 돌아가, 시간이 지나면 좀 나아질 거라고 믿었다.

그리고 나는 학교로 돌아가지 않았다.

쿠퍼에게 수천 번도 넘게 말해 보려 했다. 그는 내가 대학을 그만둔 뒤 처음으로 사귄 남자였다. 내가 섹스에 대해 왜 그렇게 불안해하는지 모르면서도, 내게 정말 다정했고 인내심을 가지고 대해 주었다. 나에 대해 아무것도 모르면서, 모든 걸 이해해 줬다. 하지만 나는 그가 진실을 알게 되면 나를 좋게 보지 않을지도 모른다는 두려움을 끝내 떨쳐내지 못했다. 결혼한 후에는 이런 얘기를 왜 진작 말하지 않았냐며 그가 화를 낼까 봐 두려웠다.

그렇게 20년을 함께 살아왔다. 이제 와서 얘기하기엔 정말 너무 늦었다.

게다가 쿠퍼 역시 뭔가를 숨기고 있다. 그도 비밀이 있다.

허치가 나에게 했던 일을 제인이 내 딸에게 하려 한다고 생각하니, 내 안에서 걷잡을 수 없는 분노가 솟구쳤다. 그 녀석의 사지를 찢어버리고 싶다. 하지만 그럴 수 없다는 걸 잘 안다. 나는 감옥에 가고 싶지도 않고, 물리적으로도 가능하지 않을 게 자명하다. 내가 맨손으로 사람을 갈기갈기 찢는 슈퍼 히어로, 아니 슈퍼 빌런은 아니니까 말이다.

그렇지만 내가 이제 제인에게 하려는 일은 그보다 훨씬, 훨씬 더 끔찍할 것이다.

44

모두가 잠들 때까지 기다렸다.

오늘 밤은 매우 조심해야 한다. 어젯밤에 내가 밖에 나가 있는 동안 쿠퍼가 약을 먹었는데도 잠에서 깨어났던 것 같았다. 오늘은 저녁 식사가 끝날 때까지 밤에 몰래 나갈 일이 있을 거라고 생각하지 못했다. 그에게 뭔가를 몰래 먹일 방법을 찾는 것부터가 과제였다. 즉 최대한 조용히 움직여야 한다는 뜻이다.

자정쯤 침대에서 살며시 빠져나왔다. 쿠퍼가 잠든 것 같았지만, 그래도 우리가 같이 덮고 자는 이불 아래에서 나올 때 조금의 소리도 내지 않았다. 옷을 갈아입는 소리에 그가 깰까 봐, 잠자리에 들기 전 갈아입을 옷을 거실에 준비해 두었다.

일단 제일 먼저 가야 하는 곳은 렉시 방이었다.

이번에는 그렇게 조심해야 할 필요는 없을 터였다. 큰딸아이는 죽은 듯이 잔다. 작년에 밤중에 화재경보기가 울린 적 있었는데, 아이가 산 채로 불에 타죽지 않게 마구 흔들어 깨워야 했다.

나는 방문을 열고 살금살금 들어가 침대 옆 탁자에서 충전 중인 휴대폰을 챙긴 다음 방에서 나왔다.

나는 상습적으로 자녀의 휴대폰을 훔쳐보는 엄마가 아니다. 대신 필요할 경우 휴대폰을 볼 수 있도록 비밀번호를 알려달라고 렉시에게 요구는 했다. 그렇지만 정말 단 한 번도 불의하게 이용한 적은 없었다. 렉시가 비밀번호를 바꿔놓았다고 해도 하나도 이상하지 않았다. 하지만 내가 숫자 여섯 개를 입력하자, 휴대폰 잠금이 해제되었다.

홈 화면이 열렸다.

순간 사진첩을 열어 렉시가 아까 말한 사진부터 찾아봐야 할 것 같았지만, 이내 그 생각은 접었다. 지금 나는 염탐을 하려는 것이 아니다. 딸아이를 위해 사태를 수습하려는 것이다.

제인 번호는 연락처 상단에 항상 표시되는 번호 중 하나였다. 렉시가 아직 그를 차단하지 않았다는 것은 딸아이가 상황을 지켜보고 있기 때문일 확률이 높았다. 나는 둘 사이에 오고 간 문자 메시지를 전부 읽어보지 않아도 되기를 바랐다. 다행인지 아닌지 모르겠지만, 제인이 마지막으로 보낸 메시지만으로도 나는 피가 거꾸로 솟았다.

'학교 전체에 사진이 퍼지는 게 싫으면, 고고한 수녀 행세는 그만하지 그래.'

이런, 미친놈. 당장이라도 죽이고 싶다.

나는 깊게 숨을 몇 번 들이쉬며 흥분을 가라앉힌 다음 떨리는 손으로 제인에게 메시지를 보냈다.

'지금 만날 수 있어? 엄마 차 타고 몰래 나갈게.'

제인이 이미 잠들었을 가능성이 있었지만, 언젠가 새벽 두 시 전에는 절대 안 잔다는 말을 들은 기억이 있었다. 아니나 다를까, 화면에 점 세 개가 나타났다. 제인이 답장을 입력하고 있었다.

'다시 생각해 봤어?'

내 손으로 죽일까 보다. 사지를 갈기갈기 찢어서.

'응. 만나고 싶어. 네가 원하는 건 뭐든 할게.'

'역시 똑똑해. 네가 결국엔 마음을 바꿀 줄 알았어.'

그럼, 렉시는 똑똑한 아이지. 그러니 무슨 일이 벌어지고 있는지 엄마에게 말한 거다.

'조선소 몰에 있는 놀이터에서 볼래? 이 시간엔 우리 둘밖에 없을 거야.'

힝엄 조선소는 오래전엔 실제 조선소였지만 지금은 요트나 레저용 보트의 정박 시설을 포함해 주택, 상점, 여가 시설이 들어서 있다. 딸아이들이 어릴 때 우리도 종종 그곳 놀이터에서 놀다가 월버거에 가서 점심을 먹곤 했다. 낮에는 늘 사람들로 붐비지만, 지금 이 시간에는 사람의 흔적을 조금도 찾아볼 수 없을 것이다. 그리고 내가 최근에 잠깐 방문했을 때 우연히 알게 된 사실이 하나 있다. 놀이터 주변에는 카메라가 없다.

'20분 후에 봐.'

15분 만에 도착했다.

제인은 지각을 밥 먹듯이 하는 아이라 내가 부러 서두를 필요는 없었지만, 그 아이는 운전대를 잡으면 도로 위의 무법자로 돌변하기 때문에 제시간에 도착하거나 심지어 일찍 나타날 가능성도 있었다. 내가 그 아이보다 먼저 놀이터에 도착해야 했다.

놀이터는 예상대로 완전히 텅 비어 있었다. 표지판에 '날이 어두워진 후에는 이용할 수 없습니다'라고 적혀 있는데, 새벽 한 시에 놀러 오는 애들이 있기나 할까. 이곳은 크지도 작지도 않은 놀이터로 타이어 그네도 있고, 초록색 플라스틱 미끄럼틀이 달린 놀이 구조물도 있다. 바닥에는 잘게 분쇄한 나무 조각들이 깔려 있어서 그 위로 걸어 다니면 성가시게 신발 속으로 자꾸 들어오려 한다.

잠자리에 들기 전, 잠깐 나가서 맥주 6캔짜리 한 묶음을 사 왔다. 쿠퍼와 나는 맥주를 좋아하지 않아서 집에 쟁여 두지 않는다. 그렇지만 오늘 밤엔 맥주가 필요했다. 나는 놀이터에 도착하자마자 캔 하나를 땄다.

거기에 아편을 넣었다. 제인이 정신을 잃을 만큼 충분히.

놀이터에 덩그러니 놓인 정체불명의 맥주를 누가 마시겠냐 하겠지만, 18살의 제인은 말썽을 일으키려고 찾아다니는 아이다. 나는 놀이터를 따라 늘어선 벤치 중 하나에 맥주캔을 잘 보이도록 올려놓았다. 그런 다음 덤불 뒤에 몸을 숨기고 기다렸다.

제인은 십 분 늦게 나타났다. 놀이터에 도착하더니, 자기를 기다리고 있을 렉시를 찾느라 이리저리 두리번거렸다. 내가 숨어 있는 곳에서도 그의 파리한 얼굴에 짜증이 스치는 것이 보였다. 제인이 그냥 돌아가 버릴지도 몰랐다.

만일의 상황을 대비해 렉시 휴대폰을 가져온 것이 다행이었다. 나는 얼른 문자 메시지를 보냈다.

'엄마가 화장실 간다고 일어나는 바람에 집에서 좀 늦게 나왔어. 15분 안에 도착해.'

제인이 메시지를 읽으며 얼굴을 찡그렸다. 렉시를 기다리려고 할까? 저 아이를 여기에 붙잡아 둘 확실한 무언가가 필요했다. 나는 하는 수 없이 메시지를 하나 더 보냈다.

'놀이터 벤치에서 하고 싶어.'

이 메시지에는 두 가지 목적이 있었다. 첫째, 저 아이가 렉시를 계속 기다리게 하는 것. 렉시가 정말로 나타날 일은 없지만 말이다. 둘째, 저 아이의 머릿속에 놀이터 벤치에 대한 생각을 심어주는 것.

그럼 그렇지. 제인이 벤치로 걸어가 앉았다. 나는 달빛 아래서 제인이 휴대폰을 만지작거리는 모습을 유심히 지켜봤다. 렉시의 사진을 보는 것은 아닐까. 저 녀석의 목을 비틀어 버리고 싶었다.

평소에는 허치와 있었던 그날 밤의 일을 머릿속에서 밀어내는 데에 어려움이 없다. 하지만 지금 이 순간에는 허치가 내 귀에 대

고 속삭이는 것 같았다. '걱정 마. 1분이면 끝나.'

내 딸아이에게 그런 일이 일어나게 절대 놔두지 않을 것이다.

제인이 맥주캔의 존재를 알아챈 건 몇 분 뒤였다. 그쪽을 두어 번 힐끔거리더니, 이윽고 캔을 집어 들었다. 맥주가 거의 가득 차 있다는 사실에 놀란 듯했다. 그러고는 코로 가져가 냄새를 맡았다.

아편에는 특유의 냄새가 있다. 달콤하면서도 은은하게 흙 내음이 감돈다. 메이플 시럽 냄새와 조금 비슷하다고 보면 된다. 나는 맥주의 효모 냄새가 아편 향을 가려주길 빌었다. 제인이 캔을 응시했다. 제발. 내 아이들에게는 공원에 버려진 음료를 함부로 마시면 안 된다고 가르쳤지만, 제인은 술이라면 마음에 전혀 거리끼지 않으리라는 확신이 분명히 있었다.

마셔. 어서, 마시라고. 이 쓰레기 같은 놈.

옳지, 그래야지. 제인이 마셨다. 몇 번 꿀걱하지도 않은 것 같은데 아편이 섞인 맥주를 순식간에 비웠다.

나는 혹시라도 제인이 자리를 뜨려고 할까 봐 휴대폰을 손에 쥔 채 긴장을 놓지 않았다. 하지만 5분이 지나자 제인은 몸의 움직임이 둔해지는 것 같았다. 15분이 지나자 하품을 하며 눈을 비볐다.

30분 뒤, 제인은 완전히 곯아떨어졌다.

나는 실수가 없도록 10분을 더 기다렸다. 그동안 렉시 휴대폰으로 제인과 주고받은 메시지를 모두 지워서 오늘 밤 내가 제인을 만났다는 사실을 렉시는 절대 모르게 했다. 이참에 제인 번호도 차단해 버리기로 했다. 그런 다음 렉시 휴대폰을 내 가방에 집어넣고, 벤치 위에 널브러져 있는 제인에게 다가갔다. 제인이 내내 들여다보고 있던 휴대폰이 지금은 손에서 떨어져 벤치 아래 잔디 위에 놓여 있었다. 내가 집어 들었다.

파이크 코치의 휴대폰은 지문으로 열렸는데, 이번에는 얼굴 인식을 해야 했다. 보통 이런 경우에는 눈을 뜨고 있어야 잠금이 풀린다. 하지만 올여름, 내가 부엌에 렉시와 제인이 있는 줄 모르고 들어갔던 적이 있었다. 마침 제인이 선글라스를 낀 채로는 휴대폰 잠금이 안 풀린다고 불평하고 있었다. 대화를 우연히 듣게 된 나는 제인에게 '주시 지각' 기능을 끄면 휴대폰을 열 때 카메라를 똑바로 바라보지 않아도 된다고 알려줬다. 무슨 말인지 모르겠다는 표정을 짓는 제인을 보고 나는 대신 해 주겠다고 했다. 제인은 내게 휴대폰을 건넸고, 나는 아주 친절히 설정을 변경해 주었다.

그래서 나는 눈이 감겨 있어도, 휴대폰을 제인의 얼굴 앞에 가져다 대면 잠금이 풀릴 거라는 걸 알고 있었다.

제인이 깨어날 경우를 대비해 그림자 속으로 한 발짝 들어갔다. 하지만 지금 상태로 보아선 당분간 그런 걱정은 안 해도 될 것 같다. 나는 우선 제인의 휴대폰에서 그를 놀이터로 오게 만든 대화를 모두 지운 다음, 사진첩을 열어 수많은 사진 속에서 렉시가 보냈다는 사진들을 찾아 전부 삭제했다. 제인이 그 사진들을 다른 곳에 저장했을 가능성도 다분했지만, 사진을 없애는 것이 주목적이 아니었다.

내가 이곳에 온 것은 다른 계획이 있어서다.

렉시에게서 들은 얘기에 따르면, 제인은 예전에도 이런 짓을 했다고 했다. 2학년 때 사귀었던 여자아이의 사진을 학교에 돌렸다고 했다. 제인이 고등학교 2학년이었다면, 그 여자아이도 열다섯 살 언저리였을 것이다. 즉, 법적으로 제인은 아동 음란물을 유포한 셈이다.

나는 그것을 증명할 디지털 흔적을 찾아야 했다.

이 아이의 휴대폰을 뒤지는 건 전혀 즐겁지 않았다. 렉시를 두고 제인이 친구들과 나눈 수많은 대화를 훑어봐야 했는데, 어느 것 하나 기분 좋은 내용이 없었다. 어제 날짜 아래 오고 간 내용이 특히나 내 혈압을 치솟게 했다.

'너 아직 그 렉시라는 애랑 사귀냐?'

'ㅇㅇ 근데 입으로 하는 걸 너무 못해. 곧 차버릴 듯.'

'이본한테서 좀 배워야겠네.'

'너무 멍청해서 못 배울 것 같아.'

어느 순간 나는 휴대폰에서 눈을 돌려, 벤치에 기절하듯 잠들어 있는 제인을 물끄러미 내려다보았다. 문득 유죄를 입증할 증거를 찾겠다고 이렇게까지 사서 고생할 필요가 있을까 의문이 들었다. 내 차 글로브박스에 스위스 군용 칼이 있다. 그걸 가져와서 이 아이의 성기를 잘라버리면 될 것 같은데. 그러면 정당한 죄의 심판을 내림과 동시에 문제도 확실히 해결할 수 있을 것 같았다.

하지만 그건 또 다른 문제를 만들겠지.

결국 내가 원하는 걸 찾기까지 거의 30분 가까이 휴대폰을 뒤져야 했다. 가엾은 여자아이의 사진이 사진첩에 있었다. 제인은 모자라도 한참 모자라서 이걸 지울 생각조차 안 했다. 사진 속의 아이는 고작 열넷이나 열다섯 살 정도로밖에 보이지 않았다. 완전히 알몸이었고, 얼굴에 불편해하는 기색이 역력했다. 나는 정말로 스위스 군용 칼을 가지러 갈 뻔했다. 제인은 이 사진을 여러 번 공유했고, 그 기록이 휴대폰에 고스란히 남아 있었다. 단 한 개도 지워지지 않은 채로.

　그런 주제에 내 딸을 멍청하다고 하다니.

　나는 모든 걸 캡처한 다음 익명으로 이메일 계정을 하나 만들어 학교 행정실과 지역 경찰서에 전부 전송했다. 물론 여자아이의 대략적인 나이도 명시해서.

　그제야 내 입가에 가느다란 미소가 떠올랐다. 내일이 기다려졌다.

46

볼일을 끝내고 집에 돌아오니, 쿠퍼가 거실에서 나를 기다리고 있다.

잘 때 입는 면 티셔츠와 트렁크 차림으로 작은 램프만 하나만 켜 놓고 있었다. 불빛을 받은 그의 얼굴이 묘하게 섬뜩했다. 남편이 깨어날 수도 있다는 걸 간과했다. 안 그래도 요 며칠 잠을 잘 자지 못하는 것 같았는데. 침대에 내 자리가 비어 있다는 걸 느끼는 것만으로도 잠이 확 달아났을 거다.

쿠퍼의 시선이 내게 그대로 꽂혔다. 그의 온몸에 힘이 들어가 있다. 차고로 차가 들어오는 소리를 들었을 테니, 내가 운전해서 나갔다 왔다는 것을 안다는 뜻이다. 잠시 동네 한 바퀴 걷다가 왔다는 말로 둘러대기는 글렀다. 게다가 내가 파인들리 앱을 끄는 걸 깜빡하는 끔찍한 실수를 저질렀다. 실수였는지, 아니면 혹시 내 마음 한구석에서는 내가 어디 가는지 쿠퍼가 알기를 바랐던 건지 모르겠지만.

"데비." 쿠퍼가 입을 열었다.

그에게서 술 냄새가 느껴졌다. 내가 냉장고 안 깊숙이 넣어둔 나머지 맥주들을 발견한 모양이다. 쿠퍼는 술을 별로 좋아하는 사람이 아니다. 하지만 지금 같은 상황에서 그를 나무랄 수 없을 것 같다.

"응." 내 목소리에 힘이 없다.

"당신 어디 갔었어?"

나는 미소를 지어 보였지만, 내가 느끼기에도 부자연스러웠다. "드라이브 좀 했어."

쿠퍼가 미간을 모았다. "조선소로?"

휴대폰이 내 위치를 알려주었을 것은 예상한 바였다. 다음번엔 위치 추적 기능을 반드시 꺼야겠다고 마음먹었다. 쿠퍼가 내게 알리고 싶지 않은 곳으로 사라질 때 그랬던 것처럼. 이제 보니 그가 나보다 비밀을 훨씬 더 잘 숨기는 사람이었다.

"잠이 안 와서… 드라이브 좀 했어. 그러고 나면 피곤해질 것 같았거든." 내가 말했다.

쿠퍼가 힘겹게 일어섰다. 갈색 머리는 자다 나와서 부스스했고, 얼굴에는 하루 동안 자란 수염이 나 있었다. 내가 그를 처음 알게 되었을 때 나는 아주 오랫동안 솔로로 지내 오고 있었다. 그랬던 내가 데이트를 신청하는 쿠퍼에게서 참 다정하고 마음에 거짓이 없는 사람이라는 인상을 받았다. 허치 때문에 한동안 남자를 두려워했던 나였지만, 어쩐지 쿠퍼는 두렵지 않았다. 쿠퍼는 처음으로 내가 간이 오그라드는 것 같은 공포감을 느끼지 않은 남자였다. 그러면 나를 절대 해치지 않을 것 같았다.

그런데 우리가 어쩌다 이렇게 됐을까?

"데비." 내 이름을 간절하게 부르는 그의 목소리가 잠겼다.

나는 쿠퍼의 마음을 알아차렸다. 지금 그는 내가 모든 진실을 말해 주길 원하고 있었다. 하지만 나는 그럴 수 없었다. 어떤 얘기를 어디서부터 어떻게 꺼내야 할지 알 수 없었다.

"그러는 당신은 그날 어디 갔었어?" 나는 대답 대신 질문으로 맞받아쳤다. "밖에서 저녁 먹고 오겠다 해놓고 두 시간이나 나가 있었던 날 말이야."

깜짝 놀란 쿠퍼의 눈이 커졌다. "그… 내가 말했잖아. 그냥 드라이브 좀 하고 왔다고."

"정말?"

"응, 정말. 내가 뭘 하고 왔다고 생각하는 거야?" 그의 목소리에 날이 섰다.

쿠퍼도 내 앞에서 거짓말을 하는데, 나라고 진실을 말해야 할 이유가 있을까.

모든 일이 끝나고 나면, 쿠퍼도 전부 알게 될 것이다. 그때 가면 쿠퍼도 이해할 수 있을 것이다.

"나 피곤해. 자야겠어." 내가 말했다.

나는 쿠퍼를 지나쳐 계단을 올랐다. 그가 뒤따라 올라올 줄 알았는데, 그러지 않았다. 쿠퍼는 그대로 거실에 남았고, 거기서 남은 밤을 보냈다.

47
〈디어 데비〉
임시 보관함

데비에게

남편이 바람을 피우는 것 같아요.

확실하지는 않지만, 의심스러운 구석이 한두 개가 아니에요. 남편이 몇 달째 부부 생활에 전혀 관심이 없어요. 내가 먼저 시도해 봐도 마찬가지예요. 낮에 가끔 전화를 걸면, 남편이 전화를 받을 수 있을 시간인데도 연락이 닿지 않아요. 한번은 남편이 친구들 만난다고 외출을 했어요. 그런데 내가 그 친구들 중 한 명의 아내에게 메시지를 보냈더니, 자기 남편은 집에 있다고 하더라고요. 그리고 정말 최악은요, 남편에게서 분명히 내 향수가 아닌 다른 향이 났다는 거예요!

내가 물어보면 남편은 곧장 방어 태세를 취해요. 그러면서 자기를 그런 짓이나 하는 사람으로 생각하는 게 상처가 된대요.

데비가 보기엔 어떤 것 같아요? 남편이 바람을 피우는 것 같나요, 아니면 내가 '의심에 눈이 먼' 것일까요?

걱정 많은 아내

걱정 많은 아내 님,

　제가 보기에도 남편이 외도로 의심받을 만한 행동을 하고 있네요. 안타까운 얘기지만, 보통 남자들이 바람을 피울 때 배우자에게 들킬 것 같으면 방어적인 태도를 보이는 경우가 아주 흔하답니다.

　독자님께서 남편이 바람을 피운다는 의심이 짙어진다면, 혹시 남편이 따로 사용하는 휴대폰이 있는지 한번 찾아보세요. 아니면 별도의 이메일 계정을 쓰는지 확인해 보세요. 만약 아무것도 발견하지 못했는데도 의심이 지워지지 않는다면, 사립 탐정을 고용해 보면 어떨까요. 그런 다음 사립 탐정이 외도의 증거를 발견한다면, 그때는 변호사를 고용하는 거죠. 아니면 살인청부업자를 고용하거나요.

　독자님께서 취사선택할 방법이 많답니다.

데비로부터

48
데비

아침이 밝았다. 딸아이들이 아래층으로 내려오기 전에 쿠퍼를 깨웠다. 아이들에게 아빠가 소파에서 자고 있는 모습을 보여 봤자 득 될 것이 없었다. 쿠퍼는 게슴츠레한 눈으로 나를 올려다보더니, 샤워를 할 생각인지 부족한 잠을 보충할 생각인지는 몰라도 무거운 몸을 이끌고 계단을 올랐다. 그가 손을 등에 대고 있다. 소파가 잠자기에 편한 장소는 아니다.

렉시는 기분이 조금 나아진 것 같았다. 일단 울음은 그쳤다. 하지만 쿠퍼와 마찬가지로 얼굴이 피곤해 보였다. 밤새 많이 뒤척였을 것이다. 렉시가 휴대폰이 잠시 없어졌었다는 사실을 알아차리지 못한 건 천만다행이었다. 나는 렉시를 깨우지 않고 무사히 휴대폰을 침대 옆 탁자에 돌려놓았다.

이지는 아주 기분이 좋아 보였다. 하기야 축구팀에 복귀했고, 항상 아이를 깎아내리던 코치를 더 이상 상대하지 않아도 되었다. 이럴 줄 알았으면 진작에 파이크 코치를 없앨 걸 그랬다.

오늘 아침 메뉴는 스크램블드에그와 잉글리쉬 머핀 토스트이다. 요즘 매일 아침으로 식이섬유 함량이 높은 시리얼을 먹는 나지만, 오늘은 과감히 시리얼을 치워 버리고 내 몫까지 잉글리쉬 머핀과 달걀을 만들었다.

"엄마가 학교까지 또 태워줄까?" 나는 접시에 음식을 담아 식탁에 내려놓으며 딸아이들에게 물었다.

"네, 좋아요." 이지가 신난다는 듯 대답했다. 차 태워준다고 하면 절대 거절하지 않는 우리 둘째다.

헤드폰을 오늘도 끼지 않은 렉시가 고개를 끄덕였다. "저도 좋아요. 대신 나 아침에 물리 시험 있어서 절대 늦으면 안 돼요."

"엄마가 늦게 데려다준 적 있어?" 내가 반문했다.

렉시가 억지 미소를 지어 보였다. "거의 없긴 하죠."

"아니거든. '한 번도' 없었거든." 나는 렉시를 향해 이 엄마만큼 시간을 잘 지키는 사람 있으면 나와 보란 듯이 웃어 보이며 식탁에 앉았다. "자, 얼른 먹어. 늦지 않게 가야지."

렉시가 자기 접시로 고개를 숙이는가 싶었는데, 식탁에 놓인 접시 세 개를 쓱 둘러보더니 고개를 돌려 가스레인지를 쳐다봤다. "아빠 건 안 만드는 거예요?"

대답하기 좀 곤란한 질문이다. 내가 입을 열어 보지만 뭐라고 답해야 할지 퍼뜩 떠오르지 않는다. 그때, 초인종이 울렸다.

그 소리가 내 신경을 곤두세웠다. 지금 현관에 온 사람이 누구든 좋은 소식을 전해 줄 리 만무했다. 혹시 조 돌런일까? 나한테 벌레 퇴치 비용을 청구하려고? 아니면, 브렛 칼슨이 두꺼비집 수리비를 받으려고 왔을까? 아니면 한심하게도 신문사 웹페이지에서 아직도 영상을 내리지 못한 개릿 미어스일까?

"엄마가 가볼게."

나는 달걀을 먹다 말고 종종걸음으로 현관으로 향했다. 방문객이 초인종에 온몸의 무게를 실어 누르는 중이었다. 내가 현관문을 열자, 예상 밖의 인물이 서 있었다. 조나 브렛이나 개릿보다 더 마주치고 싶지 않은 사람이었다.

제인이다.

화가 잔뜩 난 얼굴로.

그럴 만도 했다. 내가 한밤중에 그를 불러냈고, 그는 여자 친구에게 바람맞은 줄로 알고 있다. 자기 나름대로 놀이터에서 뜻한 바도 있었을 텐데 말이다. 문득 제인이 벤치에서 몇 시까지 자고 있었을지 궁금했다. 거기가 밤에도 안전한 동네인 걸 다행으로 여겨야 할 거다.

렉시를 협박해 놓고 겁도 없이 집으로 직접 찾아오다니, 참 뻔뻔한 녀석이다. 하지만 나는 아무것도 모르는 척해야 했다. 렉시가 내가 한 일을 조금이라도 알게 되면 날 그냥 두지 않을 거다.

"렉시 어딨어요?" 제인이 다급한 목소리로 물었다.

나는 팔짱을 꼈다. "지금 아침 먹고 있어. 왜, 무슨 일 있니?"

제인은 대답할 말을 찾는 게 쉽지 않은지 곤혹스러워 보였다. 나한테 렉시가 어젯밤에 자기를 바람맞혔다고 대놓고 말할 수는 없었다. 결국 제인이 택한 답변은 이것이었다. "렉시가 제 번호를 차단해서요!"

쯧쯧, '내'가 한 거란다. 이 아이는 차단당할 만한 짓을 했고, 또 내가 차단을 해놓지 않으면, 렉시 휴대폰이 어젯밤에 어떻게 된 거냐고 묻는 메시지로 터져나갈 것이 불 보듯 뻔했다. 내가 한 일을 렉시가 절대 모르게 하려면, 제인이 렉시에게 문자 메시지를 하나라도 보내면 안 되었다.

"그건 렉시 마음이지. 렉시한테 내가 대신 전해 줄 말 있으면 전

246

해 줄게." 나는 딱딱한 말투로 말했다.

"그럼." 제인이 아래턱을 쑥 내밀었다. "렉시한테 개 같은 년이라고 전해 주세요."

솔직히 좀 많이 놀랐다. 내 얼굴에 대고 그런 말을 아무렇지도 않게 할 줄은 몰랐다. 하지만 덕분에 내가 다음 말을 하기가 훨씬 수월한 분위기가 되었다.

"그래, 꼭 전해 줄게. 그런데 제인, 나도 너한테 해 줄 말이 있어." 나는 빈정거리며 말했다.

제인이 눈을 굴렸다. "아, 그러세요?"

"그럼, 있지." 나는 환하게 미소를 지었다. "성범죄자가 감옥에 가면 어떤 일을 겪는지 네가 확실히 알아야 할 것 같아서 말야."

내 말이 떨어짐과 동시에 제인 얼굴에서 우쭐대던 표정이 싹 사라졌다. "네?"

나는 친절히 반복해 줬다. "성범죄자가 감옥에 가면 어떤 일을 겪는지 네가 알아야 할 것 같다고. 여기서 성범죄라 함은 가령 15살 여자아이의 나체 사진을 사람들에게 돌리는 일이랄까. 법적으로 아동 또는 청소년에 대한 성범죄로 간주하거든."

아주 잠깐 제인의 눈빛에 두려움이 스쳤다. "무슨 말인지 모르겠는데요."

"글쎄, 나는 네가 알 거라 생각하는데." 나는 가볍게 눈썹을 올렸다가 내렸다. "어쨌거나, 나이가 18세 이상인 사람이 그런 일을 하다가 잡히면…. 참, 요즘에는 온라인에 흔적이 다 남아서 잡는 것도 아주 쉬워졌어. 그렇게 잡혀서 감옥에 가면 아주 힘든 시간을 보내게 돼. 특히나 성범죄자에게는 감옥이 아주 가혹하거든. 처벌한다는 이유로, 또는 감옥 내 서열을 올리기 위해 희생양으로 삼는다는 이유로 다른 수감자들에게서 종종 공격을 받으니까."

제인이 한 발짝 물러서다가 자기 발에 걸려 휘청거렸다.

나는 말을 이었다. "그리고 감옥에서 나오더라도, 성범죄자로 등록이 되어서 이사할 때마다 신고해야 해. 또 직장에도 알려야 하고. 너와 데이트를 생각하는 여자가 네 정보를 조회했다가… 뭐, 취소하겠지. 집을 구할 때도 천운이 필요할 거야. 집주인에게 성범죄자라는 사실을 알려야 하니까."

"아, 알겠어요…." 제인이 고개를 절레절레 흔들었다. 제인 안에서 끓어오르던 분노는 흔적도 없이 사라지고, 얼굴에는 누가 봐도 겁먹은 표정이 역력했다. "저기요, 그냥 렉시한테 제가 더 이상 학교까지 데려다줄 수 없게 되었다고 전해 주세요."

"그럴게!" 나는 명랑한 목소리로 말했다.

그런 다음 나는 몸을 돌려 제인 눈앞에서 현관문을 닫고는 샌드위치가 기다리고 있는 부엌으로 돌아갔다. 의자에 다시 앉아 달걀을 올린 머핀을 집어 들었다.

"누구였어요, 엄마?" 렉시가 내게 물었다.

"이제 볼 일 없는 사람."

나는 머핀을 한입 베어 먹었다. 정말 맛있었다.

49
쿠퍼

아침 내내 머릿속이 뿌옇다.

데비가 어젯밤 어딜 갔는지 아무리 생각해도 모르겠다. 지도상으로는 어디인지 알지만, 한밤중에 데비가 조선소 몰에 간 이유가 무엇인지, 거기서 뭘 했는지는 의문투성이다.

아내가 연인과 밀회를 하려고 거기 갔다고는 생각되지 않았다. 데비는 그럴 사람이 아니었다. 데비는 뭐랄까…. 아무튼 그럴 사람이 아니다. 하지만 그런 이유가 아니라면, 대체 거기 가서 뭘 하고 왔다는 걸까?

내 머릿속에서는 오늘 아침에라도 데비와 마주 앉아야 한다는 생각이 맴돌았지만, 결국 데비를 피하는 쪽을 택했다. 죽을 만큼 피곤했고, 도저히 진지한 대화를 나눌 컨디션이 아니었다. 일단 이야기를 주고받기 시작하면 분위기가 아주 심각해질 것이 분명했다.

우리가 대화를 해야 한다는 사실은 인지하고 있다. 나는 솔직하게 털어놓을 생각이다. 내가 지금까지 데비에게 숨겨왔던 모든 것을. 데비가 나를 미워하게 된다면? 글쎄, 그렇게 되지 않기를 바라야겠지. 우리가 이걸 함께 해결할 방법을 찾을 수 있기를 바랄 뿐이다. 상담이 필요하다면 상담도 받고, 데비가 원하는 건 뭐든지

할 의향이 있다.

이렇게 계속 갈 수 없다는 건 자명했다. 거짓말하는 것, 몰래 돌아다니는 것은 이제 그만둬야 했다.

기적적으로 제시간에 출근하는 데 성공했다. 켄은 낚시 여행 중인지는 몰라도 맥컬리 여사님이 직원들 출근 시간을 초 단위까지 기록하고 있고, 이 기록은 나중에 켄이 돌아오면 고스란히 보고될 것이다. 이미 사직 통보를 한 사람에게 출근 시간 따위는 중요하지 않다. 하지만 켄에게 나를 퇴사일보다 더 빨리 내쫓을 구실을 주고 싶지 않았다. 나는 그 마지막 월급이 절실한 상황이다.

솔직히 말하면 켄이 회사로 다시 돌아오는 순간, 아주 높은 확률로 나는 무릎을 꿇고 제발 계속 일하게 해달라고 빌지도 모른다.

사무실로 들어서니, 맥컬리 여사님은 책상에 앉아 있고 제시는 여사님 뒤에 서 있는데, 두 사람이 아주 심각한 얼굴로 컴퓨터 화면을 들여다보고 있었다.

"무슨 일이에요?" 내가 물었다.

제시가 화면에서 눈을 들었다. "법인 계좌에서 돈이 사라진 것 같아."

나는 귀를 의심했다.

"돈이 없어졌다고?" 나는 멍하니 되물었다.

맥컬리 여사님이 안경 너머로 내 얼굴을 똑바로 바라봤다. "오늘 아침에 돈이 맞지 않다는 걸 발견했어요. 꽤 많은 금액이 사라졌고, 보아하니 몇 달 전부터 계속되어 온 것 같아요."

"저, 정말… 확실한가요?" 내가 말을 더듬거렸다.

"그럼요, 당연히 확실하죠!" 맥컬리 여사님은 자기에게 실수의 가능성을 제기했다는 사실에 모욕감을 느낀 듯했다. 사실 여사님이 틀리는 경우는 거의 없다. "대표님이 직접 돈을 옮겼을 가능성도 있어요. 내가 대표님께 계속 전화하고는 있는데, 전화를 안 받으시네요."

"아무래도 낚시 중일 테니까요." 내가 말했다.

"하지만 평소 대표님은 낚시 중에도 전화를 다 받으세요. 전화 못 받는 것을 대표님이 어떻게 생각하는지 잘 알지 않나요." 맥컬리 여사님이 말했다.

맞는 말이다.

"대표님이 돈을 옮긴 게 맞을 거예요." 맥컬리 여사님이 그렇게 말하며 생각에 잠겼다. "차라리 그랬으면 좋겠어요. 아무리 봐도 이건 내부 소행이에요."

"내부 소행요? 여기서 일하는 누군가가 그랬다고요?" 내가 되물었다.

제시가 나를 보면서 씩 웃었다. "어이, 쿠퍼, 자네가 가져간 거 아니야? 어서 말해 봐!"

그는 농담으로 한 말일지 몰라도, 나는 조금도 웃을 수가 없었다. 이 모든 게 우연처럼 느껴지지 않았다. 켄 브라이언트가 주중에 예정에도 없던 낚시 여행을 갔는데, 연락이 닿지 않는다. 회사 계좌에서 큰돈이 사라졌고, 그게 '내부 소행'으로 보인다.

그리고 데비는 밤중에 자꾸 어디를 갔다 오는 걸까?

"계속 전화를 해 보는 수밖에 없겠네요. 켄이라면 이런 일을 한시라도 빨리 알고 싶어 할 테니까요." 나는 중얼거리듯 말했다.

쓸데없는 걱정을 하는 걸지도 모르겠다. 하지만 내 목에 둘린 올가미가 조금씩 조여드는 것 같은 느낌을 떨쳐낼 수가 없었다.

50
데비

새로운 앱 아이디어가 생각났다.

어젯밤 조선소에서 돌아오는 길에 번쩍 떠올랐다. 앱 이름은 '남편 벌주기'다.

아침부터 앱 만드는 데에 매달렸다. 처음 예상했던 것보다 조금 더 복잡했다. 지난 10년 동안 내가 만든 앱이 대여섯 개쯤 되는데, 이번 것은 왠지 대박이 날 것 같았다. 이젠 직업도 없으니, 이 앱을 개발하는 데에 시간을 넉넉하게 쓸 수 있다. 나라고 하루 종일 정원에서 양귀비를 가꾸며 살고 싶은 마음은 없었다.

앱을 완성해서 팔기만 하면, 꽤 많은 돈을 벌 수 있을 것 같다. 그러면 지금 우리 형편에 큰 도움이 될 것이다.

쿠퍼는 이 앱을 보면 어떻게 생각할까.

이런저런 아이디어를 적고 막 일어나려는데, 휴대폰이 울렸다. 화면에 뜬 이름이 이지인 것을 확인한 순간, 허겁지겁 전화를 받으려다가 휴대폰을 손에서 떨어뜨릴 뻔했다. 이지가 학교 일과 시간에 내게 전화한 적은 지금껏 한 번도 없었다. "이지?"

"엄마!" 딸아이의 목소리가 다급했다. "우리 데리러 학교로 와야 해요. 지금 당장요!"

"응?" 오늘이 단축수업 날인데, 내가 모르고 있었던 건가. 납득하기 어려운 단축수업 일정이 염려스러울 정도로 자주 잡히는 경향이 있긴 했다. "아니, 왜?"

"어떤 학생이 차를 몰고 학교 건물을 들이받았대요!" 이지가 말했다.

"뭐라고?" 그건 정말 예상치 못한 대답이었다. "어쩌다가?"

"나도 몰라요. 3학년 남학생이라는데, 술을 잔뜩 마셨다는 얘기만 들었어요. 뭐가 어떻게 된 건지 모르겠는데, 학교에서 학생들을 다 집으로 돌려보낸대요. 지금 학교에 구급차랑 소방차랑 다 와서 난리예요."

"그 학생은 괜찮은 거야?"

"아닌 것 같아요. 꽤 심하게 다쳤다고 들었어요."

"렉시는 어딨어?"

"언니는 자기 교실에요. 학생들 전부 자기 교실에 있어요. 누가 데리러 올 때까지 교실에 있어야 한대요. 그러니 엄마가 우리 데리러 와야 해요."

"알았어, 지금 바로 갈게. 꼼짝 말고 있어."

"꼼짝할 수 없다니까, 엄마! 교실에서 못 나가요!"

나는 비상사태에 대응하기 위해 신속하게 움직였다. 우선 렉시에게서도 전화가 올 것이 충분히 예상되는 상황이라 내가 학교로 간다고 먼저 문자를 보냈다. 그런 다음 열쇠를 집어 들고 차로 향했다. 몸은 바삐 움직이면서도 머릿속으로는 내가 생각하는 일이 아닐 거라고 스스로를 납득시키려 애썼다. 그렇지만 정황이 너무 들어맞았다.

한 남학생이 차로 학교 건물을 들이받았다. 아침 9시에 술에 취한 채로. 정신이 멀쩡하지 않은 상태였을 것이다. 그리고 그 아이는 3학년이라고 했다.

혹시 그 학생이….

아니겠지. 아닐 거다.

그렇지만….

나는 차에 올라타 아이들 학교를 향해 최대한 빨리 차를 몰았다.

51

학교까지 날아가다시피 운전해서 갔다. 도착하고 보니, 학교 앞이 아수라장이었다. 꼬리에 꼬리를 문 차들이 학교 정문에서부터 족히 수백 미터 떨어진 곳까지 줄지어 서 있었고, 몰려드는 차들 때문에 줄은 계속 길어지고 있었다. 나는 걸어서 갔다면 열 번은 왔다 갔다 하고도 남을 시간이 걸려서야 학교 앞에 닿았다.

학생들을 학교 건물에서 대피시켰는지 모두 밖으로 나와 교사들과 함께 무리를 지어 서 있었다. 내가 마침내 학생 승하차 지정 구역에 이르자, 손에 클립보드를 든 한 선생님이 내 차 옆으로 와 아이들 이름과 학년을 물었다.

"이저벨 멀린, 1학년, 그리고 알렉사 멀린, 3학년이에요." 내가 대답했다.

절차는 내가 예상한 것보다 훨씬 신속하고 효율적이었다. 혹시나 엉뚱한 아이들이 나오고 그래서 다시 확인해야 하는 과정을 몇 번 반복할까 봐 걱정했는데, 일 분도 채 지나지 않아 렉시와 이지가 내 차가 있는 쪽으로 인솔되었다. 딸아이들이 평소처럼 앞좌석을 두고 실랑이를 벌일 거라는 내 예상과 달리 렉시가 아무 말 없이 뒷좌석에 올라탔다. 이지가 조수석에 별 어려움 없이 앉았다.

나는 백미러로 큰딸아이를 살폈다. 렉시 눈이 부어 있었다. 지난

밤처럼.

"제인이었대요, 엄마!" 이지가 입을 열었다. 두 눈이 휘둥그랬다. "제인이 차로 들이박은 거래요!"

"그… 그랬구나."

예상했던 바였는데도, 이지의 말이 큰 충격으로 다가왔다. 제인이 나와 대화를 나눈 후, 뭘 마셨는지 모르겠지만 완전히 만취 상태가 된 모양이었다.

이지가 쉬지 않고 말을 쏟아냈다. "애들이 그러는데, 제인이 교장실로 오라는 이메일을 받았대요. 자세한 내용은 모르지만, 내가 보기엔 제인이 무슨 문제를 일으킨 것 같았어요. 차가 학교에 부딪히는 소리가 얼마나 컸던지, 전교생이 다 들었어요. 진짜 학교가 흔들흔들거렸어요."

저런 저런. 내가 성범죄가 얘기로 너무 겁을 줬나 보다.

"제인은 무사하니?" 내가 물었다.

이지가 고개를 흔들었다. 뒷좌석에서 렉시가 조용히 훌쩍이는 소리가 들렸다. 둘 다 그것까지는 모르는 것 같았다. 구급차가 왔다고 했으니 제인이 목숨을 잃지는 않았다고 봐도 될 것 같았다. 적어도 지금은.

"렉시, 너 괜찮니?" 내가 말했다.

렉시는 아무 말도 하지 않았다. 대신 머리를 푹 떨군 채 흐느끼기만 했다. 렉시가 왜 우는지 모르겠다. 제인은 협박질이나 하던 쓰레기 같은 녀석이었다. 렉시의 인생 전체를 망가뜨리겠다고 위협하던 놈이었다.

집에 도착할 때까지 우리는 아무 말도 하지 않았다. 차 안에는 간간이 렉시의 흐느끼는 소리만 들렸다. 나는 무슨 말을 해야 할지 알 수 없었다. 10대 딸을 둔 엄마로서 살아온 경험을 돌이켜보면 무슨 말을 한들 아이들은 내가 틀렸다고 말할 게 뻔해서, 그냥 입을 다물고 있었다. 괜히 입을 열었다가 10대 자녀들에게 바보 취급받고 그들이 친구들과 주고받는 문자에 오르는 것보다 조용히 있는 편이 현명했다.

차에서 내린 이지가, 내가 좋지 않은 습관이라고 말하는 걸어가면서 휴대폰 하기를 하며 집으로 들어갔다. 잠시 후 핸드폰 용무가 끝났는지 고개를 들었다.

"제인은 무사해요. 병원으로 데려갔대요." 이지가 그렇게 말하며 소파에 걸터앉았다.

"다행이다." 내가 말했다. 어느 정도는 진심이다.

"그런데 많이 다쳤나 봐요. 자나가 그러는데, 목이 부러졌대요."

이지가 전해 준 새로운 소식에 렉시가 오열했다. 어젯밤보다 훨씬 더 괴로워하는 큰딸아이의 모습에 나는 아연실색하고 말았다. 렉시는 얼굴을 손에 파묻은 채 온몸을 들썩이며 흐느꼈다.

나는 도무지 이해할 수 없었다. 제인은 끔찍한 놈이었다. 렉시를 속여 신체가 노출된 사진을 받아냈고, 그 사진을 학교에 퍼뜨리겠다고 겁을 줬다. 그렇게 협박해서 렉시와 성관계를 하려고 했다. 그런 놈이 다쳤다는데, 렉시가 왜 저렇게 슬퍼하는 걸까.

"렉시, 엄마 봐봐." 나는 렉시를 진정시키려고 딸아이 어깨에 팔을 둘렀다. "왜 우는 거야?"

"왜 우냐고요?" 렉시가 어이없다는 듯이 되물었다. "내 남자 친구가 목이 부러졌다잖아요!"

"그렇지만 그 녀석이 너한테 한 짓이 있잖아. 이제는 다 해결됐어." 나는 핵심을 콕 짚어 설명했다.

렉시가 눈물범벅이 된 얼굴로 나를 올려다봤다. 얼굴에 공포가 서려 있었다. "이런 식으로는 아니죠." 렉시 목에서 쥐어짜는 듯한 소리가 나왔다.

그 말과 함께 렉시는 내 품에서 빠져나가 계단을 두 칸씩 뛰어 올라갔다. 창문이 떨어질 정도로 방문이 세게 닫히더니, 더는 아무 소리도 들리지 않았다.

이 상황을 어떻게 받아들여야 할지 모르겠다. 렉시에게는 문제가 있었고, 나는 그 문제를 해결해 줬다. 나를 위해 그렇게 해준 사람이 있었다면 참 좋았을 거다. 내 인생이 완전히 달라졌을지도 모른다.

어찌 되었든 내가 한 일에 후회는 없다. 말은 바로 하랬다고, 나는 제인에게 술이든 뭐든 마시라고도 하지 않았고 차로 학교를 들이받으라고도 하지 않았다. 성범죄자로 낙인찍히면 얼마나 끔찍한지 알려준 것뿐이다. 그리고 제인은 교장실로 오라는 이메일을 받고 겁을 먹은 것이다. 차 사고를 낸 건 제인이다. 나는 그 자동차 근처에도 가지 않았다. 결국 세상일은 뿌린 대로 거두는 법이다. 카르마는 있다.

52

렉시는 방에 들어간 이후 이른 오후가 되도록 방에서 나오지 않았다.

내가 몇 번 딸아이가 괜찮은지 확인하러 방 앞까지 갔었다. 노크를 하면 기껏해야 방문 너머에서 짜증 섞인 목소리로 그냥 가라는 말을 듣는 게 전부였지만, 그게 나는 오히려 안심이 되었다. 내게 화를 내는 것이 애초에 사귄 것부터 잘못이었던 한심한 녀석 때문에 엉엉 우는 것보다 훨씬 낫다. 제인은 렉시와 전혀 어울리지 않았다. 렉시는 대학 수준 심화 과목을 네 개나 듣는 우등생이란 말이다! 하지만 제인은 수업에 제대로 들어가는 것 같지도 않았다. 렉시가 공부한다고 집에 있겠다고 하면, 그걸 조롱하는 아이였다.

묵은 체증이 싹 내려가서 속이 시원하다.

나는 틈틈이 제인에 대한 소식이 올라온 게 있는지 확인했다. 《힝엄 하우스홀드》 웹사이트는 아직도 동영상을 내리지 못했지만, 다른 뉴스 매체에서 올린 기사들이 많았다. 지금까지 찾아본 기사들은 모두 이지가 말한 내용과 일치했다. 단, 제인이 징계 문제로 교장실의 호출을 받았다는 언급은 없었는데, 그건 아마도 학교에서 숨기려는 게 아닌가 싶다.

제인이 확실히 살아있다는 사실도 알 수 있었다. 하지만 심각한 부상을 입은 것으로 보였다. 한 기사에서 제인이 목뼈가 부러졌고, 응급 수술을 받기 위해 병원으로 급히 이송되었다고 전했다.

오후 2시쯤, 딸아이들을 확인하러 위층으로 올라갔다.

이지는 자기 방에서 공부 중이었다. 침대 위에 양반다리를 하고 앉아서는 연필을 입에 물고 있다. 쿠퍼도 늘 저렇게 한다. 이지가 환경 때문이든 유전적이든 아빠의 습관을 따라 하는 모습이 묘하게 사랑스럽다.

"이지." 내가 작은 딸아이를 불렀다. "엄마가 볼일 좀 보고 올게. 두 시간쯤 후에 올 거야."

"네." 이지가 책에서 눈을 떼지 않고 대답했다.

"엄마 없는 동안 가끔 언니 좀 살펴봐 줄래?"

"네, 그럴게요."

"고맙다, 우리 딸. 진짜 최고야."

이지는 렉시에 비해 참 수월한 아이다. 더구나 내가 딸아이의 소소한 문제를 해결하고 나자, 이지는 자신의 문제가 해결된 것을 기뻐했다. 파이크 코치가 체포되었다고 방문을 꼭 닫고 들어가 몇 시간씩 울어대지 않았다.

나는 렉시 방 앞으로 갔다. 여전히 굳게 닫힌 문을 부드럽게 두드렸다. 아무 대답이 없어서 조금 더 두드렸다.

"그냥 가요." 렉시 목소리가 똑똑하게 들리지 않았다. 얼굴을 베개 더미에 파묻은 채 말을 할 때 날 법한 목소리였다. 렉시가 실제로 그러고 있을 거라는 생각이 들었다.

"엄마 잠시 나갔다 올 거야. 너한테 말해 주고 나가려고." 내가 말했다.

"다녀오세요." 렉시가 방문 너머에서 대답했다. "사람은 죽이지 마시고요."

나는 웃음이 새어 나오려는 걸 참았다. 렉시가 내 계획을 알면 뭐라고 할까.

내게는 반드시 해결해야 할 아주 큰 문제가 하나 있다. 그것까지 해결하고 나면, 다시 밤에 제대로 잘 수 있을 거다. 반세기 가까이 살고 보니, 깨달은 것이 있다. 나를 진정으로 아끼고 돌보는 사람은 결국 나 자신뿐이라는 것이다.

53

95번 고속도로를 타고 사우스 쇼어를 가로지르며 북쪽으로 한 시간 조금 넘게 달렸다. 돌아갈 때는 그보다 시간이 더 걸리겠지만, 퇴근길 교통 체증이 시작되기 전에 일을 끝낸다면, 그리 오래 걸리지 않을 것이다. 하지만 그 시간에 딱 걸리면, 집으로 돌아가는 길이 영원처럼 멀게 느껴질 것이다.

하지만 나는 서두르지 않는다.

사우스 쇼어로 내려와 살기 시작한 이후 내가 이 길을 따라 달리게 되리라고 생각한 적 없었다. 케임브리지가 멀기도 멀거니와 굳이 갈 이유도 없었다. 쿠퍼는 내가 MIT를 떠난 이유를 모르지만, 내가 학교에 가고 싶어 하지 않는다는 걸 어렴풋이 느끼는 것 같았다. 단 한 번도 MIT를 입에 올리지 않았다.

그런데 오늘, 내가 고속도로를 타고 케임브리지로 향하고 있다. 다만 MIT 캠퍼스로 가는 것이 아니다. 캠퍼스 밖에 있는, 다시는 발걸음할 일이 없을 거라 생각했던 어느 건물로 가고 있다.

'제타 파이'라는 남학생 친목 클럽이 사용하는, 나의 대학 생활을 악몽으로 바꿔버린 바로 그곳으로.

여태껏 그날 밤 아무 일도 없었다고 생각하며 나름 잘 지내왔다. 그런데 지난 일 년 동안, 머릿속 깊숙이 똬리를 틀고 있던 기억이 자꾸 꿈틀거렸다. 조금씩 내 정신을 갉아먹더니 어느새 머릿속을 온통 채워 버렸다. 내가 미쳐간다는 기분을 떨칠 수가 없었다.

오늘 이 일을 해야 한다. 이 집이 견고히 서 있는 한, 나는 결코 마음의 평화를 얻지 못할 것이다.

오후 3시를 조금 넘긴 시각, 브루클라인과 케임브리지 경계에 있는 건물 앞에 도착했다. 길 아래쪽에 주차 자리가 하나 있길래 다른 사람이 차지하기 전에, 그래서 내 마음이 바뀌기 전에 얼른 그리로 들어갔다. 그런 다음 시동을 끄고 차 안에 잠시 그대로 앉아 있었다. 용기를 끌어모아야 했다.

19살 때보다 나는 더 용감하다고, 더 강하다고, 그러니 할 수 있다고.

가방을 손에 꼭 쥐고 차에서 내렸다.

건물이 내 기억과 좀 달라 보였다. 이렇게 작았던가. 파티가 있던 그날 밤 안으로 걸어 들어갈 때는 거대했었는데, 지금은 거리에 있는 다른 건물들과 별반 다를 바 없어 보였다. 회갈색 벽돌로 된 외관에 입구 양쪽에는 흰 기둥들이 서 있다. 새하얀 색 문 위에는 유려한 서체로 쓴 '제타 파이'라는 글자와 그리스 문자가 들어간 현판이 걸려 있고, 문 앞에는 계단 다섯 개가 놓여 있다. 나는 천천히 계단을 한 단씩 올라가기 시작했다.

문 앞에 선 다음 검지로 초인종을 눌렀다. 종소리가 울려 퍼졌고, 나는 기다렸다.

잠시 후 문이 열리면서 청바지에 남색 MIT 티셔츠를 입은 말쑥한 청년이 모습을 드러냈다. 앞머리가 눈을 살짝 가린 스타일이 허치와 너무나 닮았다. 내가 기억 속에서 지우지 못하는 그 모습. 그

즉시 눈앞에 있는 청년이 싫어졌다.

"안녕하세요. 무슨 일로 오셨나요?" 청년이 말했다.

"안녕하세요. 저는 니콜 퀸트라고 해요." 나는 목소리를 한껏 끌어올렸다. "《케임브리지 크로니클》에서 MIT 남학생 친목 클럽에 관한 기사를 쓰고 있어요. 실례가 안 된다면 잠시 얘기 좀 나눌 수 있을까요?"

《케임브리지 크로니클》은 주간지로, 날카로운 탐사 보도 쪽이 아닌 주로 홍보성 기사를 다루는 신문이다. 내가 쓴다는 기사 내용에 대해 질문받을 경우를 대비해 오는 길에 미리 답변도 준비해 두었다. 하지만 내 걱정과 달리, 청년의 얼굴에는 기대에 찬 미소가 번졌다.

"그럼요!" 청년은 내가 들어올 수 있게 옆으로 한 발짝 비켜섰다. "들어오세요!"

나는 미소로 화답하며 안으로 들어갔다. 내 인생에서 가장 끔찍한 일이 벌어졌던 그곳으로 들어섰다. "정말 고마워요."

54
쿠퍼

오늘따라 시간이 느리게 간다.

이렇게 가다가는 5시가 영영 오지 않을 것만 같았다. 금요일에는 맥컬리 여사님이 종종 3시쯤 퇴근하기도 하는데, 오늘은 회삿돈 문제로 늦게까지 남아 있을 확률이 높았다. 그 말인즉 나도 일찍 퇴근할 수 없다는 뜻이다.

더 곤혹스러운 건, 맥컬리 여사님이 나를 믿지 못하겠다는 듯이 자꾸 훔쳐본다는 거다. 심지어는 탕비실까지 따라와, 내가 전자레인지에 컵라면을 데우는 동안 내게서 눈을 떼지 않기도 했다. 결국 나는 라면을 내 사무실로 가져가서 문을 닫고 먹어야 했다.

시계가 3시 반을 가리켰다. 책상 위에 올려놓은 휴대폰이 울렸다. 화면에 뜬 렉시 이름을 보고 깜짝 놀란 것도 잠시 곧바로 걱정이 밀려왔다. 렉시는 내게 전화를 하지 않는다. 요즘 세대는 전화 자체를 거의 안 한다고 하지만, 그렇더라도 렉시가 내게 마지막으로 전화를 걸었던 게 언제였는지 전혀 떠오르지 않았다. 무슨 일이 있다면, 렉시는 나보다는 데비에게 먼저 연락한다.

하지만 근래 들어 데비가 너무 이상할 정도로 평소 같지 않았다. 렉시가 뭔가 상의하고 싶어도 데비에게 선뜻 말하기가 주저되었을지도 몰랐다. 그렇다면 우리는 같은 처지에 놓인 셈이다.

손을 뻗어 휴대폰을 집어 든 다음 초록색 버튼을 꾹 눌렀다.

"렉시?"

"아빠, 지금 어디예요?" 렉시 목소리가 떨렸다.

질문치고는 너무나 이상했다. 금요일 오후에, 아직 4시도 되지 않은 시간에 내가 어디 있을 거라 생각한 건지 모르겠다. "회산데. 왜?"

"아빠… 혹시 집에 올 수 있어요? 지금 당장?"

시간을 확인했다. 맥컬리 여사님이 눈을 부릅뜨고 지켜보는 중이라, 시계를 아무리 쳐다봐도 퇴근하기엔 너무 이른 시간이었다. "급한 일이야?"

"네, 좀." 목소리만 들으면 렉시를 17살이라고 생각하지 못할 것 같다. 어엿한 10대인데도 휴대폰 스피커에서 흘러나오는 목소리가 아기 같다. "엄마가 이상해진 것 같아요."

데비가 또 무슨 일을 저지른 걸까.

나는 성급하게 결론을 내리지 않으려고 목을 가다듬었다. 아이들 앞에서 우리는 부모로서 공동 전선을 취하는 상호 협력적인 관계였다. 데비를 배려하고 싶었다. "그게 무슨 말이니?"

"최근에 일어난 일들 때문에 그래요. 가만히 생각해 보니까… 엄마가… 왠지 복수를 대행하고 있는 것 같아요."

"복수?"

"이지가 축구팀에서 쫓겨났을 때요. 바로 다음 날, 파이크 코치가 체포됐었어요."

나는 숨을 참았다. 그날 밤 데비의 행적이 꺼림칙하다는 사실을 생각하지 않으려 했다. "글쎄, 그건 우연일 수도 있지."

"어쩌면요. 하지만 어젯밤에 엄마한테 내가 제인하고… 문제가 좀 있다고 말했는데, 오늘 아침에 제인이… 차로 학교 건물에 사고를 냈어요. 그래서 지금 병원에 있어요." 렉시가 울먹거렸다.

숨이 턱 막혔다. "뭐라고?"

"엄마가 아빠한테 말 안 했어요?" 도리어 렉시가 내 반응에 깜짝 놀라 울먹거리던 목소리가 원래대로 돌아왔다. "오늘 아침에 있었던 일이에요. 그래서 엄마가 나랑 이지를 데리러 학교에 왔었어요."

그런 일이 있었다니. 데비는 우리 딸의 남자 친구가 심각한 사고를 당했다는 사실을 내게 말해 줄 생각이 없었던 모양이다. 나는 굳이 알 필요가 없다고 생각했던 걸까.

젠장, 우리 사이가 어쩌다 이렇게 됐을까?

"그리고 또…." 렉시가 말을 이었다.

맙소사, 더 있다는 것인가.

"내가 출력할 게 있었는데, 내 방 프린터가 말을 안 들어서요. 엄마 데스크톱을 쓰려고 아래층에 내려왔다가 엄마가 열어둔 문서를 보게 됐어요. 그런데 그게 좀… 많이 이상해요."

"'많이 이상'하다는 게 무슨 뜻이야?"

"아빠가 집에 와서 직접 보는 게 좋을 것 같아요."

눈앞이 아득해졌다. 문서에 적힌 내용이 무엇이든 그냥 알고 싶지 않았다. 하지만 이대로라면 아무 일도 손에 잡히지 않을 게 분명했다.

"엄마는 어딨어?" 내가 물었다.

"몰라요. 아까 볼일이 있어서 나간다고 했어요. 그게 한 시간 반쯤 전이에요. 아직 안 왔어요." 렉시가 대답했다.

볼일이 있다고? 혹시 지난 이틀 밤과 연관이 있는 것인가?

데비 위치를 확인하려고 얼른 파인들리 앱을 열었다. 하지만 데비의 마지막 위치는 두 시간 전에 업데이트된 것이었다. 위치 공유기능이 꺼진 것이 틀림없었다.

데비가 자기가 어디로 가는지 알리고 싶어 하지 않는다는 뜻이었다. 내 심장이 오그라드는 것 같았다.

"지금 집으로 갈게." 내가 렉시에게 말했다. "걱정 마. 별일 없을거야."

딸에게 이것 말고 할 수 있는 말이 없었다.

55

집으로 오는 동안 과속을 단속하는 경찰이 없어서 얼마나 감사했는지 모른다.

데비 컴퓨터에서 발견된 문서에 뭐가 적혀 있는지 모르겠지만, 이것만큼은 확실했다. 아내에게 심각한 문제가 있다는 사실을 더는 외면할 수 없다는 것. 렉시 말이 일리가 있었다. 그렇다면 지금 데비는 자신이나 우리 가족에게 잘못한 사람을 찾아가 정의의 사도 행세를 하고 있다는 뜻이다.

왠지 나도 그 명단에 올라가 있을 것 같다는 불길함을 떨칠 수가 없었다.

진입로에 차를 아무렇게나 세웠다. 똑바로 세우고 있을 여유가 없었다. 나는 차에서 뛰어내려 현관으로 달려갔다. 집 열쇠를 꺼내 드는데, 렉시가 문을 열어줬다.

나를 기다리고 있는 렉시와 이지의 얼굴에서 똑같이 걱정이 엿보였다. 그런데 거기에는 다른 무언가가 더 있었다. 두 아이의 얼굴에는 아빠가 이 모든 문제를 해결해 줄 수 있을 거라는 믿음 같은 것이 섞여 있었다. 아이들이 나를 그런 눈으로 바라본 건 어릴 적 이후로 처음이었다.

데비가 어디에 있는지는 여전히 오리무중이었다. 회사에서 집으로 출발하기 전, 혹시나 해서 휴대폰으로 한 번 더 확인해 봤지만, 아무것도 알아낸 것이 없었다.

대체 어디서 뭘 하고 있을까. 컴퓨터에 있는 문서가 최근에 있었던 일들과 분명 연결되어 있다는 불안이 온몸을 휘감았다.

"엄마가 제인에게 뭘 했는지는 몰라요." 현관문을 닫는 나의 등에 대고 렉시가 말했다. "하지만 분명 뭔가를 했어요."

"왜 그런 생각을 했어?"

"왜냐하면 엄마가 그런 의미의 말을 했으니까요." 렉시가 새하얗게 질린 두 주먹을 몸 앞에서 모았다. "학교에서 집에 왔을 때, 엄마가 그랬어요. 내 문제를 '해결'했다고요." 렉시의 갈색 눈에서 눈물이 후드득 떨어졌다. 그제서야 렉시 눈이 충혈되어 있다는 걸 알아차렸다. "하지만 난 엄마에게 그런 걸 원했던 게 아니에요! 제인이 다치기를 바랐던 적 한 번도 없어요!"

나는 이지에게 눈을 돌렸다. 나와 눈이 마주친 이지가 입을 열었다. "나도 엄마가 걱정돼요. 그렇지만 파이크 코치가 감옥에 간건 괜찮아요. 그 사람 진짜 재수 없었거든요."

적어도 한 가지는 다행인가.

"컴퓨터를 살펴보자." 나는 최대한 침착한 목소리로 말했다.

데비 컴퓨터는 거실에 있었다. 아이들 둘 다 노트북을 가지고 있는데도, 데비는 데스크톱 컴퓨터를 사고 싶어 했다. 가격은 비슷해도 성능이 더 좋다느니 하며 어렵고 복잡한 설명을 늘어놓았다. 기술 문제에 관해선 데비와 논쟁하지 않는 나인지라, 데비는 원하는 대로 데스크톱 컴퓨터를 살 수 있었다.

나는 컴퓨터 앞에 놓인 인체공학적으로 디자인되었다는 의자에 앉았다. 마우스를 움직이자 화면이 켜지고, 비밀번호를 입력하라는 메시지가 떴다. 나는 고개를 들어 렉시를 쳐다봤다.

"이지 생일, 내 생일이에요." 렉시가 내게 알려줬다.

음, 뭐더라. 나는 무력하게 렉시를 올려다봤다.

"아, 아빠!" 렉시가 꽥 소리를 질렀다.

"그래, 알았어, 잠깐만."

그 숫자들이 내 머릿속 어딘가에 있다는 걸 안다. 나는 숫자에 강한 사람인데도, 이상하게 생일은 왜 그렇게 헷갈리는지 모르겠다. 이윽고 나는 1523을 입력했고, 무사히 로그인에 성공했다. 만약 내가 틀렸다면, 다음 주 내내 아이들이 나와 말도 하지 않았을 거다.

바탕 화면에 '디어 데비'라는 이름의 폴더가 눈에 들어왔다. 클릭해서 들어가니, 워드 문서가 한가득이다. 아무거나 하나를 열었다. 사람들이 칼럼 앞으로 보내온 사연에 데비가 답변을 쓴 것이었다.

"엄마 칼럼이잖아. 이게 왜?" 내가 말했다.

"맞아요. 그런데 엄마가 답변 쓴 부분을 읽어봐요. 진짜, 진짜 이상해요." 렉시가 말했다.

그래서 나는 사연을 읽어 내려가기 시작했다.

데비에게,

나는 뜨개질을 정말 사랑하는 사람이랍니다. 집 앞에 있는 흔들의자에 시원한 아이스티 한 잔을 옆에 두고 손에는 털실과 바늘을 들고 앉아 있으면 그렇게 마음이 평온할 수가 없어요. 제가 손주들을 위해 작은 선물을 만들어 주면 제 딸은 정말 좋아해요. 친구들도 명절에 제가 스카프를 만들어 주면 고마워하고요. 그런데 남편은 뜨개질에 일말의 관심도 없네요.

지난겨울에 남편에게 더없이 부드럽고 따뜻한 파란색 목도리를 하나 떠 주었는데요. 남편이 정말 한 번을 두르질 않더라고요! 나를 기쁘게 해 주기 위해서라도 매어볼 수 있지 않나요! 대신 백화점에서 산 목도리는 금으로 만들기라도 한 것처럼 소중히 매고 다녀요. 이런 일로 야단을 떨고 싶진 않지만, 남편이 내가 손수 만들어 준 선물을 기쁘게 하고 다닌다면 제 마음이 정말 따뜻해질 것 같아요.

집에서 한 코 한 코 정성을 다해 만든 목도리가 가게에서 산 것만큼 좋다는 것을, 아니 그보다 더 좋다는 것을 남편에게 설득할 방법이 없을까요?

뜨개질하는 낸시

뜨개질하는 낸시 님,

두 분이 함께 쌀쌀한 날씨에 외출할 일이 있을 때, 남편에게 독자님이 만든 목도리를 매어보라고 권해 보면 어떨까요? 남편이 주저하는 모습을 보인다면, 독자님이 직접 목에 둘러 주세요. 충분히 세게 감아 주면, 남편이 스스로 풀지 못할 거예요. 만약 조금 더 세게 감아 준다면, 남편의 불평이 완전히 사라질 겁니다. 그러니 부담 갖지 마시고 독자님이 필요한 만큼 목도리를 세게 감아 주면 좋을 것 같아요!

데비로부터

나는 입을 다물 수가 없었다. 내가 데비 칼럼을 매주 챙겨 읽는 애독자라고 할 수는 없지만, 장담컨대 이런 내용은 실린 적이 없었다. 보통 얼룩 제거법이나 단체 영화 관람 행사를 위한 조언 같은 평범한 내용이었다. 솔직히 말하면 따분한 내용들이었다.

지금처럼 목을 졸라 죽이라는 내용은 없었다.

이것은 발행되지 않은 원고가 틀림없었다. 데비가 답변을 쓰고는 하드 디스크에 저장해 둔 것이다. 왜 그랬는지 모르겠지만 말이다. 낸시라는 독자에게 개인적으로 답장을 보낸 걸까? 두 사람이 질식사에 대해 조언을 주고받기라도 한 건가?

"내가 원고들 거의 다 읽어봤어요. 십중팔구는 남편 죽이는 방법을 알려주는 내용이었어요." 렉시가 말을 멈추고 나를 물끄러미 바라봤다. "아빠, 엄마를 화나게 했어요?"

이런.

"아니." 내 입에서 거짓말이 튀어나왔다.

"혹시 엄마가 정신이 이상해진 걸까요?" 이지가 기어들어 가는 목소리로 물었다.

"글쎄, 나도 모르겠다." 이지의 침울해지는 표정을 보고 나는 얼른 덧붙였다. "엄마는 분명 괜찮을 거야. 좀 힘든 시기를 보내고 있는 것뿐이야."

나는 파일을 하나씩 열어봤다. 마음에 위안이 될 만한 내용은 하나도 없었다. 가슴이 철렁했다. 이 파일들은 데비가 조언으로 가장한 남편 살해 방법을 아주 많이 고안해 냈음을 말해 주고 있었다.

내 휴대폰을 열어 파인들리 앱을 다시 확인했다. 데비가 집을 나간 이후로 여전히 위치 업데이트는 되지 않았다. 연락처에서 데비 이름을 찾았다. 통화연결음을 들으며 기다리고 또 기다렸다.

"엄마가 받아요?" 이지가 내게 물었다.

"내가 지금 통화하는 것처럼 보이니?" 나도 모르게 짜증을 내고 말았다. 이지가 잘못한 것도 아닌데. "흠, 엄마가 전화를 안 받네."

이지가 울상이 되었다.

결국 음성사서함으로 넘어가서 나는 메시지를 남겼다. "데비, 나야. 쿠퍼야." 이름을 말해 놓고 보니, '내'가 누군지 데비가 모를 거라고 생각한 건가 싶다. 하지만 지금으로선 데비 머릿속에서 무슨 일이 벌어지고 있는지 전혀 알 수 없다는 것만은 분명했다. "당신한테 긴히 할 말이 있어. 내가… 아무튼, 이 메시지 듣자마자 나한테 전화해 줘. 부탁할게. 그리고…." 나는 길게 숨을 내쉬었다. "제발, 어리석은 짓은 하지 마."

전화를 끊고 나자, 아이들이 내 뒤에서 눈을 휘둥그렇게 뜨고 나를 쳐다보고 있었다. 음성 메시지는 차분하게 남기고 겁먹을 만한 내용은 문자 메시지로 보내야 했는데, 아차 싶었다. 데비는 지금 뭘 하고 있을까? 어디에 있을까?

"아빠, 엄마가 전에 갔던 곳을 확인해 봐요." 렉시가 말했다.

나는 고개를 흔들었다. "어떻게?"

"엄마가 만든 파인들리 앱 있잖아요. 어제하고 그제 엄마가 어디 갔었는지 볼 수 있어요."

"응? 현재 위치만 보여주는 거 아니었어?"

"어휴, 아빠. 좀." 렉시가 한숨을 쉬었다. "옛날 사람이야, 진짜."

Z세대의 모욕을 곱씹고 있을 시간이 없었다. 나는 휴대폰을 렉시에게 내밀었다. "네가 해 봐."

렉시가 내 휴대폰을 받아 든 다음 데비 얼굴 아이콘을 누르고 또 세로 점 세 개를 누르자, 화면에 위치 목록이 나타났다.

"자요. 엄마가 이번 주에 십 분 이상 머문 장소들이에요." 렉시가 말했다.

감탄이 절로 나왔다. 이 앱에 이런 기능이 있는 줄 몰랐다. 다시한번 말하지만, 내 아내는 정말 대단한 사람이다.

나는 데비가 위치 공유 기능을 끄기 전에 들렀던 장소들을 쭉 훑었다. 대부분은 나도 아는 곳들이었고, 그래서 크게 걱정하지 않아도 되었다. 학교, 원예용품점, 타이탄 피트니스, 웨이머스에 있는 파이크 코치 집, 힝엄 조선소 몰.

그리고 두 군데 더 있었다. 내가 어딘지 몰라서 걱정스러운 장소가.

잠깐만, 저기는. 아냐. 아니겠지.

"아빠?" 렉시가 내 표정을 읽은 것 같았다.

나는 휴대폰에서 연락처를 열어 즐겨찾기에 있는 번호 중 하나를 눌렀다. 제발 전화를 받으라고 속으로 빌고 또 빌었지만, 음성 사서함으로 넘어갔다. 그래도 혹시 모르니 한 번 더 전화를 걸었다.

큰일이다.

몸이 벌떡 튀어 올랐다. 그 바람에 바퀴 달린 의자가 덜덜덜 굴러가 소파에 부딪혔다. "잠깐 나갔다 올게."

렉시가 이지와 눈빛을 주고받더니 내게 물었다. "어디 가는데요?"

"가능한 한 빨리 돌아올게." 나는 주머니를 두드려 차 열쇠와 휴대폰을 잘 넣었는지 확인했다. "엄마가 연락하거나 집에 오면, 나한테 바로 전화해야 한다."

"아빠, 어디 가는 거냐고요?" 렉시가 다급하게 물었다.

하지만 나는 말해 줄 수 없었다. 아무리 내 추측이라도 너무 끔찍해서 입에 담을 수가 없었다.

"금방 갔다 올 거야." 렉시 질문에 나는 그렇게밖에 대답할 수 없었다.

그런 다음 내가 완전히 잘못 짚은 것이기를 기도했다.

56
데비

나는 옆으로 비켜서는 청년을 지나 남학생 친목 클럽이 집처럼 사용하는 건물 안으로 들어갔다. 청년은 환한 얼굴에 상냥한 표정을 짓고 있었다. 아무것도 모르니 그럴 수밖에. 그가 만약 내 계획을 알았다면, 내가 이 문턱을 넘어가는 일은 없었을 거다. 경찰이 몰려오는 장관이 펼쳐졌을 거다.

"저는 레녹스라고 합니다. 여기 친목 클럽에서 회장을 맡고 있어요." 청년이 내게 말했다.

"레녹스가 이름인가요, 성인가요?"

청년이 웃었다. 다정하고 성실한 사람이라는 인상이 풍겼다. 하지만 허치도 그랬다. "이름이에요. 성은 뉴베리예요."

"만화 서점 이름(뉴베리 코믹스. 1978년 MIT 학생 두 명이 차린 만화책 전문 서점 — 옮긴이)이랑 같네요."

청년이 고개를 끄덕였다. "하지만 아무 관계 없어요."

나는 거실로 쓰이는 작은 공간을 둘러봤다. 길에서 주워 온 듯한 낡은 소파 여러 개가 있고, 그 가운데에 있는 커피 테이블 위에는 책이 쌓여 있다. 맨 위에 놓인 책 표지에 《통계 열역학》이라고 적혀 있다. 그날 밤과 너무나 달라 보였다. 누군가 나를 여기로 데려다 놓고 어디인지 말해 주지 않는다면, 절대 알아보지 못했을 것 같았다. 그렇다면 밤에는, 음악이 귀를 때리고 술 냄새와 담배 연기가 공기 중에 떠다니면 분위기가 다시 달라질까.

"기사에는 어떤 내용이 들어가나요?" 청년이 물었다.

"남학생 친목 클럽의 생활을 소개하는 거예요. 무작위로 하나를 골랐는데, 제타 파이가 뽑혔어요. 여기서 사는 게 어떤지 궁금해요."

내 대답을 들은 청년이 기사가 너무 재미없는 거 아니냐고 말할 줄 알았는데, 지극히 합리적인 설명이라는 듯이 고개를 크게 끄덕였다.

"그럼 내부 투어를 해드릴까요?" 청년이 물었다.

선뜻 대답이 나오지 않았다. 내부를 둘러보고는 싶은데 그게 여기에 온 이유 중 하나인데, 두려웠다. 그날 밤에 내게 일어난 일을 떠올리게 될까 봐, 기억하게 될까 봐 두려웠다. 여기서 발작을 일으키는 것만큼은 정말 피하고 싶다.

하지만 나는 목적이 있어서 이곳에 온 것이다. 그 목적을 이루기 전에는 이곳을 떠날 수 없다.

"네, 투어 좋죠." 내가 그에게 말했다.

레녹스가 자랑스러운 미소를 지으며 우리가 서 있는 방을 손으로 가리켰다. "여기는 저희가 거실로 사용하는 곳이에요. 여기서 시간을 가장 많이 보내요. 편안하게 이야기하기 좋거든요. 회의를 할 땐 지하실로 가요."

"파티도 지하에서 하지 않나요?" 나는 목소리에 날이 서지 않도록 조심하며 물었다.

레녹스가 내 목소리의 미묘한 변화를 느꼈는지 모르겠지만, 그의 태도에는 아무 변화가 없다. "맞아요. 넓게 트인 공간이라 파티 하기에 딱 좋아요. 하지만 너무 과하게는 놀지 않아요. 여긴 MIT 잖아요."

그는 자기 농담에 웃음을 터뜨렸지만, 나는 웃지 않았다.

"여기 있는 회원들은 모두 친구예요. 끼리끼리 더 친한 사람들이 있긴 하지만, 제타 파이의 회원들은 서로에게 형제나 다름없어요. 그래서 서로를 잘 챙겨줘요."

"그럼 만약 회원 중 한 명이 잘못을 저질렀다면요. 뭐, 예를 들어서…." 나는 여기 오는 길에 편의점에서 산 메모장에 펜을 갖다 댔다. "아무튼 그런 경우에는 회원 모두에게 책임이 있다고 보나요?"

레녹스는 잠시 그 질문을 곰곰이 생각했다. "네, 그런 것 같아요. 회원 한 명 한 명이 제타 파이의 얼굴이니까요. 우리 중 누군가가 잘못을 저지르면, 클럽 전체의 명예가 실추될 거예요."

소위 형제라는 사람들은 허치가 무슨 짓을 꾸미고 있었는지 알았을까. 허치가 그런 짓을 한 게 처음이 아니었을 거라는 의심이 강하게 든다. 그는 너무도 능숙했다. 돌이켜보면, 모든 게 미리 연습된 것처럼 느껴졌다.

'우리 중 누군가가 잘못을 저지르면, 클럽 전체의 명예가 실추될 거예요.' 만약 그렇다면, 다른 형제들이 허치가 그런 짓을 하고 있다는 걸 알았다면, 그의 잘못을 덮어주는 쪽을 택했을 것이다. 그의 행동이 클럽 전체에 오점을 남기는 걸 원치 않았을 테니까. 그런 일이 바깥으로 새어 나가기라도 하면, 클럽 운영 중지 명령을 받을 수도 있다.

레녹스는 나를 데리고 1층을 한 바퀴 돌며 부엌과 작은 뒷마당을 보여줬다. 지루하기 짝이 없었지만, 나는 최선을 다해 흥미로워하는 연기를 했다. 1층 투어는 계단 앞에서 끝났다.

"클럽 회원 대다수가 여기서 지내고 있어요. 방들도 보실래요? 지금 모두 수업에 들어가서, 거의 다 비어 있을 거예요."

혀를 깨물고 죽는 게 더 쉬울 것 같지만, 내 머릿속에서 그와 함께 올라가야 한다는 소리가 들렸다. 내 계획을 위해서는 올라가야 했다. "그러면 좋겠네요, 고마워요."

레녹스를 따라 2층으로 계단을 오르는데, 발을 허공에 내딛는 것 같았다. 25년 전에 지금처럼 이 계단을 똑같이 올랐었다. 곧 무슨 일이 벌어질지도 모른 채, 내 인생 전체가 어떻게 바뀔지도 모른 채.

계단 위에 다다르자, 투어에 온통 열중한 레녹스가 설명을 이어갔다. "아까 말씀드렸듯이, 많은 회원이 여기서 살아요. 이층 침대 때문에 방이 좀 비좁긴 하지만, 형제들과 함께 살 수 있다는 장점이 있죠. 방을 보러 가실까요?"

"좋아요." 나는 목소리를 쥐어짜 냈다.

레녹스는 복도를 따라 걸어가 문이 살짝 열려 있는 왼쪽 첫 번째 방 앞으로 갔다. 그가 방문을 열어젖히자, 눈앞에 이층 침대 하나와 책상 두 개가 들어간 작은 방이 나타났다. 여느 대학 기숙사 같은 방이었다. 특별한 구석이라곤 하나도 없었다.

하지만 너무나 똑같았다. 그날 밤에 내가 있었던 방과. 눈앞이 빙빙 돌기 시작했다.

'제발 그만!'

'걱정 마. 1분이면 끝나.'

심장이 미친 듯이 뛰었고, 눈앞이 하얗게 변했다. 이러다가는 정말로 쓰러질 것 같았다. 레녹스는 MIT의 수업량과 지난 학기에 들었던 운영체제 수업 때문에 PTSD가 남았다는 이야기를 늘어놓았다. "이제 그 강의실 근처에도 못 갈 것 같아요"라고 우스갯소리도 덧붙였다.

나는 심호흡을 하며 어떻게든 정신을 붙잡았다. 남학생 친목 클럽 회원들이 지내는 방이라고, 그 이상도 그 이하도 아니라고 되뇌었다. 더 이상 망가지지 않으리라.

할 수 있어, 데비. 넌 이제 훨씬 강해졌어. 더 이상 19살이 아냐.

"괜찮으세요?" 메모장이 내 손에서 바닥으로 떨어지며 탁 소리를 내자, 레녹스가 말을 멈췄다. "어디 불편하세요? 얼굴이 좀 창백해 보이는데요."

"괜찮아요." 나는 숨을 크게 들이마신 뒤 몸을 숙여 대충 이것저것 받아쓴 메모장을 집어 들었다. "점심을 안 먹었거든요. 이 나이에는 잘 챙겨 먹어야 하는데 말이에요."

레녹스가 미소를 지으며 나를 안타깝다는 듯이 바라봤다. "원하시면 투어를 여기서 마무리해도 돼요. 사실 남은 건 지하실밖에 없거든요. 굳이 지하실은 안 보셔도 될 것 같아요."

"아니에요." 나는 어깨를 곧게 폈다. 현기증이 가신 자리에 결의가 다시 차올랐다. 여기까지 온 이상 물러설 순 없었다. "투어를 마저 해요."

나는 방 안을 한 번 더 둘러봤다. 그러다가 한 곳에서 시선이 멈췄다. 평범한 대학 기숙사 같은 방 안 두 개의 책상 중 하나 위에라이터가 있었다. 그것참, 라이터를 발견하게 될 줄은 몰랐는데. 그 순간 마음을 정했다. 이 방으로 반드시 다시 와야 한다.

레녹스가 나를 방 밖으로 안내했다. 나는 방문을 나서기 전, 문에서 가까운 책상 위에 가방을 슬쩍 내려놓았다. 레녹스는 보지 못했다. 투어가 끝날 때쯤 나는 실수로 가방을 두고 왔다고 설명할 것이고, 별문제 없이 이 방으로 다시 올 수 있을 것이다.

그리고 제타 파이는 한 줌의 재로 변할 것이다.

오늘, 내가 다 끝낼 것이다.

57
쿠퍼

데비가 켄 브라이언트의 집에 갔었다.

이유는 모르겠지만, 데비는 어제 켄의 집에 있었다. 파인들리로 데비가 그곳에 있었던 시간까지 확인할 수는 없었지만, 주소를 보는 순간 켄의 집이라는 걸 알 수 있었다. 현재 낚시 여행 중이고 조만간 나의 전직 상사가 될 사람의 집에 데비가 찾아간 그럴듯한 이유를 떠올려 보려 했다.

단 한 개도 생각해 낼 수가 없었다.

아이들은 걱정스러운 눈빛으로, 현관문을 나서 다시 차에 올라타는 나를 좇았다. 걱정할 것 하나도 없다고 말해 주고 싶었지만, 시간이 지날수록 모든 게 괜찮아질 거라는 확신이 점점 희미해져 갔다.

그래도 혹시 또 모르지 않을까. 데비가 그저 일자리 얘기를 하려고, 켄에게 나의 사직서를 반려해 달라고 부탁하러 갔던 건지도. 그래, 그랬을 거다.

하지만 아무리 나 자신을 이렇게 어르고 타일러도 아무것도 확신할 수 없다는 것을 알았다.

켄은 우리 집에서 차로 10분 정도 거리에 있는, 힝엄에서 좋은 동네라고 할 수 있는 곳에 살고 있다. 자녀들 모두 다른 지역에서 대학에 다닌다. 아내에 대해서도 거의 이야기를 하지 않는 것으로 보아 아마도 별거 중이 아닐까 싶다. 즉 켄은 그 큰 집에 혼자 살고 있을 가능성이 매우 높다는 뜻이다.

집 앞에 도착해서 보니, 집이 조용해 보였다. 불은 모두 꺼져 있고, 진입로에 세워진 차도 없었다. 차가 차고에 주차돼 있을 수도 있지만, 일단 밖에서 봤을 때 집 안에 사람이 있다는 기척은 전혀 보이지 않았다.

길가에 차를 세우고 내리는데, 온몸이 긴장으로 뻣뻣했다. 집이 어두운 상황을 가장 합리적으로 설명한다면 켄이 낚시 여행을 갔다는 것 말고는 없다. 그래, 데비가 내 사정을 설명하러 여기에 왔다가 켄이 집에 없다는 걸 알고 그냥 돌아갔을 거다.

다음 순간 렉시가 했던 말이 떠올랐다. 앱은 10분 이상 머물렀던 위치를 보여준다고 했었다. 그렇다면 켄이 집에 없는데, 데비는 무엇을 하며 이곳에서 10분 이상 머물렀을까.

나는 현관에 서서 초인종을 눌렀다. 딩동, 맑은소리가 집 안에 울려 퍼졌다. 하지만 초인종 소리가 잦아들자, 적막이 흘렀다. 문을 열어주러 나오는 사람은 없었다.

예전에 켄 집에 화분에 물을 주려고 왔을 때, 켄이 집 열쇠를 마당에 숨겨둔다는 것을 알게 되었다. 우리 동네에서도 그렇게 하는 사람이 많지만, 데비는 절대 못 하게 했다. 너무 쉽게 열쇠를 찾을 수 있고, 너무 쉽게 아무나 집에 들어올 수 있다는 게 이유였다. 나는 현관 근처 화분들 밑을 살펴보기 시작했다. 거기서 작은 열쇠를 하나 찾았을 때, 데비 말이 맞다는 걸 인정할 수밖에 없었다.

열쇠를 손에 쥔 채 현관문 앞에 다시 섰다. 열쇠 구멍에 열쇠를 밀어 넣는데, 내 행동에 대한 의구심이 들었다. 나는 지금 상사의 집에 무단으로 들어가려 하고 있다. 켄에게서 화분에 물을 주라는 부탁을 받은 것도 아니고, 집에 들어와도 된다고 허락받은 것도 아니었다. 열쇠를 가지고 있다고 해도, 이건 엄연히 주거침입이었다.

그렇다고 그냥 돌아갈 수도 없었다. 데비가 여기 왔다 갔다는 것을 안 이상, 확인해야 했다. 사실 그런 이유는 법적으로 경찰에게만 통한다는 것을 알고 있지만, 내 나름대로는 설득력 있는 이유라고 생각하기로 했다.

집 안은 내가 밖에서 봤던 것처럼 조용했다. 괜히 기분이 으스스했다. 불은 모두 꺼져 있고, 바늘 떨어지는 소리까지 들릴 정도로 너무나 조용했다. 해가 많이 기울었지만, 내가 거실을 둘러볼 수 있을 정도의 햇살이 들어오고 있었다. 우리 집보다 근사했다. 고급 가구들에 텔레비전도 우리 것보다 두 배는 커 보였다.

"켄!" 나는 크게 이름을 불렀다.

아무 대답이 없었지만, 놀라지 않았다.

내가 무엇을 기대하고 왔는지 나도 헷갈린다. 거실 한가운데에 머리에서 피를 흘리며 죽어 있는 상사의 시체라도 있을 거라고 생각했던 걸까? 다행히 켄의 모습은 보이지 않았다. 그렇다면 정말 낚시를 갔다고 봐도 되지 않을까?

그럼, 데비는? 데비가 여기서 뭘 했는지는 여전히 미지수지만, 일단 집을 난장판으로 만들 목적이 아니라는 것만은 확실했다. 내 눈앞의 거실은 흐트러진 구석 하나 없이 깔끔했다.

휴대폰에서 이 주소를 본 이후 처음으로 마음이 조금 풀렸다.

데비가 요즘 좀 이상했고, 지금도 어디서 무얼 하는지 알 수 없지만, 이곳에 다친 사람은 없었다. 데비 머리가 정말로 어떻게 된 것인지도 모른다는 걱정을 내려놓아도 될 것 같았다.

그래, 모든 게 괜찮을 거다.

그리고 나는 그렇게 계속 믿었을 거다. 잔뜩 긴장했던 마음을 다독이며 집으로 돌아갔을 거다. 켄 브라이언트의 집에는 아무 문제가 없다고 확신했을 거다. 바로 그 순간, 전화벨 소리를 듣지 않았다면 말이다.

일반 전화가 아니라 누가 들어도 휴대폰 벨소리였다. 그리고 그소리는 소파 쪽에서 나는 것 같았다.

나는 거실 한쪽 구석에 있는 가죽 소파를 향해 발을 옮겼다. 벨소리가 분명 이쪽에서 들린다는 확신이 굳어져 갈 때쯤, 쿠션에 가려져 있는 휴대폰을 발견했다. 집어 들고 보니, 발신자가 맥컬리 여사님이었다.

잠시 후, 전화는 음성사서함으로 넘어갔다. 잠금 화면에 지난 이틀 동안 맥컬리 여사님에게서 온 것을 포함해 다수의 부재중 전화와 아직 확인 안 한 음성 메시지가 있다는 알림이 떴다.

켄이 휴대폰을 두고 낚시 여행을 갔을까? 말이 전혀 안 되는 건아니었다. 며칠쯤 완전히 연락을 끊은 채 쉬고 싶었던 것일지도 모를 일이다. 문제는 켄이 전혀 그런 타입의 사람이 아니라는 것이다. 그는 휴대폰을 손에서 놓지 않는 사람이다. 더구나 휴대폰을 두고 떠났다는 희박한 가정이 맞다고 한들, 가기 전에 충전이라도 해두지 않았을까?

뭔가 이상했다.

눈길이 2층으로 올라가는 계단에 가닿았다. 조금 전까지만 해도 집을 더 둘러볼 필요가 없다고 생각했는데, 지금은 미치도록 궁금했다. 집 안에 들어오는 건 힘들었지만, 이미 들어온 이상 2층을 둘러보는 건 힘든 일이 아니었다.

나는 켄의 휴대폰을 거실 테이블에 내려놓고, 계단으로 향했다.

58
데비

방화 같은 건 해 본 적 없다.

그런 생각조차 해 본 적 없다. 가스레인지 불이 너무 커지기만
해도 덜컥 걱정부터 앞서고 숯불에 고기를 굽는 것도 좋아하지
않는데, 하물며 건물 전체에 불을 붙이겠다는 생각은 전혀 해 본
적 없었다.

제인 문제를 해결하고 나면 기분이 나아질 줄 알았다. 무겁게
짓눌리는 머리가 가벼워질 줄 알았다. 하지만 아무것도 달라지지
않았다. 딸아이의 문제를 바로잡을 수 있어서 기뻤지만, 정작 내
문제가 여전히 남아 있었다. 내 인생을 산산조각 낸 그 일이 일어
났던 장소도 건재하게 남아 있었다.

그러다 문득 한 가지 생각이 떠올랐다. 제타 파이를 불태울 수
있지 않을까. 재로 만들어 이 땅에서 사라지게 할 수 있지 않을까.

그 생각은 내게 지난 25년간 느껴보지 못한 평온함을 안겨주었
다.

사람을 다치게 하고 싶지는 않았다. 그래서 오후에 학생들이 대
부분 수업에 들어가 있을 법한 시간을 골라 이곳에 왔다. 내 마음
한편에선 이 친목 클럽에 속한 남학생들이 어떤 일을 겪게 되든
자업자득이라는 생각도 들었지만, 다른 한편에선 선뜻 동의가 되

지는 않았다. 허치는 오래전에 졸업했고, 그를 형제라 부르며 감싸던 사람들도 모두 학교를 떠났다. 나는 죄 없는 사람을 죽이고 싶진 않다.

내 가방 안에는 담배 한 개비가 성냥갑에 테이프로 붙어 있다. 이곳을 나가기 전, 나는 레녹스에게 위층에 가방을 두고 온 것 같다고 말할 것이다. 그러고는 방으로 올라가서 책상 위에 있던 라이터로 담배에 불을 붙인 다음 라이터 주인의 침대 위에 올려놓을 것이다. 사고로 위장하기에 최선의 방법이기를 바라면서.

담배와 성냥갑 아래에 종이 몇 장도 놓을 거다. 혹시 몰라서 가방에 종이를 몇 장 넣어 왔는데, 아까 책상 위에서 봤던 종이들을 사용하는 게 더 좋을 것 같다. 사고처럼 보이는 데에 진정성을 더해 줄 것이다. 담배가 타들어 가면서 성냥에 불이 옮겨붙고, 성냥불이 종이를 태우고, 마지막으로 침대 시트에 옮겨붙을 것이다. 그러고 나면 불길이 빠른 속도로 번질 것이다.

그때쯤엔 나는 이곳에서 한참 멀어져 있을 것이다.

레녹스가 나를 데리고 1층으로 내려가, 지하실로 내려가는 문을 열었다. 지하실을 회의할 때 이용한다고 했지만, 누가 봐도 파티를 위한 장소였다. 내가 이곳 지하실에서 여는 파티에 온 적은 없지만 단번에 알 수 있었다.

"보시는 것처럼 꽤 넓죠." 레녹스가 손으로 넓게 원을 그렸다. 벽을 따라 소파들이 놓여 있고, 한쪽에는 임시무대도 마련해 놓았다. "여기서 간단한 스낵과 함께 오픈 마이크 행사를 열어요. 꽤 재밌어요."

"그러게요. 재밌을 것 같아요." 나는 적당히 장단을 맞췄다.

레녹스가 고개를 갸웃하며 물었다. "혹시 사진은 필요하지 않으세요?"

괜한 의심을 사지 않아야 했다. 건물 전체를 둘러보면서 사진을 한 장도 안 찍는 내가 이상하게 보였을 거다. "당연히 필요하죠. 일단 기사를 먼저 쓰고요. 사진은 다음 주쯤에 저희 사진 기자가 연락을 할 거예요."

레녹스가 내 설명을 아무 의심 없이 받아들였다. "그렇군요, 알겠습니다."

나는 지하실로 한 번 더 눈을 돌렸다. 벽에 붙어 있는 포스터들을 훑어보다가, 내 시선이 나와 가장 가까운 곳에 걸린 포스터에 가닿았다. 크고 굵은 글씨체로 "자기 음료를 아무 데나 두지 마세요"라고 적혀 있다.

레녹스가 내 시선 끝에 있는 포스터를 보고는 설명을 덧붙였다. "파티 때문에 붙여 둔 거예요."

나는 눈을 크게 떴다. "그래요?"

"전국적으로 남학생 친목 클럽과 여학생 친목 클럽의 파티에서 성폭행 발생률이 높거든요." 이런 민감한 주제를 적극적으로 입에 올리는 레녹스의 태도에 나는 적잖이 놀랐다. 남학생 친목 클럽의 회원이라면 이런 얘기를 질색할 거라 생각했다. "저희 클럽에서는 그 문제를 매우 심각하게 받아들여요. 그래서 펀치 보울처럼 약물을 타기 쉬운 음료는 아예 두지 않고요. 여성 손님들에게는 캔이나 병 음료를 마시도록 권하고 있어요. 당연히 개봉되어 있으면 안되고요. 파티 중에는 위층을 통제해서 아무도 방으로 올라가지 못하게 해요. 파티에 온 사람들은 모두 우리가 볼 수 있는 공간에만 머물러야 해요."

"그렇지만 그런 사건을 완전히 막을 수는 없을 텐데요." 내가 반문했다.

"그렇긴 하죠." 레녹스가 눈을 반짝이며 말을 이었다. "하지만 저는 제타 파이의 회장이고, 제가 이 자리에 있는 동안에는 그런 일은 절대 일어나지 않을 겁니다. 우리 형제 중 누구라도 여자에게 약을 먹였다거나 부당한 요구를 한다는 의심이 들면, 곧바로 조사에 들어갈 겁니다. 그리고 그런 짓을 한 사람은… 퇴출할 거예요."

그에게서 진심이 느껴졌다. 하지만 지금 그는 나를 기자로 생각하고, 자기가 하는 말이 모두 기사에 실릴 거라고 믿고 있다. 이런 상황에서 달리 무슨 말을 할 수 있을까? 우리 회원들은 여자들에게 약 먹이는 걸 좋아한다고, 꽤 재밌다고 말할 수는 없을 테니까. 내가 대학생일 때와 크게 달라졌을 거란 생각이 들지 않았다. 시대가 변했어도 남자는 남자일 뿐이다.

그렇다면 벽에 붙어 있는 저 포스터는 어떻게 생각해야 할까. 내가 묻기도 전에, 그가 먼저 그 이야기를 꺼냈다. 정해 놓은 규칙들도 구체적이고 현실적이었다. 이곳에서 불미스러운 사건이 일어나는 걸 가정하는 것만으로도 그는 몹시 분노한 것처럼 보였다.

"어쨌든." 레녹스가 다시 입을 열었다. "이쯤에서 내부 투어는 마무리하면 될 것 같아요. 더 보여드릴 것도 없고요. 궁금한 점이 있으면 뭐든 물어보세요."

"궁금한 건 없어요. 덕분에 잘 둘러봤어요." 내가 말했다.

우리는 1층으로 돌아왔고, 레녹스가 나를 문으로 안내했다. 그가 얼굴에 참 호감 가는 미소를 띠었다. "기사 나오면 꼭 보고 싶은데, 한 부 보내주실 수 있을까요?"

"물론이죠. 제타 파이로 보낼게요. 수신인은 레녹스 뉴베리라고 해서요. 만화 서점과 같은 이름이라고 기억해 뒀어요."

레녹스가 웃음을 터뜨렸다. "네, 알겠습니다."

우리는 현관문에 다다랐다. 결단을 내려야 하는 순간이다. 나는 정의를 위해 이곳에 왔고, 지금이 아니면 이런 기회가 다시는 오지 않을 것이다.

"어머, 이런." 나는 오른팔을 내려다보며 고개를 절레절레 흔들었다. "내 정신 좀 봐. 위층에 가방을 두고 왔나 봐요. 아까 어지러웠을 때 가방을 책상에 내려놓고서는."

"얼른 올라가서 챙기셔야겠네요. 어느 방이었는지 제가 다시 안내해 드릴까요?"

참 친절한 학생이다. 하지만 그의 도움은 필요 없다. "아뇨. 어느 방인지 정확히 알아요. 금방 갔다 올게요."

"네." 레녹스는 조금도 의심하지 않았다. "그럼 저는 월요일에 열역학 시험이 있어서 다시 공부하러 갈게요. 저기 소파에 앉아 있을 거예요."

그렇게 말한 레녹스는 소파에 털썩 소리를 내며 앉더니, 두꺼운 책과 형광펜 묶음을 집어 들었다. 마치 나의 존재를 완전히 잊은 것 같았다. 하기야 내가 나쁜 짓을 할 사람을 보이지는 않으니까 말이다. 나를 보며 기껏해야 자기 엄마나 떠올렸을 테지.

내게 눈길 한 번 주지 않는 레녹스를 뒤로하고 나는 2층으로 올라갔다.

59
쿠퍼

나는 2층으로 올라갔다.

2층에 올라온 것은 처음이다. 이 집에 와본 적이 두 번밖에 없고, 그것도 두 번 다 켄이 집을 비운 사이 화분에 물을 주기 위해서였다. 켄은 집으로 사람을 초대하지 않는다. 회사 직원들만 초대하지 않는 것일 수도 있겠지만, 내가 보기에 켄은 집으로 사람을 초대해서 시간을 함께 보내는 일 자체를 하지 않는 것 같다. 여태껏 그의 아내를 만난 적도, 그에게 데비를 소개해 준 적도 없다.

계단 위에 이르자, 내 앞에 방문 다섯 개가 나타났다. 그중 하나만 살짝 열려 있고, 나머지는 모두 닫혀 있었다. 나는 열려 있는 방부터 확인하기로 했다. 그곳은 욕실이었다. 불을 켜고 봤지만, 깨끗했다. 세면대에 피도 없고, 욕조에 시체도 없었다. 어디서나 흔히 볼 수 있는 평범한 욕실이다. 최근에 사용한 흔적도 없다. 어쩌면 켄이 며칠 동안 여행을 가면서 정말로 휴대폰은 집에 두고 간 것이라고 봐도 괜찮지 않을까 하는 생각이 올라왔다.

복도로 나와 다른 방들을 차례대로 확인했다. 첫 번째 방은 그리 크지 않은 방으로, 싱글 침대가 하나 있고 벽에는 글래스 애니멀스라는 나는 들어본 적도 없는 밴드의 포스터가 붙어 있다. 대학에 간 켄의 두 자녀 중 한 명의 방일 거라고 짐작했다. 다음으로 확인한 방 역시 10대의 흔적이 느껴지는 공간이었다. 나는 빠르게 다음 방으로 넘어갔다.

세 번째 방에는 깔끔하게 정돈된 더블 침대와 작은 서랍장이 있었다. 손님을 위해 마련한 방이라는 느낌이 들었다. 그러면서 아주 오랫동안 이 방에 머물렀던 사람이 없었다는 느낌도 동시에 들었다. 앞서 말했다시피, 켄은 손님을 초대하는 사람이 아니다.

이제 한 방만 남았다. 지금까지 확인한 세 방을 종합해 보면, 마지막 방은 자연스럽게 안방이라는 결론이 나왔다. 그리고 안방에도 켄이 없다면, 그의 현재 위치는 모르지만 이 집에는 없다는 사실에 내 마음이 한결 편안해질 것 같았다.

사실 다락방이 있긴 한데, 비명 소리라도 들리지 않는 이상 거기까지 올라갈 생각은 추호도 없었다.

나는 오른손으로 문손잡이를 잡고 돌렸다. 처음 드는 생각은 앞서 봤던 방들보다 어둡다는 것이었다. 커튼이 모두 쳐져 있었다. 커튼 때문에 방이 어두운 건 딱히 수상한 일이 아니었지만, 알 수 없는 불길함이 엄습했다. 방문을 마저 끝까지 열었다.

그리고 나는 그 자리에 무릎을 꿇고 주저앉고 말았다.

사람은 누구나 정말 끔찍한 광경을 보면 비명을 지를 거라 생각했는데, 그 순간 내 입에서는 아무 소리도 나오지 않았다. 나는 침대 위에 미동도 없이 누워 있는 직장 상사를 멍하니 바라보는 것밖에 할 수가 없었다. 그의 눈은 반쯤 떠져 있었고, 턱은 힘없이 벌어져 있었다. 그리고 이마 한가운데에는 구멍이 뻥 뚫려 있었다.

켄이 죽었다. 죽은 지 시간이 꽤 지난 것 같다. 어제 아침에 출근을 안 했으니까, 그때 이미 죽어 있었을 것이다.

도저히 일어서질 못하겠다. 뱃속이 뒤집히는 느낌과 함께 구역질이 올라왔다. 토하지 않으려고 온 힘을 다해 참았다. 나는 두 무릎 사이에 고개를 묻고, 크게 숨을 들이마시고 내쉬기를 반복했다.

켄은 죽었다. 누군가 쏜 총에 맞았다. 누군가 그를 살해했다.

내가 이 집에 온 이유를 기억해 냈다. 데비가 이곳에 왔다는 위치 기록 때문이었다.

하지만 그것이 데비가 이 일을 저질렀다는 뜻은 아니었다. 이 집에 켄 아내의 흔적이 하나도 없는 점과 내가 맥컬리 여사에게서 들었던 말을 미뤄보았을 때, 켄은 이혼 절차를 밟는 중이었을 가능성이 있다. 그렇다면 아내가 범인일 수도 있다. 아니면… 강도! 강도가 켄을 쐈을 수도 있다. 내 귀에는 나를 승진시키지 않았다는 이유로 데비가 켄을 살해했다는 것보다 훨씬 더 설득력 있게 들렸다. 더구나 데비는 총도 없다.

진정해야 한다. 정신을 차리고 경찰에 알려야 한다.

휴대폰으로 손을 뻗는 순간, 또 다른 생각이 머리를 스쳤다. 내 손이 허공에서 멈췄다.

데비는 총이 없었지만, 나에게는 총이 있었다. 내 이름으로 등록이 되어 있고, 내 지문이 잔뜩 묻어 있는 총 말이다.

나는 숨을 크게 들이켰다.

나는 데비가 켄에게 내 사직서를 반려해달라고 부탁하러 왔을 거라고 생각했다. 켄이 거절하자 데비가 화가 나서 끔찍한 일을 저질렀을지도 모른다고 생각했다. 하지만 좀 더 차분히 다시 생각해 보니, 켄은 침실에서 총에 맞아 죽었다. 데비가 켄과 대화를 하다가 일이 틀어졌을 가능성은 낮아 보였다. 만약에, 정말로 만약에, 데비가 저지른 일이라면, 데비에게는 내가 처음 생각한 것과 전혀 다른 동기가 있었다고 볼 수밖에 없다.

설마….

여기서 나가야 한다. 우리 집 차고를 확인해야 한다.

60
데비

팝 음악을 틀어주는 라디오 채널을 크게 틀고, 95번 고속도로를 따라 남쪽으로 신나게 달렸다. 제타 파이에서 예상보다 시간이 더 걸리긴 했지만 내 임무를 완수했고, 이제 내 영혼의 치유를 위해 다음 단계로 넘어가야 했다. 누군가에게 결코 잊지 못할 삶의 교훈을 가르쳐 줄 차례다.

제타 파이 건물에 화재가 난 시간에 내가 그곳에 있었다는 흔적을 남기지 않으려고 꺼두었던 휴대폰을 다시 켰다. 쿠퍼에게서 부재중 전화와 문자 메시지가 잔뜩 들어와 있다. 내게 연락이 닿지 않아 정신이 반쯤 나간 사람 같았다. 마지막으로 온 메시지는 전부 대문자였다.

'데비, 제발 전화해 줘!!! 내가 다 잘못했어!!!!!'

흠, 좀 늦은 감이 없잖아 있네. 그래도 쿠퍼가 자기 입으로 다 잘못했다 하니 봐줘야겠지. 일단 쿠퍼 문제는 조금 뒤로 미루기로 했다.

얼마간 신나게 달렸을 무렵, 전화가 들어오며 대시보드 화면에 할리 이름이 떴다. 어쩜, 이런 우연이 다 있네. 나도 할리에게 전화할 생각이었는데 말이다. 덕분에 수고를 덜었다.

"여보세요, 할리." 내가 말했다.

"데비!" 배경 소음이 없는 것으로 보아 할리는 집에 있는 모양이다. "갑자기 생각나서 전화 걸었어요. 혹시 오늘 저녁에 우리 집에 와서 같이 저녁 먹는 건 어떨까 해서요."

입가에 미소가 걸렸다. 쿠퍼와 딸아이들은 피자를 시켜 먹으면 된다. "너무 좋은데요. 할리가 요리하는 거예요?"

"그럼요! 혹시 알레르기 있어요?"

나는 웃었다. "없어요. 할리가 요리한다는데, 다 먹어야죠."

"진짜 다 먹어야 해요! 6시까지 올래요?"

교통량을 고려할 때, 그 정도 시간이면 딱 맞을 것 같았다. 사우스 쇼어로 가는 길은 차가 많이 막히기 마련이다. "그럴게요."

"좋아요! 너무 기대돼요!"

아무렴, 그럴 테지.

배짱 하나는 인정해 줘야겠다. 그녀는 자기가 무슨 짓을 하고 다니는지 내가 까마득히 모른다고 생각하고 있다. 그녀를 처음 만났을 때, 나는 그녀가 정말 '쿨'하다고 생각했다. 그래서 그녀가 내 친구가 된다는 사실에 바보같이 너무 들뜨고 말았다. 드디어 내게도 마음을 터놓을 수 있는 친구가 생겼다고 생각했다.

내가 사람을 보는 눈이 없었다.

할리는 친구가 아니었다. 그녀는 인간 말종이었다.

나는 글러브 박스를 슬쩍 쳐다봤다. 그 안에는 내가 지난 며칠 동안 가지고 다닌 총이 들어 있다. 가죽 장갑을 끼고 만져서 내 지문은 묻지 않으면서 이미 묻어 있는 지문은 그대로 보존하려 애쓴 총이다.

오늘 밤 나는 이 총을 마지막으로 사용할 생각이다. 그리고 그

이후에 누군가 이 총을 집어 들었을 때는, 사건의 증거품이 되어
있을 것이다.

61
쿠퍼

켄의 집에서 빨리 나가야 한다.

집 주변에 울타리가 둘러싸여 있으니, 이웃들이 나를 보지 못했기를 바라고 또 바랐다. 지금 시각은 대략 5시. 저녁 시간이 가까웠다. 사람들이 각자 자기 가족이 있는 집으로 돌아가기 위해 발걸음을 재촉할 시간이라 이 집에 크게 신경 쓰지 않을 것 같긴 했다.

내가 손으로 만졌을 만한 것들을 닦아야 한다는 생각이 들었다. 하지만 무엇을 만졌는지 기억이 잘 나지 않았다. 문손잡이와 현관문을 만진 건 확실히 기억하지만, 거기야 쉽게 설명할 수 있었다. 어쨌거나 켄은 내 직장 상사다. 내가 그의 집에 왔었다는 게 그리 의심받을 일은 아니다.

그리고 켄의 휴대폰도 만졌었다. 거기에 내 지문이 묻은 이유를 설명하는 것은 좀 힘들 것 같다.

휴대폰은 아까 내가 올려놓은 대로 거실 테이블 위에 있었다. 이 집에서 얼른 나가고 싶었지만, 휴대폰을 닦아 두지 않으면 내게 아주 불리하게 작용할 것이 너무나 뻔했기에 부엌으로 가서 키친타월을 가져왔다. 금방 닦고 나가면 될 것이다.

당혹스럽게도 휴대폰에서 지문을 닦아내는 건 생각보다 훨씬 어려웠다. 장갑이라도 꼈으면 수월했을 텐데, 휴대폰을 만지지 않으면서 지문을 닦아내는 건 불가능에 가까웠다. 부엌에 잠시 빌려 쓸 고무장갑이 있는지 찾아볼까도 했지만, 그러다가는 지문을 더 남기게 될 것 같았다.

그저 최선을 다하는 수밖에 없었다. 나는 한쪽 면을 닦은 다음 휴대폰 가장자리를 잡고 뒤집어 테이블 위에 그대로 올려놓고 반대쪽 면을 닦았다. 지문이 일부라도 남은 건 아닌지 꺼림칙함은 가시지 않았고, 시간만 하염없이 흘러갔다. 이만하고 여기서 나가야 했다.

뒷문으로 나가려 했지만, 오히려 일을 더 그르칠 것 같았다. 집 뒤로 몰래 빠져나가는 모습을 혹여 이웃들이 보기라도 하면 괜한 의심을 사게 될지도 몰랐다. 현관문으로 최대한 자연스럽게 걸어 나가는 것이 나을 것 같았다. 저녁 시간대라 집에 들어가고 나오고 하는 모습을 수상하게 눈여겨볼 이웃은 없을 것이다.

그런데 현관문을 나서는 순간, 들어올 때 보지 못했던 것이 눈에 들어왔다. 그것을 보자 이 동네 주민들을 신경 쓰고 있을 때가 아님을 깨달았다.

도어캠이었다.

현관문 위쪽에 카메라가 설치되어 있다. 내가 집에 들어오는 모습과 지금 이렇게 나가는 모습이 고스란히 찍혔을 것이다. 이웃들 때문에 전전긍긍했던 내가 우스워 보였다. 저 카메라가 경찰에게 모든 것을 낱낱이 고해바칠 거다. 내가 처한 상황이 매우, 매우 좋지 않았다.

그때 생각 하나가 머릿속에 번뜩였다. 켄이 총에 맞은 건 어림잡아도 어제다. 경찰이 내가 집에 있던 시간을 카메라 영상과 대조할 테고, 그러면 켄의 사망 시간과 일치하지 않는다는 걸 밝혀낼 것이다. 내 상황이 그렇게 나쁜 게 아닐지도 모르겠다. 화분에 물을 주러 왔다고, 2층에는 올라가지도 않았다고 둘러댈 수 있을 것 같다.

또다시 머릿속 어딘가에서 경찰에 전화해야 한다는 목소리가 들려왔다. 나도 그렇게 할 생각이다.

하지만 먼저 집에 가서 차고부터 확인해야 했다.

나는 최대한 가벼운 발걸음으로 차로 걸어가 운전석에 지체 없이 올라탔다. 양손으로 핸들을 움켜잡고, 마음을 가라앉히기 위해 심호흡을 했다. 정신 차려야 한다. 차 사고라도 내면 좋을 것이 하나도 없다.

축구팀에서 이지를 내쫓았다가 구치소 신세를 지고 있는 파이크 코치를 떠올렸다. 목이 부러져 병원 침대에 누워 있는 렉시의 남자친구 제인도 떠올렸다.

나는 주머니에서 휴대폰을 꺼내 문자 메시지를 보낸 뒤 그곳을 떠났다.

62
할리

데비가 곧 도착할 거다.

나는 지금 저녁으로 먹을 스파게티를 만드는 중이다. 데비는 배가 별로 고프지 않다고 할 것 같지만, 그래도 요리를 하기로 했다. 좋은 안주인이라면 그래야 하는 법이니까.

오늘 밤, 데비에게 모든 걸 털어놓을 생각이다.

쿠퍼와 몰래 만나는 데 지쳤다. 나는 성숙한 남자를 선호하는데, 공교롭게도 그런 남자 중 상당수는 이미 법적으로 배우자가 있는 상태다. 지난 10년 동안, 아내를 떠나 나와 함께 하겠다고 한 사람은 에드거뿐이었다. 그리고 그와의 관계는 너무나 실망스러운 결말로 끝나고 말았다. 나도 힘들어서 더는 이렇게 못 살 것 같다. 누군가의 내연녀가 된다는 건 서열에서 항상 두 번째를 차지한다는 뜻이다. 남자들이 자기 아내보다 나를 더 좋아한다고 백날 말해도, 나는 늘 숨겨야 하는 더러운 비밀일 뿐이다.

이제는 더러운 비밀로 취급받는 게 지긋지긋하다.

데비도 자기 남편이 뒤에서 바람을 피우고 있다는 사실을 알아야 한다. 내가 그녀에게 진실을 알려주는 상황이 잔인해 보일 수 있다. 특히나 그녀는 나를 친구로 생각하는데 말이다. 하지만 잘 생각해 보면, 알려주지 않는 게 더 잔인하다. 그녀도 진실을 알 권리가 있다.

쿠퍼는 줄곧 그녀를 더는 사랑하지 않는다고 말했다. 그녀와 모르는 사람처럼 지낸다고, 대화도 거의 하지 않는다고 했다. 그녀에게 더 이상 매력을 느끼지 않는다고, 그래서 부부 생활에 아무런 관심도 생기지 않는다고 했다. 몇 년째 섹스를 하지 않았다고 했다.

그는 내가 그의 삶에 들어온 것을 고마워했다. 나와 시간을 보낼 때마다 그렇게 말했다. 아이들도 거의 다 컸으니, 데비 곁에 남아 있을 이유가 없다고 했다. 그러니 쿠퍼는 데비를 떠나 나와 새로운 삶을 살면 되는 것이다.

그런 일이 가능하려면 데비가 아무것도 모르는 상태로 있으면 안 된다. 데비는 자신의 결혼 생활이 끝났다는 사실을 알아야 한다.

그 사실을 알려주는 사람은 내가 될 것이다.

스파게티 면을 저으며, 데비가 내 말을 어떻게 받아들일지 궁금했다. 울려나? 그럼 데비가 우는 동안 내가 옆에서 위로해 줘야 하나? 아, 그런 상황은 제발 벌어지지 않기를.

차라리 데비가 화를 냈으면 좋겠다. 물건도 몇 개 집어 던지면 더 좋고. 나는 슬픔보다 분노가 더 편한 사람이다.

과정이야 어떻든, 결국 데비는 현실을 받아들이게 될 것이다. 그리고 쿠퍼는 번거로운 수고를 덜어준 내게 감사해야 할 것이다.

소스를 약불에 올려둔 채 거실로 갔다. 소파 위에 올려둔 휴대폰 화면에 문자 메시지 알림이 떠 있다. 데비가 못 온다는 메시지는 아니겠지. 뭐, 오늘 말고 다른 날에 말해도 되지만, 잔뜩 기대하고 있는데 오늘 못 하게 되면 꽤 실망스러울 것 같다.

휴대폰을 집어 들고 보니, 데비에게서 온 문자가 아니었다. 쿠퍼가 보낸 메시지였다.

'우리 얘기 좀 해.'

이게 무슨 의미일까.

우리 얘기 좀 하자니. 좋은 의미의 얘기일까? 이를테면, 우리 관계를 진전시키기 위해 아내를 떠나겠다는 그런 얘기 말이다. 아니면 나쁜 의미의 얘기일까? '너를 정말, 정말 좋아하지만, 우리 이쯤에서 끝내야 할 것 같아. 이렇게 몰래 만나는 건 계속할 수 없어.'

윽, 그런 얘기는 정말 듣기 싫을 것 같다.

그에게 답장을 보냈다.

'아무튼 오늘 저녁에 오는 거지?'

오늘 밤 데비와는 힘든 얘기를 나누게 될 것이 분명했다. 데비가 내 말을 믿지 않을 가능성도 있다. 내가 모든 걸 지어냈거나, 아니면 과장해서 말한다고 생각할지도 모른다. 하지만 쿠퍼가 여기에 온다면, 내가 구구절절 설명할 필요가 없다. 쿠퍼가 모습을 드러내는 순간, 데비는 모든 상황을 단번에 이해하게 될 것이다. 혹시 또 모르지, 그 자리에서 헤어지자고 할지. 그렇게 생각하자, 쿠퍼가 내게 무슨 얘기를 하려는지 모르겠지만 그건 하나도 중요하지 않았다.

'6시 15분까지 갈게.'

내 입가에 미소가 걸렸다.

'그때 봐.'

63
쿠퍼

집에 도착한 후 마음 같아서는 차고로 곧장 가고 싶었지만, 우선은 아이들부터 확인해야 했다.

뜻밖에도 렉시와 이지는 소파에 나란히 앉아 조용히 이야기를 나누고 있었다. 힘들 때 서로 의지하는 모습에 마음이 놓였다. 살다 보면 달리 의지할 데가 없는 날이 오기 마련인데, 아이들에게 서로가 있어서 다행이다.

그런 날이 예상보다 빨리 올지도 모르겠다.

나를 본 아이들이 동시에 벌떡 일어났다. 렉시는 내가 집을 비운 동안에도 간간이 울었는지 여전히 눈이 부어 있다.

"엄마랑 통화했어요?" 렉시가 물었다.

나는 고개를 저었다. 연락을 시도하지 않아서가 아니다. 데비에게 계속 문자도 보내고 전화도 걸어 봤지만, 아무 응답이 없었다.

"아니, 아직. 잠시… 차고에 확인할 게 있어서 온 거야." 내가 말했다.

"뭘요?" 이지가 물었다.

나는 아무 말도 할 수 없었다. 내 머릿속에 차오르는 의심을 아이들 앞에서 입 밖으로 꺼내는 건 더 안 되었다. 그냥 "금방 올게"라고만 대답했다.

데비 차는 타고 나가서 없고, 내 차는 진입로에 세워 두어서 차고는 텅 비어 있었다. 차고 안에는 작업대가 하나 있다. 내가 손재주가 좋은 사람이 아니라, 별로 쓸 일이 없는 작업대다. 돈을 아껴 보려고 집에서 손볼 데가 있으면 이것저것 해 보긴 하는데, 내가 생각해도 실력이 좋지는 않았다. 사람은 저마다 잘하는 게 있는 법 아닌가. 나는 숫자에 능하고, 데비는 그 밖에 모든 것에 능한 것처럼 말이다.

작업대 아래로 몸을 숙였다. 어제 데비가 뜬금없이 사다 놓은 맥주 여섯 캔 묶음에서 마지막으로 하나 남은 맥주가 눈에 들어왔다. 캔을 따서 벌컥 들이마시고 싶다는 충동이 일었다. 그 어느 때보다도 술이 간절했다.

하지만 그러면 안 된다는 것을 알고 있다. 지금은 머리가 맑아야 한다.

작업대 아래 공구 상자로 눈을 돌렸다. 공구 상자를 들어 올리니, 담요에 덮인 물건이 나왔다. 내가 담요를 걷어내자, 그 아래서 작은 총기 보관함이 모습을 드러냈다.

내가 한번 얘기했듯이, 데비는 총을 사는 것을 완강히 반대했다. 집에 총이 있으면 침입자보다는 가족이 총에 맞을 확률이 높다는 것이 이유였지만, 나는 내가 어린애가 아니고 충분한 예방 조치를 취할 거라는 점을 들어 반박했다. 데비는 끝내 내 고집을 이기지 못했다. 내 명의로 등록된 총이 생겼고, 데비는 그걸 받아들였다.

내가 취한 예방책은 총을 총기 보관함에 넣어서 차고에 보관하는 것이었다. 그리고 사격장에 갈 때만 꺼냈다. 한동안 동네에 강도 사건도 없고 해서, 데비의 불안감을 덜어줄 겸 총을 처분할까 생각한 적도 있었다. 하지만 가끔 주말에 사격하는 게 즐거웠다.

보관함이라고 하지만 크기가 작아서, 손으로 바닥에서 들어 올린 다음 작업대 위에 내려놓았다. 보관함 비밀번호는 네 자리 숫자다. 어떤 경우에도 내가 똑똑히 기억할 날짜, 데비와 나의 결혼기념일이다. 그런데 손이 어찌나 떨리는지, 숫자를 제대로 누르는 게 쉽지 않았다. 몇 번 시도한 끝에 딸깍하는 소리와 함께 보관함이 열렸다. 나는 보관함 문을 열어젖혔다.

총이 없다. 우려했던 대로였다.

텅 빈 보관함을 내려다보며, 악몽으로 끝나기를 바랐던 두려움이 현실이 되었음을 깨달았다. 지금까지 무슨 일이 벌어지고 있는지 확신할 수가 없었는데, 이제는 다 알겠다.

켄 브라이언트는 나와 언쟁을 벌였고, 나는 홧김에 회사를 그만뒀다.

회사 계좌에서 상당한 금액의 돈이 사라졌고, 모든 정황이 내부 소행임을 가리켰다.

켄이 살해당했다. 누군가가 쏜 총에 머리를 맞았다.

살해에 사용된 무기는 거의 확실히 내 이름으로 등록된 총일 것이다.

내 총이 사라졌다. 하지만 어딘가에서 나타날 것이다. 내 지문이 잔뜩 묻은 채로. 말할 것도 없이, 켄의 집에 내가 남기고 온 지문들도 모두 함께 발견될 것이다.

젠장. 데비가 나를 상사를 살해한 범인으로 몰아가고 있다.

"아빠?"

나는 보관함 문을 황급히 닫으며 고개를 들었다. 이지가 차고로 들어오는 문 앞에 서 있었다. 걱정이 가득 서린 얼굴이 하얗게 질려 있다. 이지가 주저하며 한 발짝 차고 안으로 들어섰다.

문득 내가 살인 혐의로 감옥에 가게 되면 딸들을 얼마나 자주 볼 수 있을지 궁금했다. 보기 힘들 테지. 데비가 만나게 해 주지 않을 것 같았다.

"응, 이지." 아이 이름을 말하는데 목에 덩어리가 차올랐다.

"아빠, 무슨 일인지 알아냈어요? 엄마가 너무 걱정돼요." 이지가 말했다.

어떻게 대답해야 하는지 알 수가 없었다. 하지만 이지를 안심시켜야 한다는 것만큼은 분명히 알았다. 내가 아빠로서 이지에게 해 줄 수 있는 최선이었다. 이지가 마음을 놓을 수 있게 도와줘야 했다. "엄마는 괜찮을 거야."

"지금 엄마 어디 있어요?"

나는 고개를 가로젓는 것으로 대답을 대신했다. "미안하구나. 하지만 지금 최선을 다해 엄마를 찾고 있어."

"알겠어요." 이지가 조용히 대답했다.

우리 둘 사이에 침묵이 흘렀다. 나는 적당한 말을 찾으려고 해 봤지만, 머릿속이 텅 빈 것 같았다. 그러고 보니 나는 이런 걸 참 못한다. 데비라면, 이런 상황에서 어떻게 말해야 하는지 대번에 알 텐데.

"이지?"

"네, 아빠?"

나는 미소를 지어 보였지만, 내가 느끼기에도 부자연스러웠다. "너무 걱정하지 않아도 돼, 이지. 많이 사랑한다, 우리 딸."

이지가 이맛살을 찌푸렸다. 평소 내 입에서 자주 나오는 표현이 아니라서 그럴 것이다. 나는 아이들을 정말 많이 사랑하지만, 그걸 굳이 말로 해야 한다고 생각하지 않는다. 하지만 지금은 꼭 말해주고 싶었다.

얼굴을 보며 말할 수 있는 마지막 기회일지도 모르니까.

이지 얼굴이 조금 일그러졌다. "엄마는 진짜 괜찮은 거죠?"

이지는 데비를 걱정하고 있었다. 나도 나름 좋은 아빠였다고, 적어도 아빠로서 최선을 다해 왔다고 생각하지만, 아이들 세상의 전부는 데비다. 내 인생에서 데비가 없어지는 건 나도 원치 않는다. 하지만 나와 데비 중에서 한 명을 선택해야 한다면… 아이들에게는 데비가 있어야 한다. 데비가 지금은 좀 평소 같지 않지만, 그녀가 없으면 아이들의 삶은 완전히 무너질 것이다.

"엄마는 괜찮을 거야." 나는 주머니에서 휴대폰을 꺼내 화면을 한 번 더 들여다봤다. "나는 다시 나가봐야 해…. 엄마가 있을 만한 곳에 가볼 거야." 나는 휴대폰을 다시 주머니에 집어넣었다. "너랑 렉시랑 둘이서 저녁 챙겨 먹을 수 있겠어?"

이지가 천천히 고개를 끄덕였다. "네. 엄마가 어제 장을 봤어요. 집에 먹을 거 많아요."

역시 데비다. 아내는 집안일이 기름칠 잘 된 기계처럼 매끄럽게 돌아가도록 만드는 사람이다.

"금방 올게." 나는 이지에게 약속했다.

그 약속을 지킬 수 있기를 바라며 집을 나섰다.

64
할리

데비가 시간 잘 지키는 건 정말 알아줘야 한다.

데비는 정각 6시에 나타났다. 크림색 블라우스에 연분홍색 스커트를 입고 통굽 펌프스를 신은 모습이 썩 봐줄 만했다. 어디 비즈니스 미팅에 가는 사람 같다. 다만 올림머리를 하고 시간이 한참 지났는지 살짝 풀린 건 좀 아니었다. 얼굴 주변으로 잔머리들이 삐져나와 있는데, 귀엽지도 멋스럽지도 않다. 자연스럽게 흐트러진 머리를 하기에 데비는 너무 나이가 들었다. 그런 스타일이 어울리지 않는다.

"어서 와요, 데비." 내가 밝은 목소리로 인사했다.

"안녕, 할리." 데비가 따뜻한 미소를 지으며 말했다. "내가 아무것도 가져오지 못해서 미안해요. 어디 좀 갔다가 지금 막 오는 길이에요."

"어휴, 괜찮아요."

나는 그렇게 말하며 살짝 몸을 기울여 데비와 포옹했다. 데비도 나를 껴안았다. 좀 뻣뻣하다는 느낌이 든다. 이제는 우리가 만날 때나 헤어질 때 매번 너무나 자연스럽게 포옹으로 인사하는데, 오늘따라 뭔가 다르다. 나와 몸이 닿는 걸 원하지 않는 느낌이랄까.

혹시 데비가 알고 있는 걸까?

아니, 데비는 모른다. 모른다고 봐야 한다. 내가 자기 남편과 잠자리를 같이 한다는 걸 알면서도 우리 집에 와서 나에게 웃어 보일 리가 없다. 세상에 어느 누가 그럴 수 있을까?

"저녁 준비하는 데 내가 뭐 도울 일은 없어요?" 데비가 물었다.

샐러드에 넣을 채소를 썰어주겠냐고 대답하려다가 이내 마음을 바꿨다. 데비에게 칼을 쥐여 주는 건 좋은 생각이 아닌 것 같았다. "없어요. 거의 다 했어요."

데비는 나를 따라 부엌으로 와서, 내가 파스타를 살피고 채소 손질을 마무리하는 동안 한쪽에 가만히 서 있었다.

"음식을 꽤 많이 준비했네요." 데비가 말했다.

"실은 내가 한 사람을 더 초대했어요. 데비에게 소개해 주고 싶은 사람이 있어서요." 내가 말했다.

"그래요?" 데비는 눈을 동그랗게 뜨며 조리대에 몸을 기댔다. "누군데요?"

"내 남자 친구예요."

데비 눈이 더 커졌다. "할리! 사귀는 사람이 있는 줄 몰랐어요. 어머, 어떤 사람이에요?"

"정말 괜찮은 사람이에요." 나는 진심을 담아 대답했다. "헬스장에서 알게 된 사람인데, 나랑 정말 잘 통해요. 소울메이트라는 게 이런 거구나 싶을 정도로요. 나이가 좀 있긴 한데, 그래도 진짜 섹시해요." 이 부분에서 나는 눈을 찡긋했다. "우리 둘이 있으면 몸이 떨어지지 않아요."

"어머머." 데비가 나를 보며 눈을 반짝였다. "정말 잘됐어요. 얼마나 만난 거예요?"

"몇 개월밖에 안 됐어요. 그렇지만 진지한 관계로 발전 중이에요. 그가 나에 대한 마음이 점점 커지고 있다고 했거든요."

"어쩜, 세상에. 이런 소식이 있을 줄은 생각도 못 했어요. 내가 다 기쁘네요."

"데비가 그렇게 생각한다니 나도 기뻐요."

데비가 가방을 고쳐 멨다. 그러고 보니 집에 도착한 지 몇 분이나 지났는데도 가방을 계속 어깨에 메고 있었다. 편하게 내려놓아도 되는데, 왜 그러는지 모르겠다. "멋진 남자 친구분은 무슨 일을 해요?"

"회계사예요."

"오!" 데비가 놀라워했다. "쿠퍼랑 직업이 같네요."

"맞아요." 나는 의미심장하게 말했다. "쿠퍼 씨랑 같아요."

나는 방금 한 말의 의미가 데비에게 전해지길 바랐다. 나이가 좀 있으면서 당신 남편과 직업도 같은 남자가 누구일지 빨리 맞혀 봐요. 이렇게 힌트를 주는데도 모르겠어요?

"그렇군요. 어떤 사람일지 정말 기대돼요." 데비가 말했다.

나는 냉장고를 뒤져 올리브유와 비니거로 만든 샐러드드레싱 병을 꺼냈다. 미소 랜치 드레싱이 있었으면 더 좋았겠지만, 마트에 없었다. "이거 괜찮아요?"

"네, 뭐든 좋아요."

나는 드레싱 병을 열어 샐러드 위로 기울였다. 소스가 철퍼덕하며 쏟아졌다. "그런데 남자 친구에게 딱 한 가지 아쉬운 점이 있어요."

"그래요?"

나는 숨을 깊이 들이마시며 데비의 표정을 살폈다. "유부남이에요."

"오, 저런." 데비가 가슴에 손을 얹었다. "별거 중인 거예요?"

"아뇨. 아내랑 같이 살아요."

"오, 저런!" 데비 입에서 똑같은 반응이 튀어나왔지만, 이번에는 약간의 감정이 실려 있다. "그건 좀 아쉽긴 하네요."

"하지만 제대로 된 결혼 생활이라고 말할 수가 없더라고요." 나는 데비가 알아차리는 낌새가 있는지 그녀 얼굴을 계속 살폈다. "남자 친구가 그러는데, 잠자리를 거의 안 한대요. 대화도 없고요. 진작에 헤어졌어야 했는데, 아내가 좀, 뭐랄까, 정서적으로 불안정하대요." 그렇게 말하고는 데비에게 어딘가 익숙한 얘기가 아닌지 묻고 싶었다.

데비는 내가 자신의 결혼 생활을 말하고 있음을 알아차렸는지 어땠는지 모르겠지만, 얼굴에는 아무 티도 나지 않았다.

"거짓말이면 어떡해요." 데비가 진중하게 물었다.

"그럴 사람이 아니에요."

"남자들 거짓말을 하는 족속이에요." 데비가 손가락으로 조리대를 가볍게 두드렸다. "더 끔찍한 짓도 하죠."

다음 순간 데비의 눈빛이 험악해졌다. 데비가 알고 있을지도 모른다는 의심이 불쑥 올라왔다. 어쩌면 다 알고 있던 걸지도, 어쩌면 이미 오래전부터 알고 있었을지도.

나는 채소를 썰던 칼을 침착하게 치웠다. 목이 갑갑해지는 것 같아 침을 삼킨 후, 미소를 지어 보려 했지만 입술이 질긴 고무로 변한 것 같았다. 내가 지금 실수를 저지르는 것 같다. 데비 멀린을 불러서 그녀의 바람난 남편과 맞닥뜨리게 하려던 건 좋은 계획이 아니었던 것 같다.

초인종이 울렸다. 이 상황을 되돌릴 방법은 없음을 알리는 소리였다.

"남자 친구가 왔나 봐요." 내 목소리가 어찌나 높은지 내 귀에도 이상하게 들렸다.

내가 현관을 향해 발을 옮기자, 데비가 내 뒤를 바짝 따라왔다. 심장박동이 빨라지고, 아드레날린이 내 계획에 대한 의구심을 모두 날려버렸다. 결전의 순간이다. 내가 기다려 온 순간이 왔다. 모가 나오든 도가 나오든, 오늘 결판이 날 것이다.

문을 열자, 쿠퍼가 서 있었다. 회사 갈 때 입은 와이셔츠 차림 그대로인데, 목에 땀이 조금 맺혀 있는 걸 보니 헬스장에서 바로 온 것 같았다. 그래도 괜찮다. 열이 나고 땀에 젖은 그의 몸을 나는 사랑하니까.

"어서 와요, 쿠퍼." 나는 우리 관계가 분명히 드러나도록 목소리를 끈적하게 깔고 말했다.

그가 대답하려고 입을 열었다. 그 순간 그의 시선이 나를 지나 내 어깨 너머에 있는 데비에게 가닿았다. 얼굴에서 핏기가 싹 사라지더니, 그가 뒷걸음질 쳤다.

"당신이 왜 여기…?" 그는 말을 끝까지 하지 못했다.

데비 입가에 미소가 스쳤다. 하지만 그녀 눈은 내 등골이 오싹할 정도로 어두웠다.

"안녕하세요, 제시." 데비가 말했다.

65
쿠퍼

데비를 찾아야 하는데.

마땅한 방법이 떠오르지 않았다. 몇 시간째 문자와 음성 메시지를 계속 보내고 있을 뿐이다. 지푸라기라도 잡는 심정으로 내가 마지막으로 생각한 장소에 한번 가보기로 했다.

그곳이 어딘지도 전혀 모르면서 무작정 도로 위를 달리고 있다. 데비가 다녀간 장소 목록에 내가 전혀 알지 못하는 곳이 한 군데 있었다. 록랜드에 있는 주소였다. 데비나 내 지인 중에 록랜드에 사는 사람은 없는 것으로 알고 있다. 데비가 거기 왜 갔는지 짐작도 가지 않지만, 현재 남아 있는 단서는 이것뿐이었다.

일단 가보는 거다.

어느새 해가 많이 기울어 거리에는 어두움이 내려앉고 있었다. 내비게이션이 안내하는 길은 오른쪽, 왼쪽으로 굽기도 하고 방향을 틀기도 했다. 나는 눈으로는 내비가 지시하는 대로 길을 좇으며, 머리로는 데비를 찾았을 때 할 말을 생각했다.

가장 먼저 내가 얼마나 사랑하는지부터 말할 거다. 나는 정말로 데비를 사랑한다. 지금 좀 이상한 일들이 벌어졌지만, 그래도 내 사랑에는 변함이 없다. 데비는 내가 지금까지 사랑했고 앞으로도 사랑할 유일한 여자다.

그래, 그 이상 무슨 말을 더 할 수 있을까. 데비에게 내 진심이 전달되기를 바랄 수밖에.

휴대폰이 울리기 시작했다. 젠장, 하필 이때 전화를 걸다니. 그녀다. 지금은 정말 이 전화를 받고 싶지 않지만, 그럴 수 없다는 걸 알았다. 그녀에게 오늘 저녁에 못 간다는 말이라도 해야 했다.

차 스피커에서 목소리가 쩌렁 울렸다. "여보세요, 쿠퍼?"

"네, 셰리즈." 내가 말했다.

"무슨 일 있는 거예요?" 사십여 년간의 흡연으로 그녀 목소리는 무척 거칠었다. "지금 목소리가 평소랑 다른 것 같은데…"

지금은 내 목소리가 평소와 똑같다면 더 걱정해야 하는 상황이지만, 셰리즈가 그런 것을 알 리 없다. "아무 일 없어요."

"술 마셨어요?"

가슴이 뜨끔하면서도 그런 질문을 받는 게 싫었다. 하지만 셰리즈는 제 일을 하는 것뿐이다. 그녀는 알코올 중독자 모임에서 내 회복을 도와주고 있는 후원자다. "아뇨."

"쿠퍼, 혹시라도…"

"정말 안 마셨어요. 술 근처에도 안 갔어요."

내 말을 믿을까? 믿어주면 좋겠다. 데비에게는 결혼 생활 내내 거짓말을 해 왔지만, 셰리즈에게는 그럴 생각이 눈곱만큼도 없다. 내가 나아지길 희망한다면 후원자에게 거짓말을 하지 않아야 한다.

"오늘 저녁 모임에는 오나요?" 셰리즈가 물었다.

"그건 어려울 것 같아요. 좀 바빠서요." 한 단어로 간단히 설명할 수 있는 상황이 전혀 아니지만 말이다. "내일… 갈게요."

"약속하는 거죠?"

"네, 꼭 갈게요." 물론 내일 그 시간에 감옥에 들어가 있지 않는 상황이 전제되어야 한다. "저기, 전화 끊어야겠어요."

셰리즈는 나를 완전히 믿지 못하는 것 같았지만, 그렇다고 오늘 내가 겪은 일을 그녀에게 전부 털어놓을 순 없었다. 전화로 할 얘기가 아니라서가 아니라, 도저히 입 밖으로 꺼낼 수 없을 것 같다. 그래도 지금 내가 술에 취해 있는 건 아니라고 생각했는지 전화를 끊을 수 있었다. 나중에 확인차 또 전화가 올 것이다. 셰리즈는 내가 지금까지 만난 여러 명의 후원자 중에서 가장 세심한 사람이다. 그녀는 내가 끊었던 술을 다시 입에 대었다는 사실을 알고 난 이후, 내가 술의 유혹에 빠지지 않도록 계속 전화로 확인해 왔다. 그런 그녀가 데비에게 진실을 말하라고 나를 몰아붙이지 않아서 고마웠다.

알코올 중독자, 그게 나다. 나는 데비를 만나기 훨씬 전부터 술에 절어 살았다. 어째서 그걸 내가 사랑하는 여자에게 말하지 않았는지, 내 본모습을 어떻게 숨겨왔는지 궁금할 거다.

나 자신이 수치스러웠다. 그리고 하늘에 맹세코 그 문제를 극복했다고 믿었었다. 그래서 데비에게 알릴 필요가 없다고 생각했다. 다 구차한 변명으로 들린다는 걸 나도 안다.

나한테 문제가 있다는 걸 알게 된 건 대학생 때였다. 친구들과 술을 마시면, 나는 남들과 달랐다. 나는 멈추는 법을 몰랐다. 21살, 그러니까 술을 합법적으로 살 수 있는 나이가 되기도 전에 나는 이미 매일 술을 마시고 있었다. 가짜 신분증을 이용했고, 그게 발각되면 다른 가짜 신분증을 만들었다. 햄버거 가게에서 일할 때

술에 취한 채 출근했다가 잘리기도 했다. 그런 일들을 전혀 대수롭지 않게 여기다가 음주 운전으로 걸리고 나서야 이것이 문제라는 것을 깨달았다.

그 이후엔 내 나름대로 잘 통제했다. 알코올 중독자 모임에 나가기 시작했고, 술도 완전히 끊었다. 스스로가 자랑스러울 정도였다. 데비를 만날 즈음엔 모두 과거의 일이 되었다고 굳게 믿었고, 그랬기 때문에 데비에게 굳이 말해서 그녀 마음을 힘들게 할 이유가 없었다.

그렇지만 영원히 과거의 일로 남아 있지 않았다는 게 문제였다. 데비와 결혼 후 나는 세 번이나 다시 술에 손을 댔다. 그때마다 데비에게 털어놓을까 했지만, 결국엔 그냥 넘어가 버렸다. 대신 내후원자에게 전화를 걸어 잘못을 시인한 다음 위치 기능을 끄고 중독자 모임에 참석하면서 다시 통제력을 되찾았다.

나도 안다. 내가 무슨 말을 하든, 데비에게 진작에 말했어야 한다는 사실에는 변함이 없다는 것을. 하지만 결혼 전에는 그녀가 나에 대해 실망해서 떠날까 봐 두려웠고, 결혼 후에는 이제 와서 그런 얘기를 하면 어떻게 하냐면서 처음부터 솔직하지 못했던 내게 화를 낼까 봐 두려웠다.

그러다가 몇 주 전, 나는 또다시 술에 손을 댔다. 파트너십 얘기를 켄 앞에서 꺼내야 한다는 압박과 마음속 깊은 곳에서부터 켄이 거절할 것을 아는 데서 오는 스트레스 때문이었다. 게다가 전혀 예상치 못하게 회사에서 잘리고 나자, 돈에 관한 여러 가지 걱정으로 상황은 더욱 악화되고 말았다. 나는 데비에게 모든 걸 털어놓고 싶었지만, 지난 여섯 달 동안 데비에게서 이상할 정도로 거리가 느껴졌다. 냉장고 위에 넣어둔 화이트 와인 한 병을 단숨에 비웠다. 그러고는 수돗물로 채워 놓은 다음 한 병 더 마시고 싶다는 생각이 드는 순간, 중독자 모임에 다시 가야 한다는 걸 깨달았다. 부엌에서 우연히 발견한 여섯 캔짜리 맥주도 참지 못했다.

데비에게 애초에 말하지 못한 게 후회스럽다. 내가 솔직하게 나 자신을 보여줬다면, 데비도 내게 숨기는 것 없이 솔직하지 않았을까.

롤랜드로 향하는 차 안에서 액셀을 밟는 발에 최대한으로 힘을 실으며 나는 스스로에게 약속했다. 데비를 찾으면, 그 자리에서 모든 걸 다 말하겠노라고. 더 이상 비밀은 없다. 그리고 데비가 무슨 일을 저질렀든, 우리는 함께 해결해 나갈 것이다.

제발, 너무 늦지만 않았으면 좋겠다.

66
데비

할리가 꽤나 충격을 받은 모양이다. 이렇게 재밌는 장면을 나 혼자 보려니 아쉽네.

그녀는 이곳으로 내 남편을 오라고 한 다음 자신이 그의 연인임을 밝혀 나를 충격에 빠뜨릴 계획을 세웠던 것 같다. 그런데 어쩌나, 헛수고로 끝나버렸다.

제시에게는 감탄할 수밖에 없었다. 할리에게 자기 이름을 쿠퍼 멀린이라고 말한 건 꽤 영리한 선택이었다. 쿠퍼도 엄연히 헬스장을 이용하는 사람이니까 회원 시스템에 당연히 등록되어 있었다. 게다가 전자 기기를 이용하는 데에 워낙 거부감을 느끼는 사람이라 소셜 미디어 계정도 전혀 없었다. 그러니 할리가 아무리 검색한들 사진 한 장이나 글 한 줄도 찾을 수가 없었을 것이다. 그 덕분에 제시의 아내도 자기 남편이 무슨 짓을 하고 다니는지 전혀 눈치챌 수가 없었다. 이런 일을 당할 이유가 없는 착한 아내인데 말이다. 제시가 이런 수작을 부린 것이 이번이 처음이 아니었을 것 같았다.

쿠퍼가 내게 뭔가를 숨기고 있는 것은 부정할 수 없지만, 그것이 외도가 아니라는 건 확실했다. 남편은 결점이 많은 사람이지만, 나를 정말로 사랑하고, 나에 대한 사랑만큼은 흔들린 적 없다.

오늘 밤 내가 여기서 하려는 일을 그가 모르길 바랄 뿐이다.

"제시라니?" 그렇게 되묻는 할리는 혼란스러운 기색이 역력했다. 마스카라를 진하게 바른 눈이 휘둥그레졌다. "제시가 누구야?"

정체가 드러난 제시가 안절부절못했다. 할리도 헬스장에서 '진짜' 쿠퍼가 운동하는 모습을 본 적 있을 테지만, 내 남편보다는 제시가 더 매력적이라고 느꼈나 보다. 솔직히 나는 늘 제시가 좀 느끼하다고 생각했다. 제 눈에 안경인지도 모르겠다.

"저, 할리." 제시가 머뭇거리며 입을 열었다. "그동안 내가… 완전히 솔직하지 못했어."

나는 결국 웃음을 터뜨리고 말았다. 분위기 파악을 못 한 게 아니다. 이 상황에서 제시가 빠져나갈 길을 찾으려고 애쓰는 모습을 보는 게 이렇게 재밌을 줄 몰랐다.

제시는 나를 한 번 쏘아보고는 다시 할리에게 눈을 돌렸다. 그렇다, 그는 지금 필사적으로 해명해야 하는 처지다. 하지만 그 이유가 할리와 계속 잘 해 보기 위해서가 아니었다. 내가 보기에 제시는 할리와의 관계를 정리하기 위해서 오늘 밤 여기로 왔다. 그런데 이제 진짜 이름까지 밝혀졌으니, 할리가 자기 아내에게 접근하는 상황까지 걱정해야 할 판이다.

"그럼 당신 이름이 쿠퍼 멀린이 아니야?" 할리가 기가 막힌다는 말투로 물었다.

제시가 천천히 고개를 끄덕이더니, 할리에게 한 걸음 다가섰다. "응. 미안해…. 쿠퍼는 나랑 항상 같이 운동하러 가는 친구 이름이야. 우리는… 같은 직장에 다녀."

"맙소사." 할리는 제시가 뒤로 비틀거릴 정도로 가슴을 세게 밀쳤다. "난 지금껏 자기가 나를 사랑한다고, 나와 함께하고 싶어 한다고 생각했는데. 이제 보니 그동안 진짜 이름도 말해 주지 않았던 거네, 이 쓰레기 자식."

제시가 무슨 말이든 하려고 입을 여는데, 그 순간 그의 몸이 휘청였다. 제시가 손을 올려 관자놀이를 꾹 누르며 눈을 감았다. "어, 잠깐 앉아야 할 것 같아."

"아니, 당장 나가 주면 좋겠어." 할리의 목소리가 날카로웠다.

하지만 제시는 아무 말도 들리지 않는지, 할리를 밀치고 그대로 걸어 들어가 소파에 쓰러지듯 주저앉았다. 당분간은 일어나기 힘들어 보였다.

제시는 체육관에서 여기로 오는 내내 물병에 든 물을 들이켰을 것이다. 내가 섞어 둔 아편이 제 역할을 하는 중이었다.

제시의 눈꺼풀이 내려오기 시작했다. 방금 전 느닷없는 조우에 아드레날린이 솟구쳤을 테지만, 그 효과는 오래가지 못했다.

"여기서 잠들지 마!" 할리가 그의 어깨를 붙잡고 흔들며 소리를 질렀다. "전부 거짓말이었다니! 어떻게 나한테 그럴 수 있어?"

한때 할리를 멋지다고 생각했던 내 자신이 믿어지지 않는다. 핑크색 브릿지를 넣은 머리 때문이었을까. 어쩌면 내가 무슨 말을 하든 진심으로 관심을 보이는 듯한 그녀의 태도 때문이었는지도 모르겠다. 이제는 할리가 내 남편에 대한 정보를 캐내려고 나를 이용한 것이었음을 나도 안다. 할리 집에서 그 티셔츠를 발견하기 전까지는 모든 걸 연결 짓지 못했다. 그날 티셔츠에 남은 냄새를 맡는 순간, 나는 그게 누구의 것인지 단번에 알아차렸다.

나는 헬스장으로 가서 신디와 얘기를 나눴다. 신디는 부정한 직장 동료의 정보를 나누는 데 유난히 열성적이었다. 신디가 내게 얼마나 큰 도움을 줬는지 모른다. 나는 내가 알아야 할 모든 걸 알게 되었다.

"쿠퍼!" 할리가 꽥 소리를 질렀다. "아니… 제시라 했나. 이름이 뭐든 간에 일어나라고!"

제시가 고개를 들었지만, 할리를 보는 것이 아니었다. 그의 몸속에 들어간 약물이 열심히 제 몫을 하는 중이었다. 이제 몇 분 후면 제시는 완전히 의식을 잃을 것이고, 이 순간이 나중에는 꿈처럼 느껴질 것이다. 기억이나 할 수 있을지 모르겠지만 말이다.

내가 행동을 개시할 때가 왔다.

어깨에 멘 가방에 손을 넣어서 가죽 장갑 한 켤레를 꺼내 손에 꼈다. 그런 다음, 다시 가방에 손을 넣어 글록 권총을 꺼냈다. 켄 브라이언트의 두 눈 사이에 총알을 박을 때 한 번 사용했던 총이다. 여기서 한 번 더 사용하려 한다.

"할리." 나는 그녀를 불렀다.

제시를 붙잡고 비난을 퍼붓던 할리가 고개를 돌렸다. 내 손에 들린 총을 보자, 할리는 헉 숨을 들이켰다.

"데비, 지금 뭐 하는 거예요?" 할리가 말했다.

어떻게 생각하면 할리는 잘못이 없다. 내게 직접적으로 해를 끼친 건 없었다. 내 남편과 잠자리를 갖는다고 굳게 믿었지만, 그것은 사실이 아니었다. 할리에게 개인적인 원한은 없다.

그렇지만 그녀는 나쁜 인간이다. 나를 이용했고, 또 다른 사람들의 결혼 생활을 망가뜨리는 일에 죄책감도 느끼지 않았다. 계획을 위해 그녀를 희생시키는 건 내키지 않았지만, 할리도 자신을 위해 나를 희생시키는 일에 조금도 주저하지 않았을 것이다. 그러니 할리가 이 세상에서 없어진다고 해서 안타까워할 이유는 없다.

"미안해요, 할리."

그렇게 말한 다음 그녀의 이마를 조준해 방아쇠를 당겼다.

총성이 울림과 동시에 할리는 즉사했다. 그녀의 몸이 바닥으로 털썩 떨어지고, 머리 뒤쪽에 피가 고이기 시작했다. 부릅뜬 눈이 천장을 바라보는 것 같았다. 위층에 사는 집주인이 여행을 가서 얼마나 다행인지 모르겠다. 할리에게서 그 얘기를 미리 듣지 않았다면, 소음 때문에 신경이 많이 쓰였을 거다. 하지만 여기, 막다른 길에는 우리 말고 아무도 없다.

고개를 돌려, 소파에 축 늘어져 있는 제시를 바라봤다. 완전히 의식을 잃었는지 방금 울린 총소리에도 깨어나지 못했다. 아편을 한 번 더 써야 할 상황에 대비해 가방에 넣어왔는데, 제시가 물과 함께 충분히 마신 덕분에 그럴 필요는 없었다.

그가 자는 게 나를 도와주는 거다. 제시는 이 집에서 벌어진 일을 거의 기억하지 못할 것이고, 그러면 나는 더 안전해진다.

한편으론 제시가 알았으면 좋겠다는 마음도 있다. 방금 내가 할리를 쏜 총이 며칠 전에 내가 그의 집에서 가져온 것이라는 사실을 말이다. 열쇠가 현관 매트 아래 고이 놓여 있어서 너무 쉬운 일이었다. 절도 작전을 수행하던 날, 나는 지혜롭게 위치 공유 기능은 꺼두었다. 총을 가져간 사람이 나라는 사실을 가리킬 만한 어떤 단서도 남기지 않아야 했다.

경찰은 이 집에서 발견될 총알과 켄 브라이언트를 살해한 총알을 대조할 것이다. 내가 크게 걱정할 것은 없다. 켄의 회사에서 빼돌린 돈은 해외 계좌로 흘러갔고, 해외 계좌와 제시를 연결하는 문서들이 살인에 대한 동기를 충분히 설명할 것이다. 켄 휴대폰으로 제시에게 화분에 물을 주라는 문자 메시지도 보내 두었다. 덕분에 도어캠에 제시가 고스란히 담겼다. 켄 집 현관에 달린 그 카메라는 아주 유용했다. 내가 도착하는 영상을 삭제하는 데에 아무런 어려움이 없었다는 점이 아주 마음에 들었다. 내 유죄의 증거를 지우는 데에 60초도 채 걸리지 않았다.

나를 의심할 사람은 없다. 제시와 나는 서로 모르는 사람이나 다름없다. 내가 잘 알지도 못하는 사람을 살인범으로 몰아갈 것이라고 누가 생각할 수 있을까? 그 사람의 애인을 그가 보는 앞에서 죽일 이유를 생각할 수 있는 사람이 있을까?

나는 소파에서 잠자고 있는 제시에게 속삭였다. "이건 네가 진작에 받았어야 할 벌이야, 허치."

순간 제시의 눈꺼풀이 파르르 떨렸다. 내 말을 들은 걸까? 차라리 그가 들었으면 좋겠다. 내가 범인임을 자백하는 격이지만, 내 마음 한편에서는 내가 누군지, 내가 왜 이러는지 그가 알기를 바랐다. 그는 나를 알아보지 못했다. 하기야 아주 오래전 일이었고, 지금은 우리 둘 다 모습이 많이 달라졌으니 그럴 만도 했다. 게다가 분명히 그에게 당한 피해자가 나뿐만은 아니었을 거다. 나는 그저 얼굴도 이름도 모르는 수많은 여학생 중 하나였을 테지.

그렇지만 나는 그를 알아보는 데 전혀 어려움이 없었다. 쿠퍼가 제시 내외와 부부 동반으로 만나는 자리를 마련한 날, 나는 제시를 보자마자 그가 누군지 알아봤다. 그 얼굴, 그가 대학 시절에 뿌렸던 향수. 내가 나중에 티셔츠에서 맡았던 바로 그 향이었다. 지금도 나를 괴롭게 한다. 후각이 불러오는 기억이 얼마나 강렬한지 모를 거다.

그는 입가에 미소를 띤 채 내게 손을 내밀었다. "만나서 반가워요, 데비. 쿠퍼에게서 얘기 많이 들었어요."

나는 그의 손을 잡았다. 잡지 않으면 내 정체를 들킬 것 같았다. 그의 손에 닿은 내 피부가 타들어 가는 것만 같았다. 겨우 손을 뗐을 때는 손바닥이 축축하게 젖어 있었다. 나는 잠시 화장실을 다녀오겠다고 둘러댔다. 대학 시절 이후로 가장 심한 공황 발작이 와서 숨을 골라야 했다.

정신 차려, 데비. 네가 누군지 알게 해선 안 돼. 나는 나 자신을 다독였다.

마음을 추스른 후 화장실에서 나와 내 삶을 망가뜨린 남자를 향해 미소를 지으며 나는 아주 즐거운 척했다. 손이 떨리는 바람에 두 번이나 술잔을 엎질러 청소할 일을 자꾸 만들었을 때는 여종업원과 언성을 높일 뻔했지만 말이다. 그날 밤 집으로 돌아온후, 나는 베개에 얼굴을 묻고 목이 쉴 때까지 소리를 질렀다.

다음 날, 〈디어 데비〉 앞으로 온 수많은 이메일을 뒤졌다. 단 한 번이라도 독자들에게 문제를 해결할 수 있는 '실제적'인 방법을 알려주고 싶었다. 가족들을 아침 식탁에 둘러앉게 만들려고 애교 섞인 목소리로 "앉아주세요"라고 한들 통하지 않는다는 걸 익히 알고 있다. 하지만 내 답변을 개릿이 신문에 내줄 리가 없다는 것도 익히 알고 있던 나는 데스크톱에 파일로 모두 저장해 두었다.

그게 8개월 전이었다. 그동안 나는 나처럼 오랜 시간 폭력으로 고통받는 여성들에게 수십 통의 이메일을 작성했다. 하지만 나는 위선자가 아니기에, 내게 고통을 안겨준 남자에게 대가를 치르게 하기 전에는 그 이메일을 단 하나도 보낼 수 없었다.

'제발 그만!'

'걱정 마. 1분이면 끝나.'

나는 제타 파이를 불태우지 못했다. 2층으로 올라가 담배와 성냥갑이 든 가방을 집어 들고는 그대로 계단을 내려와 건물을 나왔다. 머릿속에서 구상할 때는 좋은 계획인 것 같았는데, 막상 그곳에 도착해서 착한 학생과 이야기를 주고받고 나니 도저히 실행에 옮길 수가 없었다. 수년 전에 벌어진 일이 그들의 잘못은 아니었다. 이제 와서 그들에게 책임을 돌리는 건 공정하지 않았다.

그날 밤의 책임은 오직 한 사람에게만 있었다.

제시 허치슨의 눈꺼풀이 파르르 떨리다 이내 감겼다. 그를 켄 브라이언트의 죽음과 연결 지을 증거는 충분했고, 이제는 이 집에서 일어난 살해 후 자살 사건과도 연결될 것이다. 내가 경찰에 전화해, 친구가 집착이 심한 남자 친구에게 위협받고 있는 것 같다는 말만 하면 된다. 제시가 사라지고 나면, 나는 마침내 고통을 극복하게 된다. 마침내 평안을 되찾게 된다.

걱정 마. 1분이면 끝나니까.

67
쿠퍼

록랜드 주소가 정확하지 않아 그 일대를 빙빙 돌고 있었다. 눈에 불을 켜고 데비 차를 찾아봤지만, 어스름이 깔리고 있어서 쉽지 않았다.

데비가 실제로 여기 있을 거라 믿을 근거는 없다. 데비의 위치는 계속 잡히지 않고, 지금 그녀가 어디에 있는지 알 방법도 없다. 그래서 데비가 최근에 다녀간 곳 중 마지막 남은 주소로 무작정 찾아왔다. 내가 모르는 곳이라 더욱 확인해 봐야 했다.

여기서 못 찾으면 더는 희망이 없다.

차로 돌아다닌 지 20분쯤 지났을 때, 막다른 길에 다다랐다. 그 길에는 집이 두 채밖에 없었는데, 하나는 폐가처럼 보였다. 다른 하나는 사람이 사는 것 같았지만, 불빛이 하나도 없는 것으로 보아 집에 아무도 없는 것 같았다.

차를 돌려야겠다고 생각하는 순간, 언뜻 눈에 들어오는 것이 있었다. 두 번째 집 옆쪽에 차들이 주차되어 있었다.

그중에 눈에 익은 차가 하나 있었다.

내가 차에 탄 채로는 제대로 확인할 수가 없었다. 나는 차를 세우고 길 끝을 향해 부지런히 발을 옮겼다. 분명히 집에서 새어 나오는 불빛은 없지만, 그 차를 좀 더 자세히 보고 싶었다. 만에 하나 데비 차일지도 몰랐다.

가까이 다가가 보니, 데비 차와 똑같은 파란색 스바루 아웃백이다. 그렇지만 다른 사람의 차일 가능성을 완전히 배제할 수 없었다. 그 옆에는 또 다른 차가 있는데, 기분 탓인지 그 차도 눈에 익었다. 하지만 어디서 봤는지 기억나지 않았다.

스바루의 번호판을 눈을 크게 뜨고 쳐다봤다. 이게 데비 번호였던가? 이런 망할, 잘 모르겠다. 아이들 생일도 겨우 기억하는데, 차량 번호 같은 건 기억력이 아예 발휘되지 않는다. 맞는 것 같기도 한데.

차창으로 안을 들여다봤다. 가방이든 뭐든 데비 물건으로 보일 만한 것을 눈으로 찾았다. 사실 데비는 아주 깔끔한 성격이라 차 안에 물건을 거의 두지 않는다. 선글라스만 컵홀더에 덩그러니 꽂혀 있다. 그 순간, 데비는 선글라스를 늘 그렇게 둔다는 게 생각났다. 이지의 축구 경기가 끝난 뒤 편의점에서 산 1리터짜리 탄산음료를 컵홀더에 두고 싶은데, 번번이 선글라스에게 자리를 빼앗겼던 기억이 떠오른 것이다.

이건 데비의 차다. 그럼 데비는 어디 있지?

나는 집 앞으로 다시 돌아갔다. 1층과 2층에 있는 창문에는 전부 불이 꺼져 있다. 아무리 봐도 집 안에 사람이 없는 것 같다. 그렇다면 빈집에 데비가 왔다는 걸까? 애초에 이런 곳에 온 이유가 뭘까?

현관으로 걸어가 숨을 참은 채 초인종을 눌렀다. 데비가 여기에 온 이유를 모르겠지만, 내가 먼저 솔직하게 말하면 데비도 내게 다 말해 줄지도 모른다.

초인종이 고장 났는지 아무 소리도 나지 않았다.

문을 두드려 봤다. 1층에 누가 있다면 들을 만큼 세게 두드렸다. 문 뒤에서 어떠한 움직임도 느껴지지 않길래 한 번 더 두드렸다.

그래도 조용하다.

다음 순간, 나는 두 주먹을 불끈 쥐고 문을 마구 두드리고 있었다. 데비는 분명히 여기 있다. 데비 차가 밖에 세워져 있고, 이 집 말고는 달리 있을 만한 곳이 없다. 데비와 얘기해야 한다. 그것도 지금 당장. 모든 문제를 바로잡을 방법을 찾아야 한다. 데비를 잃을 수는 없다. 데비 없이는 살 수 없다.

아, 내가 너무 어리석었다. 왜 처음부터 모든 걸 사실대로 말하지 않았을까. 그때는 나에 대해 실망할까 봐 두려웠지만, 이제 보니 거짓말보다 나쁜 건 없다.

"데비!" 나는 이름을 부르짖기 시작했다. "데비! 밖으로 나와 봐! 당신한테 할 얘기가 있어!"

문 너머에서는 여전히 아무 소리도 들리지 않았다. 하지만 나는 데비가 여기에 있다고 확신했다. 틀림없이 여기에 있다.

"데비!" 무리하게 소리를 질렀는지 목소리가 갈라졌다. "데비! 사랑해!"

내가 너무 늦게 온 것 같았다.

68
데비

제시는 완전히 정신을 잃었다.

총은 장갑 낀 내 손에 쥐고 있지만, 아쉽게도 내가 이대로 그를 쏠 수는 없다. 제시에게 총알을 박는 행위는 수년간의 치료로도 절대 얻을 수 없는 평안을 내게 안겨주겠지만, 나는 이 일을 빈틈 없이 처리해야 한다. 제시에게 여러 건의 살해 사건을 뒤집어씌우기 위해 엄청난 공을 들였는데, 오늘 여기서 벌어진 일에 제삼자가 연루되어 있다는 의심을 경찰이 품게 할 만한 행동은 절대 해선 안 된다.

그 말은 제시가 자기 손으로 쏜 총에 맞아 죽어야 한다는 뜻이다.

몇 미터 떨어진 거리에서 누군가에게 총을 맞은 경우와 자살한 경우를 검시관은 구분해 낼 것이기 때문이다. 더구나 제시의 오른손에서 총기 잔여물이 검출되어야만 한다. 그러려면 제시가 직접 총을 쥐는 것 말고는 다른 방법이 없다.

내가 제시와 바짝 붙어야 했다. 정말 내키지 않지만, 나는 소파로 가 제시 옆에 앉았다. 그 향수 냄새가 끔찍했다. 내가 마지막으로 그와 이렇게 가까이 붙었던 날, 그는 내 위에 올라타 있었다.

하지만 그는 더 이상 나를 해칠 수 없다. 의식도 없는 데다가, 조만간 죽음을 맞이하게 될 것이다.

넌 나를 해칠 수 없어.

나는 그 말을 계속 되뇌며 제시의 손가락을 총 손잡이에 감쌌다. 그런 다음 총구를 턱 밑에 갖다 대고 제시의 뇌를 향해 조준했다. 한 발이면, 딱 한 발이면 충분하다. 그러면 이 모든 게 끝난다.

제시의 검지를 방아쇠 위에 올렸다. 방아쇠를 당기기만 하면 된다.

"데비!"

제시의 손을 감싸 쥔 내 손이 움직임을 멈췄다. 누군가 내 이름을 불렀다. 그게 남편 목소리라는 것을 깨닫는 데 잠시 시간이 걸렸다. 하지만 분명히 쿠퍼였다. 쿠퍼가 내 이름을 부르고 있다.

아니 어떻게, 쿠퍼가 여기에 온 거지?

내가 며칠 전 할리 집에 왔던 날 위치 기록에 남은 주소를 쿠퍼가 본 것이라고 충분히 짐작할 수는 있었다. 오늘은 특별한 목적이 있었던 만큼 위치 기능 끄는 걸 잊지 않았다. 쿠퍼가 위치 기록 확인하는 법을 알리라고는 생각도 못 했다. 남편은 나를 찾으려고 내가 이번 주에 다녀간 곳을 모두 돌아다니는 중인 모양이다.

"데비! 데비!"

쿠퍼가 굳이 왜 왔는지 모르겠다. 그냥 집에서 기다리고 있으면 되는데, 그러면 내가 해야 할 일을 다 끝낼 수 있는데.

"데비! 어딨어! 사랑해! 제발 나와!"

그의 말이 내 가슴을 울렸다. 나는 소파에 의식을 잃고 누워 있는 남자를 내려다봤다. 지난 여덟 달 동안 한순간에 망가진 내 인생을 줄곧 생각하며 지냈다. 지난 일은 다 잊었다고, 이제는 괜찮다고 생각했는데, 그를 만난 날 이후로 내게 일어난 일에 대한 증오와 불안과 수치심이 날이 갈수록 자라나더니 결국에는 내가 견딜 수 없는 지경에 이르렀다.

하지만 입은 비뚤어져도 말은 바로 하라 했던가. 내 삶은 망가지지 않았다. 내 삶은 여러모로 괜찮다. 물론 내가 꿈꾸던 직업을 가지지는 못했지만, 내게는 너무나 훌륭한 딸이 두 명이나 있다. 그리고 나를 찾기 위해 어둠을 헤치며 사우스 쇼어 이곳저곳을 돌아다니는, 날 아낌없이 사랑하는 남편이 있다.

내 삶에도 좋은 것이 많다.

그렇지만 이제 와서 원대한 계획을 물거품으로 만들 수도 없었다. 이미 두 사람이 죽었다. 내가 여기서 그냥 걸어 나가면, 모든 책임을 내가 떠안게 된다. 다른 선택의 여지가 없다.

나는 제시의 집게손가락 위에 내 손을 올렸다. 그리고 방아쇠를 당겼다.

69

할리의 집 현관문을 나서며, 나는 가죽 장갑을 벗어 가방 안에 넣었다. 총은 계획대로 집 안에 남겨 두었다.

집을 빙 돌아 앞으로 가니, 어느 순간 내 이름 부르는 걸 멈춘 쿠퍼가 창문 하나에 매달리다시피 하며 안을 들여다보려 애쓰고 있었다. 누가 보면, 유리를 뚫고 집 안으로 들어가려는 사람이라 생각할 것 같았다. 그런데 다음 순간 쿠퍼가 오른손에 수상할 정도로 큰 돌을 쥐더니, 손을 공중으로 치켜들었다. 그를 당장 말려야 했다.

"쿠퍼?"

그가 획 돌아섰다. 오른손은 여전히 허공에 떠 있었다. 나를 알아본 그의 눈이 휘둥그레지고, 뒤이어 돌이 땅으로 스르르 떨어졌다. 그는 아무 말도 하지 않았다. 대신 성큼성큼 달려와 나를 끌어안았다.

"데비." 내 목에 닿는 그의 입김이 따뜻했다. "얼마나 걱정했는지 몰라…"

처음 얼마 동안 나는 그의 품에 안긴 채 뻣뻣이 서 있었다. 잠시 후 나도 모르게 팔이 올라가 그를 끌어안았다. 그렇게 우리는 서로에게 꼭 매달렸다. 우리가 떨어진 건 몇 분이 지나고 난 후였다.

"많이 걱정했어. 총소리 같은 걸 들었거든." 쿠퍼가 입을 열었다.

총소리 같은 게 아니라, 쿠퍼가 제대로 들은 게 맞다. 그 소리와 함께 발사된 총알은 지금 할리 집 천장에 박혀 있다.

제시는 살아 있다.

"당신은 못 들었어?" 쿠퍼가 내게 물었다.

"난 아무것도 못 들었어. 혹시 자동차 배기음 소리 아니었을까?" 내가 말했다.

쿠퍼는 내 대답을 못 미더워하는 눈치였지만, 더 캐묻지 않았다. "당신 여기서 뭐 하고 있었어?"

적어도 한 가지는 사실대로 대답하기로 했다. "친구가 여기 살아. 지하에 방이 있어. 입구는 뒤쪽에 있고. 잠깐 들러볼까 해서 왔는데, 집에 없나 봐."

"그랬구나."

쿠퍼가 내 말을 믿는 것 같았다. 하기야 믿지 않을 이유도 없다. 남편은 헬스장에서 오며 가며 마주친 것 말고는 할리의 존재를 모른다. 그러니 내가 잘 모르는 사람에게 해를 끼칠 거라고 전혀 생각하지 못할 것이다.

"그럼, 어…." 나는 등 뒤에 있는 범죄 현장을 떠올리지 않으려 애쓰면서 우리 차 쪽을 힐긋 봤다. 쿠퍼가 제시의 차를 알아봤는지 모르겠다. 아직까지는 아무 언급도 하지 않았다. "우리 이제 갈까?"

"잠깐만." 쿠퍼는 내 두 손을 붙잡아 꽉 쥐었다. "당신한테 말할 게 있어, 데비."

"응…."

쿠퍼는 깊게 숨을 들이쉬더니 어깨를 곧게 폈다. "나한테 술 문제가 있어."

나는 그를 멍하니 바라봤다. 남편 입에서 그런 말이 나올 줄은 예상하지 못했다. "응?"

쿠퍼는 계속 말해도 괜찮은지 확신이 서지 않는 듯 머뭇거렸지만, 이내 다시 마음을 굳혔다. "그냥 술 문제가 아니라… 알코올 중독이야. 당신한테 말하지 않고 알코올 중독 모임에 나가고 있었어."

"언제부터?"

"대학생 때부터."

"대학생? 나한테 한 번도 말한 적 없잖아."

"알아." 쿠퍼가 고개를 떨궜다. "미안해, 데비. 정말 미안해. 내가… 너무 수치스러웠어. 그래서 당신한테 숨겼던 거야. 처음부터 솔직하게 다 말했어야 했는데, 당신은 늘 완벽하고 대단한 사람이니까… 나를… 형편없다고 여길 것 같았어."

쿠퍼가 간신히 고개를 들고 나와 눈을 마주쳤다. 그런 얘기라면 진작에 말했어야 하는 게 당연지사이지만, 쿠퍼가 그러지 못한 이유를 충분히 이해할 수 있었다. 내가 지금 다른 사람한테 돌을 던질 처지가 아니었다.

이제는 내가 솔직해질 차례다.

"나는 대학생 때 강간당했어. 그래서 중퇴한 거야." 내가 말했다.

쿠퍼가 입을 벌리지만 아무 소리도 나오지 않았다. 내 얼굴을 빤히 쳐다볼 뿐이었다. 침묵이 길어지고, 내 안에서 괜히 말했다는 후회가 올라왔다. 이 상황을 어떻게 수습해야 할지 머리를 굴렸다. '하하하, 뺑이지롱!' 하고 말해볼까 생각 중일 때, 쿠퍼가 팔을 뻗어 나를 끌어안았다. 아주 세게. 아무 말도 할 필요가 없었다. 그의 몸에서 내 몸으로 전해지는 온기만으로 충분했다.

마침내 우리가 떨어졌을 때, 나는 그의 눈가가 살짝 젖어 있는 것을 보았다. "우리 부부 상담 받아야겠다."

피식 웃음이 새어 나왔다.

"그런데 당신한테 하나 물어볼 게 있어." 쿠퍼가 목뒤를 쓱 문질렀다. "솔직하게 답해 주면 좋겠어."

"알았어…."

쿠퍼가 미간을 모았다. "사실대로 말하겠다고 약속할 수 있어?"

"응." 나는 그렇게 대답하면서, 내가 지킬 수 있는 약속이기를 바랐다.

"켄 브라이언트를 내 총으로 쐈어?"

나는 움찔했다. 쿠퍼는 켄의 집에 갔고, 거기서 켄이 머리에 총을 맞고 죽어 있는 걸 보고 왔다. 그리고 켄을 죽인 사람이 나일지도 모른다고 생각하면서도, 경찰에 신고하지 않고 나를 찾아 달려왔다.

"우리 아이들 목숨을 걸고 맹세해." 여기까지 말한 나는 가슴에 손을 얹었다. "당신 총으로 켄 브라이언트를 쏘지 않았어."

나는 사실대로 말했다.

제시의 총으로 쐈으니까.

"아, 하나님 감사합니다." 쿠퍼는 내 말을 믿었다. 그의 몸에서 긴장감이 순식간에 사라졌다. "난 또… 혹시나 해서…." 그가 한숨을 내쉬었다. "그럼 집에 돌아가서 경찰에 신고해야겠다."

나는 천천히 고개를 끄덕였다.

"아, 그리고. 내 총이 보관함에서 사라졌던데. 어떻게 된 건지 알아?" 쿠퍼가 물었다.

이것 역시 내가 사실대로 답할 수 있는 질문이다. "내가 없앴어."

"당신이 없앴다고?"

나는 양손을 허리에 척 얹었다. "내가 말했잖아. 침입자보다 가족을 쏠 확률이 더 높다고."

쿠퍼는 고개를 절레절레 흔들었다. 이건 나중에 상담에서 따로 이야기해야 할 문제다. 하지만 어쩐지 오늘 밤 이후로 그가 집에 총을 두고 싶어 하지 않을 것 같다는 예감이 들었다.

"알겠어. 이제 집에 가자." 쿠퍼가 말했다.

나는 두 번 생각할 것도 없이 찬성했다.

에필로그
1년 후

쿠퍼

아침을 차리는 중이다.

대단한 건 아니다. 구운 식빵 두 장에 잼을 바르고, 시리얼 한 그릇을 곁들인 게 전부다. 시리얼은 데비가 늘 사다 놓는 식이섬유가 많이 들어간 제품인데, 놀랍게도 이게 언제부턴가 내 입에도 잘 맞았다.

식이섬유가 많이 들어간 시리얼을 내가 좋아하게 된 일은 지난 1년 동안 우리 삶에 일어난 변화 중 가장 소소한 것이 아닐까 싶다.

우선, 켄이 살해된 이후 나는 회계사무소를 차렸다. 사무실은 점점 번창해서 지금은 직원을 여섯 명이나 두었고, 《보스턴 글로브》에 호의적인 기사까지 실렸다. 나는 늘 사업가 타입은 아니라고 생각했는데, 내가 보기보다 소질이 있었다. 데비 말을 진작에 들을 걸 그랬다.

아직도 켄이 살해당했다는 게 믿어지지 않는다. 더 끔찍한 건 켄을 죽인 범인이 제시였다는 사실이다. 처음에는 도저히 믿을 수가 없었다. 하지만 하나, 둘 발견되는 증거들이 모두 제시를 가리키고 있었다. 제시는 회사에서 돈을 빼돌렸고, 그걸 켄에게 들키자 그를 총으로 쏴 죽였다.

게다가 그게 전부가 아니었다.

제시는 타이탄 피트니스의 할리라는 트레이너와 바람을 피우고 있었다. 나도 그녀를 몇 번 본 적 있다. 핑크색 브릿지 때문에 기억하고 있다. 데비도 그녀와 친분이 있었다고 하는데, 나는 아무것도 몰랐다. 제시가 그 트레이너와 이야기하는 걸 몇 번 봤고, 그때마다 두 사람이 속삭이듯 낮은 목소리로 대화한다는 것도 알았지만, 불륜 관계일 줄은 정말 상상도 못 했다. 당시 나는 내 문제들만으로도 벅차서 주변을 세심하게 살피고 있을 심적 여유가 없었다. 물론 불륜을 저지르는 남자들이 많다는 것쯤은 나도 안다. 하지만 나는 그런 건 해선 안 된다고 생각하는 사람이다.

제시는 할리에게서 아내와 헤어지라고 압박을 받고 있었다. 할리는 자기 뜻대로 하지 않으면 모든 걸 폭로하겠다고 제시를 협박했다. 결국 제시는 켄을 쐈던 총을 들고 그녀 집으로 갔고, 그녀를 죽였다.

나중에 알게 된 사실이지만, 그날 밤 내가 데비를 찾으려고 무작정 갔던 주소가 할리 집이었다. 데비가 할리를 보러 잠깐 들렀지만 문을 두드려도 답이 없었던 이유는 할리가 죽은 후였기 때문이었다.

경찰에 신고한 사람은 데비였다. 데비는 할리의 남자 친구가 염려스럽다고 말했다. 그렇지만 그 남자 친구가 누구인지는 몰랐다. 경찰이 할리 집에 도착했을 때, 주검이 되어 바닥에 누워 있는 할리 옆에서 제시가 자신의 흔적을 닦아내고 있었다.

그는 즉시 체포되었다.

증거가 너무나 명백했고, 사실상 현행범으로 붙잡힌 것이나 다름없었다. 그의 재판이 지난달에 열렸을 때, 제시는 내게 성격 증인으로 나와 달라고 요청했지만 나는 거절할 수밖에 없었다. 아무리 나와 친구였다고 하지만, 그가 자신의 직장 상사와 내연녀를 죽였다는 데에는 의심의 여지가 없었다. 배심원단 역시 같은 판단을 내렸다. 제시는 1급 살인 두 건에 대해 유죄 판결을 받았고, 두 번의 종신형을 연속 집행하도록 선고받았다. 제시는 남은 생을 전부 감옥에서 보내게 되었다.

추악하면서도 씁쓸했던 재판을 제외하면, 우리는 아주 잘 지내고 있다. 렉시와 데비는 제인 일이 있고 난 뒤로 아주 가까워졌다. 예전처럼 싸우지 않는 둘을 보고 있노라면, 기적이 일어난 게 아닌가 싶을 정도다. 렉시가 대학생이 되어 집을 떠났을 때는 데비가 일주일 내내 울었다. 집에서 멀지 않은 학교였는데도 말이다. 렉시가 빨래 때문에 집에 몇 번이나 왔다 갔는지 모르겠다. 절대 자랑하려는 건 아닌데, 렉시는 명문대에 들어갔다. H로 시작하는 바로 그 학교다.

데비는 렉시가 제인과 완전히 헤어졌다는 것을 무척 기뻐했다. 제인은 그 사고 이후에 기소되었다고 들었다. 무슨 불법적인 사진을 유포해서라고 했다. 지금은 병원에서 나왔다고 하는데, 법적 문제로 진땀을 흘리고 있지 않을까 싶다. 마트에서 어머니와 함께 있던 그 아이를 잠깐 봤는데, 입으로 조종하는 휠체어를 타고 있었다. 나는 인사하지 않았다.

이지 이야기를 잠깐 하자면, 아마 예상했겠지만, 축구팀에서 맹

활약 중이다. 데비와 나는 이지가 뛰는 모든 경기에 빠짐없이 참석했다.

데비도 자신의 커리어를 잘 쌓아가고 있다. 얼마나 자랑스러운지 모른다. 데비가 실생활에 사용할 수 있는 휴대폰 앱을 계속 만들어 오던 중 하나가 말 그대로 대박을 터뜨렸다. '남편 벌주기'라는 앱인데, 남편들이 생일이나 기념일을 잊는 따위의 잘못을 저질렀을 때 아내들이 실제적인 벌칙을 정해 줄 수 있다. 가장 인기 있는 벌은 화장실 청소라고 한다. 아내들 사이에서 점점 더 창의적인 벌칙을 생각해 내는 재미가 있는 모양이었다.

그러다가 몇 달 전, 데비는 남편 벌주기 앱을 팔았다. 매각 금액은 말하지 않겠지만, 렉시의 대학 등록금 전액을 낼 수 있었다. 요즘 데비는 새로운 프로젝트를 진행 중이고, 무척이나 행복해 보인다.

데스크톱 컴퓨터에서 파일로 발견된 꽤나 살벌한 조언들은 데비가 자기가 겪은 트라우마를 극복하기 위한 하나의 방편이었다고 설명했다. 전문 치료를 받기 시작한 이후, 데비는 〈디어 데비〉 앞으로 온 이메일들을 다시 하나하나 열어 조언을 고쳐 썼다. 더는 칼럼 쓰는 일을 하지 않는데도, 답장을 전부 보냈다. 그리고 지금도 많은 여성들의 고민을 상담해 주고 있다. 내 아내가 뛰어난 문제 해결사인 걸 어쩌겠는가.

이제, 나와 데비 우리 둘의 이야기를 해야 하는데. 뭐랄까, 좀 복잡했다.

당연한 것부터 말하자면, 우리는 부부 상담을 받고 있다. 우리는 서로에게 아주 큰 비밀을 오래도록 숨겨왔고, 나는 데비에게 내 얘기를 솔직하게 하지 않았다는 죄책감과 데비가 내게 자신의 얘기를 편하게 하지 못했다는 데에 대한 자책감을 동시에 느꼈다. 데비는 성폭행을 당했다. 나는 그 생각만 해도 분노가 치밀어 올라서, 도저히 이성적으로 사고할 수가 없었다. 제대로 된 인간이라면 데비에게 그런 짓을 할 리가 없다. 아니, 누구에게든, 어떻게 인간으로 태어나 그런 짓을 하는 걸까.

데비가 가해자를 모른다는 게 다행이었다. 만약 알았다면, 내가 어떻게든 찾아가서 그놈이 죽을 때까지 주먹질을 멈추지 않았을 거다.

2년 뒤면, 데비와 나는 빈 둥지 신세가 된다. 나는 우리가 잘 지냈으면 좋겠다. 그래서 격주로 부부 상담을 받고 있고, 무슨 일이 있어도 빠지지 않는다. 우리 결혼 생활을 건강하게 만드는 것이 최우선 순위다.

토스트기에서 통밀 식빵을 막 꺼내는데, 데비가 헬스장에 가는 차림으로 부엌에 왔다. 상담사가 머릿속 생각을 말로 잘 표현해야 한다고 조언했던 것을 떠올린 나는 지금 한번 연습해 보기로 했다.

"당신, 그 레깅스 입으니까 엄청 섹시하네." 내가 말했다.

데비가 눈을 굴리면서도 미소를 잃지 않았다. "당신도 나쁘지 않네요, 쿠퍼 씨." 그녀의 시선이 내 가슴 쪽을 쓱 훑었다. "흠, 넥타이도 완벽하게 매고 말이야."

"인터넷에서 영상 보고 배웠지." 내가 자랑스럽게 말했다.

"당신이? 인터넷에서 영상을 봤다고?"

데비가 저런 반응을 보이는 이유를 알기에 나는 웃었다. 쿠퍼 멀린이란 사람이 할 법한 행동으로 들리지 않을 거다. 하지만 요즘 나는 예전과 달리 온라인에서 시간을 조금씩 더 보내고 있다. 사업을 키우려면 어쩔 수 없다. 회사 웹사이트도 내가 직접 만들었고, 거기에 내 사진도 올려놓았다. 제시가 할리에게 자신의 정체를 드러내지 않으려고 내 이름을 댔다는 얘기를 들었다. 인터넷 어디에도 내 사진이 하나도 없었기 때문에 가능한 일이었다.

"저기, 내가 한 시간 정도 늦게 출근해도 되는데. 으흠…." 내가 장난기 가득한 말투로 말했다.

"꼬시지 마." 데비가 탁 받아쳤다. "나 지금 운동하러 가겠다고 마음 굳게 먹고 내려온 거란 말이야."

운동 메이트였던 제시가 살인죄로 종신형을 받고 감옥에 있는 관계로 데비와 함께 몇 번 운동하러 갔었다. 그런데 지금은 내가 그렇게까지 할 여유가 없었다. "오늘 저녁에 우리 둘이 외식할까? 이지가 오늘 친구 집에 가서 자고 온다고 하지 않았어?"

데비가 나를 향해 빙그레 웃었다. "데이트 좋지."

그렇게 말한 데비는 나한테 다가와 키스한 다음 헬스장으로 향했다. 일 년 전만 해도 그녀를 잃었다고 생각했는데, 지금은 그 어느 때보다도 가까워진 것 같다. 우리가 겪어야 했던 고통은 끔찍했지만, 그 모든 일이 헛된 건 아니었다.

우리 모두에게 좋은 결과로 이어졌으니 말이다.

제시

감옥에서 최악은 밤을 보내는 것이다.

내 집에서는 메모리폼 매트리스 위에 머리와 목의 모양에 맞춰 변형되는 베개를 베고 누웠다. 그런 다음 알레르기 유발 물질을 차단하는 기능성 거위털 이불을 덮었다. 그 이불이 없으면 잠을 잘 수가 없다.

지금 나는 두께가 5센티미터 정도밖에 안 되는 얇은 매트리스 위에 누워 있다. 베개도 있지만, 신체의 곡선을 전혀 고려하지 않는다. 매트리스는 말할 것도 없고, 베개도 무슨 나무판자 같다. 거기에 덮요는 또 얇고 거칠다. 게다가 천이 닿은 피부 곳곳에 울긋불긋 발진이 올라온 걸 보면 알레르기 반응인 것 같다.

가끔 탈진한 날에는 잠이 들기도 하는데, 위층 침대에 자는 남자가 톱질하는 소리처럼 코를 골아대는 바람에 잠에서 깨고 만다. 그렇게 시끄럽게 코를 고는 사람은 난생처음이다. 몸에 그렇게 문신을 많이 한 사람도 처음이다.

크지 않은 감방에는 나를 포함해서 네 명이 함께 지낸다. 나와 침대를 같이 쓰는 사람은 게호라고 불린다. 이름이 아니라 성인 것 같다. 여기서는 서로를 이름으로 부르지 않는다. 나는 대학생 때처럼 허치라고 불린다. 여기도 학교다. 의미는 다르지만.

지난주에 나는 남은 인생을 보내게 될 최고 보안 등급 교도소로 이감되었다. 나는 여기에 있을 사람이 아니다. 정말로 아니다. 최고 보안 등급 교도소는 나 같은 사람을 위한 곳이 아니다. 이곳에 있는 사람들을 보면 전부 게호처럼 흉악한 범죄자들이다. 그들은 무섭기까지 하다. 나 같은 사람은 리조트 느낌이 나는 최저 보안 등급 교도소에 있어야 한다.

아니, 애초부터 교도소에 올 이유가 없다. 나는 아무도 죽이지 않았다.

　정신을 차리고 보니 할리 집이었다. 어떻게 거기까지 갔는지도 분명하지 않았다. 할리는 총을 맞고 바닥에 죽어 있었다. 그리고 내 오른손에는 총이 들려 있었다. 심지어 내 총이었다. 나는 할리를 쏘지 않았다. 그래, 나도 이 말이 어떻게 들리는지 안다. 내 손에서 총기 잔여물이 나왔다는 것도 안다. 그렇지만 나는 할리를 죽이고 싶다고 생각한 적 없었다. 우리 관계를 정리해야겠다고 생각은 했지만, 그렇다고 할리가 죽기를 바란 건 아니었다. 빌어먹을 내 총을 들고 할리 집에 간 기억조차 없었다. 내게는 그럴 만한 이유가 없었다.

　하지만 내가 치명적인 실수를 저질렀다. 정신을 차린 다음 할리가 죽어 있는 걸 보자마자, 내 흔적을 지워야 한다는 생각에 집 안을 닦아내기 시작했다. 얼마 후 경찰이 들이닥쳤고, 그들 눈에는 내가… 매우 의심스러워 보였을 것이다. 나는 곧바로 유일한 용의자가 되어버렸다. 무슨 일이 있었는지 아무것도 모른다는 사실도 전혀 도움이 되지 않았다. 오히려 나를 더욱 믿지 못하게 만들었다. 지금 다시 생각해 보니, 그게 이제야 이해가 된다.

　정말 충격은 그다음에 벌어진 일이었다. 경찰이 내게 켄 브라이언트의 살해 혐의까지 제기했다. 처음에는 농담인 줄 알았다. 나는 켄이 죽은 줄도 몰랐다. 당연히 켄을 죽이지도 않았다. 그런데 그의 머리에서 나온 총알이 내 총과 일치했다. 내가 그의 집에 들어갔다 나오는 CCTV 영상도 있었다. 나는 켄의 부탁을 받고 화분에 물을 주러 간 거라고 설명했지만, 켄이 보낸 문자 메시지들이 내 휴대폰에서 흔적도 없이 사라져 버렸다. 그 이후 나는 회삿돈까지 훔친 사람이 되었다. 그것이 마지막 쐐기였다.

경찰은 내게 유죄를 인정하는 조건으로 형량 거래를 제안했다. 내 변호사도 받아들이라고 권했다. 할리와 켄, 두 사람 모두에 대한 2급 살인 혐의였다. 그렇게 하면 나는 30년 후에 가석방 자격을 가질 수 있다는 뜻이었다. 하지만 내 나이 마흔일곱에 그런 거래는 전혀 좋을 게 없어 보였다. 나는 결백하다는 생각으로 재판 운을 시험해 보기로 했다.

운명의 신은 내 편이 아니었다. 나는 두 번의 종신형을 연속으로 살아야 한다. 감옥에서 삶의 마지막 순간을 맞이하게 될 것이다. 이제는 매사추세츠주에 사형제가 없는 걸 감사해야 할 판이다.

게호가 위층 침대에서 뒤척이자, 침대 스프링이 크게 삐걱거렸다. 코 고는 소리만으로도 괴로운데, 침대 위에서 몸을 조금만 움직여도 귀에 거슬리는 소리가 감방 안에 울려 퍼진다. 여기 온 지 일주일밖에 안 됐는데, 벌써 정신이 나갈 것 같다. 그런데 평생을 있어야 하다니….

어쩌다 이런 신세가 되었는지 모르겠다. 아내는 내가 체포되고 몇 달 후 이혼 소송을 냈다. 그러니 한동안은 나를 보러 올 일이 없을 거다. 내 첫 외도도 아니었는데, 아내는 조금도 이해하려 들지 않았다. 아내로서는 별 볼 일 없는 사람이었다. 그래서 내가 할리와 함께했던 것이었다. 그런데 1년 가까이 여자를 가까이하지 못하니, 부부 면회를 할 수 있다면 무엇이든 내줄 수 있을 것 같다. 아이들마저 전부 내 잘못이라며 나를 미워한다. 나는 혼자가 되었다.

내가 여기 있는 다른 사람들처럼 정말로 유죄라면 상황을 다르게 받아들였을지도 모르겠다. 게호만 봐도 어떤 남자의 목을 칼로 찔렀다는 얘기를 자랑처럼 떠벌리고 다닌다. 나는 그런 나쁜 놈이 아니다. 물론 아내를 두고 불륜을 저지른 것은 인정한다. 하지만 수많은 남자가 외도를 한다. 그게 사형에 해당하는 죄는 아니라고 생각한다.

솔직히 말하면 대학 시절에 썩 떳떳하지 못한 일을 저지르기도 했다. 파티에서 여자에게 말을 건 다음 친절하게 음료를 가져다주겠다고 했다. 그리고 미리 갈아놓은 진정제를 음료에 섞었다. 정글 주스든, 럼과 콜라를 섞은 술이든, 뭐든 상관없다. 약과 알코올이 만나면, 정신을 똑바로 유지하기가 꽤 힘들다. 그러고 나면 나는 여자를 내 방으로 데려갔고, 그들은 크게 저항하지 않았다.

그리 대단한 일도 아니었다. 대부분은 거의 기억도 하지 못했고, 기억한다고 해도 분명 즐겼을 거다.

마침내 눈꺼풀이 스르르 감긴다. 하지만 다음 순간, 갑자기 눈이 번쩍 뜨였다. 나는 내 눈이 보고 있는 것을 믿을 수 없었다. 게호와 두 감방 동료가 나를 내려다보고 있었다. 각자 한 손에는 양말을 쥐고 있는데, 양말 안에 뭔가가 들어 있는지 묵직해 보였다. 비누인가? 뱃속이 뒤틀렸다. 흐릿한 감방 불빛 아래서 게호의 머리카락 한 톨 없는 두피에 새겨진 해골 문신이 희미하게 빛났다.

"뭐요?" 나는 목소리를 쥐어짜 냈다.

"입 다물어." 게호의 속삭이는 목소리에 나는 소름이 끼쳤다. "일이 끝날 때까지 살아있게 기도나 해."

그의 경고를 똑똑히 들었지만, 나는 더듬거리며 입을 열었다. "왜 이러는 거예요?"

게호는 대답 대신 내 입에 재빠르게 주먹을 날렸다. 즉시 피 맛이 났다. 잠시 후 이빨 하나가 입안에서 굴러다니는 게 느껴졌다.

"미스티 카돈을 위한 거야. 그녀 오빠가 D동에 있거든. 내가 빚진 게 있어서 말이지." 게호가 덧붙였다.

미스티 카돈….

20년이 넘도록 듣지 못했던 이름이다. 영영 들을 일이 없으면 더 좋았을 거다. 미스티는 웰즐리 출신의 여자애였다. 둘이서 즐겁게 잘 놀았다고 생각했는데, 미스티가 호들갑을 떨며 일을 크게 만들었다. 다음날 내게 전화로 강간 운운하며 소리를 질러대는 통에 나는 기가 막혔다. 강간이 아니었다고 거듭 설명했지만, 미스티는 내 말을 들으려 하지 않았다. 우리는 만나서 얘기하기로 했고, 뒷얘기는… 내가 정리했다고만 하겠다.

법정에서 무죄를 주장했지만, 엄밀히 말해서 내가 사람을 죽인 적이 없다는 말은 아니었다. 다행히 미스티 일은 아무도 알아내지 못했다. 당시 경찰이 몇 가지 질문을 하긴 했지만, 그걸로 끝이었다. 내가 아주, 아주 조심했기 때문이었다. 그런 내가 켄과 할리를 죽일 때 그렇게 허술했다는 건 도저히 납득이 되지 않았다. 그렇다고 그걸 내 변론으로 내세울 수는 없었다.

나는 손을 올려 얼굴을 가렸다. "제발… 그만…"

양말이 내 오른쪽 옆구리를 후려쳤다. 두 번째는 더 세게 왔다. 갈비뼈가 부러지는 느낌이 들었다. 하지만 양말이 난타를 멈출 기미가 보이지 않았다. 교도관들은 어디 있지? 왜 이 상황을 막지 않는 거지?

양말 하나가 내 턱을 강타했다. 너무 아픈 나머지 눈앞이 아득해졌다. 비누가 아니다. 훨씬 더 끔찍한 물건이다. 돌? 어쩌면 자물쇠? 상상조차 할 수 없다. 그게 무엇이든 간에 내 몸에 부딪힐 때마다 말로 표현할 수 없는 고통이 전해졌다.

"제발…." 나는 희미해져 가는 정신을 부여잡으며 그들에게 마지막으로 애원했다. "제발 그만."

퉁퉁 부은 눈 위로 흘러내리는 피 때문에 나는 간신히 게호의 얼굴을 알아봤다. 그가 나를 보며 미소 짓고 있었다.

"걱정 마. 1분이면 끝나."

데비

오늘 저녁에 쿠퍼와 나가서 저녁 먹을 생각을 하니 기분이 좋아졌다. 쿠퍼가 좋은 남편이 되기 위해 정말 열심히 노력 중이다. 돌아보면 힘든 시간이었지만, 덕분에 우리 결혼 생활은 훨씬 단단해졌다.

상담사는 우리가 서로에게 솔직해져야 한다고 했다. 나도 솔직해지려고 노력하고 있다. 다만 쿠퍼에게 절대 말할 수 없는 것들이 있을 뿐이다.

이를테면, 내가 그의 상사를 죽였다는 것. 한때 그의 친구였던 사람이 남은 생을 최고 보안 교도소에서 보내게 되었지만 사실은 무죄라는 것도. 적어도 켄과 할리를 죽인 일에 대해서만큼은 결백하니까.

그의 친구였던 사람이 나를 강간한 범인이라는 것도. 내가 무슨 일을 당했는지 말했을 때 쿠퍼가 얼마나 분노했는지를 생각하

352

면, 제시가 마침내 벌을 받는 것에 대해 그도 동의했을 것이다. 하지만 내가 한 일에 쿠퍼를 연루시키고 싶지 않았다. 나는 재판 결과가 어떻게 될지 몰라 긴장을 내려놓지 못했다. 혹여 제시가 의식을 잃기 전에 할리 집에 어떤 여자가 있었다는 사실을 기억해 낼까 봐 전전긍긍하기도 했다. 그래서 쿠퍼가 아무것도 몰랐다는 말을 진실되게 할 수 있도록 해두고 싶었다. 누군가 감옥에 가야 한다면, 그건 나여야 했다. 오직 나만 가야 했다.

아침 일과를 시작하기 전에 운동부터 하려고 타이탄 피트니스로 향했다. 오늘은 새로운 데이팅 앱 개발을 의뢰하려는 회사와 미팅이 잡혀 있다. 벌써부터 쉽지 않은 일이 될 것이라는 느낌이 들지만, 나는 도전을 사랑하는 사람 아니던가. 더구나 내게 재정적 지원을 아낌없이 쏟아붓겠다고 하니, 도전을 기꺼이 받아들일 생각이다. 드디어 내 머리의 능력을 제대로 발휘할 기회가 왔다.

헬스장에 도착하니, 신디가 안내 데스크에서 나를 보고 환하게 웃었다. "좋은 아침이에요, 데비."

"안녕하세요, 신디."

"창가에 있는 일립티컬 머신에 다른 사람이 못 쓰게 수건을 올려놨어요." 신디가 내게 한쪽 눈을 찡긋해 보였다.

나는 얼굴 가득 미소를 띠었다. "신디가 최고예요."

나를 바라보던 그녀의 미소가 살짝 흔들렸다. "내가 할 수 있는 일이라면 뭐든 해 주고 싶어요."

신디 브라이언트는 내가 자기 인생을 구해줬다고 믿고 있다. 2년 전 어느 날, 〈디어 데비〉 앞으로 남편에게서 경제적 학대를 받는다는 사연이 왔었다. 사연자는 남편에게서 벗어나라는, 도움이 필요하면 연락하라는 내 조언을 그대로 따랐다. 그런데 알고 보니 그녀는 나와 훨씬 더 깊은 관계가 있는 사람이었다.

나는 그녀를 돕기 위해 할 수 있는 건 다 했다. 살 집을 찾아줬고, 타이탄 피트니스에서 일할 수 있게 도와줬다. 신디는 홀로서기를 잘해 나갔지만, 남편 켄이 이혼 과정을 지옥으로 만들었다. 신디를 빈털터리로 만들려고 온갖 수를 다 썼고, 아이들마저 멀어지게 했다. 그 일련의 사태에서 나도 덩달아 해고되고 말았다. 하지만 그는 〈디어 데비〉의 데비가 자기 직원의 아내라는 사실은 알지 못했다.

켄이 마음대로 하도록 보고 있을 수 없었다. 신디를 도와야 했다. 나는 켄의 머리에 총알을 박아 넣고, 모든 책임을 제시 허친슨에게 뒤집어씌워야겠다고 결심했다.

신디에게 확실한 알리바이가 있는 시간을 골랐다. 그리고 신디가 나를 도왔다. 할리가 총에 맞기 전날 밤, 신디는 할리와 제시가 만나기로 한 계획을 우연히 듣고 내게 알려줬다. 사건 당일 저녁, 제시가 헬스장에서 샤워하는 동안 신디가 그의 물통에 내가 준 아편을 탔다. 제시가 수년 전 내게 했던 일에서 영감을 받은 수법을 십분 활용했다.

"쿠퍼는 어때요?" 신디가 물었다.

"아주 잘 지내요. 사업도 잘되고 있고요. 요즘 들어 나한테 다정하게 굴려고 해요. 오늘 저녁에는 나가서 저녁 먹자며 데이트 신청도 했어요."

"깨가 쏟아지네요." 신디가 환하게 미소 지으며 말했다. "언제 한번 우리 더블데이트해요. 데비랑 쿠퍼, 나랑 아자이 이렇게요."

신디는 최근에 정말 좋은 남자를 만나고 있다. 두 사람은 서로를 천천히 알아가는 중이다. 내가 그를 한 번 만난 적 있는데, 신디에게 잘할 사람이라는 느낌이 딱 왔다. 그렇더라도 더블데이트는 조심스럽다. 서로의 남자들이 몰라야 하는 이야기들이 너무 많다. "언제 시간 되면요." 나는 적당히 얼버무렸다.

　"쿠퍼가 잘해 준다니 다행이에요." 신디가 말했다. "만약 그가 그렇게 하지 않으면…."

　우리는 의미심장한 눈빛을 주고받았다. "동감이에요." 내가 말했다.

　쿠퍼는 정말로 나에게 잘해 주고 있다. 앞으로도 걱정 없다. 신디와 내가 서로를 지켜줄 것이기 때문이다.

　다시는 누구도 나를 함부로 대하지 못할 것이다.

옮긴이 **최주원**

부산대학교 사회복지학과를 졸업하고 연세대학교 국제대학원에서 국제통상을 전공했다. 전공보다는 책을 더 좋아해서, 책을 통해 웃음과 위로, 용기와 도전을 사람들과 나누고 싶어서 번역에 관심을 가지게 되었다. 현재 글밥 아카데미 수료 후 바른번역 소속 번역가로 활동하고 있으며, 옮긴 책으로는 《더 코워커》, 《살인 편지》 등이 있다.

친애하는 데비에게

초판 2026년 3월 23일 1쇄
저자 프리다 맥파든
옮긴이 최주원
편집 나다연 **디자인** 배석현
ISBN 979-11-93324-88-2   03840

발행인 아이아키텍트 주식회사
출판브랜드 북플라자
주소 서울시 강남구 학동로 329 북플라자 타워 6층
홈페이지 www.bookplaza.co.kr

오탈자 제보는 book.plaza@hanmail.net으로 해주세요.
파본은 구입하신 서점에서 교환해 드립니다.